AS VOZES DO CORAÇÃO

JODI PICOULT

AS VOZES DO CORAÇÃO

Tradução
Sandra Martha Dolinsky

1ª edição

Rio de Janeiro-RJ / Campinas-SP, 2014

Editora: Raïssa Castro
Coordenadora Editorial: Ana Paula Gomes
Copidesque: Katia Rossini
Revisão: Aline Marques
Projeto Gráfico: André S. Tavares da Silva e DPG Editora Ltda.
Diagramação: DPG Editora Ltda.
Capa: Adaptação da edição inglesa (foto © Jonathan West)

Título original: *Songs of the Humpback Whale*

ISBN: 978-85-7686-324-3

Copyright © Jodi Picoult, 1992

Tradução © Verus Editora, 2014

Direitos reservados em língua portuguesa, no Brasil, por Verus Editora. Nenhuma parte desta obra pode ser reproduzida ou transmitida por qualquer forma e/ou quaisquer meios (eletrônico ou mecânico, incluindo fotocópia e gravação) ou arquivada em qualquer sistema ou banco de dados sem permissão escrita da editora.

Verus Editora Ltda.
Rua Benedicto Aristides Ribeiro, 41, Jd. Santa Genebra II, Campinas/SP, 13084-753
Fone/Fax: (19) 3249-0001 | www.veruseditora.com.br

CIP-BRASIL. CATALOGAÇÃO NA FONTE
SINDICATO NACIONAL DOS EDITORES DE LIVROS, RJ

P663v

Picoult, Jodi, 1966-
  As vozes do coração / Jodi Picoult ; tradução Sandra Martha Dolinsky. - 1. ed. - Campinas, SP : Verus, 2014.
  23 cm.

Tradução de: Songs of the Humpback Whale
ISBN 978-85-7686-324-3

  1. Romance americano. I. Dolinsky, Sandra Martha.
II. Título.

14-08183   CDD: 813
                                            CDU: 821.111(73)-3

Revisado conforme o novo acordo ortográfico

Impresso no Brasil pelo Sistema Cameron da Divisão Gráfica da
DISTRIBUIDORA RECORD DE SERVIÇOS DE IMPRENSA S.A.

Para Tim, por tudo o que você me deu

AGRADECIMENTOS

A autora é grata a muitas pessoas e instituições pelas informações detalhadas que forneceram: Sarah Genman, bibliotecária do Aquário da Nova Inglaterra; Centro de Estudos Litorâneos de Provincetown; Instituto de Pesquisas de Longo Prazo de Lincoln; Pomar Honeypot e Fazenda Shelburne, em Stow.

Agradecimentos especiais a Katie Desmond por seu incansável trabalho na máquina de xerox, a todos de minha família que leram o manuscrito e apoiaram meus esforços e àquelas pessoas cuja vida e experiências eu tomei emprestadas para criar esta ficção.

Por fim, este livro não teria sido publicado sem a ajuda de Laura Gross, minha agente, que sempre acreditou em mim, e Fiona McCrae, minha editora, cuja experiência e fé foram inestimáveis. Para esta edição, eu também gostaria de agradecer a Emily Bestler, que teve a maravilhosa ideia de que meus fãs gostariam de ler tudo o que já escrevi, e a seguir a tornou possível.

PRÓLOGO
REBECCA

Novembro de 1990

No canto superior direito da foto, há um avião em miniatura que parece estar voando direto para minha testa. É muito pequeno, de aço azul; um longo oval inchado cortado ao meio pelas próprias asas. Essa é a forma real do Cross. Foi a primeira coisa que minha mãe percebeu quando recebemos a foto em Massachusetts.

— Viu, Rebecca? — disse ela. — É um sinal.

Quando eu tinha três anos e meio, sobrevivi a um acidente de avião. Desde então, minha mãe sempre me diz que estou destinada a algo especial. Não posso dizer que concordo com ela. Nem sequer me lembro. Ela e meu pai haviam tido uma briga — que acabou com minha mãe chorando sobre o triturador de lixo e meu pai pegando todos os quadros originais das paredes e guardando-os, por segurança, no porta-malas de seu Impala. Como resultado, minha mãe me levou para a alegre casa amarela dos meus avós, perto de Boston. Meu pai ficava ligando. Ele ameaçou chamar o FBI se ela não me mandasse de volta para casa. Foi o que ela fez, mas disse que não poderia ir comigo. Ela disse:

— Sinto muito, querida, mas não suporto aquele homem.

Então me vestiu em uma roupa de tricô amarelo-limão e luvas brancas. Entregou-me a uma aeromoça no aeroporto, deu-me um beijo de despedida e disse:

— Não vá perder as luvas, custaram uma fortuna.

Não lembro muito sobre o acidente. Tudo se quebrou a meu redor; o avião se partiu ao meio bem na fila oito. Tudo que lembro é o esforço para segurar firme essas luvas, e que as pessoas não se mexiam, e que eu não tinha certeza de conseguir respirar.

Não lembro muito sobre o acidente. Mas, quando tinha idade suficiente para entender, minha mãe me contou que fui um dos cinco sobreviventes. Disse que minha foto estava na capa da *Time* — eu chorando numa roupinha amarela queimada, com os braços estendidos. Um lavrador bateu a foto com uma Brownie e ela foi direto para a imprensa e para o coração de milhões de pessoas nos Estados Unidos. Ela me contou sobre incêndios que atingiram o céu e chamuscaram as nuvens. Disse-me quão insignificante a briga com meu pai se tornou.

Um caminhoneiro tirou essa foto nossa no dia em que abandonamos a Califórnia. No canto está o avião. O cabelo de minha mãe está preso em um rabo de cavalo. Seu braço envolve casualmente meu ombro, mas os dedos descansam estranhamente apertados em meu pescoço, como se ela estivesse tentando me impedir de fugir. Ela está sorrindo. Está vestindo uma das camisas de meu pai. Eu não estou sorrindo. Não estou nem olhando para a câmera.

O nome do caminhoneiro era Flex. Ele tinha uma barba ruiva, sem bigode. Disse que era o melhor cenário que havia visto desde Nebraska. Flex usou a própria câmera — nós saímos com pressa demais para pegar a nossa. Ele disse:

— Vou tirar uma foto de vocês. Me deem o endereço que mando para vocês.

Minha mãe pensou *Que se dane*; era o endereço da casa alugada do irmão dela. Se Flex fosse um lunático e botasse fogo no lugar, ninguém seria realmente prejudicado.

Flex enviou a foto aos cuidados de tio Joley. Chegou em um envelope pardo usado, reendereçado, com uma linha serpeante de vinte e cinco selos de um centavo. Ele anexou um post-it para minha mãe, mas ela não me deixou ler.

Estou lhe contando a história de nossa viagem porque sou a única que sacou realmente as coisas. Envolveu todos nós — minha mãe, meu pai, tio Joley, Sam, até Hadley —, mas cada um a viu de maneira diferente.

Eu a vejo de trás para frente, como um filme sendo rebobinado. Não sei por que a vejo assim. Sei, por exemplo, que minha minha mãe não vê da mesma forma.

Quando a foto de Flex chegou, ficamos todos em volta da mesa da cozinha olhando para ela — eu, minha mãe, Joley e Sam. Joley disse que era uma boa imagem de mim e perguntou onde a havíamos tirado. Sam balançou a cabeça e deu um passo atrás.

— Não tem nada aí — disse ele. — Nem árvores, nem cânions, nem nada.

— *Nós* estamos aí — disse minha mãe.

— Não foi por isso que você tirou essa foto — disse Sam. Sua voz pairou na fronteira da cozinha como prata fina. — Há mais coisas, só não dá para ver. — E, assim, saiu da sala.

Minha mãe e eu olhamos uma para a outra, surpresas. Era nosso segredo. Olhamos instintivamente para um ponto na estrada à direita de nós. É o lugar onde a Califórnia se torna Arizona — a mudança que os caminhoneiros podem sentir no asfalto; para todos os outros, passa despercebida.

1
JANE

Na noite anterior a meu casamento, acordei gritando. Meus pais foram até meu quarto e me abraçaram; acariciaram-me a cabeça e alisaram meus cabelos, está tudo bem... Mas eu ainda não conseguia parar de gritar. Mesmo com a boca fechada, continuei — a alta e estridente nota de um animal noturno.

Meus pais estavam fora de si. Morávamos em um subúrbio de Boston, e fomos acordando os vizinhos um por um. Vi as luzes se acendendo em várias casas — azul e amarelo piscando como Natal —, imaginando o que estava acontecendo comigo.

Isso não era comum. Eu mal tinha dezenove anos, uma estudante nota dez recém-saída do Colégio Wellesley — em 1976, isso ainda era uma conquista. Ia me casar com o homem dos meus sonhos em uma prototípica igreja de madeira branca da Nova Inglaterra, e a recepção — extravagante, com garçons de luvas brancas e caviar Beluga — seria realizada no pátio dos meus pais. Eu tinha um emprego esperando por mim quando voltasse da lua de mel. Não havia nenhum problema previsível com o qual eu não pudesse lidar.

Naquele dia, não sei por que isso aconteceu comigo. Tão misteriosamente como começaram, os gritos foram embora, e na manhã seguinte eu me casei com Oliver Jones — o Oliver Jones —, e nós quase vivemos felizes para sempre.

Sou a única fonoaudióloga nesta cidade, o que significa que sou empurrada de lá para cá nas diversas escolas de ensino fundamental dos subúrbios de San Diego. Não é um problema tão grande, agora que Rebecca tem idade suficiente para cuidar de si mesma, e, desde que Oliver fica mais tempo fora, tenho menos coisas para fazer em casa. Gosto do meu trabalho, mas certamente não como Oliver gosta do dele. Oliver se contentaria em viver em uma barraca de lona na costa da Argentina, observando o som de suas baleias na água morna.

Meu trabalho é ajudar as crianças a encontrar sua voz — crianças que vêm para a escola mudas, com ceceios ou fenda palatina. No início, entram em minha sala de aula meio improvisada arrastando seus Keds no chão e olhando timidamente para o temível gravador, absolutamente silenciosas. Às vezes, fico em silêncio também, até que o aluno quebra o gelo e pergunta o que deve fazer. Nesse momento, alguns deles cobrem a boca com as mãos; até vi uma menininha chorar — não suportam e ouvir a própria voz, parte de si mesmos que lhes disseram que é feia. Meu papel é lhes mostrar que existe alguém pronto para ouvir o que eles têm a dizer, e da maneira que têm para dizer.

Conto a essas crianças que, quando eu tinha sete anos, assobiava cada vez que pronunciava a letra S. Na escola sofria provocações, e por causa disso não tinha muitos amigos e não falava muito. Um dia, minha professora disse à classe que haveria uma peça e que todos teriam de participar. Eu estava tão nervosa com a leitura em voz alta na frente de todos que fingi estar doente. Fingi uma febre segurando o termômetro perto de uma lâmpada quando minha mãe saiu da sala. Fui autorizada a ficar em casa por três dias, até que minha professora ligou e minha mãe descobriu o que eu estava fazendo. Quando voltei à escola, a professora me chamou de lado. Todos os papéis da peça estavam tomados, disse, mas ela havia guardado um especial para mim, fora do palco. Eu iria cuidar dos efeitos sonoros, como nos filmes.

Treinei todos os dias com minha professora, depois da aula, por três semanas. Com o tempo, descobri que poderia me tornar um carro de bombeiro, um pássaro, um rato, uma abelha e muitas outras coisas por causa de minha língua presa. Quando a noite da peça chegou, me deram uma túnica preta e um microfone. Os outros alunos tiveram apenas um papel, mas eu fui a voz de vários animais e máquinas. E meu pai ficou tão orgulhoso de mim... Foi a única vez que me lembro de ele ter dito isso.

Essa é a história que conto naqueles coquetéis da Estudos Litorâneos a que Oliver e eu vamos. Conversamos com as pessoas que doam dinheiro. Apresentamo-nos como dr. e dra. Jones, embora eu ainda só tenha mestrado. Quando todo mundo vai se sentar para degustar o prato principal, nós nos esgueiramos e corremos para o carro para tirar um sarro dos vestidos de lantejoulas e dos smokings. Eu me aconchego em Oliver enquanto ele dirige e o ouço contar histórias que já ouvi um milhão de vezes, sobre uma época em que se podiam ver baleias em todos os oceanos.

Apesar disso tudo, Oliver tem *alguma coisa*. Você sabe do que estou falando — ele foi o primeiro homem que realmente me tirou o fôlego, e às vezes ainda consegue. É a única pessoa com quem me sinto à vontade o suficiente para partilhar uma casa, uma vida, uma filha. Ele consegue me fazer voltar quinze anos no tempo só com um sorriso. Apesar das diferenças, Oliver e eu temos Oliver e eu.

Nessa escola onde passo as terças-feiras, minha sala é um quartinho da zeladoria. Um pouco depois do meio-dia, a secretária da escola bate na porta e diz que o dr. Jones está ao telefone. Isso é realmente uma surpresa. Oliver está em casa esta semana reunindo algumas pesquisas, mas ele geralmente não tem tempo nem costume de me ligar. Nunca pergunta para qual escola vou em determinado dia.

— Diga que estou com um aluno — falo e aperto o botão de reprodução do meu gravador. Sons vocálicos enchem a sala: *AAAAA EEEEE IIIII*. Eu conheço Oliver muito bem para entrar em seus joguinhos. *OOOOO UUUUU*.

Oliver é muito famoso. Não era, quando nos conhecemos, mas hoje é um dos principais pesquisadores sobre baleias e seu comportamento. Fez descobertas que abalaram o mundo científico. É tão conhecido que as pessoas tiram fotos de nossa caixa de correio, como se isso quisesse dizer: "Fui para o lugar onde o dr. Jones vive". A pesquisa mais importante de Oliver foi com os cantos das baleias. Parece que grupos inteiros de baleias cantam os mesmos — Oliver as gravou — e os passam ao longo de gerações. Não entendo muito sobre o trabalho dele, mas isso é tanto minha culpa como de Oliver. Ele não me fala mais das ideias que fervilham em sua mente, e eu às vezes me esqueço de perguntar.

De modo natural, a carreira de Oliver passou para o primeiro lugar. Ele nos fez mudar para a Califórnia a fim de assumir um emprego no Centro de Estudos Litorâneos de San Diego, apenas para descobrir que as baleias jubartes eram sua verdadeira paixão. Assim que cheguei a San Diego, quis ir embora, mas não disse nada a Oliver. Na alegria e na tristeza, eu havia dito. Oliver conseguiu voltar para Boston e eu fiquei aqui com uma criança, em um clima de eterno verão, que nunca cheira a neve.

Não vou atender seu telefonema.

Não vou mais aceitar isso. Ponto.

Uma coisa é eu ter um papel secundário, outra é ver isso acontecer com Rebecca. Aos catorze anos, ela é capaz de ter uma visão geral de sua vida de um ponto de vista mais elevado — uma habilidade que eu não domino aos trinta e cinco —, e não acredito que ela goste do que está vendo. Quando Oliver está em casa, o que é raro, passa mais tempo em seu escritório que conosco. Não tem interesse em qualquer coisa que não esteja vinculada aos mares. O jeito como ele me trata é uma coisa: temos uma história; sou responsável por ter me apaixonado por ele. Mas Rebecca não vai acreditar cegamente nele só porque é seu pai. Rebecca tem expectativas.

Já ouvi falar de adolescentes que fogem, ou engravidam, ou abandonam a escola, e ouvi dizer que essas coisas estão relacionadas a problemas em casa. Então, dei a Oliver um ultimato. O aniversário de quinze anos de Rebecca, na próxima semana, coincide com a visita planejada de Oliver a um terreno fértil de jubartes na costa da América do Sul. Ele pretende ir. Eu lhe disse que esteja aqui.

O que eu queria dizer é: "É sua filha. Mesmo que tenhamos nos distanciado tanto a ponto de não reconhecermos um ao outro quando passamos, temos esta vida, este pedaço de tempo. O que acha disso?"

Uma razão para eu manter minha boca fechada é o acidente de Rebecca. Foi resultado de uma briga com Oliver, e venho fazendo meu melhor para evitar que algo assim volte a acontecer. Não lembro qual foi a discussão, mas eu falei o que pensava e ele me bateu. Eu peguei meu bebê (Rebecca tinha três anos e meio na época) e fui para a casa dos meus pais. Disse a minha mãe que ia me divorciar de Oliver, que ele era um lunático e que ainda por cima havia batido em mim. Oliver me ligou e disse que não se importava com eu ter ido embora, mas que eu não tinha o direito de levar sua filha. Ameaçou-me com um processo. Então, levei Rebecca para o aeroporto e disse:

— Sinto muito, querida, mas eu não suporto aquele homem.

Subornei uma aeromoça com cem dólares para que a levasse no avião, e ele caiu em Des Moines. A próxima coisa que sei é que eu estava em pé no campo de milho de um fazendeiro vendo a fumaça dos destroços. O avião parecia ainda estar se movendo. O vento cantava por entre os ocupantes do avião, vozes que eu não conseguia identificar. E, atrás de mim, estava Rebecca, chamuscada, mas ainda intacta, um dos cinco sobreviventes, aconchegada nos braços do pai. Ela tem cabelos louros e as sardas de Oliver. Assim como ele, é linda. Oliver e eu nos entreolhamos, e eu soube naquele momento por que o destino fizera com que me apaixonasse por um homem como Oliver Jones: uma combinação minha e dele havia originado uma criança que poderia encantar até mesmo a terra inflexível.

2
OLIVER

As jubartes havaianas e do oeste da Índia me parecem menos infelizes que as baleias da costa da Nova Inglaterra. Suas canções são divertidas, em *staccato*, animadas. Violinos em vez de oboés. Quando as vemos mergulhar e vir à tona é um momento de graça, uma sensação de vitória. O corpo liso torcido através de um funil de mar que sobe em direção ao céu, com as nadadeiras estendidas, subindo das profundezas do mar como o segundo advento de Cristo. Mas as jubartes de Stellwagen Bank cantam canções que nos preenchem até o âmago, incham dentro de nós. São as baleias pelas quais me apaixonei quando ouvi pela primeira vez seus chamados – misteriosos, alongados, o som assustado do coração quando temos medo de ficar sozinhos. Às vezes, quando ouço as fitas do repertório do Atlântico Norte, eu me pego soluçando.

Comecei a trabalhar com Roger Payne em 1969, nas Bermudas, quando ele e seu colega Scott McVay concluíram que os sons produzidos por baleias jubartes, *Megaptera novaeangliae*, são realmente canções. Claro que há muita margem de manobra na definição de "canções", mas um consenso geral pode ser "uma série de sons reunidos em um padrão por quem os canta". As canções das baleias estão estruturadas da seguinte forma: um ou vários sons compõem uma frase, a frase se repete e se torna um tema, e vários temas compõem uma canção. Nas canções comuns, nos últimos sete a trinta minutos, o cantor vai repetir a música na mesma ordem. Existem sete tipos básicos de sons, cada um com variações:

gemidos, gritos, silvos, yups, oos, de catracas e roncos. As baleias de populações diferentes cantam músicas diferentes. As canções mudam gradualmente ao longo dos anos de acordo com as leis gerais da mudança; todas as baleias aprendem as mudanças. Baleias não cantam mecanicamente, compõem à medida que vão incorporando novos trechos a velhas canções – uma habilidade anteriormente atribuída apenas ao homem.

Claro, tudo isso são apenas teorias.

Nem sempre estudei baleias. Comecei minha carreira em zoologia com insetos, depois evoluí para morcegos, corujas, e depois baleias. A primeira vez que ouvi uma baleia foi anos atrás, quando peguei um barco a remo de um navio maior e me vi sentado diretamente acima de uma jubarte, ouvindo sua música vibrar no fundo de minha embarcação.

Minha contribuição para a área foi a descoberta de que só as baleias macho cantam. Essa foi a hipótese, mas, para obter provas concretas, precisaria de um jeito de determinar o sexo de uma baleia no mar. Visualizando a parte inferior das baleias, era possível, mas perigoso. Tomando uma pista da genética, comecei a considerar a viabilidade de amostras de células. Mais tarde, criei um dardo de biópsia, disparado de uma arma de arpão modificada. Quando o dardo atingiu a baleia, um pedaço de pele de um quarto de polegada de espessura foi removido e recuperado por uma linha. O dardo foi coberto com um antibiótico para prevenir infecções na baleia. Depois de muitas tentativas frustradas, finalmente acumulei um corpo de evidências. Até hoje, os cantores registrados na comunidade de baleias são somente do sexo masculino; nenhuma fêmea jamais foi gravada.

Vinte anos depois, sabemos muito sobre as variadas canções das jubartes, mas pouco sobre seu propósito. Como as canções são passadas de geração em geração pelos machos e cantadas inteiras somente nas áreas de reprodução, são vistas como um possível método para atrair as fêmeas. Conhecer a canção de um determinado repertório pode ser o pré-requisito para o sexo, e as variações e floreios podem ser um incentivo adicional. Isso explicaria a complexidade das canções das baleias, a necessidade de conhecer a música da moda – as fêmeas escolhem um companheiro de acordo com a música que cantam. Outra teoria para a finalidade das canções não é a atração das fêmeas, e sim de outros machos – espadas acústicas, se preferir, que permitem que as baleias do sexo masculino lutem por uma fêmea. De fato, muitas baleias macho ostentam as cicatrizes da concorrência no acasalamento.

Seja qual for a mensagem por trás dos belos cantos, levaram a muita especulação e muita informação sobre o comportamento da jubarte. Se a baleia for um membro de uma população específica, vai cantar uma determinada canção. Assim, se as canções de cada população de baleias forem conhecidas, uma baleia poderá ser rastreada até suas origens, não importando o lugar em que a música foi gravada. As canções das baleias fornecem um novo método de monitoramento da espécie – uma alternativa para o monitoramento eletrônico, ou a mais recente eventual identificação fotográfica. Podemos agrupar as baleias macho pelas canções que cantam; podemos conectar as fêmeas a esses grupos prestando atenção nas canções que escutam.

Esta é minha mais recente pergunta profissional: Deveríamos estar prestando mais atenção no cantor individual? Será que o histórico pessoal – quem é a baleia, onde foi avistada, com quem foi avistada – nos conta algo sobre por que canta desse jeito específico?

Venho realizando uma pesquisa exaustiva. Fui destaque da revista *Newsweek*, da *Christian Science Monitor* e do *New York Times*. Ao longo do caminho, me casei e tive uma filha. Depois disso, nunca senti que estivesse dando tempo suficiente a minha família ou minha carreira. Estou no limbo, é como chamo isso. No limbo. Baleias nunca dormem, você sabe. São mamíferos de respiração voluntária e têm de vir constantemente à tona para respirar. Elas vagueiam pelas profundezas do oceano, incapazes de descansar.

Eu tentei misturar as duas coisas. Levei Rebecca e Jane em viagens de rastreamento, toquei fitas das jubartes da Nova Inglaterra em casa, pondo caixas de som na cozinha e no banheiro. E então, um dia, encontrei Jane atacando a facadas um alto-falante na cozinha. Ela disse que não suportava mais ouvir aquilo.

Uma vez, quando Rebecca tinha cinco anos, fomos todos para as Bermudas observar as zonas de reprodução de baleias jubartes na costa leste. Estava quente; Rebecca apontava para os botos que passavam em nosso caminho em direção aos recifes. Jane estava usando minha capa de chuva – eu me lembro porque não havia uma nuvem no céu, mas ela preferia isso aos arrepios provocados pelo vento úmido. Estancou no parapeito da *Voyager*, meu barco alugado, com o sol batendo nos cabelos e tornando cor-de-rosa seu couro cabeludo. Ela se segurava no parapeito com força; nunca teve firmeza na água. Quando atracamos, caminhou em passos hesitantes para convencer a si mesma de que estava em terra firme.

Baleias brincam. Quando chegamos ao local exato e baixamos o hidrofone ao oceano, havia um grupo delas a algumas centenas de metros de distância. Embora estivéssemos gravando uma baleia cantando abaixo da superfície, não poderíamos deixar de observar as outras. Suas caudas batiam contra a água; rolavam, lânguidas, acariciando umas às outras com as barbatanas dorsais. Saltavam para fora da água como balas. Entravam e saíam das ondas, mármore em ébano, brancas.

Quando as notas melancólicas do canto das baleias encheu o barco, ficou claro que estávamos assistindo a um balé executado artisticamente; apenas não conhecíamos a história que contava. O barco jogou da esquerda para a direita e vi Rebecca se agarrar à perna de Jane em busca de apoio. Eu pensei: *Minhas duas garotas... nunca estiveram tão lindas.*

Embora ela tivesse apenas cinco anos, Rebecca se lembra de muitas coisas de nossa viagem para as Bermudas. As baleias não são uma delas. Ela pode lhe falar da textura da areia rosa, do Devil's Hole, onde os tubarões nadam abaixo de seus pés; da lagoa de uma propriedade que tinha uma ilha com o mesmo formato da verdadeira ilha das Bermudas. Ela não consegue se lembrar de sua mãe com a capa de chuva amarela, ou dos lentos movimentos das jubartes brincando, nem mesmo dos repetidos clamores das baleias abaixo de nós que a fizeram perguntar: "Papai, por que não podemos ajudá-las?" Não lembro se Jane deu sua opinião. No que diz respeito às baleias, ela se mantém especialmente em silêncio.

3
JANE

Minha filha é a estoica da família. Com isso quero dizer que, enquanto eu perco as estribeiras em determinadas situações, Rebecca tende a manter tudo dentro de si. Exemplo: a primeira vez que experimentou a morte (seu amado porquinho-da-índia, Butterscotch). Foi ela quem limpou a gaiola e enterrou o pequeno corpo rígido no quintal, enquanto eu chorava a seu lado. Ela não chorou por dias, oito e meio, depois dos quais a encontrei lavando louça na cozinha, soluçando, como se o mundo houvesse acabado. Ela havia deixado cair uma travessa no chão, e os cacos de cerâmica se espalhavam em torno dos pés de Rebecca como raios de sol.

— Você não entende — ela me disse —, era tão bonita!

Rebecca está na sala de estar quando eu chego em casa do trabalho. Neste verão, ela está trabalhando como salva-vidas e seu turno acaba às duas, de modo que já se encontra em casa quando chego. Está comendo palitos de cenoura e assistindo Roda da Fortuna. Ela dá as respostas antes dos concorrentes. Acena para mim.

— *Um conto de duas cidades* — diz ela, e na tevê sinos tocam.

Rebecca vai suavemente para a cozinha, com os pés descalços. Está vestindo um maiô vermelho escrito GUARDA no peito e um velho boné de beisebol. Parece muito mais velha que seus catorze anos e meio; na verdade, às vezes as pessoas pensam que somos irmãs. Afinal de contas, quantas mulheres de trinta e cinco anos você conhece que acabaram de ter o primeiro bebê?

— O papai chegou — Rebecca adverte.

— Eu sei. Ele tentou me ligar hoje de manhã.

Nossos olhos se conectam. Rebecca dá de ombros. Seus olhos, do formato dos de Oliver, atravessam meu ombro, mas parecem ter dificuldade de encontrar um objeto de foco.

— Bem, vamos fazer o que sempre fazemos. Vamos ver um filme do qual não vamos gostar, e depois comer um pote de sorvete — diz Rebecca.

Ela abre preguiçosamente a porta da geladeira.

— Não temos nada para comer.

É verdade. Não temos nem leite.

— Não gostaria de fazer algo diferente? É seu aniversário.

— Não é nada de especial.

De repente, ela se volta para a porta, onde Oliver se encontra.

Ele transfere o peso do corpo de um pé para outro, um estranho em sua própria casa. Em um reflexo tardio, vem até mim e me dá um beijo no rosto.

— Tenho uma má notícia — diz ele sorrindo.

Oliver tem o mesmo efeito sobre mim toda vez que o vejo: é calmante. É muito bonito — para alguém que passa tanto tempo ao ar livre, sua pele não é seca e coriácea; é cor de café gelado, suave como veludo. Seus olhos são brilhantes como tinta que não secou, e as mãos são grandes e fortes. Quando o vejo, seu corpo enche a porta de entrada; não sinto paixão ou entusiasmo. Não lembro se já senti. Ele me faz sentir confortável, como o par de sapatos preferido.

Eu sorrio para ele, grata pela calma antes da tempestade.

— Não precisa dizer isso, pai. Eu sabia que você não estaria aqui para o meu aniversário.

Oliver sorri para mim como se dissesse: "Viu? Não há motivo para criar caso". Virando-se para Rebecca, diz:

— Desculpe, filha, mas você sabe que do jeito que as coisas estão... É realmente melhor para todos que eu vá.

— Todos quem?

Eu me surpreendo por dizer isso em voz alta.

Oliver se volta para mim. Seu olhar é murcho e desapaixonado, do jeito que se olha para um estranho no metrô.

Tiro meus sapatos de salto e os recolho com a mão direita.

— Esqueça. Já era.

Rebecca toca meu braço quando passa para a sala de estar.

— Está *tudo bem* — sussurra, enfatizando as palavras quando passa.

— Vou compensar você — diz Oliver. — Espere até ver seu presente de aniversário!

Rebecca não parece ouvi-lo. Ela aumenta o volume da tevê e me deixa sozinha com meu marido.

— O que você vai dar a ela? — pergunto.

— Não sei. Vou pensar em alguma coisa.

Aperto os dedos — é um hábito que adquiri para lidar com Oliver — e subo as escadas. No primeiro patamar me volto e vejo Oliver me seguindo. Penso em perguntar quando vai partir, mas o que sai de minha boca, ao contrário, é inesperado.

— Seu maldito — digo, e realmente sinto isso.

Não sobrou muito do velho Oliver. A primeira vez que o vi foi em Cape Cod, quando eu estava esperando com meus pais a balsa para Martha's Vineyard. Ele tinha vinte anos, trabalhava para o Instituto Oceanográfico Woods Hole. Tinha cabelos lisos e loiros que lhe caíam de forma assimétrica sobre o olho esquerdo, e cheirava a peixe. Como uma garota normal de quinze anos, eu o vi e esperei uma descarga elétrica que me fizesse agir, mas não aconteceu. Fiquei muda como uma vaca perto do cais onde ele estava trabalhando, esperando que me notasse. Eu não sabia que era preciso lhe dar algo para que me notasse.

Isso poderia ter sido o fim de tudo, só que ele estava lá quando voltamos na balsa dois dias depois. Fui mais esperta. Joguei minha bolsa no mar sabendo que iria flutuar com a corrente na direção dele. Dois dias depois, ele ligou para minha casa dizendo que havia encontrado minha carteira, que eu certamente iria querer de volta. Quando começamos a namorar, eu disse aos meus pais que era o destino.

Ele trabalhava com poças de maré na época, e eu o ouvia falar de moluscos e ouriços-do-mar e ecossistemas inteiros que foram arruinados pelo capricho de uma onda do mar. Naquela época, o rosto de Oliver se iluminava quando ele compartilhava suas descobertas marítimas. Agora, ele só fica animado quando está trancado, sozinho, em seu pequeno escritório, analisando dados. No momento em que se volta para o resto do mundo, transmuta-se de Oliver em dr. Jones. Naquela época, eu era a primeira pessoa para quem ele contava quando algo maravilhoso surgia em suas pesquisas. Hoje, não sou nem a quinta da fila.

No segundo patamar, volto-me para Oliver.

— O que você vai procurar?

— Onde?

— Na América do Sul.

Tento coçar as costas e, quando não consigo alcançar, Oliver coça.

— As zonas de reprodução de inverno. Das baleias — diz ele. — Jubartes. Como se eu fosse uma perfeita idiota. Olho para ele.

— Eu diria a você, Jane, mas é complicado.

Pedante imbecil.

— Devo lembrá-lo de que sou uma educadora, e se há algo que aprendi é que qualquer um pode entender qualquer coisa. Você só precisa saber como apresentar as informações.

Vejo-me escutando minhas próprias palavras, como falo aos meus alunos, para ouvir a mudança na cadência. É como se estivesse tendo uma experiência fora do corpo, vendo essa estranha representação em um ato entre um professor egocêntrico e sua esposa maluca. Fico um pouco surpresa com a personagem Jane. Jane tem de recuar. Jane ouve Oliver. Eu me pego pensando: *Essa* não é a minha voz. Essa *não sou eu*.

Conheço esta casa tão bem... Sei quantos passos até chegar lá em cima, sei onde o tapete se desgastou, sei sentir o lugar onde Rebecca esculpiu nossas iniciais no corrimão. Ela fez isso quando tinha dez anos, para que nossa família tivesse um legado.

Os passos de Oliver me acompanham até seu escritório. Sigo pelo corredor rumo a nosso quarto e me jogo na cama. Tento inventar maneiras de comemorar o aniversário de Rebecca. Um circo, talvez, mas isso é muito juvenil. Um jantar no Le Cirque, uma maratona de compras na Saks — já fizemos isso antes. Uma viagem para San Francisco, ou Portland, no Oregon, ou Portland, no Maine. Não sei para onde ir. Honestamente, não sei do que minha filha gosta. Afinal de contas, o que eu queria quando tinha quinze anos? Oliver.

Eu me dispo e vou pendurar meu terninho. Quando abro o armário, vejo que faltam minhas caixas de sapatos. Foram substituídas por caixas etiquetadas com datas: pesquisas de Oliver. Ele já encheu o próprio armário, guarda suas roupas dobradas na secadora do banheiro. Não me interessa onde estão meus sapatos neste momento. A verdadeira questão é que Oliver invadiu meu espaço.

Com a energia que eu não sabia que tinha, levanto as caixas pesadas e as jogo no chão do quarto. São mais de vinte; têm mapas e gráficos, e em algumas as transcrições das fitas. A parte inferior de uma das caixas se rasga quando a levanto, e o conteúdo esvoaça como gansos a meus pés.

O baque pesado chega a Oliver. Ele entra no quarto justamente na hora em que estou fazendo uma parede de caixas do lado de fora da porta. As caixas lhe chegam aos quadris, mas ele consegue escalá-las.

— Sinto muito — digo a ele —, mas elas não podem ficar aqui.
— Qual é o problema? Seus sapatos estão debaixo da pia do banheiro.
— Olhe, não são os sapatos, é o espaço. Não quero você no meu armário. Não quero suas fitas de baleias. — Chuto uma caixa próxima. — Suas gravações de baleias, a *menstruação* das suas baleias no meu armário.
— Não entendo — Oliver diz baixinho, e sei que o estou machucando.

Ele toca a caixa mais próxima a meu pé direito e seus olhos tranquilos armazenam o conteúdo, uns papéis bagunçados, verificando sua segurança com uma ternura explícita que não estou acostumada a ver.

E assim ficamos por vários minutos: pego uma caixa de papelão e a empilho no corredor; Oliver a pega e a leva de volta para o quarto. De rabo de olho, vejo Rebecca, uma sombra por trás da parede de caixas no corredor.

— Jane — diz Oliver limpando a garganta —, já chega.

Imperceptivelmente, eu explodo. Pego alguns papéis da caixa rasgada e os jogo em Oliver, que recua como se tivessem um peso substancial.

— Tire isso da minha frente. Estou cansada disso, Oliver, estou cansada de você, será que não entende?

Oliver diz:

— Sente-se.

Não atendo. Ele me empurra para baixo pelos ombros; eu me contorço e, com os pés, empurro três ou quatro caixas para o corredor. De novo, parece que estou vendo tudo do alto, no balcão, assistindo ao show. Vendo a briga por esse ângulo em vez de como participante, eu me eximo de responsabilidade, não preciso me perguntar de que parte do corpo ou da mente veio minha beligerância, por que fechar meus olhos não controla o uivo. Vejo a mim mesma me contorcendo para me livrar do aperto de Oliver, que é realmente surpreendente, porque ele me prendeu com seu peso. Pego uma caixa de papelão e, com toda a força, a apoio no corrimão. Seu conteúdo, de acordo com as etiquetas, incluem amostras de barbatanas. Estou fazendo isso porque sei que vai deixar Oliver louco.

— Não! — diz ele, empurrando as caixas do corredor. — Estou falando sério.

Balanço a caixa, que parece ficar mais pesada. Neste momento, não consigo lembrar por que estamos discutindo. O fundo da caixa se rasga; seu conteúdo cai em duas camadas.

Oliver e eu apertamos o corrimão observando o material flutuar no ar — papel feito penas e amostras mais pesadas em sacos plásticos que quicam quando atingem a cerâmica abaixo. De onde estamos, não dá para saber quanto se quebrou.

— Desculpe — sussurro, com medo de olhar para Oliver. — Não esperava que isso fosse acontecer.

Ele não responde.

— Vou limpar tudo. Vou organizar isso. Pode guardar no meu armário, tanto faz.

Faço um esforço para recolher pastas próximas a meus braços, reunindo-as como em uma colheita. Não olho para Oliver e não o vejo vindo em minha direção.

— Sua vaca. — Ele agarra meus pulsos.

O jeito como olha para mim me corta por dentro, me diz que fui violentada, que sou insignificante. Vi esses olhos antes e estou tentando identificá-los, mas isso é tão difícil quando a gente se sente morrer... Vi esses olhos antes. *Vaca*, ele disse.

Está em mim, e vem sendo esperado há anos.

De joelhos no chão, com vergões vermelhos se formando nos pulsos, começo a tomar posse de minha alma, desaparecida desde a infância. Uma força que poderia mover uma cidade, que poderia curar um coração e ressuscitar os mortos, empurra e se joga, e se sustenta (*vaca*) e se concentra. Com o poder absoluto de tudo o que ousei sonhar que pudesse ser, livro-me do domínio de Oliver e bato em seu rosto tão forte quanto posso.

Ele solta meu outro pulso e dá um passo para trás. Ouço um choro e, em seguida, me dou conta de que vem de mim.

Ele esfrega a mão na face vermelha e joga a cabeça para trás para proteger seu orgulho. Quando olha para mim de novo, está sorrindo, mas os lábios estão flácidos como os de um palhaço.

— Imagino que isso foi inevitável — diz. — Tal pai, tal filha.

É só quando ele diz isso, o indizível, que posso sentir meus dedos batendo em sua pele, deixando uma marca. É só então que sinto a dor se espalhando como sangue de meus dedos para meu punho e minhas vísceras.

Nunca imaginei que poderia haver algo pior do que aquela vez em que Oliver me bateu; a vez em que eu peguei meu bebê e o deixei; o evento que precipitou a queda do avião de Rebecca. Eu achava que havia um Deus que impedia que essas atrocidades acontecessem com a mesma pessoa duas vezes. Mas nada me preparou para isso: fiz o que jurei que nunca faria, tornei-me meu próprio pesadelo.

Empurro Oliver e desço a escada correndo. Tenho medo de olhar para trás ou de falar. Perdi o controle.

Da pilha de roupa suja, pego rapidamente uma camisa velha de Oliver e um short. Acho as chaves do carro. Pego um cartão com o endereço de Joley e saio pela porta lateral. Não olho para trás, bato a porta atrás de mim e, ainda só de calcinha e sutiã, entro no fresco refúgio de meu velho SUV.

É fácil fugir de Oliver, penso. Mas como posso fugir de mim mesma?

Corro os dedos pelo couro do banco passando as unhas por marcas e lágrimas que se desenvolveram ao longo dos anos. No espelho retrovisor, vejo meu rosto e tenho dificuldade em reconhecê-lo. Alguns segundos depois, percebo que alguém faz eco a minha respiração.

Minha filha segura uma mala pequena no colo. Está chorando.

— Já peguei tudo — diz ela.

Rebecca toca minha mão, a mão que bateu em seu pai, que bateu no próprio marido, que ressuscitou essas brechas mortas e enterradas.

4
JANE

Aos dez anos, eu já tinha idade suficiente para ir caçar com meu pai. Todo ano, quando chegava a estação dos gansos, quando as folhas começavam a voltar, meu pai se tornava uma pessoa diferente. Tirava a espingarda do armário trancado e limpava a arma inteira, até dentro dos canos. Ia até a prefeitura tirar a licença de caça — um selo com a imagem de um pássaro tão bonito que me deu vontade de chorar. Ele falava sobre o ganso assado que ia pegar para o jantar, e então, em um sábado, voltava com um pássaro cinzento macio e mostrava a Joley e a mim o lugar onde o tiro havia entrado.

Minha mãe entrou em meu quarto às quatro e disse que, se eu quisesse caçar gansos, tinha de me levantar. Ainda estava escuro como breu quando meu pai e eu saímos de casa. Fomos em seu Ford a um campo, propriedade de um amigo, que havia sido usado para plantio no verão, e que — segundo meu pai — é o que os gansos mais amam. O campo, que ostentara talos muito mais altos que eu apenas algumas semanas antes, havia sido arrasado; havia falsos travesseiros de poeira presos entre os tocos de milho que sobraram do verão.

Meu pai abriu o porta-malas e tirou o estojo de couro que guardava a arma e os engraçados gansos chamarizes que Joley e eu usávamos como barreiras quando brincávamos de pista de obstáculos. Espalhou-os pelo campo e, a seguir, pegou uma pilha de talos mortos e criou uma pequena gaiola para mim e uma para si próprio.

— Fique sentada ali embaixo — disse ele. — Não respire; nem *pense* em se levantar.

Eu me agachei como ele e vi o sol pintar o céu e como, lentamente, foi entrando no sábado. Contei os dedos e fiquei respirando calmamente, respirações curtas, como me haviam dito. De vez em quando, olhava furtivamente para meu pai, que balançava para frente e para trás sobre os calcanhares e, distraidamente, acariciava o cano da arma.

Após cerca de uma hora, minhas pernas começaram a doer. Eu queria me levantar e correr, livrar-me da sensação de tontura por trás dos olhos que vem quando você não dorme o suficiente. Mas eu já entendia. Fiquei absolutamente imóvel, mesmo quando tive vontade de ir ao banheiro.

Quando os gansos (que, de acordo com meu pai, *nunca* demoraram tanto) finalmente chegaram, a pressão em minha bexiga, causada pela posição de cócoras, já era insuportável. Esperei pacientemente até que os gansos estivessem se alimentando no milharal e então gritei:

— Papai! Preciso fazer xixi!

Os gansos voaram. Era ensurdecedor; uma centena de asas batendo como um só coração. Eu nunca havia visto nada parecido, aquela massa de asas acinzentadas borrando o céu como uma nuvem; pensei que com certeza era por isso que ele queria que eu fosse caçar junto.

Mas meu pai, surpreso com meu grito, perdeu a oportunidade de um bom tiro. Atirou duas vezes, mas nada aconteceu. Voltou-se para mim e não disse uma palavra; eu sabia que estava em apuros.

Ele me deixou ir à floresta que fazia fronteira com o milharal para fazer xixi, e, estranhando que meu pai não me tivesse dado qualquer substituto de papel higiênico, puxei de volta a calcinha e o macacão me sentindo suja. Instalei-me em silêncio debaixo do meu talo de milho-gaiola, mais aliviada. Meu pai disse baixinho:

— Eu poderia matar você.

Esperamos mais de duas horas ouvindo tiros estrondosos a quilômetros de distância, mas não vi mais nenhum ganso.

— Você estragou tudo — disse meu pai, incrivelmente calmo. — Você não faz ideia de como é caçar.

Estávamos prestes a sair quando um bando de corvos passou acima de nós. Meu pai levantou a arma e atirou, e um pássaro preto caiu no chão. Ficou dando pulos em círculos; meu pai havia arrancado parte de sua asa.

— Por que você fez isso, papai? — sussurrei vendo o corvo.

Eu achava que o objetivo era comer a caça. Você não pode comer um corvo. Meu pai pegou a ave e a levou para longe. Horrorizada, vi-o torcer o pescoço do corvo e jogá-lo no chão. Quando ele voltou, estava sorrindo.

— Conte isso para a sua mãe e eu lhe dou uma bela surra, entendeu? Não diga a seu irmão também. Isso é entre mim e minha menina grande, certo?

E, gentilmente, colocou a espingarda ainda fumegante no estojo de couro.

5
JANE

— Tudo bem — digo a Rebecca. — Eu sei o que estamos fazendo.

Ajustando o espelho lateral, saio da cidade rumo à autoestrada que leva à praia de La Jolla. Rebecca, sentindo que estamos fazendo uma longa viagem, abre sua janela e pendura os pés para fora. Um milhão de vezes já lhe disse que não é seguro fazer isso, mas, então, mais uma vez nem sei se é seguro ela estar comigo, de modo que finjo que não vejo. Rebecca desliga o rádio e ouvimos uma sinfonia de zumbido e rangidos do velho carro, o ar salgado cantando ao atravessar o banco da frente.

Quando chegamos à praia pública, o sol está empurrando tons de escarlate contra uma nuvem, estendendo-a como uma rede. Estaciono o carro ao longo do pedaço de calçada que se alinha à praia, atravessando na diagonal um jogo de vôlei de fim de tarde. Sete homens jovens — eu diria que nenhum deles passa dos vinte — se arqueiam e mergulham no fundo do oceano. Rebecca está olhando para eles, sorrindo.

— Já volto — digo.

E, quando Rebecca se oferece para ir comigo, digo não. Afasto-me do jogo rumo à praia sentindo a areia entrar pelos furinhos dos cadarços dos tênis. Ela range, fresca, entre meus dedos dos pés e forma uma segunda sola. Olhando em linha reta, protejo os olhos do sol e me pergunto quão longe é preciso estar para ver o Havaí. Aliás, a quantos quilômetros da costa da Califórnia você deve estar antes que possa ver terra?

Oliver disse uma vez que, em determinados lugares ao sul de San Diego, dá para ver as baleias da costa sem binóculos. Quando lhe perguntei aonde elas estavam indo, ele riu. "Para onde você iria?", perguntou, mas eu estava com medo de lhe dizer. Com o tempo, aprendi. Descobri que a rota do Alasca ao Havaí e a de Nova Escócia às Bermudas eram caminhos paralelos de duas populações de jubartes. Aprendi que as baleias da Costa Oeste e as da Costa Leste não se cruzam.

Para onde você iria?

Aos trinta e cinco anos, eu ainda me refiro a Massachusetts como minha casa. Sempre fiz isso. Digo a meus colegas que sou de Massachusetts, apesar de ter vivido na Califórnia durante quinze anos. Ouço sobre o clima regional no Nordeste quando assisto ao noticiário nacional. Tenho inveja de meu irmão, que percorreu o mundo todo e, graças à divina providência, pôde se estabelecer em casa de novo.

Mas, novamente, as coisas sempre vêm fáceis para Joley.

Uma gaivota paira gritando acima de mim. Batendo as asas parece enorme, artificial. A seguir, mergulha na água e, depois de pescar carniça, volta à superfície e voa para longe. Como é maravilhoso, penso, que ela possa se mover tão facilmente entre ar, mar e terra.

Houve um verão, quando éramos crianças, em que meus pais alugaram uma casa na ilha Plum, na costa norte de Massachusetts. Do lado de fora, parecia grávida, uma pequena torre em cima que parecia se expandir em um nível inferior bulboso. Era vermelha, precisando de pintura, e tinha pôsteres emoldurados de gatinhos malhados e bobagens náuticas. A geladeira era uma relíquia da virada do século, com um ventilador e um motor. Joley e eu passávamos muito pouco tempo na casa; tínhamos sete e onze anos, respectivamente. Saíamos antes do café da manhã e só voltávamos quando a noite parecia se mesclar com a linha do oceano que considerávamos nosso quintal.

No final do verão, houve rumores de um furacão, e, como todas as outras crianças na praia, insistimos em nadar nas enormes ondas. Joley e eu estávamos na praia e vimos colunas de água subindo como ícones do oceano. As ondas nos provocavam: "Venham aqui, venham aqui, não vamos machucá-los". Quando reunimos coragem suficiente, Joley e eu nadamos para além das ondas e as montamos de barriga, e batemos na praia com tanta força que punhados de areia ficaram presos nos bolsos de nossos trajes de banho. Em certo momento, Joley não conseguiu pegar uma onda. Boiando várias centenas de metros no oceano, tentou e nadou o máximo que podia, mas aos sete anos ele não tinha força. Cansou-se rapidamente, e lá estava eu, meus pés enterrados pela ressaca, observando ondas monstruosas formarem uma barreira que nos separava.

Foi tudo tão rápido que ninguém percebeu, nem outras crianças nem os pais, mas, assim que Joley começou a chorar, mergulhei na água e nadei como um sapo até chegar bem atrás dele; emergi, passei meus braços em torno dele e nadei com toda a minha energia para a próxima onda. Joley engoliu um pouco de areia ao aterrissar de bruços na praia rochosa. Meu pai correu para nós perguntando que diabos estávamos fazendo ali com aquele tempo. Joley e eu nos secamos e vimos o furacão pela janela remendada da casa de campo. No dia seguinte, claro e ensolarado, e todos os dias depois disso, não entrei na água. Pelo menos não além da altura do peito, que é só o que vou fazer agora. Meus pais acharam que o furacão havia me assustado, mas não fora nada disso. Não quero me oferecer tão facilmente à entidade que quase tirou de mim o único membro da família que eu amava.

Avanço em direção à água tentando não me molhar, mas meu tênis fica encharcado quando coloco os punhos na água. Para julho está bastante fria, e a sensação é boa onde minha pele ainda está queimando. Se eu nadasse para longe, com a água além da cabeça, conseguiria aliviar a parte de mim que odeia? A parte que bate?

Não me lembro da primeira vez que isso aconteceu comigo, mas Joley sim. A voz de Rebecca me puxa:

— Mãe — diz ela. — Me conte o que aconteceu.

Eu gostaria de lhe falar tudo, começando do início, mas certas coisas não devem ser ditas. Então, conto-lhe sobre as caixas de sapatos e registros de Oliver, sobre a caixa rasgada, sobre as amostras de barbatanas quebradas, as pastas arruinadas. Conto-lhe que bati em seu pai, mas não lhe conto o que Oliver me disse.

O rosto de Rebecca desaba, e posso dizer que ela está tentando decidir se deve ou não acreditar em mim. Então, ela sorri.

— Só isso? Eu estava esperando algo maior. — Ela alcança a areia timidamente e enrola um pedaço de alga seca nos dedos. — Ele mereceu.

— Rebecca, isso é problema meu, não seu.

— Bom, mas é verdade — insiste.

Realmente, não posso discordar dela.

— Mesmo assim.

Rebecca se senta na areia e cruza as pernas ao estilo indiano.

— Você vai voltar?

Eu suspiro. Como se explica um casamento a uma menina de quinze anos?

— Não se pode simplesmente fazer as malas e fugir, Rebecca. Seu pai e eu temos um *compromisso*. Além disso, eu tenho um emprego.

— Você vai me levar junto, não vai?

Meneio a cabeça.

— Rebecca...

— É óbvio, mãe. Você precisa de *espaço* — Rebecca faz um gesto largo com os braços. — Você precisa de espaço para reconsiderar. E não se preocupe comigo; os pais de todo mundo estão fazendo isso. Reconsiderando. É a idade da separação

— Isso é absurdo. E eu não iria levá-la mesmo que estivesse indo embora. Você é filha dele também. Me diga uma coisa — pedi, olhando firme para ela. — O que seu pai fez para merecer que você vá embora?

Rebecca pega uma pedra, uma pedra perfeita para deslizar, e a faz quicar seis, não, sete vezes no oceano.

— O que ele fez para merecer que eu fique? — Ela olha para mim e se levanta. — Vamos agora — diz —, enquanto ainda podemos ser mais espertas que ele. Ele é um cientista e rastreia as coisas, por isso precisamos de toda a dianteira que possamos tomar. Podemos ir para qualquer lugar, qualquer lugar! — Rebecca aponta para o estacionamento. — Nós temos uma quantia limitada de dinheiro, por isso vamos ter que fazer um planejamento, e eu posso ligar para a sra. Nulty na piscina e dizer que estou com mononucleose ou alguma coisa assim, e você pode ligar para o superintendente e dizer que pegou mono de mim. Estou pronta para tudo, desde que viajemos de carro. Tenho uma coisa com viagens aéreas...

Ela para de falar, ri e então se arrasta até mim, caindo de joelhos.

— O que acha da ideia, mãe?

— Quero que você me escute, e escute com atenção. Você entende o que aconteceu hoje à tarde? *Eu... bati... no... seu... pai.* Não sei de onde veio isso, ou por que fiz isso. Simplesmente perdi o controle. E pode acontecer de novo...

— Não, não pode.

Começo a caminhar pela praia.

— Não sei o que aconteceu, Rebecca, mas fiquei com raiva o suficiente, e dizem que essas coisas se repetem, que é um ciclo e é genético, entende? E se eu bater em você sem querer? — As palavras saíram de minha boca como uma tosse de pedras. — E se eu bater no meu bebê?

Rebecca joga os braços em volta de mim, enterrando o rosto em meu peito. Posso ver que ela está chorando também. Alguém perto da rede de vôlei grita: "Isso mesmo, cara, é ponto!", e eu a puxo para perto de mim.

— Eu nunca teria medo de você — diz Rebecca, tão baixinho que por um minuto penso que pode ser o mar. — Eu me sinto segura com você.

Seguro seu rosto entre as mãos e penso: *Desta vez, tenho condições de mudar as coisas.* Rebecca me abraça, as mãos cerradas, e não preciso perguntar o que ela está segurando tão apertado: minha filha está segurando nosso futuro.

— Não tenho ideia de aonde ir — digo a Rebecca. — Mas seu tio tem.

Pensando em Joley, é fácil esquecer Oliver. Meu irmão é a única pessoa em quem eu realmente confio na vida. Pensamos as ideias um do outro, terminamos as frases um do outro. E, porque ele estava lá quando tudo isso começou, será capaz de entender.

De repente me liberto de Rebecca e corro pela praia chutando areia para cima atrás de mim, como costumava fazer com Joley. *Você pode correr, mas não pode se esconder,* penso. Ah, sim, mas posso tentar. Sinto o ar nos pulmões e tenho uma cãibra na lateral, e essa dor, uma dor física maravilhosa que eu posso identificar, me faz lembrar que, afinal de contas, ainda estou viva.

6
REBECCA

2 DE AGOSTO DE 1990

Sam, que nunca na vida saiu de Massachusetts, fala sobre um ritual de morte chinês minutos antes de eu ir embora de seu pomar de maçãs. Estamos sentados no porão escuro da Casa Grande, em latas de leite enferrujadas do início do século XX. Adaptamo-nos ao ar pesado, aos ratos brancos e ao cheiro molhado de maçãs que fazem parte da fundação deste lugar: argamassa misturada com suco de maçã para fazer cimento. Sam pressiona as costas contra as minhas para me ajudar a sentar; ainda não me sinto cem por cento. Quando ele inspira, posso sentir sua pulsação. É o mais próximo que estive dele desde que chegamos a Stow. Estou começando a entender minha mãe.

Há grossas vigas nas paredes do porão e esquecidas cadeiras de balanço de vime e latas de conserva rachadas. Posso ver as mandíbulas das armadilhas para animais. Sam diz:

— Na China, a pessoa não pode ser enterrada até que um número adequado de pessoas apresente suas condolências.

Eu não duvido dele, e não me pergunte como ele sabe disso. Com Sam, você dá as coisas como certas. Ele lê muito.

— Até os turistas podem ir ao funeral e se curvar perante a viúva de um homem morto, e eles contam. Não importa se você conhecia a pessoa que morreu.

Um pequeno quadrado de luz pousa no centro do chão de terra. Vem da única janela do porão, que esteve fechada com cadeado durante todo o tempo em que estive aqui.

— Enquanto isso, do lado de fora do funeral, os parentes sentam na calçada e dobram papéis em forma de castelos, carros e roupas finas. Em forma de joias e moedas.

— Origami — digo.

— Acho que sim. Eles fazem pilhas e pilhas dessas coisas que a pessoa morta não tinha quando era viva e, quando cremam o corpo, acrescentam todas essas posses de papel ao fogo. A ideia é que a pessoa tenha tudo isso quando chegar à outra vida.

Alguém liga um trator do lado de fora. Surpreende-me que o pomar ainda esteja em funcionamento depois de tudo o que aconteceu.

— Por que você está me dizendo isso? — pergunto.

— Porque não posso dizer a sua mãe.

Eu me pergunto se ele espera que eu conte a ela. Imagino se consigo me lembrar do jeito que me contou. As palavras exatas significariam muito para ela.

Sam se levanta abruptamente, e o balanço de seu corpo me derruba da lata de leite. Ele olha para mim no chão, mas não faz nenhum esforço para me levantar. Entrega-me a camisa de flanela — de Hadley — que eu o deixei segurar por alguns minutos.

— Eu também o amava. Ele era meu melhor amigo — diz Sam. — Ai, meu Deus, desculpe.

Com a menção ao assunto, começo a chorar.

O rosto de tio Joley aparece no quadrado da janela do porão. Ele bate no vidro com tanta força que acho que vai quebrar. Limpo o nariz com a bela camisa azul de Hadley.

Tio Joley estava lá fora com meus pais. Ele deve ter sido o único a falar com minha mãe sobre voltar à Califórnia. Ninguém mais tem tanto poder sobre ela, exceto, talvez, Sam, e ele não lhe diria para ir.

Sam me pega em seus braços. Estou exausta. Inclino a cabeça sobre a curva de seu ombro e tento limpar minha mente. Lá fora está muito claro. Protejo os olhos, em parte por causa da claridade e em parte porque todo mundo que trabalha no pomar veio dos campos para ver o espetáculo, para me ver.

Meu pai é o único que sorri. Toca meu cabelo e abre a porta do Lincoln Town Car brilhante. Ele toma cuidado para não ficar muito perto de Sam; afinal, não é nenhum idiota. Olho para meu pai por alguns instantes.

— Olá, menina — ele diz baixinho.

Não sinto nada.

Sam me deita no banco de trás, em cima de velhos cobertores de crina de cavalo que eu reconheço do celeiro. Eles me lembram Hadley. Ele não se parecia em nada com Sam — Hadley tinha cabelos louros embaraçados e olhos castanho-claros como as areias molhadas da Carolina. Seus lábios se afundavam um pouco demais no centro.

— São seus agora — Sam diz.

Ele toca minha testa.

— Sem febre — acrescenta, em tom corriqueiro.

A seguir, coloca os lábios em minha testa como eu sei que viu minha mãe fazer. Finge que é para checar minha temperatura.

Quando ele fecha a porta do carro, o som do lado de fora é cortado. Tudo que ouço é minha própria respiração ainda rouca. Viro o pescoço para poder ver pela janela.

É como uma bela mímica. Sam e meu pai estão em lados opostos do palco. Há um pano de fundo de salgueiros e um trator John Deere verde. Minha mãe segura as duas mãos de tio Joley. Ela está chorando. Tio Joley levanta o queixo dela com o dedo e, a seguir, ela coloca os braços em volta do pescoço dele. Minha mãe tenta sorrir, realmente se esforça. Então, tio Joley aponta para um lugar que não consigo ver e dá um tapinha nas costas de meu pai. Empurra-o para fora de meu campo de visão. Meu pai vira a cabeça. Tenta captar um vislumbre de minha mãe, a quem deixou para trás.

Sam e minha mãe estão a centímetros de distância. Não se tocam. Tenho a sensação de que, se o fizessem, sairia uma faísca azul. Sam diz alguma coisa e minha mãe olha para o carro. Mesmo a esta distância, posso me ver em seus olhos.

Eu me viro para lhes dar privacidade. Então, tio Joley está na janela, batendo para que eu a abra. Ele enfia os braços magrelos até a metade do banco de trás e me puxa para frente pela gola da camiseta.

— Cuide dela — diz.

Quando diz isso, começo a ver como estou perdida.

— Não sei o que fazer — digo-lhe.

E não sei mesmo. Não sei como manter unida uma família, especialmente uma que parece um vaso de relíquia, quebrado, mas que foi colado porque é bonito, e ninguém menciona que dá para ver as rachaduras, tão claras como o dia.

— Você sabe mais do que imagina — diz tio Joley. — Por que outra razão Hadley teria se apaixonado por uma criança?

Ele sorri, e sei que está me provocando. Ainda assim, ele admitiu que Hadley se apaixonou, que eu me apaixonei. Por causa dessa coisa simples, afundei de novo no banco. Agora tenho certeza de que finalmente vou dormir a noite toda.

Quando as portas da frente se abrem, parecem o lacre de metal de uma nova lata de bolas de tênis se partindo. Minha mãe e meu pai deslizam ao mesmo tempo para seus lugares no carro. Ao lado do carro de meu pai, tio Joley está dando indicações.

— Siga pela 1-17 direto — diz ele. — Vai chegar a uma estrada.

Qualquer estrada, penso. Todas elas nos levam para o mesmo lugar, não é?

Sam fica em frente à janela aberta de minha mãe. Seus olhos empaliceram, claros e azuis, o que dá a impressão de que ele tem buracos na cabeça através dos quais se enxerga o céu. É uma coisa estranha de se ver, mas dão segurança a minha mãe.

Meu pai liga o carro e ajusta o encosto de cabeça.

— Vamos fazer uma longa viagem — diz.

Está tão casual, como nunca o vi. Está tentando, mas é tarde demais. Conforme move o carro para frente, espumas de poeira se formam nas rodas. Minha mãe e Sam ainda estão olhando um para o outro.

— Acho que vamos ficar bem — diz meu pai.

Estica-se por trás de seu banco para afagar meu pé.

À medida que meu pai desce a rua, a cabeça de minha mãe se volta para olhar nos olhos de Sam.

— Vocês duas realmente viajaram — diz meu pai. — Me fizeram rodar por todo lugar.

Ele mantém seu monólogo, mas eu perco a trilha das palavras. Minha mãe, que se virou de lado no banco, fecha os olhos.

Lembro-me de uma vez em que vi Hadley enxertar brotos.

Ele pegou o broto de uma macieira em flor e o enxertou no galho de uma árvore velha que não dava frutos. Com uma faca afiada, fez um corte em forma de T na casca da velha árvore. Disse que era muito importante cortar somente a casca, não a madeira da árvore. Então, como um escultor, ergueu as dobras da casca. O galho da árvore mais jovem estava em um saquinho plástico. Cortou metade do broto, levando um pedacinho da carne do ramo. Para minha surpresa, havia uma folha dentro — eu nunca dei muita atenção ao lugar onde as folhas ficavam antes de brotarem. Hadley cortou a folha e me entregou; a seguir, empurrou o botão debaixo das abas da casca da velha árvore. Envolveu tudo firmemente com uma fita esverdeada como se enfaixasse um tornozelo torcido.

Perguntei-lhe quando ia começar a crescer, e ele disse que em cerca de duas semanas saberiam se o broto havia vingado. Se vingasse, a ponta do caule da folha seria verde. Se não, tanto o broto quanto a folha secariam. Mesmo que o enxerto pegasse, o botão não ramificaria antes da próxima primavera. Ele me disse que o legal de um enxerto assim era que uma velha árvore, uma árvore morta, poderia se transformar em algo novo. Qualquer que fosse a cepa da maçã enxertada, cresceria naquele galho particular. Assim, em tese, você poderia ter quatro ou cinco diferentes variedades de maçã saindo de uma mesma macieira, todas diferentes do fruto original da árvore que as suportava.

Eu afasto o cobertor para o chão do banco de trás. Embaixo, alguém — Sam? — colocara um monte de maçãs: Cortlands, Jonathans, Bellflowers, Macouns, Bottle Greenings. Fico impressionada porque consigo escolher qualquer uma sem olhar. Minha intuição me diz que há mais no porta-malas, e suco de maçã também. Tudo para levarmos para a Califórnia.

Eu procuro uma Cortland e dou uma mordida grande e forte. Interrompo meu pai, que ainda está falando.

— Ah — ele diz —, você trouxe algumas coisinhas, não é?

Ele estava falando alguma coisa sobre a qualidade do ar de Massachusetts em comparação com o de Los Angeles. Continua falando, mas nem minha mãe nem eu escutamos. Ela me olha com cara de fome enquanto como a maçã.

Estico a outra metade para ela. Ela sorri. Dá uma mordida ainda maior que a minha. O suco lhe escorre pelos cantos da boca, mas ela não se preocupa em limpar. Termina a maçã até o miolo. A seguir, abre a janela e o joga na estrada. Inclina a cabeça para fora da janela. O vento sopra em seus cabelos e eles lhe escondem uma parte do rosto, iluminando outras.

Uma motocicleta desvia do outro lado da estrada. Chega perto o suficiente para alarmar meu pai e quebrar minha concentração. *Efeito Doppler*, penso, ao ouvir o grito do motor cada vez menor até desaparecer. Mas ele realmente não desaparece; só sai de meu campo de alcance temporariamente.

Minha mãe capta meus olhos: *Seja forte por mim. Seja forte por mim.*

Esse canto silencioso preenche o carro. Há algo a ser dito sobre o fato de meu pai não conseguir ouvir certas coisas. Os pensamentos de minha mãe vêm em ondas, puxando-me em direção a ela como uma maré: *Eu te amo. Eu te amo.*

7
SAM

Você não vai acreditar, mas, quando eu era criança, meu pai tinha um rádio velho lá embaixo, no celeiro, que não funcionava, e eu sempre pensei se um dia ouviríamos todas aquelas velhas coisas do rádio: Amos e Andy, comerciais de Pepsodent, conversas ao pé do fogo. Imaginava as vozes crepitando como ligações ruins, engolindo as próprias sílabas. Eu enchia meu pai diariamente, para torcer um fio verde em volta de um amarelo, ou para consertar o grande alto-falante furado, mas ele dizia para eu ir fazer o que deveria estar fazendo e pronto.

    Meu pai tinha quase cinquenta anos quando nasci, e esse rádio era uma coisa do auge de sua vida, não sei, mas ele não me deixava ligá-lo. Era exatamente como você está imaginando: grande, de madeira entalhada, liso mogno brilhante com incrustações de latão, um alto-falante maior que meu rosto, um painel rachado devido a uma queda. Meu pai, paciente, ia me seguindo até o palheiro, até a prateleira onde ficava o rádio, impressionante como uma jukebox contemporânea. Eu lhe implorava para que o consertasse, que o fizesse funcionar como havia feito com o trator e a bomba manual (ele era assim). Implorava porque eu queria ouvir sua história.

    Meu pai dizia vezes e mais vezes que não tinha paciência para as coisas elétricas, como ele as chamava. Disse-me para aplicar melhor meu tempo. Mas esse rádio tinha um mistério. O que estava fazendo em um palheiro, não sei.

    Quando eu tinha catorze anos, peguei um livro de eletrônica da biblioteca e comecei a brincar com todos os serpeantes fios pretos e vermelhos que pude encontrar em casa. Fiquei fascinado com aquele emaranhado. Desmontei meu despertador e o montei novamente. Desmontei o telefone e o montei novamente. Até desmontei a esteira rolante que usávamos para classificar as maçãs que seriam levadas ao mercado. Comecei a me perguntar sobre o interior de outras coisas. Fiz tudo isso sem atrair a atenção de meu pai. Então, removi o painel traseiro do rádio em um domingo e, com medo de ir mais longe, deixei-o ao lado do aparelho até o dia seguinte.

Mas isso foi na noite em que as maçãs começaram a apodrecer. Foi a coisa mais estranha... Tínhamos uma centena de acres, e uma doença, uma praga, na verdade, espalhou-se de leste para oeste, lentamente, atingindo cerca de vinte acres durante a noite; nossas melhores árvores. Passamos o dia seguinte pulverizando e podando e tentando todos os outros truques do livro. Na segunda noite, as Macouns começaram a cair das árvores. Meu pai começou a fumar — ele havia parado. Verificou o saldo da conta poupança. No meio da noite, fui sorrateiramente até o palheiro. Deitei-me nos montes de capim e rabo-de-gato secos imaginando o balanço do som da Big Band, o doce Andrews Sisters enchendo o teto abobadado e pousando sobre as vigas. Então, aparafusei de volta o painel do rádio.

Não espere milagres; perdemos metade da colheita daquele ano. Aquilo não teve nada a ver com o maldito rádio, era um parasita cujo nome científico esqueci. Aos catorze anos, o que eu podia saber? Coisinhas brancas como bichos de batata, só que mais letais. Quando meus pais se mudaram para a Flórida, há seis anos, eu havia consertado o rádio. Tinha vinte anos, ainda esperava ouvir Herb Alpert. Ouvi Madonna; ri quando a ouvi, truncada, como em um velho gramofone.

Não teve nada a ver com as maçãs, eu já disse isso, não?

8
OLIVER

(De um artigo que Oliver se senta para escrever para o *Journal of Mammology*.)

Espero que elas nunca mais voltem.
A análise detalhada das canções das baleias jubartes de baixas a médias latitudes das águas do leste do Pacífico Norte (Payne et al., 1983) e do oeste do Atlântico Norte têm demonstrado que as canções mudam rápida e progressivamente ao longo do tempo, obedecendo a leis não escritas.
Anteriormente, pensava-se que as jubartes cantavam apenas durante os meses de inverno, quando ocupam invernadouros de baixas latitudes, e durante a migração de e para essas zonas (Thompson et al., 1979, e outros). Nossas observações entre junho e agosto na área de alimentação de altas latitudes de Stellwagen Bank pareciam confirmar esses relatórios. Em aproximadamente catorze horas de gravação durante a meia-estação, ouvimos apenas sons sem padrão, e não canções.
Ela deve voltar, senão não teria levado Rebecca. Mas você não vai ver Oliver Jones se desculpando. Ela é a única que errou aqui. É a única culpada. Ainda tenho a marca dela no rosto.
Até recentemente, as únicas canções completas das baleias jubartes, gravadas em áreas de alimentação de altas latitudes em qualquer época do ano, foram as relatadas por McSweeney et al. (1983) com base em duas

gravações feitas em águas do sudeste do Alasca no final de agosto e início de setembro. Essas gravações, que eram o resultado de escuta de cento e cinquenta e cinco dias, durante cinco verões, apresentaram versões abreviadas da canção de invernadouro de baleias jubartes do Pacífico Norte oriental, e continham o mesmo material cantado na mesma ordem das músicas havaianas das circundantes temporadas de inverno.

Não sei o que deu nela ultimamente. Não está agindo de modo normal. Nos últimos tempos, quando eu menos espero, ela fica exigindo, antecipando coisas que não posso dar. Ela deveria saber o que tudo isso significa para um cientista, a caça, a pista, a emoção. E agora ela me bateu – forte.

Que estranho o rosto dela depois que me bateu. Sentia mais dor que eu. Dava para ver nos olhos dela – como se tivesse sido de tal forma violada que sua própria imagem se quebrou.

Relatamos aqui as primeiras gravações de canções completas da baleia jubarte nas áreas de alimentação de altas latitudes no Atlântico Norte, junto com evidências que sugerem que: a) as baleias, aparentemente, começam a cantar antes da migração; e b) cantar nas áreas de alimentação de altas latitudes é comum no outono. Nossas observações e gravações foram feitas perto do Stellwagen Bank, Massachusetts, uma região alongada de baixios ao norte de Cape Cod, no sul do golfo do Maine. Todos os anos, essa área é ocupada pelo sazonal retorno da população de baleias (Mayo, 1982,3), que se alimenta na região (Hain et al., 1981).

A última vez foi no outono. Era fim de setembro quando ela foi embora e levou a menina. Depois do acidente, quando a vi no hospital, ela parecia arrasada, como vidro temperado estilhaçado. Quem poderia acreditar? Aconteceu novamente. Mas esse marido manteve sua promessa. Oliver Jones não bateu nela. Ela deu a si mesma motivos para ir embora. Que foram: rebobinar tudo em sua mente como uma fita cassete, chegar ao ponto em que ocorreu o surto – a ardência, meu riso. A seguir vêm as palavras, a afirmação do passado do qual ela tenta fugir: tal pai, tal filha; tal pai, tal filha.

Descrevemos a estrutura da canção usando terminologia estabelecida: em resumo, as canções das jubartes são compostas de uma sequência de temas diferentes que se repetem em uma ordem previsível; cada sequência de temas é considerada uma canção, e todas as músicas cantadas por uma única baleia sem uma pausa de mais de um minuto perfazem uma sessão de música (Jones, 1970).

Conheço seu passado, que se mantém em grande parte inconfesso, mas a verdade é a verdade. Tal pai, tal filha – eu me surpreendo, soa malicioso. Para cada ação há uma reação igual e oposta. Ela me bate, eu bato nela. Será possível alguém mover fisicamente uma pessoa com palavras?

A análise preliminar das gravações dos três dias do outono de 1988 mostra que os três contêm canções completas das jubartes. Comparações com canções de março, final do inverno, mostram que as canções de novembro se assemelham às do final do inverno anterior, em consonância com a hipótese (Jones, 1983) de que as canções mudam, fundamentalmente quando estão sendo cantadas, e não durante o verão silencioso.

Imagine o seguinte: Oliver Jones sentado nos degraus de sua suntuosa casa em San Diego, tentando escrever um artigo para uma revista profissional, e se distrai com faróis que passam. Oliver Jones abandonado por sua família, por razões que ele não pode compreender. Oliver Jones se defendendo de uma mulher enlouquecida, com o poder da linguagem. Com um único fragmento de frase. Oliver Jones. Cientista. Pesquisador. Traidor. Que vida ela teve... Existe alguma coisa que Jane poderia me dizer que me fizesse ir embora?

Pelo fato de termos dados consideráveis sobre muitos dos indivíduos sazonalmente residentes na área de estudo do golfo do Maine, e uma coleção de canções de jubartes de invernadouros do Atlântico Norte ocidental datadas de 1952, estes estudos devem ajudar a esclarecer a função das canções das áreas de alimentação de altas latitudes e sua relação com as dos invernadouros. Com um estudo mais aprofundado, esperamos determinar quanto canto ocorre nas áreas de alimentação, quem são os cantores e em que contexto cantam.

Desta vez, ela tem de voltar para casa. Tem de voltar para que eu possa lhe dizer que sei por que me deixou. Que é possível que eu tenha sido o único culpado. E, se ela não voltar para casa, vou atrás dela. Foi no campo do rastreamento que este cientista construiu seu nome.

9
JANE

Em vez de brigar quando estávamos crescendo, Joley e eu passamos por um ritual de salvar um ao outro. Eu fui a pessoa que mentiu por ele quando ele fugiu de casa a primeira vez e apareceu no Alasca trabalhando em um petroleiro. Fui eu quem pagou sua fiança e o tirou da cadeia em Santa Fé, quando ele agrediu um guarda de trânsito. Quando uma pesquisa da faculdade o convenceu de que o Santo Graal estava enterrado no México, fui eu quem o levou para Guadalajara. Eu o convenci a não atravessar a nado o Canal da Mancha, atendi a todas as suas ligações, respondi todas as suas cartas. Durante todo o tempo, Joley tentou encontrar um canto neste mundo onde se sentisse confortável, e eu era a única que sabia onde ele estava.

E, em troca, ele tem sido meu fã número um. Ele acreditou em mim com tanta fé que às vezes eu começava a acreditar também.

Rebecca está no 7-Eleven, comprando alguma coisa para comer. Eu disse a ela para ser frugal, porque o ponto principal é que não temos muito dinheiro e só podemos ir tão longe quanto permitam os cartões de crédito de Oliver antes que ele os cancele. A operadora faz uma chamada a cobrar para Stow, Massachusetts, que é aceita por alguém chamado Hadley. O homem que atendeu tem uma voz suave.

— Jane — diz ele. — O Joley me falou de você.

— Ah — digo sem saber como responder. — Legal.

Ele vai procurar Joley, que está no campo. Seguro o fone longe do ouvido e conto os furinhos no bocal.

— Jane! — Essas boas-vindas, esse grande olá... Puxo o fone para perto.

— Oi, Joley — digo, e se faz um silêncio absoluto.

Entro em pânico e pressiono os botões — números um, nove e seis —, me perguntando se a linha caiu.

— Diga, qual é o problema? — pergunta meu irmão, e, se fosse qualquer outra pessoa que não Joley, eu teria perguntado como ela sabia que eu tinha um problema.

— É o Oliver — comecei e balancei a cabeça. — Não, sou eu. Deixei o Oliver, peguei a Rebecca e fui embora, e estou em um 7-Eleven em La Jolla e não tenho a menor ideia do que fazer ou para onde ir.

A três mil quilômetros de distância, Joley suspira.

— Por que você foi embora?

Eu tento pensar em uma piada, ou em uma maneira espirituosa de contar. *A situação já é uma piada*, penso e, para meu pesar, sorrio.

— Joley, eu bati nele. Bati no Oliver.

— Você bateu no Oliver?

— Sim! — sussurro, tentando fazê-lo calar, como se o país inteiro que nos separa pudesse nos ouvir.

Joley ri.

— Ele provavelmente mereceu.

— Não é esta a questão.

Vejo Rebecca ir até o balcão dentro do 7-Eleven, com uns bolinhos na mão.

— Então, de quem você está fugindo?

Minhas mãos começam a tremer, então encaixo o fone na curva do pescoço. Não digo nada e espero que ele preencha a resposta por mim.

— Preciso te ver — diz Joley, sério. — Preciso te ver para ajudar. Você pode vir até Massachusetts?

— Acho que não.

Não acredito mesmo. Joley viajou o mundo todo, passou por cavernas, oceanos e suas fronteiras, mas eu nunca me afastei do subúrbio no leste, ou da Costa Oeste. Vivi em dois bolsões desligados de um todo. Não faço ideia de onde fica Wyoming, ou Iowa, ou se leva dias ou semanas viajar por todo o país. Não tenho o menor senso de direção quando se trata de coisas assim.

— Preste atenção: pegue a Oito leste para Gila Bend, no Arizona. A Rebecca pode ajudar, ela é uma garota esperta. De manhã, vá até a agência dos correios da cidade e peça uma carta no seu nome. Vou escrever e lhe dizer aonde ir, e não vou lhe dar mais que um passo de cada vez. E, Jane...

— Sim.
— Só queria ter certeza de que você estava ouvindo. Está tudo bem — diz ele, e sua voz acaricia. — Estou aqui, e vou escrever para você por todo o país.

Rebecca sai, vem para a cabine de telefone e me oferece um bolinho.

— Não sei, Joley, não boto fé no Serviço Postal dos Estados Unidos.
— Alguma vez já decepcionei você?

Não, e, porque ele nunca o fizera, começo a chorar.

— Fale comigo — digo.

Então, meu irmão começa a falar, interminável, adorável, conectado.

— A Rebecca vai amar aqui. É um pomar, uma centena de acres. E o Sam não vai se importar de vocês virem. Ele é dono do lugar, terrivelmente jovem para dirigir uma fazenda, mas os pais dele se aposentaram e foram para a Flórida. Eu aprendi muito com o Sam.

Faço um gesto para Rebecca para que chegue mais perto e, quando vem, seguro o fone entre nós para que ela possa ouvir.

— Plantamos Prairie Spys, Cortlands, Imperials, Lobos, McIntosh, Regents, Delicious, Empire, Northern Spy, Prima, Priscillas, Yellow Delicious, Winesaps. À noite, quando você vai para a cama, ouve o balido das ovelhas. De manhã, quando se debruça na janela, sente o cheiro de suco de maçã e erva-doce.

Rebecca fecha os olhos e se inclina contra a cabine telefônica cravejada de chicletes.

— Parece ótimo — digo, e, para minha surpresa, minha voz não treme mais.
— Estou louca para ver você.

— Não tenha pressa. Não vou traçar sua rota pelas estradas mais rápidas. Vou mandá-la para lugares que acho que você precisa visitar.

— E se...

— O Oliver não vai encontrar vocês. Confie em mim.

Escuto a respiração de Joley do outro lado da linha. As mudanças atmosféricas em La Jolla. O ar salobro, o vento que inverte seu curso. Dois garotos no banco de trás de um jipe farejam o céu noturno como cães de caça.

— Sei que você está com medo — diz Joley.

Ele entende. E, com essa confissão, eu me sinto deslizar, mole, para as mãos cuidadosas de meu irmão.

— Então, quando chegarmos a Gila Bend — diz Rebecca —, o tio Joley vai nos encontrar?

Ela está tentando cuidar dos detalhes; ela é esse tipo de garota. A cada oitenta quilômetros mais ou menos, quando não consegue ouvir nada além de estática no rádio AM, ela me faz outra pergunta logística.

— Não, ele vai mandar uma carta. Acho que estamos indo ver a vista à maneira de Massachusetts.

Rebecca desliza os pés para fora dos tênis e os pressiona contra o vidro da frente. Halos de geada se formam em volta de seus dedos mindinhos.

— Isso não faz nenhum sentido. Até lá, o papai vai nos encontrar.

— O seu pai vai olhar para a distância mais curta entre dois pontos, não acha? Ele não pensaria em Gila Bend, pensaria em Vegas.

Estou impressionada comigo mesma; Vegas foi um tiro no escuro para mim, mas, pela cara de Rebecca, posso dizer que sugeri o local mais direto mesmo.

— E se não houver nenhuma carta? Ou se não conseguirmos? — Ela se torce no banco de modo que as dobras de seu pescoço formam vários queixos. — E se nos encontrarem daqui a semanas, morrendo de disenteria ou de piolhos, ou de dirofilariose, no banco de trás de um Chevy Wagon?

— Seres humanos não pegam dirofilariose. Acho que não.

Pego Rebecca olhando para os meus punhos, que repousam no grande volante. Floresceram neles contusões cor de açafrão e violeta, como grandes pulseiras que não dá para tirar.

Digo calmamente:

— Você devia ver como ficou a cara dele.

Ela desliza no banco e ergue o pescoço para enxergar da perspectiva do motorista.

— Espero nunca ter que ver.

Ela é linda em seus quase quinze anos. Rebecca tem cabelo liso, cor de palha, que brota para a crista dos ombros; sua pele de verão é cor de avelã e seus olhos são a mais estranha combinação dos azuis de Oliver e os meus tons de cinza. São de uma espécie violenta de verde, como o de uma tela de computador, transparente, alarmante. Ela está comigo pela aventura. Não pensou no que significa deixar o pai para trás, por pouco tempo ou para sempre. O que ela vê é o drama — a explosão, o bater de portas, a oportunidade única de viver o enredo de uma novela de jovens adultos. Não posso culpá-la, mas não posso permitir arrastá-la junto. Mas deixá-la para trás não era uma alternativa viável.

Sou louca por ela. Desde o primeiro dia, ela dependia de mim, e, notavelmente, ainda tenho de decepcioná-la.

— Mãe — diz Rebecca contrariada. — Alô, alô, Terra para mãe.

Sorrio para ela

— Desculpe.

— Podemos encostar?— Ela olha o relógio, um Concord de couro e ouro, presente de Oliver vários Natais atrás. — São nove e meia ainda, e vamos chegar lá pela meia-noite; eu realmente preciso fazer xixi.

Não sei como Rebecca concluiu que chegaremos à meia-noite, mas está calculando com uma régua e um pequeno mapa rodoviário que encontrou no banco de trás. "Geografia, mãe", ela disse. "Todo mundo tem que estudar essa matéria."

Encostamos quando surge um acostamento na estrada e tranco o carro. Vou com Rebecca para o mato para fazer xixi — não sou louca de deixá-la sair na beira da estrada no meio da noite. Damos as mãos uma à outra, tentando não pisar nas heras venenosas.

— Noite gostosa — diz Rebecca enquanto faz xixi e eu seguro seus braços para que mantenha o equilíbrio. — Não está mais quente que o habitual?

— Esqueço que você é uma garota da Califórnia. Não faço ideia se está mais quente que o habitual. O habitual na Costa Leste é treze graus à noite.

— O que vou usar? — diz Rebecca, e eu olho fixamente para ela. — Como papel higiênico...

— Não sei.

Ela pega umas folhas no chão e eu agarro seu punho.

— Não! Você não sabe o que é isso. Pode ser sumagre, ou Deus sabe o quê, e isso é a última coisa de que precisa: não conseguir sentar viajando o país todo.

— Então, o que eu faço?

Não vou deixá-la sozinha.

— Cante — digo a ela.

— O quê?

— Cante. Você canta e eu corro até o carro para pegar um pedaço de pano. Se eu ouvir você parar de cantar, sei que está em apuros.

— Que bobagem — diz Rebecca. — Aqui é o Arizona, não LA. Não tem ninguém aqui.

— Pior ainda.

Rebecca olha para mim, incrédula, e começa a cantar um rap.

— Não — digo —, cante alguma coisa que eu conheça, para eu não ficar confusa.

— Não acredito nisso. O que tem no seu repertório, mãe?

Ela perde o equilíbrio por um momento e tropeça, praguejando.

Penso por um instante, mas temos pouco em comum em relação a música.

— Tente Beach Boys — sugiro, imaginando que depois de quinze anos na Califórnia alguma coisa ela deve ter aprendido.

— Tudo bem. *The East Coast girls are hip* — Rebecca cantarola —, *I really dig those styles they wear...*

— Ótimo — digo —, e as garotas do norte?

— *With the way they kiss...*

Canto com ela andando para trás tanto quanto posso, incitando-a a aumentar o volume da voz à medida que me distancio cada vez mais. Quando ela esquece as palavras, canta sílabas, *da-da-da*. Quando já posso ver o carro, saio correndo e encontro um pano que eu havia usado para limpar o batom borrado e o levo de volta para Rebecca.

— *I wish they all could be California girls* — diz ela, enquanto eu corro de volta. — Viu, ninguém chegou perto de mim.

— Melhor prevenir que remediar.

Deitamo-nos sobre o capô do Chevrolet, nossas costas apoiadas no para-brisa. Tento ouvir as curvas do rio Colorado, que passa vários quilômetros para trás. Rebecca me diz que vai tentar contar as estrelas.

Passamos o último bolinho entre nós como um cigarro, dando mordidas cada vez menores no fim de modo que nenhuma de nós seja acusada de acabar com ele. Discutimos sobre se as luzes de um helicóptero são uma estrela cadente (não) e se a Cassiopeia aparece nesta época do ano (sim). Quando os carros não estão passando por nós, é quase silencioso, exceto pelo zumbido da estrada vibrando.

— Fico pensando como é aqui durante o dia — digo em voz alta.

— Provavelmente bem parecido com o que é agora. Empoeirado e vermelho. Mais quente.

Rebecca pega o bolinho de minha mão.

— Vai querer isso? — Coloca-o na boca e o esmaga contra os dentes da frente com a língua. — Eu sei, nojento. Você acha que fica muito quente aqui, quente como em Los Angeles, onde as estradas respiram quando você pisa nelas?

Juntas, olhamos para o céu como se estivéssemos esperando algo acontecer.

— Sabe — diz Rebecca —, acho que você está lidando muito bem com tudo isso.

Eu me inclino sobre um cotovelo.

— Você acha?

— Acho, de verdade. Você podia estar desmoronando, sabia? Podia ser o tipo de pessoa que não para de chorar, ou que não dirige em estrada.

— Bom, não posso ser — digo sinceramente —, tenho que cuidar de você.

— Cuidar de mim? Eu posso me cuidar sozinha.

— É esse o meu medo — digo rindo, e é só uma meia brincadeira.

É fácil ver que, em dois ou três anos, minha filha vai arrasar. Este ano na escola, leu *Romeu e Julieta* e disse, pragmática, que Romeu era um covarde. Ele devia ter pegado Julieta e fugido com ela, engolido o orgulho e trabalhado em algum McDonald's medieval. E a poesia, perguntei, e a tragédia? E Rebecca disse que isso tudo é muito bom, mas que não é assim que as coisas acontecem na vida real.

— Por favor — diz Rebecca —, você está com aquele olhar de boi chorão de novo.

Eu gostaria de ficar aqui por alguns dias com minha filha, vendo-a crescer na minha frente, mas, visto que estou fugindo de meus problemas, não posso me dar a esse luxo.

— Vamos — digo, empurrando-a do capô do carro. — Pode pôr a cabeça para fora da janela enquanto dirigimos e acabar a contagem.

Quando chegamos às placas para Gila Bend, o solo se torna vermelho-tijolo, riscado pelas sombras da noite dos cactos. A lateral da estrada se nivela em volta de nós de modo que podemos ver a cidade, e ainda assim não há nada além de poeira. Rebecca gira em seu banco para checar se lemos a placa verde corretamente.

— Então, onde fica esse lugar?

Viajamos vários quilômetros sem enxergar vestígios de uma cidade civilizada. Finalmente, paro no acostamento da estrada e desligo o motor.

— Podemos dormir no carro — digo a Rebecca. — Está quente o suficiente.

— Nem pensar! Tem coiotes e outras coisas por aqui.

— Isso vindo da garota que estava disposta a fazer xixi com todos os loucos se escondendo na floresta?

— *Posso ajudar?*

O som nos assusta; por três horas e meia, ouvimos apenas os padrões de vozes uma da outra. Em pé ao lado da janela de Rebecca, está uma mulher com uma trança cinza esfarrapada pendurada nas costas.

— Problemas com o carro?

— Desculpe. Se estamos na sua propriedade, podemos sair.

— Por que se preocupar? — diz a mulher. — Ninguém mais se preocupa.

Ela nos diz que estamos na reserva indígena de Gila Bend, a menor, e aponta formas peludas de lavanda a distância, as quais, na verdade, são casas.

— Tem uma reserva maior cerca de nove quilômetros a leste, mas as armadilhas para turistas estão aqui.

Seu nome é Hilda, e ela nos convida a ir a seu apartamento.

Ela mora em um prédio de tijolos de dois andares que cheira a albergue noturno, explica. Deixou todas as luzes acesas, e só quando estamos dentro percebo que ela carrega um saco de papel. Eu esperava que ela puxasse dele um gim ou uísque — já ouvi histórias —, mas ela pega uma caixa de leite e se oferece para fazer uma gemada para Rebecca.

Nas paredes, há esteiras tecidas em todas as cores do arco-íris do Sudoeste, e desenhos a carvão de touros e cânions.

— O que acha dela? — pergunto a Rebecca quando Hilda vai ao banheiro/cozinha improvisada.

— Honestamente? — diz Rebecca, e eu aceno com a cabeça. — Não posso acreditar que você está aqui. Você perdeu a cabeça. É meia-noite, e uma pessoa que você nunca viu na vida vai até o carro e diz: "Ei, vamos para minha casa", e ela é uma índia, e você simplesmente pega suas coisas e vai. E aquele papo de nunca aceitar doces de estranhos?

— Gemada — eu digo. — Ela não nos ofereceu doces.

— Meu Deus.

Hilda volta com uma bandeja de vime que transporta três copos espumosos e ameixas maduras. Ergue uma e nos diz que são cultivadas localmente por seu meio-irmão. Agradeço, pegando minha gemada.

— Então, diga, como foi parar na Dog Forked Road à meia-noite?

— É onde estamos? — Dirijo-me a Rebecca. — Pensei que estivéssemos na estrada Oito.

— Nós *saímos* da Oito — diz Rebecca, e se volta para Hilda. — É uma longa história.

— Tenho todo o tempo do mundo. Sofro de insônia. Por isso eu estava na Dog Forked Road à meia-noite. Leite é a única coisa que acalma minha azia.

Eu aceno com simpatia.

— Viemos da Califórnia. Pode-se dizer que fugimos de casa.

Tento rir para suavizar a situação, mas consigo ver essa mulher que mal conheço olhando para os hematomas em meus punhos.

— Entendo — diz ela.

Rebecca pergunta se há algum lugar onde possa se deitar, e Hilda pede licença e vai arrumar um sofá-cama na sala ao lado. Pega uns travesseiros em um armário e lençóis coloridos com personagens da Turma do Charlie Brown na despensa da cozinha.

— Durma um pouco, mãe — diz Rebecca, sentada a meu lado no sofá. — Estou preocupada com você.

Hilda conduz Rebecca para o quarto, e de onde estou posso vê-la escorregar entre os lençóis, suspirando como se faz quando você arrasta os tornozelos pelas áreas frescas. Hilda fica na porta até que minha filha adormeça, e então se afasta e me presenteia com o rosto de Rebecca de perfil, iluminado em prata e contornado pela graça da lua.

10
JOLEY

Querida Jane,

 Lembra quando eu tinha quatro e você oito anos, quando a mamãe e o papai nos levaram ao circo? O papai comprou pequenas lanternas com pontas vermelhas para nós, que podíamos ficar balançando quando os palhaços apareciam, e amendoim, tanto! As cascas que enchiam nossos bolsos. Vimos uma mulher enfiar a cabeça dentro das mandíbulas de um tigre, e um homem mergulhar em um baldinho de um lugar lá em cima que eu achei que devia ser o céu. Vimos anões de pele escura se jogando uns sobre os outros, catapultados por gangorras comuns como a do nosso quintal, e a mamãe disse: Não vão fazer isso em casa. E a mamãe segurou a mão do papai quando os acrobatas fizeram o truque mais difícil, balançando em um trapézio de prata e travando no ar como falcões acasalando por apenas um momento, antes de pegar outro trapézio e seguir caminhos separados. Eu perdi o truque porque estava tão ocupado olhando para a mão da mamãe... o jeito de seus dedos entrelaçados aos do papai, como se tivessem o direito de estar lá, o anel de noivado de diamante deles reunindo todas as cores que eu nunca havia visto.

 A seguir, houve uma espécie de intervalo, como eles chamam isso no circo? E um homem com um casaco verde começou a passar pelo setor onde estávamos sentados, olhando para o rosto das crianças. E, de repente, uma mulher estava em pé na minha frente chamando: TOM! TOM! e apontando. Ela se inclinou e disse para a mamãe que eu era o menino mais adorável que *ela já tinha visto. E a mamãe disse que era por isso que me chamara de Joley, de joli — bonito em francês, como se ela se imaginasse francesa. Então, o homem de casaco verde se aproximou e se agachou. E disse: Garoto, você gostaria de montar um elefante? A mamãe disse que você era minha irmã e que um não poderia ir sem o outro, e ele deu uma rápida olhada em você e disse: Tá, tudo bem, mas o menino senta na frente. Eles nos levaram aos bastidores (não há outra palavra — existe bastidor no circo?), e esmigalhamos cascas de amendoim com as pontas dos sapatos até que uma mulher com lantejoulas em todo o corpo pegou cada um de nós e disse que ficássemos em cima do elefante.*

Sheba (era o nome do elefante) se movia por partes. A dianteira direita curvada para frente, a seguir a traseira direita. Frontal esquerdo, traseiro esquerdo. Sua pele parecia de papelão suave, e o pelo espetado através da sela pinicava as pernas. Depois, entramos no ringue, eu sentado na sua frente. Flashes estouravam, e um gigantesco apresentador, um homem que eu achava que era Deus, disse a todos nosso nome e idade. Vi ondas de cores rodopiando na plateia. Tentei encontrar a mamãe e o papai. Você segurou firme em volta de minhas costelas. Você disse: Não quero que você caia.

Se você está lendo isso, é porque conseguiu chegar a Gila Bend, e tenho certeza de que se permitiu uma boa refeição e uma boa noite de descanso. Quando sair do correio, vai ver uma farmácia à sua direita. O dono se chama Joe. Pergunte a ele como chegar à Route 17. Você vai em direção ao Grand Canyon. É algo que precisa ver. Diga a Joe que eu mandei você e ele vai guiá-la direitinho.

É uma viagem de oito horas. Mesma coisa: encontrar um lugar para ficar e ir para o correio de manhã, o mais próximo do ponto mais ao norte do cânion. Haverá uma carta minha esperando para levá-la a outro lugar.

Sobre o circo: eles tiraram fotos de nós montados no elefante, mas você nunca soube. Uma na qual a maior parte do seu rosto estava escondida virou o cartaz da Ringling Bros. no ano seguinte. Chegou pelo correio quando você estava na escola; eu tinha sido dispensado mais cedo do jardim de infância. A mamãe me mostrou e queria pendurá-la na parede do meu quarto. Meu menino bonito, ela disse. Eu não podia deixá-la pendurar a foto. Não poderia ficar vendo suas mãos em volta da minha cintura, mas seu rosto perdido nas sombras. No fim, ela a jogou fora, ou disse que jogou. Ela me sentou e disse que eu havia recebido minha aparência de Deus e que teria que me acostu-

mar com isso. Eu disse a ela rapidamente que não entendia. Eles me fizeram andar na frente por causa da minha aparência, eu disse a ela, mas eles não sabem que Jane é a mais bonita?

Todo meu amor para você e Rebecca.

Joley

11
REBECCA

29 DE JULHO DE 1990

Uma garra de cores estala abre e fecha a vários centímetros do meu rosto piscam luzes e os sons de animais que estão morrendo o que aconteceu eu pergunto o que aconteceu? às vezes eles vêm a mim em momentos como este em que o mundo se tornou preto e branco às vezes vêm e não vão embora não vão embora não importa quantas vezes eu grite ou reze.

Vi pessoas rasgadas ao meio carne partida como bonecas quebradas onde antes era um corredor do lado de fora o céu estava despedaçado e o mundo que eu sempre imaginei como um macio algodão azul estava com raiva e manchado de dor.

Você entende que eu havia testemunhado o fim do mundo vi o céu e a terra trocarem de lugar eu soube de onde vêm os diabos eu era tão nova três anos e meio com o peso de minha vida em minha fronte tinha certeza de que minha cabeça ia explodir.

No fim, toda a fila nove deslizou centímetros afora como um planador à noite e ao longo da borda podre eu vi os fogos de artifício explosões de vidro diamante e a despeito de mim mesma comecei a chorar.

Há um som que os mudos fazem quando são assassinados aprendi isso anos depois no noticiário noturno suas cordas vocais não vibram de modo que o que o ouvinte escuta é o ar tremendo empurrando para dentro empurrando para fora um muro de silêncio essa é a voz do terror no vácuo.

Durante vários dias, senti um leopardo agachado em meu peito. Respiro o ar viciado que ele exala. Ele arranha por dentro meu queixo e beija meu pescoço. Quando se mexe, minhas costelas se movem.

— Ela está acordando —, ouço as primeiras palavras em um longo tempo.

Abro os olhos e vejo, nesta ordem: minha mãe, meu pai e o pequeno quarto no sótão da Casa Grande. Aperto os olhos. Alguma coisa está errada: eu estava esperando a casa em San Diego. Esqueci completamente Massachusetts.

Tento sentar, mas o leopardo grita e crava as garras em mim.

— O que aconteceu com ela? — diz meu pai. — Ajude-a, Jane. O que aconteceu?

Minha mãe pressiona toalhas frias em minha testa, mas não nota este monstro em mim.

— Vocês não conseguem ver? — digo, mas sai um sussurro.

Estou me afogando em fluido. Tusso, e o catarro vem, e continua vindo. Meu pai coloca lenços em minha mão. Minha mãe está chorando. Ninguém entende que, se o leopardo não se mexer, eu vou ficar bem.

— Vamos para casa — diz meu pai. — Vamos sair daqui.

Ele está usando as roupas erradas, o rosto errado para estar nesta fazenda. Procuro no rosto de minha mãe uma resposta para isso.

— Me deixe com ela um minuto, Oliver.

— Precisamos lidar com isso juntos — diz meu pai.

Minha mãe coloca a mão no ombro dele. É legal, como uma sandália, ou um cantinho do palheiro.

— Por favor.

O palheiro.

— Me falem — digo. Tento sentar. — O Hadley está morto?

Minha mãe e meu pai olham um para o outro e, sem dizer uma palavra, meu pai sai do quarto.

— Sim — diz minha mãe. Seus olhos transbordam de lágrimas. — Sinto muito, Rebecca.

Ela desliza pela colcha, que tem um coração bordado. Esconde o rosto na caverna do meu estômago, na pele do peito desse leopardo.

— Sinto muito.

O animal se levanta, se espreguiça e desaparece.

Para minha surpresa, não choro.

— Me conte tudo o que sabe.

Minha mãe se senta, chocada com minha bravura. Diz que Hadley quebrou o pescoço na queda. Os médicos disseram que ele morreu instantaneamente. Passaram-se três dias, mas demorou muito para içar seu corpo do desfiladeiro.

— O que eu fiz durante três dias? — sussurro.

Estou envergonhada por não saber a resposta.

— Você está com pneumonia. Dormiu a maior parte do tempo. Você foi embora quando seu pai chegou; fugiu, foi atrás do Hadley. Seu pai insistiu em ir com o Sam te procurar. — Ela olha para o lado. — Ele não gostou da ideia de o Sam ficar aqui comigo.

Então ele sabe, penso. *Que interessante.*

— O que ele quis dizer com "Vamos para casa"?

Minha mãe apoia a mão em minha cabeça.

— Voltar para a Califórnia. O que você acha?

Perdi alguma coisa.

— O que estamos fazendo aqui?

— Não precisamos falar sobre isso agora. Você precisa descansar.

Eu afasto a colcha para longe de mim e me sinto sufocar. Minhas pernas estão machucadas e arranhadas e enroladas em gaze amarelada. Meu peito nu está cruzado de sulcos de sangue seco.

— Quando o Hadley caiu, você tentou descer atrás dele — diz minha mãe. — O Sam te puxou, e você começou a se arranhar. Você não parava, não importava quantas coisas eles enrolassem em você ou quanta sedação lhe dessem. — Ela começa a chorar novamente. — Você dizia que estava tentando rasgar seu coração.

— Não sei por que me dei ao trabalho — sussurro. — Você já tinha feito isso.

Ela caminha até o outro lado da sala, o mais longe possível.

— O que você está tentando me dizer, Rebecca? O que você quer que eu diga?

Não sei. Ela não pode mudar o que está feito. Começo a perceber como as coisas são diferentes quando crescemos. Quando eu era pequena, ela cantava para mim quando eu estava doente. Ela me dava gelatina vermelha e dormia encolhida ao meu lado, para ouvir as mudanças em minha respiração. Fingia que eu era uma princesa presa em uma torre por um mago malvado e ela era minha aia. Juntas, esperaríamos meu brilhante príncipe encantado.

— Por que você quer que eu te perdoe? — digo. — O que você ganha com isso?

Eu viro as costas, e as ovelhas de Sam, as sete, correm pelo caminho que esculpiram no meio do campo.

— Por que quero que você me perdoe? Porque eu nunca perdoei meu pai, e eu sei o que isso vai fazer com você. Quando eu estava crescendo, meu pai me batia. Ele me batia e batia na minha mãe, e eu tentei impedi--lo de bater no Joley. Ele partiu meu coração e acabou me partindo por dentro. Nunca acreditei que poderia ser algo importante; por que outra razão meu próprio pai me machucaria? E então eu esqueci. Casei com Oliver, e três anos depois ele me bateu. Foi quando o deixei pela primeira vez.

— O acidente de avião — eu digo, e ela concorda.

— Voltei para ele por sua causa. Eu sabia que, mais que qualquer outra coisa, tinha que garantir que você crescesse se sentindo segura. E então eu bati no seu pai e tudo voltou novamente. — Ela esconde o rosto entre as mãos. — Tudo voltou novamente, e dessa vez partiu de mim. Não importa quão longe eu corra, não importa quantos estados ou países atravesse, não posso tirar isso de mim. Nunca perdoei meu pai. Ele ganhou. Ele está em mim, Rebecca.

Ela pega um vaso antigo marmorizado que faz parte da família de Sam há muito tempo. Sem perceber, deixa-o escapar e ele se estilhaça no chão.

— Eu vim para cá e estava tão feliz. Por pouco tempo, esqueci de novo. Esqueci seu pai e esqueci você. Estava tão loucamente apaixonada — ela sorri, muito longe — que não acreditava que alguém pudesse se sentir como eu me sentia. Inclusive, *especialmente*, minha própria filha. Se você podia se apaixonar por alguém de vinte e cinco anos e tudo bem, não poderia ser tudo bem para mim também me apaixonar por alguém de vinte e cinco anos, entende?

Eu vi minha mãe com Sam na sombra do pomar; eles estão juntos na mente. Isso é o que tem sido diferente nestas semanas: eu nunca a vira assim. Nunca gostei tanto de estar com ela. Não entendo o que meu pai está fazendo aqui, ou por que ele a quer de volta. A mulher que ele quer não está aqui. Essa mulher não existe mais.

— Mas eu vi você com ele — eu digo.

— Se fosse certo, Rebecca — minha mãe diz —, teria acontecido anos atrás.

Não tenho que lhe perguntar por que ela está indo para casa, nunca mais. Já sei a resposta. Minha mãe acha que falhou; não apenas com meu pai, mas comigo. Ela não pode ter Sam, esse é seu castigo. No mundo real, a melhor das circunstâncias nem sempre se realiza. No mundo real, "para sempre" pode ser apenas um fim de semana.

Minha mãe olha para mim. Quando nossos olhos se encontram, mais palavras vêm em silêncio. O que você não pode ter, eu não posso ter. Minha vida criou a sua e, por isso, minha vida depende da sua. *Que estranho*, penso. Eu aprendi sobre as incongruências do amor antes de minha própria mãe. *Eu* ensinei essa lição para *ela*.

Ela sorri para mim e levanta a gaze de meu peito.

— Às vezes, não consigo acreditar que você tem só quinze anos — murmura.

Ela passa os dedos em meus mamilos e meus seios. Quando minha mãe toca as feridas, elas começam a se fechar em si mesmas. Assistimos em silêncio a pele rasgada se curar e os hematomas se suavizarem. Ainda assim, ficarão cicatrizes.

Quando ele entra no quarto no meio da noite, estou esperando-o. Ele é o único que não veio me ver desde que recuperei a consciência. Primeiro se abre uma fenda da porta, então vejo a cabeça da lanterna e, quando tio Joley vem rumo à cama, sei para onde estamos indo.

— Se sairmos agora, chegaremos lá com tempo de sobra — ele diz —, e ninguém vai descobrir aonde fomos.

Ele me carrega nos braços para uma caminhonete velha azul, que ficou sem motor durante várias semanas. Para ligá-la, desce em ponto morto o morro da garagem. Ele me arrumou uma capa — laranja com pompons rosa-choque, um retrocesso aos anos 1970. Entre nós, no banco de couro rachado, há uma garrafa térmica de café preto e um muffin de aveia com passas.

— Acho que você não está se sentindo muito você mesma ainda.

Quando concordo com um gesto de cabeça, ele liga os limpadores de para-brisa. Esguicha água com sabão, que disparam até a traseira do caminhão e pingam na superfície plana, jorrando como uma pistola de água.

— Não deu muito certo... — diz Joley.

Ele é um homem bonito, de um jeito desbotado. Seu cabelo enrola nas orelhas mesmo quando acabou de cortá-lo. A primeira coisa que você nota em seu rosto é o espaço entre os olhos, tão estreito que faz seu olhar parecer mongoloide, ou muito inteligente, dependendo do ponto de referência. E seus lábios são cheios como os de uma menina e rosados como zínnias. Se você pegar seu pôster favorito do Mel Gibson, o dobrar e colocar no bolso da sua calça jeans, e a seguir colocá-la na máquina de lavar e depois na secadora, a imagem que vai obter será mais gentil, menos surpreendente e com arestas mais suaves. Tio Joley.

O sol surge quando atravessamos a fronteira de New Hampshire.

— Não lembro muito disso — digo-lhe. — Passei boa parte da viagem na traseira de um caminhão.

— Me deixe adivinhar — diz ele. — Refrigerado?

Ele me faz sorrir. Quando meu pai e Sam nos encontraram, eu estava ardendo em febre.

Tio Joley não fala muito. Ele sabe que não é disso que preciso. A toda hora, ele me pede para lhe servir uma xícara de café, e eu sirvo, levando-a a seus lábios como se ele fosse o doente.

Passamos a placa marrom que delimita a região das Montanhas Brancas.

— É lindo aqui — eu digo —, não é?

— Você acha lindo? — pergunta meu tio.

Ele me pega de surpresa.

Mapeio os picos e os vales. No sul da Califórnia, a terra é plana e não oferece surpresas.

— Bom, eu acho.

— Então é — diz ele.

Passamos por estradas que nunca vi. Duvido que sejam realmente estradas. Serpeiam pela floresta e parecem mais duas trilhas deixadas por esquiadores no inverno que uma trilha para carro; mas permitem cortar caminho. O caminhão chacoalha para trás e para frente, derramando o café e fazendo o muffin intocado rolar pelo banco. Chegamos ao quintal da mãe de Hadley, a quem eu não posso ajudar, mas reconheço. Estacionamos o caminhão como uma oferta de paz no pequeno espaço entre a casa e o monte Deception.

— Estou feliz por terem vindo — diz a sra. Slegg. Ela abre a porta de tela. — Eu soube o que aconteceu com você.

Ela coloca os braços em volta de mim e me ajuda a entrar em sua cozinha aconchegante. Estou muito envergonhada. Seu filho foi o único que morreu, e ela está aqui dando importância aos meus arranhões.

— Eu sinto muito. — Tropeço nas palavras que Joley me treinou a dizer. — Meus pêsames.

Os olhos da mãe de Hadley se ampliam, como se estivesse chocada por ouvir uma frase como esta.

— Querida, foi uma perda para você também.

Ela se senta na cadeira de encosto de ripa, a meu lado. Cobre minha mão com os dedos inchados. Está usando um roupão azul e um avental alto com aplique de framboesa.

— Eu sei do que vocês dois precisam. Onde estou com a cabeça? Vocês vieram de Massachusetts e estou sentada aqui, feito boba.

Ela abre a caixa de pão e tira pãezinhos e rolinhos frescos e bolos de gergelim.

— Obrigada, sra. Slegg, mas não estou com muita fome ainda.

— Pode me chamar de Mama Slegg — ela insiste. — E não admira, uma coisinha pequena como você... Provavelmente mal pode ficar sozinha num vento forte, muito menos suportar em pé esse tipo de dor.

Tio Joley caminha até a janela. Espreita a montanha lá fora.

— Onde vai ser o funeral?

— Não muito longe daqui. Um cemitério onde está enterrado meu marido, que Deus o tenha. Temos um jazigo da família.

Ela fala tão casualmente que começo a procurar sinais: Será que não ama o próprio filho? Será que esconde a dor, arrancando os cabelos quando todos vão embora?

Um garoto entra na cozinha. Ele pega o leite da geladeira antes de nos reconhecer. Quando se volta, vejo que se parece muito com Hadley; sinto como se tivesse levado um soco.

— Você é a Rebecca?

Concordo com a cabeça, sem palavras.

— E você é...

— Cal — diz ele. — Sou o mais novo. Bem, era. — Ele se volta para a mãe. — Temos que ir.

Está vestindo uma camisa de flanela e jeans.

Cal, dois amigos de Hadley do ensino médio e tio Joley são convidados para carregar o caixão no cemitério. Um pregador faz uma bela e respeitável cerimônia. No meio disso tudo, um melro pousa no caixão. Começa a bicar a grinalda de flores. Depois de dez segundos assistindo a isso pacificamente, a sra. Slegg grita ao pregador para que pare. Ela cai ao chão e se arrasta em direção ao caixão para pegar as flores. No turbilhão de ruídos, o pássaro voa para longe. Alguém leva a mãe de Hadley dali.

Eu não choro durante a cerimônia. Não importa para onde me vire, posso ver aquela montanha esperando para reivindicar Hadley novamente, agora que ele é parte da terra. *Aqui desejo permanecer, com os vermes, teus servos*, eu me pego pensando, e não consigo aplicar a citação a minha vida. Deve ser alguma coisa que aprendi na escola, mas é difícil de acreditar. Parece que foi há muito tempo, e eu era uma pessoa diferente.

Os quatro homens avançam e descem as tiras de couro que deixam cair o caixão, lentamente, na terra. Eu me afasto. Até este ponto, eu fingia que Hadley não estava ali, que era apenas um símbolo, que ele estava me esperando de volta na Casa Grande. Mas vejo o esforço nos músculos das costas de tio Joley e dos nervos nos dedos de Cal. Convenço-me que de fato há alguma coisa dentro da caixa áspera cor de mostarda.

Tampo os ouvidos para não o ouvir bater no fundo. A capa cai do meu peito e expõe o que aconteceu comigo. Ninguém percebe, exceto a sra. Slegg. Ela está um pouco mais longe, e chora um pouco mais forte.

Antes de deixar o cemitério, Cal me dá de presente a camisa que Hadley estava usando na noite anterior a sua morte. A que estava enroscada em volta de mim quando meu pai e Sam chegaram. É de flanela, xadrez de azul e preto. Ele a dobra em triângulos, como uma bandeira. A seguir, dobra os cantos para dentro e me entrega. Não lhe agradeço. Não me despeço da mãe enlutada de Hadley. Em vez disso, deixo meu tio me escoltar até o caminhão. Em um silêncio íntimo, ele me leva de volta para onde todo mundo está esperando pelo fim de seu mundo.

12
OLIVER

Vou para o Instituto como se nada tivesse acontecido. Não vou todos os dias, e não tenho nenhuma razão real para ir hoje ou qualquer dia, exceto pelo fato de que, quando ando pelos corredores, ouço reverenciais reconhecimentos a minha presença – "Dr. Jones, dr. Jones" –, e isso, de alguma forma, é afirmação de vida.

Quando eu não conseguia dormir na noite passada, peguei as fitas de vídeo da última viagem a Maui e as pus para rodar repetidas vezes no videocassete do quarto. Nessas fitas, as jubartes se erguem majestosamente para fora da água, formando um arco no ar e escorregando de volta para o oceano, abrindo buracos que não estavam lá. Você pode vê-las sob a água, antecipar quando vão romper a superfície tensa, as nadadeiras brilhando e as caudas pulsando, e, naquele momento abençoado anterior ao fim da magia, meu Deus, elas são pura beleza.

Eu havia visto a fita várias vezes antes de o sol nascer e, quando amanheceu, inexplicavelmente, peguei-me perguntando a mim mesmo quantos meses fazia que Jane e eu não fazíamos amor, e me desapontei ao dizer que não poderia chegar a um número concreto.

No Instituto, meu escritório tem vista para a Marina San Diego. Tem três paredes de vidro, pode imaginar?, e uma porta de carvalho almofadada. Era clara, mas decidi escurecê-la para ver melhor os veios da madeira, e Jane, que estava disposta na época, insistiu em fazê-lo para mim. Ela ficou em meu escritório uma semana inteira, testando tons de verniz em várias partes do batente da porta: nomes como Cohasset Colonial e Brilho de Mogno e Natural, o que me pareceu uma ironia. Finalmente, ela escolheu um tom chamado Carvalho Dourado, que era mais marrom que dourado. Eu estava em minha mesa no dia em que ela chegou com um rodo e uma escova descartável e um galão de verniz, apesar de um litro ter sido sufíciente. Ela era muito metódica, tanto que eu me orgulhava dela, trabalhando de baixo para cima para evitar gotejamento, bloqueando a porta depois de cada demão. Na verdade, era muito linda. Então, quando terminou, ela se afastou da porta em direção a minha mesa.

— O que achou? — começou a dizer, e então cobriu a boca com uma das mãos.

Correu para a porta e começou a raspar o verniz ainda úmido com o rodo. Corri e coloquei os braços em torno dela, tentando acalmá-la.

— Não está vendo? — ela insistiu, gesticulando, apontando para várias linhas no veio da madeira.

— Está lindo.

Na verdade, os veios se destacavam.

— Você não vê? — ela gritou. — Ali. Claro como o dia. O rosto do diabo!

Jane não vai ao meu escritório desde então, desde que eu me recusei a ter a porta raspada. Eu meio que gosto disso. Fecho a porta atrás de mim e viro a cabeça desse e daquele jeito, tentando fazer esse rosto aparecer.

É óbvio que ela está indo para a casa do irmão, e está indo de carro ou de trem — ela não pode pegar um avião com Rebecca. O mais provável é que não tenham tomado um trem, seria muito fácil eu rastrear as passagens. Eu poderia adivinhar; poderia pegar um avião para Boston e estar lá quando ela chegasse. Mas, de novo, o miserável do irmão dela já estaria lá e iria encontrar um jeito de avisar Jane. Eles têm uma conexão telepática que, embora seja surpreendente, é frustrante.

Segunda opção: posso chamar a polícia depois de um tempo e conseguir um mandado de busca e apreensão. Afinal, não cometi nada ilegal que fizesse Jane ir embora, e posso trazê-la de volta sob acusação de sequestro. Claro que, depois, perderei a liberdade de agir por conta própria.

Terceira opção: posso ir atrás dela sozinho. É meio como tentar pôr uma borboleta na coleira e levá-la para passear, mas imagino que, com jeito, consiga pegá-la.

Nunca escrevi uma conclusão sem coletar dados para fundamentar a hipótese. Nunca fui desafiado cientificamente. Talvez só siga em frente e vá fazendo o inventário ao longo do caminho. Talvez a pegue e depois decida o que vou dizer.

— Shirley — chamo minha secretária, uma mulher alta de cabelo tingido de vermelho, que imagino que tenha uma queda por mim.

Ela abre a porta de carvalho.

— Sim, dr. Jones.

— Estou com um problema e acho que você terá que cuidar dele. — Seus lábios se tornam uma linha reta, pronta para assumir a responsabilidade. — É a viagem à Venezuela... Preciso que você a cancele.

— A viagem?

Assinto.

— Faça o que for preciso. Minta, engane, qualquer coisa. Preciso de pelo menos um mês de folga por problemas pessoais. Diga isso a eles. Problemas pessoais. — Inclino-me sobre a mesa e a seguro pelos pulsos. — Conto com você — digo baixinho. — É nosso segredo.

O Instituto vai varrer toda a costa nesta viagem — e receio dizer que, no frenesi, a pobre Shirley vai perder o emprego. Tenho que me lembrar de lhe mandar algum presente quando tudo isso acabar.

Ela acena com a cabeça, um bravo soldado.

— Dr. Jones, o senhor vai ligar para pegar suas mensagens?

— Duas vezes por dia — minto.

Prefiro resolver essa bagunça rapidamente e voltar a me entrincheirar em minha pesquisa a fazer um trabalho medíocre, dez minutos aqui e dez minutos ali. Não vou ligar enquanto não encontrar Jane.

Quando a secretária sai, apago as luzes e fecho as cortinas. Coloco as fitas de Stellwagen, a assombrosa e tortuosa coletânea do fundo do oceano. No fim da década de 1970, a *Voyager* entrou em órbita levando saudações em cinquenta e cinco línguas, músicas de Bach, Mozart e de uma banda de rock, e estas canções da baleia jubarte.

O mapa dos Estados Unidos que tiro de minha gaveta está desbotado, mas funcional. Parece estranho, estou acostumado aos remoinhos e turbilhões de cartas de navegação. Com uma régua e uma hidrográfica vermelha, desenho um raio de três polegadas e, a seguir, expando-o em um círculo. Isso é tão longe quanto poderiam ter chegado ontem à noite. Phoenix, ou Vegas, ou Sacramento, ou Guaylas, no México. Meus parâmetros.

Se eu posso rastrear as baleias, que mal conheço, certamente posso rastrear minha esposa.

Só que isso exige pensar como Jane: esporádica, eclética, impossível. Com baleias, temos pistas. Temos correntes, áreas de alimentação e avistamentos. Conhecemos o ponto de partida de sua jornada e o ponto final. Trabalhamos adiante, ligando as peças incrementais que encontramos. Não é muito diferente da navegação por sonar, processo usado pelas baleias, no qual as ondas sonoras ricocheteiam nas formações geológicas submarinas para traçar um caminho claro.

Se Jane e Rebecca estão indo para Massachusetts, não é via México ou Sacramento. Com uma caneta hidrográfica verde, risco ambas as cidades. Isso deixa o segmento da circunferência entre Phoenix e Las Vegas. E elas poderiam estar realmente em qualquer lugar.

Descansando a bochecha contra o mármore frio da mesa, eu me entrego à melodia das canções das baleias. Não há letras, não há refrãos. São mais como os cantos de tribos africanas: o padrão, embora regular, é estranho a nossa cultura. Não há acordes, não há sinfônica. Temas que você menos espera se repetem; padrões que você ouviu duas vezes surgem mais uma vez. Às vezes, as baleias cantam juntas e, às vezes, de forma dramática, gritam através da tinta do oceano, num lamento solitário.

Vejo-me cantarolando. Pensar como Jane. Pensar como Jane. Apoio a cabeça nos cotovelos. As baleias não têm cordas vocais. Não sabemos como produzem esses sons. Não é por meio da expulsão de ar, não há bolhas ao redor das baleias quando cantam. E há ainda uns cliques, uns assobios, uns gemidos de violoncelo.

A porta de Jane me encara. Sem aviso prévio, imerso nos sons do mar, posso ver claramente seu diabo.

13
SAM

A maçã, digo-lhes, veio antes de Adão e Eva na história da Criação. Deve ter sido pelo menos três anos antes, porque esse é o tempo que leva para uma nova árvore dar frutos, imagine então conhecimento carnal.

É assim que sempre começo a palestra que dou todos os anos em minha velha Alma Mater, a escola técnica de Lexington. Sou uma grande atração na escola. Sou gerente de um dos únicos pomares de maçã rentáveis que ainda restam em Massachusetts, tenho uma equipe de cinquenta pessoas, cem acres florescentes, um bom relacionamento com os compradores da Fazenda Sudbury e da Rede de Mercados Purity, e campos com o sistema pegue-e-pague, que atrai, nos fins de semana, público de lugares tão distantes como Nova York. Assumi essa posição quando meu pai se aposentou, depois de uma cirurgia cardíaca, mas deixo essa parte fora do meu discurso.

Os jovens parecem ficar mais novos a cada ano, mas imagino que você vai dizer que eu é que estou ficando mais velho. Atualmente, não há tantos como antes, por causa da economia. Todos querem ir para a produção de aço ou de microchips — agricultura não dá dinheiro. Eu os vejo entrar no auditório; ainda são noventa e nove por cento do sexo masculino, o que eu entendo. Não que eu tenha nada contra a liberação das mulheres, mas trabalhar em um pomar exige esforço e músculos que poucas mulheres têm. Minha mãe, talvez, mas ela foi uma exceção.

Não pretendo falar sobre administração de um pomar, ou rentabilidade, ou livros didáticos com exemplos de gestão. Vou dizer o que eles menos esperam ouvir e tentar atraí-los para minha vida. Vou contar as histórias que meu pai me contava quando eu era pequeno, quando nos sentávamos na varanda e, a nossa volta, o aroma de suco de maçã nos deixava tontos; essas são as coisas reais que fizeram a pomologia crescer em minha cabeça. Nunca consegui passar do ensino médio e talvez não tenha a inteligência de um gerente de alto padrão; admito que há muitas coisas que não entendo, e não vou desperdiçar o tempo deles. Em vez disso, digo o que sei melhor.

Na realidade, a maçã mencionada na Bíblia provavelmente não era uma maçã. Maçãs não crescem na Palestina, mas as primeiras traduções da Bíblia foram feitas em algum país do Norte, e a maçã vem da Inglaterra, então... Ouvi dizer que há conchas fossilizadas nos picos das Montanhas Rochosas, remanescentes de um tempo em que a água chegou muito alto na Terra. Bem, as maçãs foram fossilizadas também. Os arqueólogos encontraram restos delas carbonizados na lama, em sítios arqueológicos pré-históricos perto da Suíça. Imagine só.

A maçã se espalhou para o Oeste, e rapidamente. Cresce de uma semente. Jogue um miolo de maçã na terra e em dois anos vai ter um broto. Quando eu era criança, macieiras surgiam nas fazendas de amigos de meus pais, em praticamente todos os lugares onde não havia algo crescendo. As árvores tinham de lutar contra as vacas que pastavam suas folhas e, depois de alguns anos, ficavam mais altas que esses animais e soltavam os frutos a seus pés. Então, as vacas se aglomeravam embaixo da árvore para comer as maçãs doces e, inadvertidamente, plantavam novas sementes. Em nosso próprio pasto, tínhamos uma árvore que deu maçãs vermelhas como fogo, que deu tortas quase tão boas quanto as feitas de Macouns. Nunca descobri qual era a variedade, nem as vendi. Se houvesse feito isso, provavelmente seria muito mais rico do que sou hoje.

Podemos encontrar maçãs na mitologia nórdica, na mitologia grega e nos contos de fada. Meu pai me contou todas as histórias. Há a maçã envenenada da Branca de Neve e a que fez Eva cair em tentação. Na Escandinávia, um personagem chamado Iduna tinha uma caixa de maçãs e, quando os deuses provaram a fruta, esta lhes deu nova juventude. No século XIX, na Inglaterra, ritos de fertilidade foram dedicados a macieiras para garantir uma colheita abundante. E aqui na Nova Inglaterra, quando as garotas descascam uma maçã, jogam o longo cacho de casca por sobre os ombros para ver que letra forma quando cai: a inicial de seu futuro amor.

Neste ponto eu peço a Hadley — que se formou na Minuteman Tech comigo e trabalha no pomar desde então — para me passar as maçãs que levei. Quando esses jovens provam por si mesmos o que o trabalho e a paciência de mãos humanas pode fazer, entendem muito mais do que eu poderia lhes dizer. Abro espaço para perguntas e dou todas as informações sem problemas. Com palestras, tenho problemas. Mas as perguntas são uma história diferente. Sempre me achei melhor ouvinte que falante.

"Você está contratando?", os jovens perguntam. "Você não tira folga nunca?" Um rapaz trabalhador me pergunta algo sobre os méritos do enxerto de gemas, ou enxerto de rebentos, nomes oficiais que só aprendi cerca de dois anos atrás. Mas a pergunta de que eu mais gosto é a que vem do jovem dos fundos, da última fila, que não disse uma palavra. Desço do palquinho e caminho até ele, inclino-me em sua direção e ele fica vermelho.

— O que você quer perguntar? — digo baixinho, para que ninguém mais possa ouvir. — Eu sei que quer perguntar alguma coisa.

Ali está, em seus olhos.

— Qual é a sua favorita? — ele pergunta, e sei o que ele quer dizer.

— Spitzenburgs — eu digo, mas elas praticamente se extinguiram atualmente. Então suponho que tenho de dizer Jonathans. É a pergunta que eu nunca fiz quando meu pai dava essa palestra, quando eu ainda era estudante.

Depois disso, mando Hadley de volta com o caminhão. Eu e Joellen, professora de matemática da escola e minha primeira namorada, saímos pela cidade. Há um restaurante chinês de que gostamos; não tem muita comida chinesa em Stow. Peço um Mai Tai para ela, que vem em um coco de porcelana com dois guarda-chuvas cor-de-rosa, e um Suffering Bastard para mim. Quando Joellen fica um pouco bêbada, esquece que me odeia por um motivo ou outro, e, como no ano passado, provavelmente vamos acabar no banco de trás de seu Escort, em cima de livros e ábacos, atacando um ao outro e trazendo de volta o passado.

Eu não amo Joellen. Nunca amei, acho, o que pode ser a razão pela qual ela pensa que me odeia.

— Então, o que você tem feito, Sam? — ela pergunta, inclinando-se sobre as asas de frango fritas. Ela é um ano mais nova que eu, mas parece ter trinta desde que me lembro.

— Só podando, praticamente. Me preparando para as tropas do outono.

No fim de setembro, abrimos o pomar ao público. Às vezes faturo mais de mil dólares em um domingo, entre maçãs e suco de maçã fresco e queijo cheddar Vermont que compro no atacado para vender no varejo.

Joellen cresceu em Concord, em uma das três ou quatro famílias pobres que vivem em um estacionamento de trailers, e veio para a Minuteman Tech para ser esteticista. Construiu uma reputação como manicure.

— Já encontrou sua própria variedade?

Há muitos anos trabalho em uma estufa, enxertando e separando brotos na esperança de fazer surgir algo realmente incrível, maçãs que definirão os limites do mundo. É minha própria engenharia genética; estou tentando trazer de volta uma Spitzenburg, ou algo parecido, que seja mais fácil de cultivar e mais adaptável a nosso clima, para que dessa vez não morram tão rápido. Não sei dizer se Joellen está interessada ou zombando de mim. Sempre fui um péssimo juiz de caráter.

Joellen mergulha o dedo no molho do pato e deliberadamente o chupa, então estende as mãos para mim.

— Notou alguma coisa?

Suas unhas, para as quais fui treinado a olhar primeiro, estão cobertas de pequenas caricaturas de personagens de Vila Sésamo. Garibaldo, Ênio, Funga-Funga, Oscar, o Rabugento.

— Bacana. Onde você aprendeu isso?

— Band-aids infantis. — Ela suspira exageradamente. — Consigo copiar direitinho. Mas não é isso, olhe de novo.

Ela mexe os dedos, então começo a procurar novos vincos em sua pele, machucados na cutícula, qualquer coisa.

— O anel — diz ela, finalmente. — Pelo amor de Deus!

Meu Deus, ela está noiva.

— Uau, isso é ótimo, Joellen. Fico feliz por você. — Não sei se fico realmente, mas sei que é o que eu devo dizer. — Quem é o noivo?

— Você não conhece. É um fuzileiro naval. Não se parece nem um pouco com você. Vamos nos casar em setembro e, é claro, você vai ser convidado para o casamento.

— Ah — digo, fazendo uma anotação mental para não ir. Resisto à tentação de perguntar se ela está grávida. — Qual é o nome dele?

Enquanto Joellen me conta a história de vida de Edwin Cubbles, natural de Chevy Chase, Maryland, acabo com a comida da mesa, minha bebida e a de Joellen. Peço mais dois drinques e os bebo também. Enquanto ela me conta a história de como eles se conheceram em uma festa à fantasia em 4 de julho (ele era uma morsa, e ela, Scarlett O'Hara), tento fazer os guarda-chuvas ficarem em pé no grosso molho de pato.

Ano passado, quando vim fazer a palestra na escola, fomos ao lugar onde nós dois perdemos a virgindade: um campo em uma área de preservação que fica roxo de epilóbios no fim do verão. Nós nos sentamos no capô do pequeno carro dela e bebemos leite achocolatado que compramos em uma loja de conveniência. A seguir, eu me deitei na grama para ver a noite chegar. Joellen se sentou entre minhas pernas, usando meus joelhos dobrados como uma espécie de poltrona, e se encostou em mim. Eu podia sentir os ganchos de seu sutiã através de sua camiseta e da minha. Ela me disse mais uma vez como lamentava ter terminado comigo, e lhe recordei que eu havia terminado — um dia, simplesmente percebi que não me sentia mais como antes. Como carvão de churrasco, eu disse; num minuto são cor de laranja, e então você os revira e viram pó cinza. Assim que falei isso, coloquei as mãos em seus seios, e ela não me impediu. Então ela se virou e começou a me beijar e a passar as mãos para cima e para baixo nas pernas de minhas calças cáqui boas e, quando viu que fiquei excitado, ela disse:

— Ora, Sam, achei que você não sentisse mais o mesmo.

Joellen ainda está falando sobre Edwin. Eu a interrompo.

— Você é a única namorada que eu tive que vai se casar.

Ela me olha, realmente surpresa.

— Você já teve outras namoradas?

Apesar de não ter chegado nosso prato principal, eu peço a conta. Vou pagar a conta como presente de noivado; normalmente rachamos. Ela não parece notar que o lo mein e a carne com vagem não vieram, mas de fato não comeu muito do resto.

— Não se preocupe em me levar para casa — digo-lhe, sentindo meu rosto ficar vermelho. — O Joley ou o Hadley podem me pegar.

O garçom, percebo, é corcunda, e, porque me sinto mal, tiro dois dólares extras da carteira. Ele trouxe abacaxi e biscoitos da sorte com a conta. Joellen olha para mim e percebo que ela está esperando que eu seja o primeiro a pegar um biscoito.

— Primeiro você — digo.

Como uma criança, ela o mergulha na poça do caldo do abacaxi e usa a unha como cinzel para quebrá-lo.

— Grande beleza e fortuna habitam seu sorriso — ela lê, satisfeita com o resultado. — Qual é sua sorte?

Eu quebro meu biscoito ao meio.

— Você vai encontrar o sucesso a cada volta — leio, mentindo. Na verdade, diz algo estúpido sobre visitantes vindos de longe.

Quando estamos saindo do restaurante, Joellen segura meu braço.

— O Edwin é um homem de sorte — digo.

— Eu o chamo de Eddie. — E acrescenta: — Você acha mesmo isso?

Ela insiste em me levar de volta para Stow, diz que pode ser a última vez que me vê como solteira, e não posso discutir com ela. No meio do caminho, em Maynard, ela entra e para o carro no estacionamento de uma velha igreja de ripas brancas típica da Nova Inglaterra, com pilares, uma torre e tudo o mais. Joellen reclina seu banco e abre o teto solar do carro.

Tenho a sensação de que preciso sair. Inquieto, abro o porta-luvas e reviro o conteúdo. Um mapa do Maine, batom, duas réguas, um calibrador de pneus e três camisinhas.

— Por que você parou aqui?
— Caramba, Sam. Só eu dirigi até agora, não posso descansar um pouco?
— Deixe que eu dirijo. Você se senta aqui e eu dirijo. Você tem todo o caminho de volta para dirigir.

A mão de Joellen vagueia pelo console como um caranguejo e vem descansar em minha coxa.

— Ah, não estou com pressa.

Ela se alonga deliberadamente, de modo que as costelas sobem e os seios ficam marcados sob a blusa.

— Ouça, eu não posso fazer isso.
— Fazer o quê? — diz Joellen. — Não sei o que estamos fazendo.

Ela se estica para afrouxar minha gravata e desabotoar a camisa. Puxando a gravata pelo colarinho abotoado, enrola-a na mão como uma corda e desliza sobre minha cabeça, até a nuca. Então, puxando-me, ela me beija.

— Você está noiva — digo, e, quando meus lábios se movem, os dela se movem junto, pressionando os meus, como um eco.

— Mas não estou casada.

Com uma habilidade incrível, ela joga a perna por cima do console central, girando, e se senta de pernas abertas em meu colo.

Estou perdendo o controle, penso, e tento não tocá-la. Enrosco os dedos na parte plástica do cinto de segurança até que ela toma minhas mãos e as leva aos seios.

— O que está impedindo você, Sam? Sou a Joellen de sempre.

O que está impedindo você? As palavras dela pairam congeladas na janela. Moral, talvez. Idiotice? Ouço um zumbido nos ouvidos, alimentado pelo jeito como ela se esfrega em mim. Ela desliza a mão por minha bermuda e posso sentir suas unhas.

Ouço o zumbido e *O que está impedindo você?* Minha cabeça não para, e em certo momento percebo que não posso ser responsabilizado pelo que está acontecendo, por minhas mãos passando nela e o gosto da pele de seus mamilos, e ela se fecha em mim, fecha e me prende por dentro. Lembra quando éramos eu e você, meu amor, neste campo, aos quinze anos, com a vida toda pela frente como um tesouro? E o amor era algo para suspirar no ouvido de sua garota. Lembra como era fácil dizer "para sempre"?

Quando acabamos, o cabelo dela está solto e nossas roupas jogadas a nossa volta, no banco da frente. Ela me dá sua calcinha para me limpar e sorri com os olhos semicerrados, enquanto volta para o banco do motorista.

— Foi bom ver você de novo, Sam — diz, apesar de ainda estarmos a onze quilômetros de minha casa.

Joellen coloca a blusa, mas deixa o sutiã no banco de trás, com suas ferramentas de ensino, e insiste em dirigir nua da cintura para baixo. Diz que ninguém vai ver, só eu, e pede minha camiseta, que está no chão, para sentar em cima e não escorrer no banco de veludo vermelho.

Não lhe dou um beijo de despedida quando ela para na entrada de casa. Na verdade, não digo uma palavra, apenas saio do carro.

— Posso ficar com sua camiseta? — ela pergunta, e não me dou ao trabalho de responder.

Também não lhe desejo um bom casamento, fico esperando que um raio caia do céu em cima de mim. Deus do céu, estávamos no estacionamento de uma *igreja*.

Quando entro na Casa Grande, Hadley e Joley ainda estão na mesa da cozinha jogando baralho. Nenhum dos dois olha para cima quando entro e jogo minha gravata no chão. Tiro a camisa também e a jogo, e ela desliza pelo linóleo.

— E aí, se deu bem? — diz Hadley com um riso forçado.

— Cale a boca — digo e subo.

No chuveiro, uso um sabonete inteiro e toda a água quente, mas imagino que vai demorar alguns dias até eu me sentir realmente limpo.

14
JANE

Ele se espalha a nossa frente como um poço de fogo, flamejante em vermelho, dourado e laranja nas camadas de rocha. É tão grande que posso olhar da esquerda para a direita e me perguntar se a terra nunca vai se unir novamente. Já vi isso partindo de um avião, mas tão longe que era como uma impressão digital na janela. Continuo esperando alguém para derrubar este cenário pintado: pronto, gente, acabou, podem ir para casa agora — mas ninguém aparece.

Há muitos outros carros estacionados neste LOCAL PARA FOTOS ao longo da estrada que margeia o Grand Canyon. Pessoas espocando flashes na luz da tarde, as mães puxando crianças para longe da grade de proteção. Rebecca está sentada no parapeito com as mãos ao lado dos quadris como apoio.

— É enorme — diz, quando me percebe atrás dela. — Queria que pudéssemos entrar.

Tentamos encontrar trilhas de mulas, aquelas onde as pessoas tiram fotos montadas para colocar na mesa da sala quando retornam para casa. A última volta, no entanto, foi durante o dia — o que não me chateou, pois não tenho muita vontade de andar de burro. Concordo com Rebecca, porém. É difícil compreender algo como isso. Você se sente inclinado a desmontá-lo em partes, aos pedaços, como um quebra-cabeça, antes de considerá-lo em sua totalidade.

Eu me pego pensando no rio que escavou essa arte, no sol que pintou suas cores. E me pergunto quantos milhões de anos essa coisa toda levou e quem teve de acordar um dia e dizer: "Ah, aqui está um cânion".

— Mãe — diz Rebecca, rompendo a beleza —, estou ficando com fome.

A seus pés há um bando de criancinhas japonesas, todas com o mesmo uniforme escolar azul. Carregam pequenas câmeras tipo Polaroid, e metade tira fotos do cânion enquanto a outra metade tira fotos de minha filha.

Esticando-me sobre as crianças, puxo Rebecca da grade; ela está me deixando nervosa, de qualquer maneira.

— Tudo bem, vamos procurar uma lanchonete.

Ando em direção ao carro, mas, pensando melhor, paro e volto para o gradil para uma última olhada. Enorme. Anônimo. Eu poderia cair chocando nas paredes do abismo e nunca seria encontrada.

Rebecca está me esperando no carro, de braços cruzados apertados sobre o peito.

— Tudo o que comemos no café da manhã foi aquela carne-seca da Hilda.

— Era de graça — comento.

Rebecca revira os olhos. Quando ela está com fome, fica irritada.

— Você viu alguma placa no caminho?

— Não vi nada. Quilômetros e quilômetros de areia.

Eu suspiro e ligo o carro.

— É melhor se acostumar com isso. Ouvi dizer que dirigir pelo Centro-Oeste é péssimo.

— Podemos ir — diz Rebecca —, por favor?

Depois de alguns quilômetros, passamos uma placa de metal azul que diz JAKE'S, com uma seta. Rebecca dá de ombros, o que significa "Sim, vamos voltar".

— Já ouvi falar de um restaurante chamado Jake's — digo.

O interessante dos ambientes que cercam o Grand Canyon é que são feios. Pó, simplicidade, como se todo o esplendor houvesse sido sugado pela atração principal da área. Dá para dirigir por quilômetros, mesmo em uma estrada, sem avistar nenhuma vegetação ou toque de cor.

— Jake's! — Rebecca grita, e freio violentamente.

Fazemos uma volta de cento e oitenta graus na poeira, o que nos coloca diante da pequena cabana pela qual havia passado. Não há outros carros; na verdade, não há sequer uma lanchonete. O que é isso? Um campo de pouso e um pequeno avião a distância.

Um homem de cabelos loiros bem curtos e óculos se aproxima do carro.

— Olá. Querem dar um passeio?

— Não — diz Rebecca rapidamente.

Ele estica a mão para ela à frente de meu peito.

— Meu nome é Jake Feathers. Juro por Deus.
— Vamos embora — diz Rebecca. — Isso aqui não é uma lanchonete.
— Eu sobrevoo o cânion — diz Jake, como se estivéssemos ouvindo. — O negócio mais barato que você vai encontrar. Diferente de tudo que já viu. — Ele pisca para Rebecca. — Cinquenta dólares cada.
— Quanto tempo? — pergunto.
— *Mãe* — diz Rebecca —, por favor!
— Quanto for preciso — diz Jake.
Saio do carro. Ouço Rebecca praguejar e reclinar o banco. O avião, a distância, parece estar rodando para frente.
— Você não viu o cânion se não o viu por dentro. Vocês não vão acreditar enquanto não virem.
Eu estava pensando nisso mesmo.
— Nós não temos dinheiro — Rebecca se queixa.
Coloco a cabeça na janela.
— Você não precisa ir.
— Eu não vou entrar neste avião.
— Eu entendo. Mas você se importa se eu for? — Inclino-me mais, para ter privacidade. — Olhe, não pudemos montar as mulas, e acho que uma de nós devia ver isso. Viemos até aqui e não podemos dizer que vimos...
— Se não o virem por dentro — diz Jake, completando a frase. Ele acena com um chapéu imaginário.
Rebecca suspira e fecha os olhos.
— Pergunte se ele tem algo para comer.
Minutos depois, com a minha filha acenando do capô do carro, Jake me ergue em seu Cessna. Não acredito que essa geringonça vai voar, com seus pregos enferrujados e hélices furadas. O painel de controle, algo que eu sempre concebi com luzes e aparelhos de radar, não é mais complexo que o painel do carro. Até o acelerador que Jake usa para decolar lembra os controles do ar condicionado.
Assim que levantamos do chão, minha cabeça bate contra o metal da estrutura do avião. Estou surpresa com a turbulência do voo, o jeito que o avião trepida como se pudesse haver colisões no ar. *Da próxima vez*, penso, *tomo um Dramin.* Jake diz alguma coisa, mas não consigo ouvi-lo com o barulho do motor.
Dentro dessa bolha de plástico posso ver panoramicamente — as árvores, a estrada, Rebecca ficando menor, desaparecendo. Vejo o chão correndo atrás de nós, e, de repente, não há nada.

Caímos em um penhasco, penso em pânico, mas não há queda.

Viramos à direita e vejo o perímetro deste belo vale de um jeito que não havia visto — sulcos e texturas tão perto que se tornam real. Passamos lagos no vale do cânion, esmeraldas que crescem à medida que vamos nos afastando. Voamos sobre picos e antigos sulcos, passamos zunindo pelas rochas esculpidas. Abaixo de nós, há uma vila verde, uma trêmula saliência pontilhada pelos telhados vermelhos das casas e fazendas cercadas. Eu me pego querendo ir para essa aldeia, quero saber o que é viver à sombra de paredes naturais.

Rapidamente, damos meia-volta, deixando o sol nos lavar com força total, tão poderoso que tenho de proteger os olhos. Respiro profundamente, tentando interiorizar esse incrível espaço aberto onde não há terra firme, onde um dia houve água. Quando voamos de volta ao longo da borda de terra, vejo Rebecca sentada sobre o capô do SUV. Quando Jake aterrissa, pergunto-me quantas cidades e esculturas descansam milhões de quilômetros abaixo do mar.

15
JOLEY

Querida Jane,

Eu estava limpando meu armário na expectativa de sua chegada, e sabe o que encontrei? A máquina de ondas, que, aliás, ainda funciona. Lembra? Era só ligar na tomada e o som do oceano enchia a sala, batendo nas paredes. A mamãe comprou para mim quando comecei a perder o sono. Era novidade na época — uma máquina que simulava como a natureza deveria ser, que afogava os sons de uma casa desmoronando.

Quando eu tinha nove anos e você treze, as discussões começaram a ficar mais altas, tão altas que sacudiam o sótão e a lua afundava. Sua cadela, o papai gritava, sua puta; você teve que soletrar essa palavra para mim e aprender o significado com as meninas más da escola. Às segundas e quintas-feiras, o papai chegava em casa bêbado, seu hálito cheirando a silagem. Ele batia a porta aberta e pisava tão forte que o teto (o piso dos nossos quartos) tremia. E quando você tem nove anos e está em um quarto com altos navios de estêncil nas paredes que começam a se mexer de medo ou de choque — ou ambos —, a última coisa que quer é ficar sozinho. Eu esperava até o caminho ficar livre, quando o choro da mamãe acarpetava meus passos, e corria para seu quarto, que era suave e cor-de-rosa e cheio de você.

Você esperava por mim acordada. Puxava as cobertas e me deixava rastejar para baixo delas, abraçando-me quando eu precisava. Às vezes, acendíamos as luzes e jogávamos mico. Às vezes, inventávamos histórias de fantasmas, ou cantávamos músicas de comerciais de tevê, e às vezes não podíamos deixar de ouvir. E então, quando ouvíamos a mamãe rastejar para a escada e fechar a porta do quarto atrás de si, seguida pelo papai, estrondoso, minutos depois, tampávamos nossos ouvidos. Saíamos de seu quarto nas pontas dos pés e descíamos à procura de vestígios — um vaso quebrado, um tecido ensanguentado — que pudessem manter nossa atenção um pouco mais. Na maioria das vezes não encontrávamos nada, só a sala de estar, onde éramos autorizados a engolir a fantasia de que éramos seus felizes filhos americanos.

Quando a mamãe me encontrou no seu quarto, alguns meses depois, uma manhã — quando havíamos dormido até mais tarde que ela —, não contou ao papai. Ela me carregou dormindo até meu quarto e disse que eu nunca mais deveria ir para lá novamente, à noite. Mas quando aquilo isso aconteceu de novo e eu fui forçado a chorar só para me impedir de ouvir, o papai correu para cima e abriu minha porta. Antes que eu tivesse tempo de considerar as consequências, você passou por baixo dos braços dele e correu para mim. Afaste-se, papai, você disse. Você não sabe o que está fazendo.

A mamãe me comprou a máquina de ondas no dia seguinte. Até certo ponto, funcionou, não ouvi muitas brigas. Mas não podia mais me aconchegar em seu pescoço — que cheirava a xampu de bebê e a talco —, não podia ouvir sua voz cantando canções de ninar. Tudo que eu tinha era o consolo de uma parede que ligava nossos quartos, na qual eu poderia arranhar um código que você saberia como responder. Isso era tudo que eu tinha, e o som da água onde não havia ninguém. Se eu insistir, afasto da mente os sons ocos do papai batendo na mamãe, e depois batendo em você de novo. Pegue a Route 89 para Salt Lake City. Há água lá que você não pode deixar de ver.

Mande meu amor a Rebecca.
Como sempre,
Joley

16
REBECCA

25 DE JULHO DE 1990

Quando me vejo no reflexo da janela do caminhão, entendo por que ninguém parou para me pegar. Fiquei na chuva durante três horas e nem sequer havia chegado à estrada ainda. Meu cabelo está colado na cabeça e minhas feições me lembram um ovo cozido. A lama endureceu nos braços e pernas, formando uma estampa xadrez. Não pareço alguém pedindo carona, pareço um veterano do Vietnã.

— Graças a Deus — digo baixinho, e uma nuvem de gelo explode entre meus dentes.

Massachusetts não é a Califórnia. Não deve fazer mais de dez graus aqui fora, embora seja julho, e o sol já praticamente se pôs..

Não tenho mais repulsa por caminhoneiros, não desde que comecei a atravessar o país. Eles parecem piores do que são, em sua maior parte, como os chamados caras durões na escola que se recusam a desferir o primeiro golpe. O homem na cabine deste caminhão tem a cabeça raspada, com uma tatuagem de cobra correndo do alto da cabeça até o pescoço. Eu sorrio para ele.

— Estou tentando chegar a New Hampshire.

O caminhoneiro me olha, inexpressivo, como se eu tivesse mencionado um estado de que ele nunca ouviu falar. Ele diz alguma coisa em voz alta — não dirigida a mim —, e de repente vejo outra pessoa aparecer no banco do passageiro. Não sei dizer se é um garoto ou uma garota, mas parece que acabou de acordar. Ela — não, ele — passa a mão pelo cabelo e funga para limpar o nariz. Meus ombros começam a tremer de novo, posso ver que não há espaço para mim.

— Escute — diz o motorista —, você não está fugindo de casa, está?

— Não.

— Ela é estúpida ou o quê? — Ele aperta os olhos em minha direção.

— Não podemos dar carona para menores.

— Menores? Eu tenho dezoito anos. Só não pareço agora, estou na estrada há horas.

O menino no banco do passageiro, que está vestindo uma camiseta do Whitesnake com mangas cortadas, se volta para mim. Sorri. Não tem os dois dentes da frente.

— Dezoito, é?

Pela primeira vez, entendo o que é ser despida com os olhos por alguém. Cruzo as mãos na frente do corpo.

— Deixe ela ir atrás, Spud. Ela pode ir com o resto da carne.

Os dois começam a rir histericamente.

— Atrás?

O garoto da camiseta do Whitesnake aponta com o polegar.

— Levante a tampa traseira e certifique-se de trancar por dentro. E... — ele se inclina para fora da janela, e posso sentir o cheiro de chocolate azedo em seu hálito — ... vamos parar para descansar um pouco, princesa, bem rapidinho.

Ele bate as mãos espalmadas com o motorista e fecha a janela.

É um caminhão branco sem marca, de modo que não sei o que esperar do conteúdo. Tenho que me contorcer sobre a estrutura de aço para soltar a trava, torcer para baixo e puxar a alavanca para mim. Sei que eles estão com pressa de que eu suba e feche a porta com as cordas que alguém colocou no estofamento, por dentro.

Não há janelas. É escuro como breu e gelado. Tateio a minha volta como um cego e sinto formas de frangos e costeletas embalados a vácuo. O caminhão começa a chacoalhar. Através de uma parede de carne crua, posso ouvir o garoto da camiseta do Whitesnake cantando junto com uma fita dos Guns n' Roses.

Vou morrer, penso, e estou muito mais apavorada do que estava andando na rua à noite. Vou congelar até a morte, e, quando abrirem a porta daqui a duas horas, vou estar azul e enrolada como um feto. Pense, digo a mim mesma. *Pense. Como é que os esquimós conseguem sobreviver, pelo amor de Deus?*

Então eu me lembro. Na quinta série, estudamos os esquimós — os inuítes —, e eu perguntei à srta. Cleary como eles se aqueciam em uma casa feita de gelo. Bom, eles têm fogo, dissera ela. Mas, acredite ou não, o gelo é um abrigo. Um abrigo estranho, mas um abrigo de verdade. Retém o calor do corpo.

Não há muito espaço para se movimentar por aqui, mas é o suficiente. Eu me agacho, com medo de ficar em pé em um caminhão em movimento. Pouco a pouco, vou afastando a carne da parede do caminhão e a empilho de volta, deixando um pequeno espaço para meu próprio corpo. Fica mais fácil quando meus olhos se acostumam à escuridão. Penso que, se eu fizer camadas de frangos e lombos, as paredes não vão desmoronar.

— O que está fazendo aí, princesa — escuto —, se arrumando para mim?

E então a voz áspera do motorista:

— Você vai calar a boca, Earl, ou vou ter que te jogar lá para esfriar?

Eu me espremo no pequeno espaço que criei e enrosco os braços apertados em volta de mim. Em breve, penso, alguém vai fazer isso por mim. Não sei se está mais quente, mas em minha cabeça acho que sim, e isso faz realmente diferença.

Eu sei que foi ela. Sei que foi ela a pessoa que disse a Sam para se livrar de Hadley. Senão, por que Hadley iria embora? Ele estava feliz lá, Sam estava feliz com ele lá, não havia problemas. Foi minha mãe, ela colocou na cabeça a ideia de que pode controlar todo mundo, e realmente acha que está certa.

Tudo bem para ela correr por aí rindo como uma idiota com Sam, certo? Mas se eu me apaixonar — amor de verdade —, é o fim do mundo. Hadley e eu realmente temos algo. Sei o que digo também. Já tive namorados de uma semana ou coisa assim na escola, e isso não é nada parecido. Hadley me contou como seu pai morreu, trabalhando, na frente dele; que ele mesmo quase se afogou em um lago congelado. Contou-me que uma vez roubou um pacote de bolinhos no Walmart e não conseguiu dormir até que o devolveu. Ele chorava às vezes me contando tais coisas. Disse que não há ninguém como eu.

Vamos nos casar — não é no Mississippi, ou em algum lugar assim, que é permitido casar com quinze anos? E vamos viver em nossa própria fazenda. Vamos ter morangos e vagem e tomate-cereja e maçã, imagino, e absolutamente nada de ruibarbos. Vamos ter cinco filhos, e se todos eles se parecerem com Hadley, tudo bem, desde que eu tenha uma menina para mim. Eu sempre quis alguém como eu.

Vou convidar meu pai para passar um fim de semana conosco — isso vai deixar minha mãe louca. E, quando ela e Sam forem nos visitar, não vamos deixá-los entrar. Vamos ter dobermanns treinados para sentir o cheiro deles. E, quando ela estiver do lado de fora do carro nos chamando, implorando perdão, vamos ligar os alto-falantes estéreos externos e afogar a voz dela com Tracy Chapman, Buffalo Springfield e as outras baladas de que Hadley gosta.

Ele foi me ver antes de ir embora. Entrou furtivamente em meu quarto e apertou a mão contra minha boca antes que eu pudesse falar. Disse que tinha de ir e, a seguir, tirou as botas e entrou debaixo das cobertas. Colocou as mãos sobre minha camisola. Eu disse que estavam frias, mas ele só riu e as apertou contra minha barriga até que captaram meu calor.

— Eu não entendo — ele sussurrou. — O Sam e eu estamos juntos há quase quinze anos. Ele é mais meu irmão que meu irmão de verdade. Aqui é mais minha casa.

Imaginei que ele poderia estar chorando, e isso era algo que eu não queria ver, então não me voltei para encará-lo. Ele disse:

— Vou voltar para buscar você, Rebecca, sério. Nunca estive com alguém como você.

Acho que essas foram as palavras exatas.

Mas eu não ia ficar sentada esperando por ele, vendo minha mãe descaroçar maçãs com Sam na cozinha, ou massagear os pés dele depois do jantar. Eu não ia assistir a isso e fingir que nada havia acontecido. Obviamente, ela não se importa comigo, ou não teria afastado Hadley.

Uma vez eu disse a ele:

— Você sabe que quase tem idade para ser meu pai?

Eu queria dizer que dez anos é uma boa diferença, e ele me disse que eu não era uma adolescente de quinze anos comum. As adolescentes de Stow leem revistas como *Tiger Beat* e vão aos shoppings de Boston para ver atores de novela. Eu disse a ele que Stow estava três anos atrasada, que em San Diego isso é o que meninas de doze anos fazem. E Hadley disse:

— Bom, talvez essas meninas tenham doze anos mesmo.

Eu acredito no amor. Acho que ele bate em você e puxa o tapete debaixo de seus pés e, como um bebê, exige sua atenção a cada minuto do dia. Quando estou perto de Hadley, respiro mais rápido. Meus joelhos tremem. Se eu esfregar os olhos com força, posso ver sua imagem nos cantos. Estamos juntos há uma semana inteira.

Não fizemos aquilo ainda. Chegamos muito perto, como daquela vez no feno, sobre os cobertores dos cavalos. Mas ele fica me afastando, que tal? Eu pensava que tudo o que os caras queriam era sexo — e essa é outra razão pela qual sou louca por ele. Ele me disse:

— Você não quer ser criança por mais alguns dias?

Minha mãe me falou sobre sexo quando eu tinha quatro anos. Começou dizendo: "Quando um homem e uma mulher se amam muito..." E, a seguir, ela se conteve e disse: "Quando um homem e uma mulher são casados e se amam muito..." Acho que ela não sabe que eu captei o lapso. Eu não deveria ter relações sexuais antes de me casar, o que não faz nenhum sentido para mim. Primeiro, a maioria das meninas já transou antes de se formar, e muito poucas engravidam — não somos estúpidas. E, segundo, não é como se o casamento fosse o auge da vida. Você pode se casar, penso, mas isso não significa necessariamente que está apaixonada. Talvez eu tenha dormido um pouco neste iglu de frango. Quando acordo, não tenho certeza se são meus olhos piscando ou se é a abertura da porta que permite a entrada de uma fresta de luz. Seja o que for, vai embora muito rápido, e, só alguns segundos tarde demais, percebo que não estamos nos movendo.

O garoto está lá, arremessando para longe a parede de gelo com a força de um super-herói. Na escuridão, seus dentes são azuis como um relâmpago. Posso ver suas costelas.

— Fique quietinha — diz ele, revelando-me.

Não estou tão assustada quanto deveria estar. Penso em me fingir de morta, mas não tenho certeza de que isso vai impedi-lo.

— Vamos brincar um pouco. Eu primeiro.

Ele tira a camiseta, exibindo a pele, que brilha.

— Onde estamos?

Espero que seja num McDonald's, porque, se eu gritar, tenho chance de ser ouvida.

— Se você for boazinha, eu te deixo sair para dar uma olhada. — Ele pensa no que disse e ri, dando um passo adiante. — Bem boazinha.— Então cutuca meu ombro. — É a sua vez, princesa. A blusa. Tire a blusa.

Eu reúno toda a saliva que consigo e cuspo no peito dele.

— Você é um porco — digo.

Como seus olhos ainda estão se adaptando à luz, eu tenho vantagem. Enquanto ele está tentando descobrir o que fiz, empurro-o e corro para a trava da porta. Ele me agarra pelos cabelos e, prendendo-me pelo pescoço, me aperta contra a parede fria, muito fria. Com a mão livre, segura as minhas e as leva para sua virilha. Através de seu jeans, posso sentir as pulsações.

Levanto o joelho com uma força que me surpreende e o esmago contra ele, que cai sobre os frangos — a passarinho e filés —, apertando a virilha.

— Filha da puta! — ele grita.

Eu me jogo para abrir a trava e corro para o restaurante fast-food. Escondo-me no banheiro feminino, imaginando que é o lugar mais seguro. Dentro do reservado, tranco a porta e subo no vaso sanitário, agachada. Conto até quinhentos e tento ignorar as pessoas que chacoalham a fechadura para ver se há alguém dentro. Nunca mais vou pegar carona com homens, juro. Não posso me permitir isso.

Quando sinto que é seguro, saio do reservado e fico na frente da pia. Lavo a lama dos braços e pernas com sabão industrial morno e esfrego o rosto; mantenho a cabeça sob o secador de mãos, a fim de secar os cabelos. Há pingentes de gelo em meu couro cabeludo. Quando ponho a cabeça para fora da porta do banheiro, entra uma mulher mais velha de terno de lã verde, chapéu combinando e colar de pérolas.

Eles se foram. Observo as paredes do restaurante para ver em que cidade estamos, mas esses lugares parecem todos iguais. Funcionário do Mês: Vera Cruces. Usamos oitenta e cinco por cento de carne magra, grelhada, não frita. A mulher bem-vestida sai do banheiro.

— Por favor — digo, pondo-me a seu lado —, a senhora pode me ajudar?

Ela olha para minhas roupas, avaliando se deve ou não falar comigo. Estica a mão em direção à bolsa.

— Ah, não, não é dinheiro — digo. — É que estou tentando chegar a New Hampshire. Minha mãe mora lá, e ela está muito doente. Meu namorado estava me levando da escola para lá, mas nós brigamos e ele me largou aqui.

Eu me afasto e tento recuperar o fôlego, como se estivesse soluçando

— Onde você estuda, querida? — pergunta a mulher.

Fico perplexa. As únicas escolas de ensino médio que conheço ficam na Califórnia.

— Em Boston — digo sorrindo.

Para distraí-la, balanço um pouco e encosto na parede. Ela estende o braço para me apoiar e eu tomo sua mão ossuda, quente.

— Desculpe, não estou me sentindo muito bem.

— Posso imaginar. Vou levar você até Laconia, e depois veremos se conseguimos colocá-la em um ônibus.

A verdade é que não estou me sentindo muito bem mesmo. Não estava fingindo quando perdi o equilíbrio. Meus olhos estão queimando e tenho gosto de sangue na boca. Quando a mulher, que se apresenta como sra. Phipps, me oferece o braço a caminho do carro, fico feliz em segurá-lo. Dentro, deito-me no banco de trás com uma jaqueta Dior como cobertor e adormeço.

Quando acordo, a sra. Phipps está me olhando pelo espelho retrovisor.

— Olá, querida. São dez horas. — Ela sorri e me faz lembrar um rouxinol. — Está melhor?

— Maravilhosamente bem — respondo.

É uma frase que ouvi uma vez em um filme antigo e que sempre quis usar.

— Parece que você está com febre — ela observa, imparcial. — Seu rosto está vermelho feito um tomate.

Sento-me e me olho no espelho; ela está certa.

— Estive pensando... Você parece uma garota de Windsor. Estou certa?

Não tenho ideia de como seja uma garota de Windsor. Sorrio.

— Pode apostar.

— Eu frequentei Miss Porter. Mas isso foi há muitos anos, claro.

Ela estaciona o carro em um shopping center com um quiosque esquisito no meio.

— Aqui é Laconia — diz ela. — Você dormiu a maior parte do caminho. Agora, onde está sua mãe?

Fico olhando para ela por um segundo até que me lembro do que lhe disse.

— Em Carroll, nas Montanhas Brancas.

A sra. Phipps meneia a cabeça e me diz para ficar no carro. Volta com uma passagem de ônibus e uma nota de dez dólares.

— Pegue isto, querida, para o caso de precisar de alguma coisa ao longo do caminho.

Quando saio do carro, ela me dá uma palmadinha, como se eu fosse um gato desinteressado, e me passa instruções para a viagem. Seu rosto é uma ameixa enrugada. Manda saudações a minha mãe e, a seguir, entra em seu Toyota e vai embora, acenando. Eu me sinto mal vendo-a ir. Eu me sinto mal por ter mentido. Eu me sinto mal por uma velha gentil como ela estar dirigindo sozinha às dez da noite, nas mesmas estradas percorridas por caminhoneiros violentos e pervertidos.

A casa de Hadley, na Sandcastle Lane, 114, de acordo com a lista telefônica, é um longo e simples rancho cor de abacate que parece que foi jogado por um tornado na base de uma enorme montanha. Essa montanha é o quintal de Hadley, e, se você ficar um pouco perto demais, tem a impressão de que a casa foi construída contra uma parede natural de rocha. Não há campainha, só um batedor em forma de sapo. Eu sei que Hadley vai atender, porque eu vim de tão longe.

Vejo primeiro seus olhos — macios e marrons como a terra, da cor das tempestades. Eles se arregalam quando me veem.

— O que você está fazendo aqui? — pergunta Hadley sorrindo.

Abre a porta de tela e vem para a varanda, diante de mim. É o objeto de minha afeição. Ele me toma nos braços e me levanta, segurando-me a sua altura.

— Surpreso?

— Caramba, claro! — Hadley toca meu rosto com as pontas dos dedos. — Não acredito que você está aqui. — Ele estica o pescoço para olhar em volta dos pilares do alpendre. — Quem está com você?

— Vim sozinha. Eu fugi.

— Ah, não, Rebecca. — Ele se senta em um banquinho de ferro enferrujado. — Você não pode ficar aqui. Onde acha que vão procurar primeiro?

Dando-me conta disso, balanço novamente, pensando que foi tudo em vão.

— Eu quase fui estuprada ao vir para cá — digo, começando a chorar. — Acho que estou doente e não volto para a casa do Sam sem você.
— Meu nariz começa a escorrer e o limpo na manga da camisa. — Você não me quer aqui?
— Shhh. — Ele me puxa para perto; fico em pé entre suas pernas. Ele me envolve com os tornozelos. — É claro que eu quero você aqui.
Ele me beija nos lábios, nos olhos e na testa.
— Você está queimando! O que aconteceu?
Conto-lhe a história, toda a história, o que o faz dar um soco no batente da porta e logo em seguida rir.
— Ainda tenho de levar você embora daqui — diz ele. — O Sam vai vir procurá-la.
Ele me diz para esperar ali e desaparece dentro da casa. Pelo canto da janela, vejo um aparelho de televisão ligado em *Além da imaginação*, chinelos rosados e felpudos apoiados em um pufe e um quadrado de roupão acolchoado cor de laranja.
— Quem era? — ouço alguém dizer.
Hadley volta com dois cobertores, um saco de pão, um copo de plástico e três latas de massa pronta. Coloca tudo em uma mochila.
— Eu disse a minha mãe que era um amigo meu e que estávamos indo a um bar. Assim ela não vai se preocupar e não vai saber nada se eles vierem lhe fazer perguntas.
Hadley me toma pela mão e me leva para o quintal, ao pé da montanha.
— Assim — ele diz e coloca o pé em uma fenda, mostrando-me o que fazer.
O monte Deception não é particularmente difícil de escalar. Nivela-se e se torna uma planície por algum tempo, depois sobe três metros novamente, e assim por diante, até chegar ao topo. De uma vista aérea, deve parecer as pirâmides do Egito. Hadley carrega a mochila e sobe atrás de mim, para o caso de eu cair, coisa que tenho orgulho de dizer que não acontece. Continuamos assim durante cerca de uma hora, usando a lua como tocha.
Hadley me conduz até uma pequena clareira no meio de um emaranhado de pinheiros. Leva-me pelos limites desse espaço e depois me segura pela cintura, quando chegamos ao canto norte. Há uma queda em linha reta, uma centena de metros, talvez, rumo a uma caverna abaixo, com um rio tartamudeante.

Enquanto Hadley faz uma casa para nós, sento-me à beira do precipício, balançando os pés. Não tenho medo de alturas, elas me fascinam. Deixo cair galhos e pedras cada vez maiores e tento ouvir o tempo que levam até bater nas rochas.

— Jantar — diz Hadley, assim que volto para a clareira.

Ele estendeu um cobertor sobre as agulhas de pinheiro para formar um colchão surpreendentemente suave. No centro, há uma vela (eu não o vi carregando-a, devia estar no bolso dele) e uma lata de ravióli.

— Esqueci os talheres — diz.

Ele pega a lata e me dá uma parte da massa com os dedos. Tem um gosto frio e metálico, absolutamente delicioso.

— Agora, promete que não vai se levantar no meio da noite para fazer xixi e pegar o rumo errado?

Hadley esfrega meus braços, que estão enrugados de frio. Estou batendo os dentes.

— Não vou a lugar nenhum sem você — digo. — Sério...

— Shhh.

Hadley olha para mim como se soubesse que vai ser testado para ver quão bem se lembra da forma de minha boca, da cor de meus olhos.

— Eles não te entendem como eu — diz ele. — Eles não entendem isto. — Ele se deita de barriga para baixo e encosta o rosto em minha coxa. — O plano é o seguinte: vamos ficar aqui durante a noite, e então vou pegar o caminhão pela manhã e vamos voltar para Stow. Se você falar com a sua mãe sobre isso, se ela vir que voltamos por nossa própria vontade, acho que vai dar certo.

— Não vou voltar para lá — digo-lhe. — Odeio o que ela fez.

— Vamos, Rebecca, todo mundo comete erros. Você a culpa? Se sua filha estivesse namorando um rapaz dez anos mais velho, você não ficaria um pouco preocupada?

A lua dança através de seus cabelos.

— De que lado você está? — digo, mas ele está beijando meu joelho, um ponto delicado, e eu realmente não consigo ficar brava com ele.

Deito-me a seu lado e sinto seus braços se fechando em volta de mim, e pela primeira vez em horas me sinto aquecida. Ele tira o casaco e o enrola em meus ombros, sem jeito, e, quando minha testa bate na dele, nós rimos. Quando me beija, penso nos odores da prensa de suco de maçã e no modo como uma pessoa se sente quando sabe que o verão vai acabar.

Desabotoo a camisa de flanela de Hadley e a seguro contra minha pele. Os pelos de seu peito são uma sombra improvável de vermelho. Formam espirais que me fazem lembrar as cartas náuticas de meu pai. Esfrego os dedos entre eles, no sentido oposto, fazendo com que os pelos se ericem. Ele canta para mim.

Logo estamos no ponto a que chegamos antes, nus um para o outro. As mãos espalmadas de Hadley podem cobrir toda a extensão de minha espinha.

— Por favor — digo —, não quero mais ser criança.

Ele sorri. Afasta o cabelo de minha testa.

— Você não é.

Beija meu pescoço e, a seguir, beija meus seios e minha barriga e meus quadris, e depois lá embaixo.

— O que você está fazendo? — sussurro, mas na verdade estou falando para mim mesma.

Sinto alguma coisa começar, uma energia que suga o sangue das pontas de meus dedos e, inesperadamente, começa a se abrir. Puxo o cabelo de Hadley para trás e arranho-lhe o pescoço. Temo que nunca mais consiga ver seu rosto novamente. E então ele desliza para cima de meu corpo e nos movemos como uma vela, como o vento; ele me beija, pleno, nos lábios, e, para minha grande surpresa, tenho gosto de oceano.

Como estávamos dormindo, não os ouvimos chegar. Mas no foco da manhã lá estão, em pé, acima de nós: um guarda florestal, Sam e meu pai.

— Meu Deus, Hadley — diz Sam, e Hadley pula.

Está de cuecas. Puxo sua camisa sobre mim e enrolo um cobertor em torno de minhas pernas. Não consigo ver todos claramente; há algum tipo de fogo atrás dos meus olhos.

— Hadley — minha voz não é minha —, este é meu pai.

Sem saber o que fazer, Hadley estende a mão. Meu pai não a pega. Estou perplexa de ver meu pai neste ambiente. Ele está vestindo calça social, camisa polo e mocassins marrons. Estou espantada por ele ter conseguido subir aqui com um solado desses.

Minha cabeça lateja tão fortemente que me deito. O guarda do parque — a única pessoa que presta atenção em mim — se ajoelha e pergunta se estou bem.

— Para dizer a verdade — digo —, realmente não sei.

Tento me sentar com sua ajuda, mas meus ouvidos e olhos doem. Hadley se ajoelha a meu lado; diz ao guarda para me afastar de todos, para onde haja mais ar.

— Fique longe dela, porra — diz meu pai. — Não toque nela.

Sam, em pé ao lado dele, diz a Hadley que é melhor assim.

— O que você sabe sobre isso? — Hadley grita com Sam.

Sinto uma grande dificuldade para me concentrar na cena em questão. Quando as pessoas falam, só consigo ouvir as palavras reais alguns segundos depois. O sol nada entre os rostos, branqueando-os como fotos superexpostas. Tento com esforço me concentrar nos olhos de Sam; a cor brilhante do nada a minha frente. Ao lado de Sam, meu pai parece pequeno e bidimensional, como uma boneca de papel.

— Rebecca — a voz de meu pai vem a mim através de um túnel. — Você está bem? Ele te machucou?

— Ele não iria machucá-la. — Sam se inclina em minha direção, com o rosto curvado como uma lente de câmera. — Você consegue se levantar?

Balanço a cabeça. Hadley segura meus ombros, independentemente do que meu pai disse, que eu não lembro de qualquer maneira. Coloca a cabeça tão perto da minha que posso ler sua mente. Ele está pensando: Eu amo você. Não se esqueça disso.

— Me deixem falar — sussurro, mas ninguém parece me ouvir.

— Escutem, ela veio até mim. Ela pegou carona. Íamos voltar hoje para esclarecer tudo isso.

Suas palavras soam muito altas.

— Hadley — diz Sam lentamente —, acho melhor deixar a Rebecca voltar para casa conosco; e acho melhor você ficar aqui por algum tempo.

Me deixem falar, digo novamente, mas sou ignorada. Isso porque posso não estar falando, afinal.

Hadley se levanta e se afasta da clareira com as mãos nos quadris. Quando se volta, as veias de sua testa são tensas e azuis, e ele olha para Sam.

— Você me conhece. Você me conhece desde sempre. Não posso acreditar — e olha para meu pai —, não posso acreditar que você, *você* duvida de mim. Você é meu amigo, Sam, você é como meu irmão, eu não disse a ela para vir aqui; não faria isso. Mas não vou simplesmente virar as costas e deixar que a levem embora. Por Deus, Sam — ele dá um passo para trás —, eu amo a Rebecca.

Com toda a energia que tenho, eu me jogo em Hadley, não inteiramente em pé nem totalmente engatinhando. Ele me pega nos braços e aperta meu rosto contra o peito. Sussurra em meus cabelos coisas que não consigo entender.

— Solte-a, seu canalha — murmura meu pai. Sam coloca a mão no braço dele, mas ele se desprende e grita para o céu: — Solte minha filha!

— Entregue-a a nós, Hadley — diz Sam baixinho.

— Senhor — diz o guarda, a primeira palavra que ouço sem a estática das árvores.

— Não — sussurro para Hadley.

Ele se ajoelha e pega meu rosto nas mãos.

— Não chore. Você parece uma cebola quando chora, seu nariz fica todo... — Olho para ele. — Pronto. Eu disse que vou buscá-la, não disse? E seu pai veio de longe para te ver. — Sua voz treme; ele engole em seco. Sigo seu pomo de adão com o dedo. — Você precisa de um médico. Volte para a casa do Sam e fique boa, e irei buscá-la. Vamos cuidar disso tudo, como eu disse. Vá com eles.

— Entregue-a a nós — diz Sam novamente.

Tenho plena certeza, tanta quanto de quem sou, de que, se eu deixar essa montanha sem Hadley, nunca mais vou vê-lo.

— Não posso — digo a Hadley, e é verdade.

A não ser ele, não tenho ninguém que me ame. Envolvo os braços ao redor de sua cintura e me alço mais para perto.

— Você precisa ir com eles — diz ele, suavemente. — Não quer me fazer feliz? Será que não entende?

— Não — digo, pressionando-me contra Hadley.

— Vá, Rebecca — diz ele um pouco mais alto.

Ele me desprende de sua cintura e segura minhas mãos.

— Não quero.

Lágrimas deslizam por meu rosto e meu nariz está escorrendo, mas não dou a mínima. *Não vou*, digo a mim mesma. *Não vou*.

Hadley olha para o céu e, com muita força, me empurra para longe pelos pulsos. Empurra com tanta força que caio a vários metros de distância, sobre as rochas e a terra. Empurra com tanta força que, sem mim a seu lado, perde o equilíbrio.

Tento segurá-lo, mas estou muito longe. Pego o ar, e ele cai pela borda do penhasco.

Cai muito lentamente, girando em um salto mortal como um acrobata, e ouço o ruído do rio que ouvi na noite passada antes de sentir as batidas de seu coração em minha mão. Como um suspiro, ouço sua espinha bater nas rochas e na água abaixo.

Depois disso, tudo que fora construído dentro de mim transborda. Não é verbal. É um acorde que vem quando uma faca corta sua alma. E só agora, com esse som envolvente, *todo mundo* escolhe ouvir.

17
OLIVER

Meu carro fica sem combustível em Carefree, Arizona, e sou obrigado a andar oitocentos sufocantes metros para encontrar um posto de gasolina. Não é o negócio familiar que eu esperava, e sim um respeitável Texaco de aço e cromo. Há apenas um frentista.

— Olá — diz ele, assim que chego. Na verdade ele não olha para mim, então tenho a oportunidade de examiná-lo primeiro. Tem longos cabelos castanhos e uma acne terrível. Dou-lhe uns dezessete anos. — Você não é daqui.

— Ah — digo, mais sarcástico que o necessário —, como você sabe?

O rapaz ri pelo nariz e dá de ombros. Parece realmente estar pensando em uma resposta para minha declaração retórica.

— Conheço todo mundo nesta cidade, acho.

— Muito astuto da sua parte — sorrio.

— Astuto — ele repete, tentando avaliar a palavra.

Como se lembrasse de sua ocupação, pula do tambor de dez litros onde foi descansar e pergunta se preciso de alguma coisa.

— Gasolina — digo. — Meu carro parou no caminho.

Ele dirige a atenção para meu galão de gasolina, um presente do banco onde Jane e eu temos uma poupança. Marine Midland Bank, este é o nome, e o logotipo é o desenho simplificado de uma baleia — escolhemos essa instituição por razões emocionais óbvias.

— Ei — diz o garoto —, eu vi um desses.

— Um galão de gasolina? Imagino que sim.

— Não, um galão de baleia. Esse desenho aí. Passou um aqui ontem para encher. Uma mulher encheu o tanque e depois descobriu que aceitamos cartão de crédito e perguntou se podia encher o galão de reserva também.

Jane, pelo que me lembro, tem um galão como este. No segundo ano trabalhando com o Midland, escolhemos outro galão. Já tínhamos uma boa torradeira.

— Como era essa mulher? — Posso sentir o pescoço corar e os cabelos da nuca se arrepiarem. — Tinha alguém com ela?

— Merda, não sei. Passa um milhão de pessoas aqui por dia. — Ele olha para mim e, para minha completa vergonha, reconheço seu olhar de pena. — Mas não eram da cidade, posso lhe garantir.

Eu o agarro pelo colarinho da camisa e o prenso contra a bomba de diesel.

— Ouça bem — digo, enunciando claramente —, estou procurando minha esposa, que pode ser ela. Agora, pense nisso e tente lembrar como ela era. Tente lembrar se tinha uma menina com ela. Se vocês conversaram sobre aonde ela estava indo.

— Tudo bem — diz o garoto, empurrando-me para longe.

Ele me olha de lado e faz um lento círculo ao redor da ilha de autoatendimento.

— Acho que ela tinha cabelo escuro — diz ele, olhando para minha cara para ver se está dando a resposta certa. Dá um tapa nas coxas. — A menina era bonita. Uma verdadeira gata, sabe? Loira, uma bundinha firme. Ela pediu a chave do banheiro — ele ri —, e eu disse que lhe daria a chave da minha casa também, se ela me encontrasse lá depois do trabalho.

Essa é a melhor notícia que ouço em horas. Nada é certo com uma descrição tão vaga, mas, em uma situação como esta, algum indício de evidência é melhor que nada.

— Para onde elas estavam indo? — pergunto, tão calmo quanto consigo, dadas as circunstâncias.

— Route 17 — diz ele. — Elas perguntaram como voltar para a 17. Talvez estivessem indo para o cânion.

Claro que elas estavam indo para o Grand Canyon. Jane estava com Rebecca, Rebecca gostaria de ver, tanto quanto possível, cada armadilha para turistas no caminho. Um ângulo que eu não havia considerado.

— Obrigado — digo ao garoto. — Você salvou meu dia.
O garoto dá um riso forçado. Precisa usar aparelho.
— Deu vinte e cinco dólares — diz ele. — Ah, deixa pra lá, é por conta da casa.
Corro do posto de gasolina sem agradecer ao garoto. Nem noto o calor, ou a distância, no trajeto de volta. O Grand Canyon. Coloco a gasolina no tanque e dou partida imaginando essa união entre Jane, Rebecca e as majestosas paredes vermelhas recortadas pelo rio Colorado.

18
SAM

Na minha opinião, se você deixar as coisas seguirem seu curso natural, elas vão dar errado. Maçãs que crescem selvagens ao longo das margens de riachos tendem a sofrer pragas. Não estou dizendo que você não pode conseguir uma maçã perfeita sem ajuda química, mas vou lhe dizer que não é fácil.

A razão de eu manter ovelhas no pomar é que assim não preciso pulverizar tanto. Não sei, nunca gostei da ideia de pesticidas. Guthion, Thiodan, Dieldin, Elgetol, não soam bem, não é? Estou preso ao sistema, no entanto; como produtor comercial, tenho de produzir frutos competitivos com outros pomares comerciais, ou então os supermercados não vão comprar. Então, tento usar os menos tóxicos de que ouvi falar: Dodine, em vez de Parathion, para evitar a sarna da macieira e o bolor; Guthion pulverizado apenas uma vez, assim evito o risco de antracnose. Evito completamente o 2,4-D — não suporto coisas sem palavras verdadeiras no nome —, e para isso é que uso minhas ovelhas. Elas pastam a grama e as ervas daninhas ao redor das árvores, como cortadores de grama, então, não preciso de produtos químicos. E, embora isso me mate, pulverizo as árvores separadas para os supermercados com Ethrel e NAA antes da colheita, porque, francamente, se as minhas não forem tão vermelhas e maduras como as de todo mundo, vou à falência.

Joley está no celeiro misturando o Thiodan: é hora de pulverizar contra pulgão; ninguém quer uma maçã com um verme dentro. Ele é a primeira pessoa que vejo desde a noite anterior, a noite com Joellen, e eu estou feliz que seja Joley, e não Hadley. Joley é um cara bom, sabe a hora de nos deixar sozinhos ou não.

— Bom dia, Sam — ele diz sem erguer os olhos.

— Você sabe que é para pulverizar só a metade noroeste do pomar, não é?

Mesmo sem eu dizer nada, Joley é um agricultor nato. É mais velho que eu, não sei muito bem quanto, mas não tenho problemas com ele. Hadley responde mal de vez em quando, mas Joley não. Absolutamente nenhuma experiência com agricultura, mas um agricultor nato; eu já disse isso?

Ele veio duas temporadas atrás, num domingo de pegue-e-pague, quando havia crianças pequenas por todo lado. Como mosquitos, estão sempre onde não devem, e, quando você bate neles para que vão embora, pairam na frente de seu rosto para chateá-lo um pouco mais. Recebemos uma multidão delas de Boston porque temos uma boa reputação, e, como ele parecia mais um daqueles mauricinhos, pensei que estava vindo para cá pegar uma caixa ou duas para levar para casa em algum condomínio em Harbor. Mas ele entrou na loja a varejo que abrimos no outono. Ficou na frente das adormecidas esteiras transportadoras que usamos para separar as melhores maçãs das medíocres, e só ficava dedilhando as engrenagens o tempo todo. Ficou lá por tanto tempo que pensei que estava doente, e depois pensei que talvez tivesse raciocínio lento. Então não fui até ele. Finalmente, entrou nos pomares, e, fascinado, eu o segui.

Nunca disse isso a ninguém, mas foi a coisa mais incrível que já vi. Trabalho neste pomar a vida toda. Aprendi a andar me pendurando nos galhos baixos das macieiras. Nunca fiz as coisas que o vi fazer naquele dia. Joley simplesmente passou pela multidão, muito além da área isolada que mantemos para as maçãs comerciais, e parou na frente de uma árvore. Ia gritar com ele, mas, em vez disso, eu o segui, escondendo-me atrás das macieiras. Joley parou diante de uma árvore de Mac, acho, e colocou as mãos em volta de uma pequena flor rosa. Era uma árvore jovem, enxertada, talvez, havia duas temporadas, por isso não estava dando frutos ainda. Era o que eu pensava. Ele segurou a flor nas mãos e esfregou a pétala com os dedos, tocou a garganta macia de dentro e, a seguir, pôs as mãos em torno dela, como se estivesse rezando. Ficou assim por alguns minutos, e eu estava assustado demais para fazer qualquer som. Então ele abriu a palma das mãos. Dentro, havia uma maçã vermelha de superfície lisa, redonda, óbvia como o dia. O sujeito é um mágico, pensei. Incrível. A maçã pendia do galho ainda fino, que se inclinou com o peso antinatural. Joley a pegou e se voltou para me olhar, como se soubesse que eu estava ali o tempo todo. Estendeu a maçã em minha direção.

Acho que nunca lhe ofereci oficialmente o emprego; nem sabia se estava procurando um. Mas Joley ficou pelo resto do dia e, depois disso, se mudou para um dos quartos extras da Casa Grande. Ele se tornou tão bom trabalhador quanto Hadley, que cresceu em uma fazenda em New Hampshire antes de seu pai morrer e sua mãe a vender para um incorporador imobiliário. Tudo o que você tem a fazer é mostrar as coisas para Joley uma vez, e ele se torna um perito. Agora, faz enxertos melhor que eu. Sua especialidade, porém, é a poda. Consegue cortar os galhos de uma árvore jovem sem pensar duas vezes, sem sentir que a está matando, e, uma temporada depois, ela é o mais lindo guarda-chuva de folhas que você já viu.

— Alguém prendeu as ovelhas? — pergunto.

Elas não podem chegar perto dessas coisas. Joley acena e me dá uma mangueira e um bocal. Pomares grandes têm máquinas para essas coisas, mas eu gosto de trabalhar com as próprias mãos. Isso me faz sentir, quando pego a fruta, que ela realmente veio de mim.

Seguimos em direção às primeiras Macs e Miltons, que colheremos no final de agosto e setembro. Fico imaginando quanto tempo vai levar para ele me perguntar sobre a noite passada.

— Preciso de um favor, Sam — diz Joley, mirando para uma árvore de porte médio. — Preciso de sua permissão para uma coisa.

— Porra, Joley. Você pode fazer praticamente o que quiser aqui, sabe disso.

Joley vira o bocal de modo que o pesticida goteja em seus pés. Isso me deixa nervoso. Ele continua olhando para mim e, enfim percebendo, aperta firmemente o bico para a esquerda a fim de fechar o fluxo.

— Minha irmã e minha sobrinha estão em apuros, e preciso de um lugar para elas ficarem um tempo. Eu as convidei para vir até aqui. Não sei quanto tempo vão ficar.

— Ah. — Não sei o que eu esperava, mas, de alguma forma, era algo pior. — Acho que não tem problema. Que tipo de apuros?

Não quero me intrometer, mas acho que preciso saber. Se for ilegal, posso ter que reconsiderar.

— Ela abandonou o marido. Bateu nele, pegou a filha e foi embora.

Tento imaginar a irmã de Joley; sei que ele me falou dela no passado. Sempre a imaginei parecida com Joley — magra e misteriosa, honesta, fácil. Imaginei-a do jeito que imagino a maioria das garotas de Newton, onde sei que Joley cresceu — bem-vestida, cheirando a lírio, o cabelo liso e pesado. As garotas que conheci nos subúrbios de Boston eram ricas e arrogantes. Elas estendiam a mão se me eram apresentadas e, a seguir, quando achavam que eu não estava olhando, verificavam se não haviam ficado sujas. "Fazendeiro", diziam. "Que *interessante*." Significado: Não sabia que ainda restava algum em Massachusetts.

Mas garotas como essas não abandonam o marido e, especialmente, não batem no marido. Elas têm divórcios tranquilos e metade das casas de veraneio. *Talvez ela seja gorda e pareça um lutador de sumô*, penso. Por causa de Joley, sempre dei a essa mulher desconhecida o benefício da dúvida. Ele falou muito dela, um pouco de cada vez, e tenho a sensação de que ela é uma heroína para ele.

— Onde ela está? — pergunto.

— Indo para Salt Lake City — diz Joley. — Estou escrevendo para ela por todo o país. Ela não tem muito senso de direção. — Faz uma pausa. — Se o marido ligar, diga simplesmente que você não sabe de nada.

Marido. O cara das baleias. Estou começando a lembrar pedaços de uma pessoa. Rebecca, o nome da menina. A foto no quarto de Joley, de um menino bonito (ele mesmo) e uma menina magra e pálida segurando-o firmemente ao lado dela. Uma simples menina sobre quem eu perguntei, e fiquei surpreso ao descobrir que eram parentes.

— Ela é a de San Diego — digo, e Joley assente.

— Ela não vai voltar para lá — diz ele, e me pergunto por que tanta convicção. Ele vai até debaixo da árvore mantendo o fluxo de pesticidas longe, para pegar um galho caído. Guarda-o no bolso de trás. — O cara com quem ela se casou é um idiota. Nunca entendi o que ele tinha que ela não podia perder. Malditas baleias jubartes.

— Baleias — digo. — Uau.

Nunca ouvi Joley ficar tão emotivo em relação a qualquer coisa. Na maior parte do tempo em que estou com ele, move-se nas sombras, silencioso, fechado em pensamentos. Levanta o jato de produtos químicos para o céu, deixando a chuva artificial cair no topo de uma árvore vizinha.

Joley interrompe o jato de spray e, suavemente, depõe o tambor sobre o gramado.

— Por que você usa agrotóxicos? Não há algo que possa usar que seja natural? Eu me sento em um pedaço de grama seca e estico as costas.

— Você não acreditaria na merda que vira a safra comercial se não pulverizar. Pulgões e vermes e feridas e todos os tipos de coisas. São muitas para cuidar individualmente. — Protejo os olhos do sol. — Se deixar com a natureza, vai tudo pro saco.

— É — diz Joley —, nem me diga. — Ele vem se sentar a meu lado. — Você vai gostar dela. É parecido com ela, um pouco.

Penso em perguntar "Em que sentido?", mas não tenho certeza de que quero saber a resposta. Talvez seja a maneira como o trato, penso. Eu me pego querendo saber mais sobre essa Jane, como é e os tipos de livros que lê, e de onde tirou coragem para bater no próprio marido. Ela parece, como diria meu pai, o inferno de saltos.

— As mulheres não sabem mais o que querem. Dizem que vão se casar e então pulam no seu pescoço. Vai entender...

Joley ri.

— A Jane sempre soube que queria o Oliver. O resto de nós simplesmente não conseguia entender por quê. — Ele se inclina sobre um cotovelo. — Sam, você precisa ver o cara; é o cientista clássico, sabe? Mergulhado na névoa o dia todo. E, quando vê a filha, tem sorte se conseguir lembrar o nome dela. Ele fala sem parar sobre umas malditas gravações que faz de cantos de baleias e...

— Joley, se eu não te conhecesse bem, diria que você está com ciúmes.

Ele puxa um cardo do chão a seu lado.

— Talvez esteja — diz, suspirando. — Sabe, existe uma pessoa incrível, e o Oliver começa a transformá-la a sua própria imagem, entende? Ele nunca se preocupou com a pessoa incrível que ela era. Se ela tivesse ficado comigo... Bom, eu sei que não funciona assim, mas, na teoria, ela seria totalmente diferente agora. Seria como antes. Por exemplo, não ia ter medo da própria sombra. — Ele se espicha para trás de novo. — Vou falar na sua linguagem: ela era uma Astrachan, e agora é uma maçã silvestre.

Sorrio para ele. Maçãs silvestres são azedas, quase intragáveis, mas dão boas geleias. Astrachans são as melhores em todos os aspectos — doces para cozinhar, doces para comer cruas. Viro para o outro lado, ansioso para mudar de assunto. Sinto-me estranho ao falar assim com ele. Uma coisa é ficarmos falando sobre o pomar ou sobre minha vida, mas ele é mais velho que eu, e, quando me lembro disso, não me sinto bem lhe dando conselhos. Só o que posso fazer é escutar.

— Então, você vai nos contar o que aconteceu ontem à noite? — diz Joley, e é minha deixa.

— Você ouviu. — Sento-me e abraço os joelhos, limpando manchas de grama dos jeans. — A Joellen vai se casar. Ela disse isso e depois se jogou nos meus braços.

— Está brincando.

— Você acha que eu ia brincar com uma coisa dessas?

É um simples comentário, mas Joley me olha como se estivesse tentando me avaliar antes de tomar uma decisão.

— Não vou perguntar o que aconteceu — diz ele entre risos.

— Você não vai querer saber.

— Ah, não?

Balanço a cabeça sorrindo. Desabafar, falar na liberdade desta grande extensão de terra, minha terra, de alguma forma faz tudo parecer bem. Uma vez desabafado, posso esquecer.

— Esse tipo de merda já aconteceu com você, ou é só comigo? — pergunto.

Ele ri e se levanta, encostando em uma árvore recentemente enxertada.

— Eu só me apaixonei uma vez na vida — diz —, então não sou nenhum especialista no assunto.

— Grande ajuda, a sua.

Ele me oferece a mão para me levantar. Pegamos a mangueira e o frasco de spray e vamos para a metade comercial do pomar. Vou na frente e paro no topo da colina, observando os quatro cantos deste lugar. Há homens podando as árvores mais novas bem a minha frente, e, mais adiante, na seção comercial, posso ver Hadley supervisionando a pulverização de mais Thiodan. Agora, em julho, todas as folhas e flores nasceram, alçando-se em direção ao céu feito dedos.

Joley me entrega o galho caído que pegou antes, um provável candidato para enxerto de fim do verão.

— Anime-se, Sam — diz ele. — Se você tiver sorte, vou te apresentar a minha irmã mais velha.

19
REBECCA

22 DE JULHO DE 1990

Enquanto esperamos na fila pelo sorvete, minha mãe traz à tona o assunto de Sam.

— Então — diz ela —, o que você acha? De verdade.

Tenho de dizer que já estava esperando por isso. Eles não discutiram o dia todo. Na verdade, na maioria das vezes que vi minha mãe esta manhã, ela estava na companhia de Sam, passeando pelo canto sul do pomar, ou debulhando vagens com ele na varanda quando o sol baixava, ou só conversando. Eu me pergunto sobre o que estão falando — Sam não tem experiência com distúrbios da fala, e minha mãe não sabe quase nada sobre agricultura. Acho que eles falam sobre tio Joley, seu terreno comum. Uma ou duas vezes, eu fingi que eles estavam falando de mim.

— Não conheço o Sam muito bem — digo. — Ele parece legal o suficiente.

Os passos de minha mãe estão na frente de minha linha de visão, de modo que tudo o que enxergo é ela.

— Legal o suficiente para quê?

O que ela espera que eu diga? Ela me encara tão diretamente que sei que exige uma resposta melhor, uma resposta certa, e não faço ideia do que poderia ser.

— Se a pergunta é "Devo transar com ele?", a resposta é sim, se você quiser.

— *Rebecca!* — minha mãe fala tão alto que a mulher a nossa frente, Hadley, Joley e o próprio Sam se voltam para nós. Ela sorri e acena para eles. Então diz, mais calma: — Não sei o que deu em você aqui. Às vezes acho que você não é mais a mesma garota que eu trouxe do Leste.

Não sou, quer dizer, estou loucamente apaixonada. Mas você não diz isso a sua mãe, especialmente quando ela, de repente, é a melhor amiga de um cara diferente, que tem a mesma idade do cara que você ama. Minha mãe se volta para tio Joley:

— Ela quer um de chocolate pequeno. Eu quero um de café. Você pode pedir? Vamos andar um pouco.

Puxo meu braço, que ela está segurando.

— Não quero de chocolate — digo a meu tio, embora fosse o que eu havia planejado pedir. — Ela não sabe o que eu quero. — Olho para minha mãe. — Creme com laranja.

— Creme com laranja? Você odeia isso. Ano passado, você disse que parecia aspirina infantil.

— Creme com laranja — repito. — É o que eu quero.

Para evitar uma cena, caminho com minha mãe. Quando saímos, Hadley e Sam estão apontando para uma bicicleta de montanhismo.

— O que foi? — digo, imaginando que, se tirarmos tudo a limpo, isso vai acabar.

Sei que é sobre Hadley, sobre quanto tempo tenho passado com ele. Talvez ela tenha descoberto sobre nós no celeiro.

Tenho trabalhado isso tudo em minha mente, resultado de várias noites acordada, sentindo falta dos sons da Califórnia. Você não ouve carros passando, ou motoquinhas na calçada, ou o surfe a quilômetros de distância. Em vez disso há cigarras, e o vento nos galhos e flores, e o balido das ovelhas. Juro que dá para ouvir faróis aqui. Do meu quarto, não dá para ver a entrada de carros; pelo menos três vezes corri para a janela no fim do corredor superior para inspecionar os carros abaixo — contá-los e ter certeza de que meu pai ainda não chegou. A única coisa que posso imaginar ser pior que enfrentar minha mãe por causa de Hadley é confrontar meu pai por causa de toda esta viagem.

Isto é o que vou dizer a minha mãe: sei que você acha que sou nova, mas tive idade suficiente para vir até aqui com você. E tive idade suficiente para saber o que estava acontecendo entre você e o meu pai, e o que era melhor para nós no longo prazo. Então, não me diga que não sei o que estou fazendo. Afinal de contas, você não era mais velha do que sou quando começou a namorar o meu pai.

O que a minha mãe diz é:

— Sei que você acha que estou traindo seu pai.

Fico olhando para ela com espanto. Não é sobre mim. Ela nem sequer *notou* Hadley e eu.

— Sei que ainda estou casada com ele. Você não acha que, toda vez que vejo você de manhã, penso sobre o que deixei para trás na Califórnia? A vida inteira, Rebecca, deixei minha vida inteira. Deixei um homem que, pelo menos em alguns aspectos, depende de mim. E é por isso que às vezes me pergunto o que estou fazendo aqui, nesta maldita zona agrícola — ela gesticula com o braço no ar —, com esse...

Quando sua voz diminui, eu a interrompo.

— Esse o quê?

— Esse homem absolutamente incrível — diz ela.

Um homem absolutamente incrível?

Minha mãe para de andar.

— Você está chateada comigo.

— Não, não estou.

— Sei que está.

— Não estou, de verdade.

— Não precisa mentir...

— Mãe — digo mais alto —, não estou mentindo. — Estou? Eu a encaro e apoio as mãos nos quadris. Penso: *Quem é a criança aqui?* — Afinal, o que está acontecendo entre você e o Sam?

Minha mãe fica vermelha como uma beterraba. Vermelha como uma beterraba, minha própria mãe!

— Nada — ela admite. — Tenho tido uns pensamentos loucos. Mas não tem nada, absolutamente nada.

Minha própria mãe. Quem poderia pensar.

— Achei que vocês não se davam bem.

— Eu também achei — diz ela. — Mas acho que compatibilidade não é a questão.

Ela olha na direção de Hadley e Sam, que estão esperando com tio Joley diante da fila dos sorvetes. Este lugar é diferente do que fomos ontem, quando minha mãe e Sam não se gostavam. Este lugar faz seu próprio sorvete. Tem só sete sabores, e Sam diz que está sempre cheio.

— É melhor voltarmos — diz ela, sem nenhuma convicção.

Quando chegamos aqui, Sam não queria nada com minha mãe. Depois do fiasco da tosquia das ovelhas, que foi uma terrível primeira impressão, ele disse a Hadley que minha mãe era uma vaca da cidade com muito a aprender sobre a vida real. E, quando Hadley me disse isso e contei a minha mãe, ela riu e disse que uma fazenda de maçãs em East Jesus não era a vida real.

E então, ontem à noite, eles começaram a andar juntos. Quando vi pela primeira vez, não podia acreditar; pensei que minha mãe achava Sam um caipira. Na verdade, não dei muita atenção. Eu estava com Hadley — nós nos demos bem imediatamente e, depois de ontem à noite, bem, quem sabe o que viria depois? Hadley era tão fascinante. Ele fazia coisas que eu nunca havia visto ninguém fazer: fazia mudas crescerem, aplainava uma árvore áspera até virar uma tábua, construía coisas que durariam para sempre. Ele era absolutamente incrível.

Absolutamente incrível. Todo esse tempo, sabendo ou não, minha mãe foi se apaixonando.

— Acho que você tem uma queda pelo Sam — digo, testando a ideia em voz alta.

— Faça-me o favor. Sou uma mulher casada, lembra?

Fico olhando para ela.

— Ah, você se lembra disso?

Não a culpo por ter esquecido. Eu mal podia evocar a imagem do rosto de meu pai, e tinha menos motivos para querer ficar longe dele. Quando pensava bastante nele, podia ver seus grandes olhos azuis incrivelmente cansados. Seus olhos, e as linhas ao redor da boca (mas não a própria boca), e a curva dos dedos segurando uma caneta. É isso, a memória de quinze anos.

— Claro que lembro — diz minha mãe, irritada. — Sou casada com seu pai há quinze anos. Você não deve amar a pessoa com quem se casou?

— Diga você.

Isso interrompe a trajetória dela.

— Sim, você deve. — Ela pronuncia as palavras lentamente. Parece estar tentando convencer a si mesma. — O Sam é apenas um amigo. —

Ela balança a mão a nossa frente, como se estivesse limpando tudo o que disse. — Meu amigo — repete. Então olha para mim tão confusa... Acho que esqueceu que estava falado comigo o tempo todo. — Eu só queria que você soubesse em que pé as coisas estão.

— Bom, obrigada — digo e tento não rir. Não imagino o que ela quer ouvir. — Nosso sorvete vai derreter.

Ela pega minha mão para me levar de volta ao balcão, e eu me solto, porque Hadley está olhando.

— Por favor, mãe, eu não tenho três anos de idade.

Vou até Hadley e lhe ofereço um pouco de meu sorvete. Ele sorri e me puxa para me sentar em seu colo, enquanto enrola a língua em volta dos cumes feitos pela máquina. Acabamos trocando nossos sorvetes, porque, afinal de contas, não gosto de sorvete de creme com laranja.

Minha mãe está em pé quase na diagonal em frente a nós. Ela dá do próprio sorvete a Sam enquanto Sam lhe dá do dele. Ele calcula mal a distância e pinga um pouco de baunilha no nariz de minha mãe. Ela ri e esmaga o sorvete no queixo de Sam. Observando-os, sou obrigada a sorrir. *Ela está agindo como uma criança*, penso. *Está agindo como eu.*

Tio Joley, Hadley e eu vamos na traseira da caminhonete vermelha rumo à lagoa Pickerel. É o lugar onde Sam aprendeu a nadar quando era criança, a poucos quilômetros de distância do pomar.

— Nos anos 50 — grita Sam na cabine do caminhão —, só tinha esta lagoa. É a que vamos ver, com tapetes de lírios e ainda com peixes. Mas os moradores da área desbastaram e cavaram um enorme buraco ao lado, jogando areia no fundo, e construíram docas para natação. Por uma taxa de verão, toda família podia vir e nadar a qualquer hora.

É um domingo perfeito. O sol queima o metal da mesa e nós três estamos sentados em nossas camisetas. Não há muito vento, mas parece haver uma brisa quando você pensa nisso. O ar cheira a sorte.

— Acho que você vai gostar deste lugar — diz Hadley acima do barulho de pneus. — Não tem correnteza.

Talvez minha mãe nade. Sempre achei que é a correnteza do oceano que a impede de se aventurar na água. Na verdade, ela foi muito otimista vindo aqui fazer piquenique. Ela mesma embalou o almoço e continua falando que vai ser muito bom se refrescar.

O sol bate no topo de minha cabeça. Posiciono a palma da mão contra ele, para um minuto de sombra.

— É como fogo — digo a Hadley, e o faço tocar minha cabeça também.

Tio Joley, que trouxe um uquelele, está tentando tocar as notas iniciais de "Stairway to Heaven". Ele quase encontrou as notas certas, mas soa como um luau doentio. Para mim não é calmante, mas nina Hadley até adormecer. Sua cabeça repousa em meu colo. A viagem toda, tio Joley arranha músicas improváveis: "Parabéns a você", o tema do *Mickey Mouse Club*, "Blue Velvet", "Twist and Shout".

Sam entra no que parece ser um matagal, mas que se abre para um caminho de terra, e a seguir, vira uma estrada. No final, há um estacionamento com um portão de metal e dobradiças enferrujadas.

— Eles tentaram trancar aqui à noite por alguns anos — Sam grita em nossa direção —, mas as crianças ficavam pulando o muro para fazer festa na praia. Quando deixaram as portas abertas durante a noite, todas elas pararam de vir aqui.

Hadley, que acordou, diz:

— Isso é porque não era mais divertido. Você só quer criar confusão em um lugar proibido.

Sam inclina a cabeça para fora da janela e tenta olhar para Hadley.

— Você costumava vir aqui? — Ri. — Imagine só!

Sam e minha mãe levam o cooler para a lagoa, e eu levo as toalhas, as raquetes e a bola amarela. Tio Joley leva seu uquelele. Em um poste verde, Sam assina seu nome em uma prancheta.

A lagoa é muito maior do que eu havia imaginado. É quase um quadrado perfeito, mas foi refeita por mãos humanas depois. Junto ao lago para nadar fica a lagoa real, a Pickerel, e é tão grande que não consigo ver uma das bordas. Há dois peixes-lua, um remo lamacento e um barco de metal na margem do grande lago, tudo com etiqueta da Associação da Lagoa Pickerel.

Sam vem atrás de mim.

— Podemos usar os barcos quando ninguém está usando. — Ele se volta para minha mãe apontando os locais que estão faltando no lago vinte anos após sua criação. — Tinha um trampolim nesta doca. E ali, aquela segunda doca nem sempre foi ligada à costa. Se quisesse chegar até ela, você tinha que nadar. E as crianças pequenas tinham que fazer um teste de natação todos os verões para poderem nadar além das boias.

Hadley e tio Joley, que aparentemente planejaram tudo, tomam as toalhas e a bola dos meus braços. Eles me seguram enquanto chuto e grito e me atiram, depois de contar até três, da primeira doca. Em algum lugar, um salva-vidas gordo grita conosco. Proibido arremessar. Não desta doca.

Hadley pula atrás de mim e pega meu tornozelo. Ele me puxa para baixo. A água é turva, tingida com algum corante azul e mais fria em alguns pontos que em outros. Ando pela água tentando encontrar um lugar quente onde Hadley não tente me afogar novamente.

Tio Joley, que foi falar com o salva-vidas, dá um salto ornamental na lagoa. Sai à superfície já falando:

— Este lugar parece uma privada com desinfetante azul gigante por causa dos produtos químicos. Eles colocam o azul para nublar a água, para que as algas não cresçam tão facilmente.

— Algas — digo —, eca.

Tenho certeza de que há algas ou coisa pior nas praias de San Diego, mas lá você tem certeza de que vão embora com a maré.

Minha mãe se mantém ocupada espalhando nossas toalhas no pequeno trecho de praia. É engraçado, não é uma praia, afinal. É mais como se duas escavadeiras houvessem jogado areia e varrido bem. *Nós poderíamos ensinar algumas coisinhas a estas pessoas*, penso.

Minha mãe cria uma colônia de toalhas. Encosta a listrada na rosa, a toalha promocional do *Les Miserables* na Ralph Lauren. Na ponta das quatro, coloca um grande cobertor xadrez. Quero saber quem vai se deitar lá. Ela não presta atenção na posição do sol.

— Ei — ela chama Sam, mas ele está fora de seu alcance.

Na verdade, no exato momento em que o chama, o corpo de Sam bate na água em um duplo salto mortal. Sem a ajuda de um trampolim, ele consegue uma excelente altura e pula. Todos nós, já na água, batemos palmas. Sam nada até a segunda doca e faz a volta.

Seu corpo, ao contrário do de Hadley, é compacto. Tem pelos escuros no peito que crescem em forma de coração. Os pelos das pernas, surpreendentemente, não são tão grossos. Sam tem ombros largos e cintura fina, braços fortes (todo aquele levantamento que faz) e coxas musculosas. Lembro-me de ouvir algo na mesa de jantar sobre ele ter dificuldade para comprar jeans — as pernas ficam sempre muito apertadas e a cintura muito larga, ou algo parecido.

— Vamos — diz Hadley, nadando atrás de mim. — Vamos apostar corrida.

Ele começa a executar um vigoroso crawl por toda a lagoa. Quase tromba com tio Joley, que está preguiçosamente nadando de costas e cantando alguma coisa em outro idioma. A natação, eu lembro, é o tipo da coisa religiosa para tio Joley. Minha mãe diz que não faz ideia de onde ele tirou isso.

Hadley e eu chegamos empatados do outro lado da lagoa.

— É porque você tem dez anos menos que eu.

— Ah, dá um tempo — rio. — Isso é só uma desculpa.

— Ah, é — diz ele, puxando meus cabelos e me segurando debaixo da água.

Eu abro os olhos e massageio suas pernas. Quando me solta, nado entre elas, correndo os dedos ao longo da parte interna.

— Isso é trapaça — diz ele.

Nadamos para a parte rasa, onde um grupo de crianças está na costa, enchendo descuidadamente baldes de areia. Hadley e eu nos sentamos no fundo da lagoa, deixando-a brincar em nossos punhos.

— Eu fazia isso sempre. Castelos de areia.

— Você cresceu na praia. Deve ter ficado muito boa nisso — diz ele.

— Eu odiava. Num minuto, você se orgulha do trabalho de duas horas; no minuto seguinte, uma onda bate e leva tudo.

— Daí você decidiu não ir mais à praia. Boicote infantil?

Volto-me para ele, chocada.

— Como é que você sabe? Eu me recusava a ir. Tinha acessos de raiva todo fim de semana enquanto meus pais me carregavam para o carro com boias, toalhas e coolers.

Hadley ri.

— Palpite. Você deve ter sido uma criança corajosa.

— Devo ter sido? Todo mundo diz que ainda sou.

— Você é corajosa, tudo bem — afirma Hadley —, mas não é mais criança. Tem mais bom senso na cabeça que quase todo mundo que conheço, e com certeza não age como eu quando tinha quinze anos.

— De volta aos tempos dos dinossauros.

— Sim —Hadley sorri —, de volta aos tempos dos dinossauros.

Eu teria adorado conhecer Hadley quando ele tinha minha idade. Finjo enterrar uma pedra.

— O que você fazia? — pergunto.

— Falava muito palavrão e comecei a fumar. Sam e eu éramos voyeurs no vestiário das meninas, na academia — afirma Hadley. — Não era tão focado como você.

Focada. Nos olhos de Hadley, vejo o reflexo perfeito e redondo do sol.

— Acho que sou bem focada.

Hadley e eu brincamos com as raquetes na parte rasa da lagoa e tentamos pegar sapos com as mãos. Com os dedos, escavamos pedras lisas do fundo de areia e vemos quem consegue fazê-las deslizar mais longe sobre a água. Algumas vezes, só nos esticamos na madeira lisa molhada da primeira doca e, de mãos dadas, adormecemos. De vez em quando, capto os olhos de minha mãe. Não sei se ela está nos olhando em particular ou se é apenas acaso. Ela fala com Sam quando ele sai da lagoa para descansar. Sam olha em nossa direção e dá de ombros.

Na hora do almoço, minha mãe esquece completamente de servir Hadley e finge que foi sem querer. Então, ela faz um grande alarde para lhe dar uma cerveja, mas não dá uma para mim.

— Alguns de nós — diz ela, olhando para mim — ainda são novos demais para beber.

Hadley me dá metade da sua, de qualquer maneira, quando minha mãe se levanta para ir ao banheiro. Tio Joley me diz para ignorá-la quando ela fica assim.

Depois do almoço, minha mãe insiste em limpar o piquenique. Ela põe o lixo em sacos duplos e reorganiza as sobras. Redobra os guardanapos usados. Sacode as toalhas para tirar as migalhas. Sam, que está esperando por ela, pula na lagoa e nada o perímetro duas vezes enquanto ela faz tudo isso. Aparentemente, ela disse que entraria depois do almoço.

Finalmente, Sam vai para o oásis que ela criou. Ela está em pé na frente dele, tentando encontrar outra coisa para fazer. Tio Joley, Hadley e eu nos ajoelhamos na parte rasa, esperando para ver o que vai acontecer. As mãos de Hadley estão espraiadas sobre minhas costelas, pressionando-me para trás contra os bolsos flutuantes de sua bermuda.

Sam pega minha mãe no colo e começa a levá-la para a parte rasa. Ela ainda está de short.

— Não — diz ela, rindo primeiro.

Ela chuta seus calcanhares, e as pessoas em volta do lago sorriem pensando que é algum tipo de brincadeira. Eu me recosto em Hadley e observo para ver quando ela vai explodir.

— Sam — diz ela, mais insistente.

Eles ultrapassaram o limite da segundo doca; estão quase à beira da água.

— Eu não consigo.

Sam para um instante, sério.

— Você sabe nadar?

— Bom... não — diz minha mãe.

Grande erro.

Os pés de Sam batem na água e minha mãe começa a gritar.

— Não, Sam! Não!

— Muito bem — diz tio Joley para ninguém em particular.

Sam começa a vadear mais fundo. A água atinge o short de minha mãe, espalhando-se como uma mancha. Ela para de chutar quando percebe que isso só a deixa mais molhada. A certa altura, penso que ela está quase se resignando com o que vai acontecer. Sam, um homem com uma missão, continua a caminhar na água.

— Não faça isso comigo — ela sussurra para Sam, mas todos conseguimos entender as palavras.

— Não se preocupe — diz ele, e minha mãe crava garras apertadas ao redor dos braços dele.

Ele olha diretamente para ela, como se bloqueasse o resto do mundo que assiste:

— Se você não quiser mesmo ir, eu te levo de volta. Agora. É só dizer.

O olhar de minha mãe está aterrorizado. Estou começando a sentir pena dela.

— Estarei com você — diz Sam. — Não vou deixar nada acontecer.

Ela fecha os olhos.

— Vamos lá. Talvez seja disso mesmo que eu preciso.

Com passos comedidos, Sam adentra mais alguns centímetros a água, até atingir o queixo de minha mãe. A seguir, dizendo-lhe para se concentrar em seus olhos —*Aqui*, ele diz, *nos meus olhos...* —, ele desce com ela sob a superfície.

Parece muito tempo. Todos na costa da lagoa estão assistindo. Várias crianças com máscaras de mergulho nadam mais para baixo d'água para espreitar e ver o que está acontecendo. Então minha mãe e Sam irrompem da água em uníssono, ofegando em busca de ar.

— Ah! — minha mãe grita. — É tão maravilhoso!

Os cílios espirram água e os braços gesticulam em largos círculos a sua frente, com ondulações que chegam até nós. Sam está triunfante. Ele pisca para tio Joley e permanece ao lado dela, um salva-vidas particular, cumprindo a promessa feita. Nada vai acontecer, afinal, enquanto ele estiver lá. *Bom, já deu*, penso. Hadley e eu, entediados com todo esse teatro, procuramos uma canoa para ir à lagoa maior. Enquanto vamos, minha mãe já está nadando crawl.

A certa altura, minha mãe e eu somos as únicas acordadas. Deitamo-nos nas toalhas, de costas, e tentamos encontrar imagens nas nuvens. Vejo uma lhama e um clipe de papel. Ela vê uma lâmpada de querosene e um canguru. Ambas procuramos um camaleão, mas não há nenhum.

— Sobre o Hadley — diz minha mãe —, estive pensando.

Sinto os ombros tensos.

— Nós nos divertimos muito juntos.

— Eu notei. O Sam disse que o Hadley gosta muito de você.

Eu me apoio sobre um cotovelo.

— Ele disse isso?

— Não com tantas palavras. Disse que ele é uma pessoa muito responsável.

Distraidamente, ela arranca a grama com a mão esquerda.

— Bom, ele é. Cuida de quase tudo na fazenda que o Sam não faz. É seu homem de confiança.

— Homem, exatamente — diz minha mãe. — E você é uma criança.

— Eu tenho quinze anos — recordo-lhe —, não sou mais criança.

— É, sim.

— Quantos anos você tinha quando começou a namorar o papai?

Minha mãe rola sobre o estômago e enterra o queixo na areia. Mal posso entender o que diz. Acho que fala:

— É diferente.

— Não é diferente. Você não pode se proteger de se apaixonar por uma pessoa. Não pode desligar suas emoções como uma torneira.

— Ah, você é especialista nisso?

Penso em dizer *Nem você*, mas decido que não.

— Você não pode evitar se apaixonar — diz ela —, mas *pode* ficar longe das pessoas erradas. É só o que estou tentando dizer. Só estou avisando antes que seja tarde demais.

Rolo para longe. Ela não sabe que já é tarde demais?

Sam acorda e se senta entre nós. Para continuar conversando, ela teria de falar por cima dele. Minha mãe, provavelmente contrariada, crava os olhos em mim. Continuamos depois, é o que seu olhar está dizendo. Eles decidem ir pescar no barco de metal e me deixam ali para vigiar tio Joley, Hadley e o cooler. Pego uma nectarina e a como lentamente. O caldo escorre por meu pescoço e seca, pegajoso.

Minha mãe não sabe o que está falando. Não acredito que tenho alguma coisa com "homens mais velhos". Acho que tenho alguma coisa com Hadley. Estendo a mão e espanto uma mosca da orelha dele. Ele tem três marcas de nascença no lóbulo; três, e eu não havia notado antes. Conto-as duas vezes, fascinada. Quando estou com ele, não sei quem sou. Não sei e não me importo, mas devo ser alguém maravilhoso, porque ele parece se divertir comigo. E me segura do jeito que eu segurava as bonecas de porcelana quando era criança. Eram tão bonitas, com o rosto pintado, que eu só me permitia tirá-las das prateleiras do quarto por alguns minutos, de vez em quando.

Tio Joley não ronca, mas respira forte quando dorme. Isso me deixa louca. É um barulho estridente que vem em correntes. Você ouve e começa a entrar no ritmo, e então, de repente, ele altera o padrão e você fica em suspense, esperando que ele termine o que começou. Depois de cerca de três minutos ouvindo isso, levanto-me e me alongo. Ando em volta da lagoa, mergulhando os pés na água, e escrevo minhas iniciais na areia. HS + RJ. Percebo que não haverá nenhuma maré para lavar isso.

Na outra ponta da lagoa, há juncos e tifas. São amarelo-trigo e têm a minha altura. A área fica fora dos limites, é um pântano. Quando o salva--vidas não está olhando, passo atrás da primeira fileira. Quando faço isso, fico escondida. Dou uma última olhada em Hadley; vasculho as canas com os braços.

O terreno é uma esponja que se fecha em volta de meus tornozelos. Continuo andando. Quero saber aonde vou chegar. Em algum lugar tem de haver água.

O grito de um biguá me diz que cheguei à borda. Não consigo realmente ver a praia, tenho de afastar as plantas mais grossas com as mãos. Vim para a parte da lagoa Pickerel que não conseguia ver da piscina. É uma entrada ensombrada por salgueiros. No meio, há um barco a remo, minha mãe e Sam.

Minha mãe acabou de pegar um peixe, não faço ideia de que tipo. Sua coluna é uma série de picos que ficam cada vez mais curtos; o gancho parece estar preso na bochecha dele. Minha mãe segura a linha de pesca enquanto Sam abaixa os espinhos do peixe e remove suavemente o gancho. Quando faz isso, ouço um leve puxão. Ele solta o peixe na água, e ambos o veem nadar para longe em um ritmo incrível. Eu mesma não sabia que um peixe podia nadar tão rápido. Quando olho para minha mãe e Sam, eles parecem bastante satisfeitos consigo mesmos.

Sam apoia os remos no banco de minha mãe. Ela está com as mãos na borda da canoa e se inclina ligeiramente para trás. Sam, equilibrando-se, vem para frente e passa os braços ao redor da cintura dela. Quando ela se senta, não parece assustada. Inclina-se e o beija.

Sinto meu coração bater mais rápido e penso em ir embora, mas eles vão me ouvir. Conscientemente, tento pensar em meu pai, esperando que ele me assalte a mente. Mas tudo que lembro é minha própria reação no último Dia das Mães, quando meu pai levou café da manhã na cama para ela. Ele me acordou para perguntar como minha mãe preferia os ovos, e eu olhei para ele como se fosse louco. Afinal, ele era casado com ela. Será que não sabia que ela não come ovos?

Sam apoia a mão em concha no seio direito de minha mãe e beija seu pescoço. Ele diz alguma coisa que não consigo ouvir. Seu polegar fica esfregando e, como mágica, vejo o mamilo aparecer. Minha mãe se cola mais na borda à embarcação. Abre os olhos para olhar para ele. À medida que o barco volteia levado pelo vento, vejo Sam. Seus olhos — parece que estão ficando mais profundos. Não posso descrever melhor que isso. Ele a beija novamente, e desse novo ângulo vejo sua boca encontrar a dela, sua língua encontrar a dela.

Eles se movem muito lentamente. Não sei se tem algo a ver com o equilíbrio do barco ou com o que está acontecendo. Minha cabeça está latejando agora, e não sei por quê. Não consigo decidir se deveria estar zangada com ela. Não consigo decidir se deveria tentar ir embora. Tudo que sei, com certeza, é que nunca vi minha mãe assim. Uma coisa atravessa minha mente: talvez esta não seja minha mãe.

Dou meia-volta e corro o mais rápido que posso através do pântano. Atravesso a placa acorrentada de NÃO ULTRAPASSE e corto a coxa. Ignorando o apito do salva-vidas, mergulho na fria lagoa anônima. Abro os olhos o máximo que consigo. Imagino a água correndo para a parte de trás de minha cabeça. Quando chego do outro lado, escondo-me debaixo do cais até que me sinto pronta. Então, eu me jogo na toalha ao lado de Hadley como se realmente não me importasse com nada.

20
JANE

São sete da manhã e estou cantarolante, dirigindo por uma estrada sem outros carros ao meu redor, quando, de repente, vejo pelo espelho retrovisor um grande caminhão rosa se aproximando. Penso: *Que bom, um pouco de companhia*. E esta coisa, essa *coisa* se aproxima e chega perto de mim, e — juro por Deus — é um cachorro-quente sobre rodas. Bom, é um carro, imagino, mas é coberto por uma camada de papel machê em forma de uma grande salsicha em um pão. Tem um rabisco de mostarda também. Gravada ao lado do pão, há uma placa que diz OSCAR MAYER.

— Incrível — digo.

O motorista, a quem posso ver por um pequeno quadrado cortado no papel machê para visibilidade lateral, sorri para mim mostrando todos os dentes.

— Rebecca — digo, cutucando-a —, levante, veja isso! Se não vir, não vai acreditar em mim.

Ela se levanta um pouco e pestaneja duas vezes. A seguir, fecha os olhos novamente.

— Você está sonhando — diz ela.

— Eu não! Estou dirigindo — digo alto o suficiente para fazê-la abrir os olhos novamente.

Desta vez, o motorista acena para ela.

Rebecca, alerta, rasteja no banco de trás.

— *My bologna has a first name* — ela canta. — *It's O-S-C-A-R*. — Não termina a música. — Que diabos é isso?

Procura algo revelador na porta do freezer, uma placa, qualquer coisa que explique esse veículo.

— Talvez eu deva desacelerar e deixá-lo passar.

— De jeito nenhum! — grita Rebecca. — Acelere. Vamos ver se ele consegue nos alcançar com uma salsicha no teto.

Piso no pedal do acelerador um pouco mais firme. O carro de cachorro-quente consegue nos acompanhar a cento e vinte, cento e trinta, até cento e quarenta quilômetros por hora.

— Incrível. Isso é que é aerodinâmica.

Rebecca volta para o banco do passageiro.

— Talvez devêssemos comprar um.

A seguir, o motorista do carro de cachorro-quente me corta, o que me deixa muito irritada, porque a carroceria dele roça o bagageiro do meu SUV. Então ele desvia para o acostamento tão de repente que eu o passo, mas rapidamente ele nos alcança. Abaixa o vidro e gesticula para Rebecca fazer o mesmo. Ele tem um rosto bonito, por isso digo a ela que tudo bem.

— Quer parar para tomar café da manhã? — ele grita em meio ao fluxo de ar. Aponta para uma placa azul que indica que há onde comer na próxima saída.

— Não sei — digo a Rebecca. — O que você acha?

— Acho que ele vai nos deixar dirigir o carro. Está bem! — Rebecca grita para ele e sorri como se tivesse todo o encanto do mundo guardado no bolso de trás.

Seguimos o carro até o estacionamento da lanchonete O'Salt Pillar.

Vemos duas janelas com tábuas e apenas outro carro, do cozinheiro, imagino. No entanto, não há nenhum aviso do Ministério da Saúde. *Será que tem algum Ministério da Saúde aqui?*, eu me pergunto.

Rebecca sai do carro primeiro e corre para tocar o material que compõe o pão do carro de cachorro-quente. É áspero, espeta, uma decepção. O motorista desce.

— Olá — diz com uma voz que soa estranhamente pré-púbere. — Que legal vocês se juntarem a mim no café da manhã. Meu nome é Ernie Barb.

— Lila Moss — digo, oferecendo a mão. — E minha filha, Pearl.

Rebecca, um tanto surpresa, faz uma reverência.

— Caminhão legal, não é? — diz ele a Rebecca.

— Legal não é a palavra. — Ela estende a mão para sentir as letras no pão. O "O" é maior que sua cabeça.

— É um caminhão promocional. Não é funcional, mas as pessoas notam.

— Notam mesmo — digo. — Você trabalha para o Oscar Mayer?

— Isso mesmo. Dirijo por todo o país só para despertar interesse. O reconhecimento é um grande fator na venda de carnes processadas.

Concordo com um gesto de cabeça.

— Posso imaginar. — Ernie toca-me o ombro para me guiar em direção à lanchonete. — Você já comeu aqui?

— Ah, muitas vezes. É melhor do que parece.

Ernie vai na frente, depois eu e Rebecca, através das portas vaivém da lanchonete. Fico imaginando como as trancam à noite.

Ernie tem cabelos amarelos espetados, formando um caótico halo em volta do rosto. Embora eu só possa ver as pontas, parecem crescer mais grossos em alguns lugares que em outros. Sua pele é oleosa e ele tem três ou quatro queixos.

— Annabelle! — chama, e uma mulher baixa e gorda num vestido curto de garçonete sai desajeitadamente do banheiro masculino. — Voltei, querida.

— Ah — diz ela com uma voz rouca que faz Rebecca pular. — E a que devo a honra?

Então, como se pensasse bem, ela o beija na boca e murmura:

— É bom ver você.

— Estas são Lulu e Pearl — diz Ernie.

— Lila — eu o corrijo, e ele repete a palavra rolando-a na boca como uma bola de gude. — Estávamos juntos na estrada.

— Que bom pra vocês — diz Annabelle, com outra mudança de humor. Ela joga três menus em nossa mesa e sai, em um acesso de raiva inexplicável.

Exceto por Annabelle e um cozinheiro ausente (a menos, penso, que ela seja o cozinheiro ausente), somos as únicas pessoas na lanchonete. É cedo, mas de alguma forma tenho a sensação de que ninguém realmente vai ao O'Salt Pillar. Sua decoração é um pouco fora de moda: cortinas caseiras com babados, mas cortadas de uma manta verde-vômito; mesas resistentes de madeira pintadas em perigosos tons de laranja.

— É bom comer com pessoas, para variar — diz Ernie, e Rebecca e eu sorrimos educadamente. — Sempre sozinho na estrada...

Assentimos. Rebecca tenta estourar com a ponta dos dedos as gotas de água em seu copo.

— Pearl — diz Ernie, mas Rebecca não se toca. — Pearl!

É o ruído, não o nome, que desperta a atenção de Rebecca.

— Quantos anos você tem, menina?

— Quase quinze. Faço aniversário na próxima semana.

Ela olha para mim perguntando se essa, como nossos nomes, seria uma informação privilegiada que ela não deveria ter dado a um estranho.

— Que ótimo — diz Ernie. — Isso pede algo especial.

Ele se contorce para fora da cadeira e caminha para o banheiro dos homens, que, pelos movimentos de Annabelle, já deduzi que deve ter ligação com a cozinha. Sai um minuto depois carregando nossas refeições. Ovos mexidos para Rebecca, com uma vela de aniversário que pinga sistematicamente sobre as batatas fritas. Ernie canta "Parabéns a você" sozinho.

— Que legal, Pearl — digo —, um presente adiantado.

— E é realmente um presente — diz Ernie. — A comida é por minha conta.

— Obrigada, sr. Barb.

Rebecca pega o garfo e Ernie lhe diz para fazer um desejo. Ela faz, soprando a vela sobre um guardanapo e dando início a um pequeno incêndio que Ernie apaga com suco de tomate.

Durante a refeição, ele fala de seu trabalho: como o conseguiu (um tio na empresa), quanto gosta (gosta mesmo), que foi premiado (Prêmio de Publicidade Hot Dog! de 1986 e 1987). Por fim, ele nos pergunta de onde somos (Arizona) e para onde vamos (a casa da minha irmã Greta, em Salt Lake City). Rebecca me chuta por baixo da mesa toda vez que minto, mas ela não sabe de nada. Oliver pode ser um homem muito inteligente.

Ernie come uma pilha de panquecas de framboesa, três ovos com salsicha, uma porção de batata suíça, quatro fatias de pão, um bolinho inglês, dois blinis, duas metades de toranja e cavala defumada. É só durante seu omelete de cogumelos que diz que está satisfeito. Na cozinha, Annabelle derruba e quebra alguma coisa.

No fim, Ernie não paga a comida; Annabelle insiste que é por conta da casa. Ela fica na porta enquanto caminhamos de volta para o carro cachorro-quente de Ernie.

— Senhoritas — diz ele —, foi um prazer.

Ele me passa seu cartão, que não tem endereço residencial, só o número de telefone do carro.

Rebecca e eu ficamos na frente da lanchonete observando o cachorro-quente de papel machê desaparecer no horizonte. Estamos paradas longe uma da outra o suficiente para não nos tocarmos.

— Ele era vermelho demais para parecer real — diz Rebecca, dando meia-volta.

— Você notou?

21
JANE

Rebecca está olhando pela janela o plano campo branco. É hipnotizante.
— Você acha que o Paraíso é assim? — pergunta.
— Espero que não — digo. — Gosto de um pouco de cor.
Seria fácil se enganar e acreditar que as Grandes Planícies de Sal estão cobertas de neve, não fossem a temperatura de trinta e cinco graus e as rajadas de vento quente que atingem meu rosto como a respiração de alguém. Salt Lake City, que parece menor por conta da enorme igreja mórmon, não é um lugar onde me sinto à vontade. Na verdade, sinto que estou naufragando cada vez mais nessa religião diferente, nesse clima diferente, na arquitetura diferente. Minhas roupas grudam no corpo. Quero pegar a carta de Joley e ir embora.
Mas o atendente do correio, um homem de meia-idade magro, com um bigode curvo, insiste em dizer que não há cartas para Jane Jones. Nem para Rebecca Jones. Para Jones nenhum, diz ele.
— Olhe novamente, por favor.
Rebecca está sentada nos degraus da frente da agência do correios quando saio. Eu poderia jurar que vejo calor subindo pelo pavimento.
— Estamos em apuros — digo, sentando-me ao lado dela.
A blusa de Rebecca está colada nas costas também, e há círculos de suor debaixo dos braços dela.
— A carta de Joley não está aqui.
— Então vamos ligar para ele.
Ela não entende a força das palavras de Joley como eu. Não é de suas instruções que preciso, é de sua voz. Não interessa o que ele diga, só que diga.

— Tem mais duas agências. Vou tentar nelas.

Mas em ambas não há correspondência para mim. Penso em dar um chilique, mas isso não vai ajudar em nada. Em vez disso, ando pela sala de espera da agência do correio, e então vou para a calçada abrasadora, onde Rebecca está, acusatória.

— E então? — diz Rebecca.

— Devia estar aqui. Olho para o sol, que parece ter explodido no último minuto. — O Joley não faria isso comigo.

Sinto vontade de chorar, e estou avaliando as consequências quando olho para o sol novamente e, sibilando, tudo desaba sobre mim e meu mundo fica negro.

— Ela está voltando — diz alguém, e vejo mãos. Mãos com água gelada que me pressionam o pescoço e a testa, os pulsos. Um rosto muito grande surge a minha frente.

— Oliver? — tento dizer, mas não consigo lembrar onde está minha voz.

— Mãe. Mãe!

É Rebecca; posso sentir o cheiro dela, e abro os olhos e vejo minha filha se inclinando sobre mim, as pontas de seus cabelos roçando meu queixo como seda.

— Você desmaiou.

— Bateu a cabeça, sra. Jones — diz a voz deslocada que ouvi antes. — Foi só um corte, não precisa de pontos.

— Onde estou?

— Na agência do correio — diz outra voz.

A seguir, um homem se agacha a minha frente. Sorri; é bonito.

— Está se sentindo bem?

— Tudo bem.

Volto a cabeça. Três moças com toalhas de rosto estão à minha direita. Uma delas diz:

— Não se levante muito rápido.

Rebecca aperta minha mão.

— O Eric estava por perto quando você desmaiou. Ele me ajudou a te carregar para cá, e as esposas dele ajudaram a te refrescar.

Ela parece assustada, e não a culpo.

— Esposas. Ah.

Uma das mulheres dá a Rebecca um pequeno frasco e diz a ela que o guarde para o caso de isso acontecer de novo.

— O calor é seco aqui — diz Eric. — Isso acontece muito com os visitantes.

— Não estamos visitando, estamos só de passagem — digo, como se isso importasse. — Que foi que eu fiz com minha cabeça?

— Você caiu e bateu — confirma Rebecca.

— Talvez eu devesse ir ao hospital.

— Acho que você vai ficar bem — diz a esposa do meio.

Ela tem cabelos compridos pretos, presos em uma trança.

— Sou enfermeira, e o Eric é médico. Pediatra, mas entende de desmaios.

— Você teve muita sorte de cair na nossa frente — diz Eric, e as mulheres riem.

Tento me levantar e percebo que meus joelhos não estão prontos para isso. Eric me segura rapidamente e passa meu braço em volta do próprio pescoço. O céu está girando.

— Vamos sentá-la — Eric comanda. — Ouça — volta-se para Rebecca —, vamos levá-la para o lago. Fica no nosso caminho, de qualquer maneira, e pode fazer bem a sua mãe se refrescar.

— Tudo bem, mãe? — pergunta Rebecca. — Você ouviu?

Ela está gritando.

— Não sou surda. Tudo bem. Ótimo.

Rebecca, Eric e duas esposas me erguem para que fique em pé. A terceira carrega minha bolsa.

Na parte de trás da minivan de Eric, há boias de borracha e toalhas, que eles tiram do caminho para mim e Rebecca. Eric me coloca deitada, com os pés apoiados em uma boia redonda. De vez em quando, tomo goles de água gelada de uma garrafa térmica. Não faço ideia de onde fica esse lago e estou muito cansada para descobrir.

Mas, quando paramos às margens do Grande Lago Salgado, fico impressionada. Dá para ver quilômetros através dele; poderia muito bem ter sido um oceano. Eric me leva ao lago por um barranco íngreme, o que é surpreendente para alguém relativamente pequeno. Muitas pessoas estão nadando aqui. Sento-me no fundo de areia, em uma parte rasa que molha meu short e metade da camiseta. Peço para não ir mais longe que isso, não gosto de nadar, ou da sensação de que meus pés não alcançam o fundo.

Fico imaginando como minhas roupas vão secar e, quando penso nisso, me mantenho flutuando na superfície. Tenho de enterrar os braços na areia para ficar sentada. Isso consome toda minha energia. Eric e duas esposas remam em minha direção, numa balsa.

— Como está se sentindo? — pergunta ele.

— Melhor — minto, mas estou começando a refrescar.

Minha pele já não parece mais esfolada e rachada. Mergulho a cabeça na água para molhar o couro cabeludo.

Rebecca passa por mim espirrando água.

— Não é uma maravilha?

Ela mergulha e volta à superfície como uma lontra. Esqueci quanto gosta de nadar, visto que quase nunca a levo para a água.

Rebecca vai para um pouco mais longe e diz:

— Olhe, mãe, sem as mãos.

Ela estica os braços e pernas para cima, flutuando de costas.

— É o sal — diz Eric, ajudando-me gentilmente a me levantar. — Dá para flutuar melhor que no mar. Nada mau para um estado sem litoral.

Rebecca me diz para deitar de costas.

— Vou levar você para fora. Sou salva-vidas, lembra?

Ela envolve meu peito com o braço e nada vigorosamente. Como estou em seus braços, sob seus cuidados, não tento protestar. Também porque ainda estou me sentindo bem mal.

Depois de um segundo, quando tenho coragem de abrir os olhos, vejo as nuvens passando, preguiçosas e líquidas. Ouço a respiração de minha filha. Concentro-me para tentar ficar leve.

— Olhe, mãe — diz Rebecca, dançando a minha frente. — Você está boiando sozinha!

Ela não está mais me segurando. No centro desse grande lago, forças que não posso ver me mantêm flutuando.

22
REBECCA

21 DE JULHO DE 1990

— O que é que há com você? — grito para Hadley.
 Ele desce a colina, para fora do meu alcance de visão. Nem desconfio o que foi que eu fiz.
 Assim tem sido o dia todo. Hadley já havia saído quando acordei. Ele estava com as ovelhas, alimentando-as. A ração para carneiros, disse Hadley, é feita de aveia, milho, melaço e cevada. Se puser o nariz no adubo, ele disse, cheira muito bem. Então, coloquei a cabeça no cocho de metal frio e respirei o cheiro de mel. Quando levantei a cabeça, Hadley havia ido embora sem dizer adeus.
 Só agora me deparei com ele na colina bebendo de um cantil do exército. Tudo que fiz foi colocar a mão em seu braço, bem de leve, para não o assustar. Mas Hadley se pôs em pé de um salto e derramou água na camisa.
 — Pelo amor de Deus — gritou e puxou o braço. — Você não pode simplesmente me deixar em paz?
 Não entendo. Ele tem sido tão bom para mim nos três dias em que estou aqui. Foi o único que se ofereceu para me levar em excursão pelo pomar. Mostrou-me os diferentes tipos de maçãs. Deixou-me envolver fita para enxerto nas mãos dele, para treinar. Mostrou-me como fazer suco de maçã. Eu nem sequer pedi, ele fez tudo isso por mim.

Ontem, quando me levou no trator, contei-lhe sobre meu pai. Falei do tipo de trabalho que faz. Disse como meu pai fica quando fala sobre trabalho. A boca contraída e as faces coradas. Quando ele fala sobre mim, é como se não estivesse falando nada.

Durante nossa conversa, Hadley disse:

— Tenho certeza de que você se lembra de bons momentos com ele.

Então, pensei. Mas só consegui lembrar quando ele me comprou uma bicicleta. Foi comigo para a rua para me mostrar como montar. Falou cientificamente sobre pedalar e o equilíbrio. Algumas vezes, correu pela rua a meu lado, gritando: "Você conseguiu! Você conseguiu!" Então, pareceu recuar. Continuei pedalando, pedalando, mas cheguei a um morro e não consegui. Fiquei pensando: *Quero que meu pai veja como eu ando direitinho.* Quando caí da bicicleta, vi-a rolar morro abaixo amassada, arrebentada, e não percebi que estava sangrando. Precisei levar pontos no pulso e na testa naquele Natal. Meu pai havia entrado para fazer uma ligação de trabalho.

Hadley não disse nada quando lhe contei isso. Mudou de assunto. Disse que, quando se manipulam as maçãs como se fossem ovos e as embalam direitinho, elas não se machucam.

Tentei falar sobre aquilo novamente. Uma vez que havia começado, não conseguia parar. Contei-lhe sobre quando meu pai bateu em minha mãe e sobre a queda do avião. Ele parou o trator no meio do campo para ouvir. Eu disse a ele que não amo meu pai.

— Todo mundo ama o pai.

— Por quê? — perguntei. — Quem diz que eles têm de receber esse amor?

E Hadley ligou o trator de novo e não falou muito o resto da tarde. Não jantou conosco. E agora isso.

Ele acha que sou uma criança mimada. Que há algo de errado comigo. Talvez haja algo errado comigo. Talvez você deva amar seus pais independentemente de qualquer coisa.

É mais fácil com minha mãe, por causa de nossa forma de pensar. Sinto que devo seguir seus passos porque, para onde quer que eu me volte, ela sabe exatamente onde estou. Não me julga, como as mães dos meus amigos fazem; apenas me aceita do jeito que sou. Às vezes, ela parece realmente gostar disso também. Nós somos mais parecidas, acho. Ela me escuta, mas não porque é minha mãe. Ela me escuta porque espera que eu a escute também.

Quando eu era pequena, fingia que meu pai tinha me dado um apelido. Ele me chamava de Chuchuzinho e me colocava na cama todas as noites, alternando com minha mãe. Eu acreditava nisso tão fortemente que fechava os olhos com força debaixo das cobertas até que ouvia passos e alguém ajeitando os lençóis sob o colchão. Então eu espreitava, e era sempre minha mãe.

Quando fiquei mais velha, tentei ver o que lhe despertava interesse. Bisbilhotei nas gavetas de seu escritório, pegando mapas disso e daquilo. Roubei suas fitas de baleias e as reproduzi em meu walkman. Uma vez, passei uma semana procurando no dicionário todas as palavras que não havia entendido de um artigo que ele havia escrito. Quando ele chegou em casa de viagem e viu que eu havia mexido em suas gavetas, chamou-me no escritório. Ele me fez deitar em seus joelhos e me bateu. Eu tinha doze anos.

Passei um período, a seguir, tentando ver que outras coisas poderiam prender sua atenção. Vi como ele se movia ao redor de minha mãe. Eu esperava ver aquilo — amor —, mas era estranho. Eles moravam na mesma casa e podiam passar um dia inteiro sem dizer nada um ao outro. Tentei ver o que eu poderia fazer para ele me notar. Eu usava saias muito apertadas. Insistia em usar maquiagem para ir à escola. Fiz a irmã mais velha de minha melhor amiga me comprar um maço de cigarros e o deixei em cima dos meus livros, bem onde meu pai pudesse ver, mas no fim ele não disse nada. No fim das contas, foi minha mãe que me deixou de castigo por um mês.

Só uma vez lembro de meu pai no comando de uma situação. Quando eu tinha cinco anos, navegamos para as Bermudas em família — meu pai a trabalho e minha mãe e eu por lazer. Visitamos muitas atrações turísticas e assamos salsichas na praia. Um dia, saímos no barco alugado de meu pai para gravar as baleias. Minha mãe segurava no corrimão e eu me segurava em minha mãe. Meu pai percorria o barco pedindo aos homens que trabalhavam para ele que mudassem o rumo e aumentassem a velocidade. Ele só parou por um momento na proa, com os binóculos, e quando viu o que estava procurando, abriu um largo sorriso. Sorriu como eu nunca o havia visto sorrir. Fiquei com medo e enterrei o rosto no flanco de minha mãe.

Sem Hadley por aqui, não há nada para fazer neste pomar. Tio Joley foi para a cidade com Sam e eu não conheço nenhum outro trabalhador pelo nome. Eles são educados, mas não têm tempo para explicar nada.

Fico andando sem rumo e, para minha surpresa, encontro minha mãe na seção comercial do pomar. Minha mãe, que não sabe e não se importa em absoluto com a agricultura. É um dia preguiçoso.

— Dá para sentir o calor em suspensão aqui, não dá? — diz ela quando me vê. — É o suficiente para fazer você querer voltar para a Califórnia.

Ela está sentada com as costas apoiadas em uma árvore, que eu sei que foi pulverizada recentemente. Isso vai fazer com que sua linda saia de algodão fique cheirando a citronela. Porém não digo nada.

— Onde você anda se escondendo neste maravilhoso Club Med?

— Não tem muito para fazer, não é? Eu saí com o Hadley, mas ele está me ignorando hoje. — Tento parecer indiferente. — Agindo como um figurão, com o Sam fora.

— Ah, por favor — diz minha mãe. Ela inclina a cabeça para trás de modo que a ponta do queixo aponte para a brisa. — Nem mencione o nome dele.

— Sam?

— Esse homem é um tolo. Não tem traquejo social nenhum. É rude — ela esfrega o pescoço com a mão direita —, tão rude que não dá nem para falar. Eu estava no banheiro hoje de manhã, e você sabe que não tranca. Adivinhe quem veio valsando quando eu estava no chuveiro. E ele teve a audácia de ficar na frente do espelho e melecar todo o rosto com creme de barbear antes que eu pudesse dizer "Com licença". Então, quando eu falei, ele se virou... se virou!... e olhou para mim. Ficou todo irritado e disse que não está acostumado a ter por perto mulheres que passam metade da vida no banheiro.

Penso que isso é hilário.

— Ele viu você?

— Claro que viu.

— Não — digo. — Quero dizer, ele viu mesmo você?

— Como vou saber? E por que eu me importaria?

— O tio Joley disse que o Sam é um ótimo homem de negócios. Que fez o local ficar três vezes mais rentável do que era quando o pai dele administrava.

— Ele pode ser um grande homem de negócios, mas é um péssimo anfitrião.

— Não fomos exatamente convidadas.

— Não é essa a questão.

Quero lhe perguntar qual é a questão, mas decido deixar para lá. Minha mãe se levanta e faz rodar a saia de algodão. Citronela. Ela não parece notar.

— O que você acha?

Ela andou invadindo um armário no quarto onde está dormindo — da mãe de Sam, presumo —, onde estão todas as roupas que ela não levou para a Flórida. As duas não usam o mesmo tamanho, minha mãe veste a maioria das coisas com um cinto de Sam no qual fez mais um buraco.

— Mãe — pergunto —, por que você e o Sam se odeiam? Você não o conhece o suficiente para isso.

— Ah, sim, conheço. Joley e eu crescemos com esses estereótipos, sabe? Em Newton, debochávamos de todos os jovens trabalhadores que não podiam entrar em uma faculdade, nem mesmo nas estaduais. Parecia que todo mecânico e todo carpinteiro tinha saído da Minuteman e tinha orgulho disso, e nós não conseguíamos entender; você sabe o valor de uma boa educação. Não há como negar que Sam Hansen é um homem inteligente. Mas você não acha que ele poderia fazer muito melhor que isso?

Ela esticou o braço ao longo dos cem acres verdes e selvagens, pontilhados das primeiras maçãs.

— Se ele é tão inteligente — ela prossegue —, por que fica rodando num trator o dia todo?

— Não é isso que ele faz o dia todo — protesto. — Você ainda não andou por este lugar. Eles trabalham tão duro! E é tudo orquestrado, sabia? Temporada por temporada. Você não conseguiria.

— Claro que conseguiria. Eu só não quero.

— Você está implicando, sinceramente. — Rolo sobre o estômago, respirando cravos-da-índia. — Não acho que é por isso que você odeia o Sam. Minha teoria é que você o odeia porque ele é incrivelmente feliz.

— Isso é ridículo.

— Ele sabe exatamente o que quer, e vai e consegue. Você pode não querer a mesma coisa, mas ele ainda está um passo a sua frente. — Olho para ela. — E isso está deixando você louca.

— Obrigada, dr. Freud. — Minha mãe se senta na grama fresca e abraça os joelhos contra o peito. — Não vim aqui para ver o Sam, vim aqui para ver o Joley. E estamos passando momentos maravilhosos juntos.

— E o que vamos fazer agora?

Quando ela começa a falar, gagueja.

— Vamos ficar um pouco. Ficar e descobrir algumas coisas, e então vamos tomar uma decisão.

— Em outras palavras — digo —, você não tem a mínima ideia de quando vamos embora.

Minha mãe me lança um olhar que sugere que ainda tem o poder de me castigar.

— O que está acontecendo, Rebecca? Está sentindo falta do seu pai?

— O que faz você pensar isso?

— Não sei. Pode me dizer se estiver. Ele é seu pai, é natural.

— Não sinto falta do meu pai — minha voz é monocórdia —, não sinto.

A umidade desliza pelas colinas e se dependura nos galhos das árvores. Pressiona minha garganta e me faz engasgar um pouco. Não sinto falta de meu pai, nem mesmo quando tento.

— Shhh — diz minha mãe, puxando-me para mais perto.

Sentamos debaixo dos pesados braços de uma velha árvore McIntosh que foi enxertada para suportar Spartans. Ela está me abraçando pelas razões erradas, mas ainda assim é gostoso. Longe, vejo o Jeep se aproximar com Sam e tio Joley. Eles descem e andam em nossa direção. Num determinado momento, tio Joley nota minha mãe e eu. Diz algo para Sam e aponta. Param de andar, e olhos de Sam se conectam com os de minha mãe por um instante. Tio Joley continua a caminhar em nossa direção, mas Sam faz uma curva acentuada à esquerda. Ele não o acompanha.

No jantar daquela noite, tio Joley nos fala sobre a compradora da Purity, uma mulher chamada Regalia Clippe. Embora Sam já a houvesse mencionado, tio Joley não a conhecia até hoje. Ela tem um metro e meio de altura e pesa mais de noventa quilos. Adora fofocas e histórias. Hoje, as histórias eram sobre si própria: acabara de voltar de seu casamento na Igreja do Evangelho Vivo, em Reno, Nevada. Seu novo marido administra a única fazenda de cultivo de grama de New Hampshire, e (será que eles sabiam disso pelos círculos sob os olhos dela?) ela não andava dormindo muito.

— Não sei, Joley — minha mãe diz rindo —, acho que pessoas assim te perseguem. Você já teve mais do que seu quinhão desse tipo de gente.

Hadley, que havia ido jantar conosco, pediu-me para lhe passar a abobrinha. Foi mais do que conversou comigo o dia todo.

— *Eu* conheço Regalia Clippe. É minha compradora. Isso não tem nada a ver com o Joley — diz Sam.

— Não foi o que eu quis dizer.

Minha mãe olha para mim.

— A Igreja do Evangelho Vivo — diz tio Joley, e minha mãe ri. Ele apoia os cotovelos sobre a mesa. — Você tem uma risada muito legal, Jane. Parecem sinos.

— Sinos da Igreja do Evangelho Vivo? — diz Sam, e todo mundo morre de rir.

Tento chamar a atenção de Hadley, mas ele está olhando para a comida como se fosse algo que nunca viu antes.

— Precisamos fazer alguma coisa com as ervas daninhas no canto oeste — diz a Sam. — Estão fora de controle. Se quiser, podemos deixar as ovelhas lá; agora que elas estão tosquiadas, não há razão para deixá-las presas.

Sam meneia a cabeça e Hadley sorri para o prato. Posso ver que ele está satisfeito por ter tomado essa decisão.

— Bem, a boa notícia — diz Sam — é que Regalia Clippe renovou nosso contrato de fornecimento de Red Delicious.

— Isso é ótimo — digo.

Hadley levanta os olhos.

— Sim, mas de quantos outros ela está comprando, Sam?

— Isso, Hadley, jogue um balde de água fria mesmo. — Sam está sorrindo, não está realmente zangado. — Não sei, não perguntei. Mas ela ficou muito feliz por trabalhar conosco novamente, e no ano passado compensamos um carregamento de Collins quando os pulgões as atacaram. Então, é isso.

Para o jantar temos abobrinha com amêndoas, frango frito, ervilhas e purê de batatas. Está muito bom. Sam cozinhou tudo em questão de minutos. Hadley diz que Sam sempre cozinha.

— O que vocês fizerem hoje? — pergunta tio Joley.

Minha mãe vai responder quando percebe que tio Joley está olhando diretamente para Hadley e eu. O rosto de Hadley fica vermelho. Minha mãe cruza as mãos sobre o colo.

Sam deixa cair o garfo, que retine na borda do prato. Por fim, Hadley olha para meu tio.

— Não fizemos nada, certo? Eu tinha um monte de coisas para fazer.

— Faz uma bola com seu guardanapo e o lança longe. Erra o cesto de lixo, mas acerta o cão. — Preciso sair — murmura. Arrasta a cadeira para trás e sai correndo da cozinha.

— O que é que há com ele?

Sam se serve uma montanha de batatas e balança a cabeça.

— Sam — diz minha mãe —, estive pensando... por que você não planta nada além de maçãs aqui?

Eu a chuto por baixo da mesa. Isso não é da conta dela.

— Maçãs exigem muito tempo e esforço.

Tenho a sensação de que já lhe perguntaram isso antes.

— Mas você não poderia ganhar mais dinheiro se diversificasse?

— Desculpe — diz Sam calmamente —, mas quem diabos é você? Chega aqui e, dois dias depois, está me dizendo como fazer as coisas?

— Eu não...

— Se você soubesse alguma coisa sobre agricultura, talvez eu te ouvisse.

— Não tenho que aguentar isso. — Minha mãe está à beira das lágrimas, sei pela espessura de sua voz. — Eu estava só puxando conversa.

— Você está procurando encrenca — diz Sam —, pura e simplesmente.

A voz de minha mãe fica rouca. Eu me lembro de uma história que ela gosta de contar sobre quando trabalhava recebendo anúncios classificados para o *Boston Globe*, quando estava na faculdade, e um homem se apaixonou por sua voz. Ele vendeu seu barco na primeira semana, mas ficava ligando para ouvi-la falar. Colocou o anúncio o verão todo só para ouvir minha mãe.

— Sam... — Tio Joley toca o braço de minha mãe. Ela se levanta e corre para o celeiro.

Nós três, Sam, tio Joley e eu, ficamos sentados em silêncio por um instante.

— Quer mais frango? — oferece Sam.

— Acho que você exagerou — diz tio Joley. — Talvez deva pedir desculpas.

— Pelo amor de Deus, Joley — Sam suspira, inclinando-se para trás. — Ela é sua irmã. *Você* a convidou. Olhe, ela não pertence a um lugar como este. Devia estar usando sapatos de salto alto, saltitando por algum salão de mármore em Los Angeles.

— Isso não é justo — protesto. — Você nem a conhece.

— Conheço muitas como ela — diz Sam. — Vai ficar tudo bem se eu for lá fora pedir desculpas? Merda. Tudo por um pouco de paz e tranquilidade. — Levanta-se e empurra o prato. — Já era nosso feliz jantar em família.

Tio Joley e eu terminamos a abobrinha. Então, terminamos as batatas. Não dizemos nada. Meus pés batem no linóleo, impacientes.

— Vou lá fora.

— Deixe-os sozinhos, Rebecca. Eles vão se acertar. Precisam fazer isso.

Talvez ele esteja certo, mas é de minha mãe que estamos falando. Tenho visões dela como uma gata enlouquecida pegando Sam com as garras e deixando marcas de arranhões em seu rosto e braços. Imagino a força de Sam extraindo o melhor dela. Será que ele faria isso? Ou só meu pai consegue?

Ouço suas vozes muito antes de vê-los atrás do galpão que abriga o trator e a máquina de arar a terra. Como tio Joley pode estar certo, decido não interferir. Agacho-me e sinto farpas rasgando minha blusa.

— Já pedi desculpas — diz Sam —, o que mais posso fazer?

A voz de minha mãe fica mais distante.

— Você tem razão. É sua casa, sua fazenda, e eu não devia estar aqui. O Joley me impôs a você. Ele não devia ter lhe pedido uma coisa dessas.

— Eu sei o que significa "impor".

— Eu não quis dizer que não. Não quero dizer nada do jeito que você interpreta. É como se cada frase que digo passasse por sua cabeça no caminho inverso do que eu pretendia.

Sam se apoia na parede do galpão tão fortemente que penso que talvez esteja conseguindo me sentir ali.

— Quando meu pai administrava este lugar, era um caos. Um estoque aqui, outro ali. Árvores comerciais misturadas com varejo. Desde que eu tinha onze anos, dizia a ele que esse não era o jeito de administrar um pomar de maçãs. Ele dizia que eu não sabia o que estava dizendo e que, não importava quanta lição de casa fizesse sobre o assunto, não tinha experiência para administrar o lugar como ele. Como eu poderia? Então, quando ele se aposentou e foi para a Flórida, desenterrei as árvores mais jovens e as replantei do jeito que queria. Perdi duas, e eu sabia que estava assumindo um grande risco. Ele não vem aqui desde que se aposentou e, quando liga, finjo que o lugar ainda está do jeito que era quando ele partiu.

— Entendo o que quer dizer, Sam.

— Não, não entende. Não dou a mínima se você acha que devo plantar melancia e repolho neste pomar. Diga a Joley e a Rebecca e a quem diabos você quiser. E, quando eu morrer, se puder convencer todos os outros, vá em frente e replante tudo. Mas nunca diga na minha cara que o que eu fiz até agora está errado. Esta fazenda é a melhor coisa que já fiz. É como... é como se eu lhe dissesse que sua filha não é boa.

Minha mãe não responde.

— Eu não plantaria melancias — diz ela, finalmente, e Sam ri.

— Vamos começar de novo. Sou Sam Hansen. E você é...

— Jane. Jane Jones. Ah, meu Deus — diz minha mãe —, pareço a pessoa mais chata do mundo.

— Ah, duvido.

Ouço muito claramente o som de seus dedos se espremendo em um aperto de mãos. Calmo como a noite.

Os passos vêm em quatro e ficam mais perto de onde estou sentada. Em pânico, arrasto-me para o outro lado do galpão, para longe de suas vozes. O único lugar que tenho para ir é o celeiro. Tento não fazer barulho quando meus tênis arranham o feno. Pressiono a barriga contra o chão e me arrasto para dentro com os dedos.

Quando me sento, a primeira coisa que vejo é um morcego. É escuro e está dobrado sobre si mesmo no canto. Penso em gritar, mas de que adiantaria?

O morcego grita e voa em minha direção. Coloco as mãos na frente do rosto para me proteger e alguma coisa pega meus pulsos. Quando me volto, é Hadley.

— O que você está fazendo aqui? — digo, apavorada.

— Eu moro aqui — diz Hadley. — O que *você* está fazendo aqui?
— Estava escutando atrás da porta. Você ouviu?
Hadley assente. Pega um caule do fardo de feno que reveste a parede e o coloca entre os dentes da frente.
— Eu estava apostando em um nocaute no primeiro round.
— Você é terrível — digo-lhe, mas rindo.
Nessa luz, ele parece mais alto que o habitual. E os lábios, o jeito como eles se aprofundam na frente... Estendo a mão, quero tocá-lo. Envergonhada, eu me afasto.
— Conseguiu fazer todas as suas coisas?
— Que coisas?
— Que você disse ao meu tio que tinha que fazer.
— Ah, isso — diz Hadley, e arrasta as botas no feno solto.
Não diz nada por um longo tempo, e penso que deve haver algo errado. Volto-me e olho para ele.
— Qual é o problema comigo?
— Não tem nenhum problema com você — diz Hadley. — Você é uma menininha muito bonita.
— Não sou uma menininha — ergo o queixo.
— Sei quantos anos você tem. Perguntei ao Joley.
Grande coisa.
— Bom, eu não entendo. Eu estava me divertindo tanto com você outro dia, e então, sem mais nem menos, você age como se eu tivesse uma doença contagiosa.
— É que eu simplesmente não posso passar muito tempo com você.
— Ele anda de um lado para o outro no pequeno quadrado de luz que a lua faz no chão do celeiro. — Sou pago para isso, Rebecca. Este é o meu trabalho, entende?
— Não, não entendo. Não entendo nada de trabalho, mas tenho uma boa ideia de como se deve tratar um amigo.
— Não faça isso comigo — diz Hadley.
Cerro os punhos nas laterais do corpo.
— Fazer o quê? Não fiz nada.
Ele dá um passo para mais perto e meu coração simplesmente pula. Dou um passo para trás.
Espremida contra a pilha de fardos de feno, começo a hiperventilar. Respiro em toda essa grama seca terrível que invade os pulmões.

Hadley se inclina para perto de mim e vejo meu rosto refletido em seus olhos.

Empurro seu peito com a mão e caminho para o outro lado do celeiro.

— Então você tem que se livrar das ervas daninhas, é isso? É sobre isso que você estava falando com o Sam. Quando é que essas maçãs caem? Setembro? — Falo a mil por hora sobre um assunto que não conheço. — O que você vai fazer amanhã? Eu estava pensando, talvez eu vá ao centro de Stow amanhã. Não fui lá ainda, e o tio Joley disse que tem uma loja de discos que eu ia adorar, com um monte de néon e outras coisas. Já perguntei o que você vai fazer amanhã?

— Isso — diz Hadley, e envolve minha cintura com os braços e me beija.

Eu achava que a melhor sensação do mundo era voar de bicicleta descendo a colina que eu havia ralado para subir; voar mais rápido que a velocidade do som, com os braços e cabelos ao vento. Eu fechava a mão em concha e tentava pegar o ar, e quando chegava lá embaixo não havia nada nela.

Penso nisso enquanto Hadley pressiona o corpo contra o meu e mantenho os olhos bem abertos, com medo de não encontrar nada lá, sendo que tenho tanta certeza... Em dado momento, ele olha para mim e sorri, com meus lábios ainda tocando os dele.

— O que você está olhando? — sussurra.

— Você — digo.

23
JOLEY

Meu pai morreu três anos antes de minha mãe. O médico disse que foi um ataque cardíaco, mas Jane e eu tivemos nossas dúvidas. Ainda não havia sido provado que meu pai tinha um coração.

Jane morava em San Diego na época, e eu estava no México. Fazia uma pesquisa sobre Cortez, que se transformou em pesquisas sobre o Santo Graal, que se transformou em pesquisa sobre sei lá o quê. Jane era a única pessoa que sabia onde eu estava — uma pequena aldeia perto de Tepehuanes, que era tão pequena que não tinha nome. Eu morava com uma empregada doméstica grávida chamada Maria e seus três gatos. Fiz um pequeno sítio de escavação nos ermos das montanhas. Não achei nada, mas não contei a ninguém, só a Jane.

Minha mãe, claro, ligou para Jane primeiro. Ela teria me ligado, imagino, mas não sabia meu endereço, ou como fazer uma chamada internacional. Ela disse simplesmente que meu pai caíra morto. O hospital ficava perguntando se ele havia reclamado de gases, ou se fizera ruídos durante a noite, mas minha mãe não sabia. Ela se acostumara a dormir com tampões de ouvido fazia muitos anos, para combater os roncos de meu pai, e sempre ia para a cama antes dele.

— Você acha que — Jane disse evasivamente no voo para Boston — eles transaram durante esta década?

— Não sei — respondi. — Não sei o que eles fazem.

Já mencionei que tudo isso aconteceu no fim de semana anterior à Páscoa? Quando chegamos em casa, minha mãe estava sentada no gramado da frente. Com um familiar roupão roxo e pantufas, embora fosse meio-dia.

— Mamãe — disse Jane, correndo para seus braços.

Minha mãe abraçou Jane do jeito que sempre fez: olhando para mim por cima do ombro dela. Eu me perguntava, e continuo me perguntando, se ela olhava para Jane quando eu estava em seus braços. Para o bem de minha irmã, sempre esperei que sim.

— Acabou — disse Jane.

E minha mãe olhou para ela como se fosse louca.

— Como assim, acabou?

Jane olhou para mim.

— Nada, mãe.

Ela me puxou para o lado enquanto subíamos os degraus para a casa.

— O que há com ela? — Jane disse. — Ou será que sou eu?

Eu não sabia. Era a única pessoa na casa que não havia sofrido a violência de meu pai, em grande parte graças à interferência de minha irmã. Jane havia desistido de sua infância por mim, de verdade, de modo que o que mais eu poderia dizer?

— Não é você — disse-lhe.

Mandaram que Jane e eu providenciássemos a comida dos convidados, para depois do funeral. O corpo do nosso pai havia sido conservado no gelo por três dias; nenhuma igreja iria realizar o serviço por causa da Páscoa. Mas agora, com o enterro preparado para segunda-feira, os preparativos tinham de ser feitos. Jane e eu fomos ao balcão do Star Market; era o mais próximo, e, honestamente, nenhum de nós se importava com a qualidade da comida.

— Ei, querida — disse o homem corpulento no balcão. — Vai receber parentes para a Páscoa?

Enquanto minha mãe passava pelo ritual de chorar, puxar os cabelos e acariciar fotos antigas, Jane e eu nos sentamos no andar de cima, onde ficavam nossos quartos. Conversamos sobre tudo o que pudemos lembrar que pudesse nos ajudar a deixar tudo aquilo para trás. Toquei os lugares onde Jane costumava ter contusões. Deixei-a falar sobre os piores tempos, mas ela só fazia insinuações sobre o que havia acontecido naquela noite em que foi levada a ir embora.

Dormimos em nossas respectivas camas na noite anterior ao funeral, com as portas abertas caso nossa mãe precisasse de nós. Um pouco depois das três, Jane entrou em meu quarto. Fechou a porta, sentou-se na beira da cama e me entregou uma foto de nós dois que havia encontrado presa entre a cabeceira de sua cama e a parede.

— Eu estava pensando... tem algo errado comigo — sussurrou. — Não sinto nada. Estou fazendo as coisas, entende, mas não poderia me importar menos por ele estar morto.

Segurei sua mão. Ela estava usando uma velha camisola de nossa mãe. Peguei-me imaginando o que ela usava à noite, ao lado de Oliver, em sua casa. Ela nunca dormiria nua como eu. Não gostava da sensação.

— Não tem nada errado com você, considerando as circunstâncias.

— Mas ela está chorando. Ela está triste. E ele era pior com ela que comigo.

Ela deixou as últimas palavras correrem juntas e, a seguir, deitou-se na cama a meu lado. Seus pés estavam gelados, e o estranho foi que ficaram assim a noite toda.

No funeral, o reverendo falou sobre como meu pai havia sido um pilar da comunidade. Mencionou que era um marido e pai amoroso. Segurei a mão de Jane. Nenhum de nós chorou, ou fingiu, em nome da decência.

Era um caixão aberto. Minha mãe queria que assim fosse. Jane aceitou as condolências de todos e eu mantive o braço em volta dos ombros de minha mãe, segurando-a durante a maior parte do tempo. Levei-lhe suco e biscoitos e fiz tudo o que minhas tias solteironas sugeriram para ajudá-la em um momento tão difícil.

Quando todos os parentes e supostos amigos deixaram o cemitério, já era o meio da tarde. O gerente da funerária deu a conta para Jane, e, a seguir, ela desapareceu. Quando lhe perguntei onde havia ido, ela apontou para a antessala, o lugar onde o caixão ficara exposto. Vi-a em pé embaixo da imagem dele, uma máscara de cera que não carregava nada do terror e do poder que eu conhecera. Passou o dedo sobre a seda que forrava o caixão. Tocou a velha gravata azul de meu pai. Então, ela levantou o braço. Seu pulso tremia quando ela virou a mão no ar, a mão que eu segurei antes que ela socasse um homem morto.

24
SAM

Se você olhar com atenção, pode ver as cicatrizes em meus olhos. Nasci vesgo, e quando primeira cirurgia foi feita eu era tão novo que nem me lembro. Clinicamente falando, o procedimento envolvia apertar os músculos frouxos que deixavam meu olho vagar. Pontos invisíveis, acho. Não há quase nada ali agora, vinte e quatro anos depois, a não ser uma fina linha em cada olho, como um cílio amarelo. Dá para ver quando olho para o canto.

Até fazer a segunda cirurgia eu usava óculos grossos, fundo de garrafa; redondos, que me faziam parecer uma rã-touro ou um advogado. Não tinha muitos amigos, e durante o intervalo eu sentava sozinho atrás dos balanços e comia o sanduíche que minha mãe colocava em minha lancheira. Às vezes, as outras crianças se aproximavam, chamavam-me de quatro-olhos ou trocavam olhares para tirar sarro de mim. Quando eu chegava da escola chorando, minha mãe enterrava meu rosto em seu avental — cheirava a farinha fresca — e me dizia como eu era bonito. Eu queria acreditar nela, mas não conseguia. Passei a olhar para os sapatos.

Meus professores começaram a dizer que eu era tímido e chamaram minha mãe, preocupados. Um dia, meus pais me disseram que eu iria fazer uma cirurgia. Eu ia ficar no hospital, ficaria com curativos nos olhos por um tempo, e, quando tudo acabasse meus olhos seriam como todos os outros. Como disse, não me lembro da primeira cirurgia, mas a segunda é muito clara. Eu tinha medo de que mudasse a forma como via as coisas. Imaginava se, quando as bandagens fossem removidas, eu ficaria do jeito que pensava que ficaria. Se as cores que eu veria seriam as mesmas.

No dia seguinte à cirurgia, ouvi a voz de minha mãe ao pé da cama.

— Sam, querido, como está se sentindo?
Meu pai tocou-me o ombro e me entregou um pacote embrulhado.
— Consegue adivinhar o que é?
Arranquei o papel e corri as mãos ao longo das dobras de couro macio de uma bola de futebol. O melhor de tudo, eu sabia exatamente como era.
Pedi para segurar a bola de futebol quando os meus curativos foram retirados.
O médico tinha cheiro de loção pós-barba e me dizia o que fazia a cada passo. Por fim, falou para eu abrir os olhos.
Quando os abri, tudo era confuso, mas conseguia perceber as formas pretas e brancas da bola de futebol. Preto ainda era preto e branco ainda era branco. Quando pisquei, tudo começou a ficar claro — mais claro que antes da cirurgia, de fato. Sorri quando vi minha mãe.
— É você — eu disse, e ela riu.
— Quem esperava que fosse? — perguntou.
Às vezes, quando me olho no espelho agora, ainda vejo meus olhos cruzados. Já namorei mulheres que disseram como meus olhos são bonitos: a cor mais incomum, que faz lembrar o nevoeiro no verão, coisas desse tipo. Deixo as palavras rolarem. Não sou mais bonito que o próximo namorado delas, de verdade. De muitas maneiras ainda sou quatro-olhos almoçando atrás dos balanços da escola.
Minha mãe queimou todas as fotos que tinha de mim com os olhos cruzados. Disse que não precisava de um lembrete daquilo pela casa, agora que eu havia feito a cirurgia. Então, tudo que me resta é uma percepção defeituosa de vez em quando e as cicatrizes. Também tenho aquela bola de futebol. Eu a guardo em meu armário, porque acho que é o tipo de coisa da qual nunca devemos nos desfazer.

25
JANE

Oliver é o único homem que já fez amor comigo. Eu sei, sou da geração sexo, drogas e paz, mas nunca fui assim. Conheci Oliver quando tinha quinze anos e o namorei até que nos casamos. Construímos um repertório erótico ao longo dos anos, mas sempre parávamos no ponto crítico. Eu conversava sobre sexo com minhas amigas e fingia que já havia transado. Como ninguém nunca me corrigiu, eu achava que estava dizendo as coisas certas.

Quanto a Oliver, ele não me pressionava. Eu presumia que ele já havia dormido com outras mulheres, como todos os outros caras que eu conhecia, mas ele nunca me pediu para fazer alguma coisa que eu não quisesse. O cavalheiro perfeito, eu dizia a minhas amigas. Ficávamos horas sentados nas docas do centro de Boston, e tudo que fazíamos era ficar de mãos dadas. Ele me dava um beijo de boa noite, mas superficialmente, como se estivesse guardando muito mais.

Minha melhor amiga na faculdade, uma garota chamada Ellen, contava-me com detalhes excruciantes todas as posições sexuais que ela e seu namorado, Roger, já dominavam no espaço apertado de um Fusca. Ela chegava à sala de aula mais cedo e esticava as pernas na frente da carteira, reclamando como estavam retesados os músculos. Eu namorava Oliver fazia cinco anos e nunca havia chegado perto da paixão desenfreada que Ellen comentava casualmente como se falasse sobre o tamanho de meia-calça que usava. Comecei a pensar que o problema era eu.

Uma noite, quando Oliver e eu fomos ao cinema, perguntei se podíamos nos sentar na fileira de trás. O filme era *Nosso amor de ontem*. Assim que os créditos de abertura rolaram na tela, entreguei a pipoca a Oliver e comecei a deslizar o polegar ao longo da costura da calça dele. Pensei: *Se isso não o excitar, o que mais, então?* Mas Oliver pegou minha mão e a apertou entre as suas.

    Tentei mais uma vez durante o filme. Respirei fundo e comecei a beijar o pescoço de Oliver, o contorno de sua orelha. Fiz todas as coisas que ouvira Ellen falar que achei que poderia fazer em um lugar público. Abri o botão do meio da camisa de Oliver e pus a mão dentro. Esfreguei a mão sobre o suave peito cor de azeitona, os ombros fortes. O tempo todo, imagine você, eu estava olhando para a tela do cinema como se estivesse realmente assistindo ao filme.

    Ah, Oliver era lindo. Tinha cabelos louros e um sorriso que me derrubava. Seus olhos pálidos lhe davam um ar de quem estava em outro lugar. Eu queria que ele realmente me visse, que me reivindicasse.

    Durante a cena em que Robert Redford e Barbara Streisand passeiam pela praia e discutem nomes para o bebê, Oliver pegou minha mão e a retirou de dentro de sua camisa. Fechou o botão de novo e me olhou de soslaio. Puxou-me para fora do cinema.

    Oliver não olhou para mim. Esperou que o atendente da pipoca se virasse para o outro lado. Então deslizou até as escadas do balcão, que estava fechado à noite.

    O balcão estava vazio e isolado por fitas de seda douradas. Oliver me abraçou forte por trás. Tirou a camisa, e sua silhueta se desenhou na parede de cetim do cinema.

    — Você sabe como mexe comigo? — perguntou.

    Ele desabotoou minha blusa de algodão e abaixou o zíper de minha calça jeans. Quando fiquei diante dele de calcinha e sutiã, deu um passo atrás e só olhou. Comecei a me preocupar com as pessoas abaixo de nós, se iriam se virar e ver nosso show em vez do filme. E, como se ele pudesse ler minha mente (coisa que acho que ele fazia naquela época), Oliver me puxou e me sentou em seu colo.

    Sentamos em um assento nos fundos, eu com as pernas ao redor dele e de frente para a cabine de projeção; ele de olhos vidrados, de frente para o filme. Ele abaixou as alças do meu sutiã e segurou meus seios com as mãos. Muito levemente, como se não soubesse muito bem o que fazer com eles. Deixou meu sutiã cair na cintura e, a seguir, desabotoou a braguilha de sua calça jeans. Com algumas acrobacias, empurrou as calças para baixo, em volta dos tornozelos, e eu nem sequer tive de levantar. No fundo, ouvia os personagens falando.

    — Você me ama? — sussurrei em seu pescoço, sem saber se ele ia ouvir.

Oliver olhou para mim, olhou realmente para mim; pela primeira vez, eu tinha certeza de ter cem por cento de sua atenção.

— Na verdade — respondeu —, acho que amo.

Comecei a fazer as coisas que Ellen havia me contado, pressionando-me contra ele e balançando os quadris lentamente, depois mais rápido. Senti minha calcinha se umedecer. A ponta do pênis de Oliver, inchada e rosa, espiou por sob o elástico da cueca. Cautelosamente, passei o dedo indicador nele. Ele deu um pulo.

Quando Oliver me tocou, achei que ia desmaiar. O encosto da cadeira em frente a nós me segurou; caso contrário, tenho certeza de que teria caído. Ele puxou o fundo de minha calcinha e a seguir, com a mão livre, empurrou-se através da cueca. Eu estava arrebatada; vi a seta tensa, pulsante, e esqueci completamente que aquilo estava ligado a Oliver. Olhei o tempo todo enquanto Oliver se posicionava e depois levantava meus quadris, e em uma terrível sirene de dor vi-o desaparecer dentro de mim. Ellen não disse que ia doer. Não gritei, porém, nem chorei, por causa de todas as pessoas lá embaixo. Mantive os olhos abertos e fixos na cortina de cetim da parede dos fundos. Só então Oliver perguntou:

— Você já tinha feito isso?

Quando balancei a cabeça, eu esperava que ele parasse, mas aí já era tarde demais. Sem certeza do que estava fazendo, eu me movia com ele em uma espécie de dança primitiva, sedutora, e vi os olhos de Oliver se fecharem, céticos. No último momento, ele agarrou meus quadris com a força de Atlas e me puxou para cima. Apertou-me contra o peito, mas não antes de eu vê-lo vermelho e escorregadio, inchado, tremendo. Ele ejaculou como uma fonte de calor, uma cola pegajosa que colou um estômago ao outro e fez um ruído grosseiro quando tentei me recostar.

Consegui sair andando da sala de cinema naquela noite, mas fiquei dolorida por vários dias. Parei de perguntar a Ellen sobre seus encontros com Roger. Oliver começou a me ligar duas ou três vezes por dia, quando sabia perfeitamente que eu estava em aula.

Compramos preservativos e começamos a fazer isso regularmente, o suficiente para que parasse de doer, mas não creio que eu tivesse os orgasmos sobre os quais Ellen comentava. Fizemos no meu quarto, no carro de Oliver, na grama perto do lago Wellesley, no vestiário do ginásio. Parecia que, quanto mais ilícito fosse, mais nos divertíamos. Via Oliver todas as noites, e todas as noites transávamos. Comecei a contar a Ellen coisas que havíamos feito.

Uma noite, Oliver não fez nenhum movimento para tirar minha roupa. Perguntei se estava se sentindo bem, e ele disse que sim, que simplesmente não estava com vontade de transar. Naquela noite chorei. Tinha certeza de que isso anunciava o começo do fim do nosso relacionamento. Na noite seguinte, eu estava com o vestido de que Oliver gostava, embora soubesse que íamos jogar boliche. No carro, naquela noite, não dei a Oliver a chance de me recusar. Abri sua braguilha quando voltávamos para a faculdade e o fiz encostar em uma rua lateral escura. Não importava o que eu fizesse, no entanto, Oliver não se envolvia. Reagia maquinalmente. Finalmente lhe perguntei qual era o problema.

— Só não estou com vontade hoje, Jane. Temos que fazer isso todas as noites?

Não via por que não. Pelo que eu sabia, sexo era amor. Se você fez sexo, fez amor. Se Oliver não me queria o tempo todo, havia algum problema. Disse a Ellen que ele estava se preparando para terminar comigo, e quando ela perguntou como eu sabia, contei-lhe o motivo. Ela ficou chocada. Disse que todos os caras queriam fazer sexo o tempo todo. Eu me tranquei no quarto e chorei por dois dias, preparando-me.

Mas Oliver voltou com um anel de diamante. Ficou de joelhos, como nos filmes, e me pediu em casamento. Disse que me queria com ele para sempre. Tinha meio quilate, quase perfeito, disse ele. Marcamos uma data no verão, um dia depois da formatura. A seguir, no tapete áspero do meu quarto do dormitório (com minha colega de quarto para voltar a qualquer momento), fizemos amor.

Não sei quantos meses depois comecei a perceber que sexo não tem nada a ver com amor. Oliver e eu, depois de casados, tínhamos horários diferentes. Íamos dormir em momentos diferentes e ele era reticente sobre sexo em plena luz do dia. Às vezes, o ritmo de nossa vida nos separou por alguns meses, e então fazíamos sexo de novo e seguíamos nossos caminhos separados. Raramente nós dois queríamos fazer amor ao mesmo tempo. As coisas haviam mudado muito desde a faculdade. Rebecca foi concebida em uma noite em que eu queria que Oliver me deixasse em paz para poder dormir.

Quando falei com Rebecca sobre sexo, assegurei-me de lhe dizer que era algo que se faz quando se é casado. Não quis ser hipócrita, ao contrário; era uma maneira de garantir que ela sentisse esse fogo no casamento, e não apenas o calor de suas cinzas.

26
REBECCA

19 DE JULHO DE 1990

A placa do pomar Hansen — branca, com maçãs pintadas à mão formando uma moldura — fica no lado esquerdo da estrada. Minha mãe a vê sem que eu a tenha que apontar. Pegamos a saída e nossos pneus rangem no cascalho. Ladeando o caminho há duas paredes de pedra, imperfeitas o suficiente para se saber que foram criadas por mãos humanas. Há buracos na estrada, cheios de água da chuva.

Seguimos até o topo de uma colina, e onde quer que eu olhe há fileiras de macieiras. Bem, sei que são macieiras por causa de tio Joley, senão não seria capaz de afirmar. A maioria está quase nua e esquelética. Longe dali, em apenas uma árvore, acho que posso perceber pequenas maçãs verdes. De alguma forma, eu esperava ver frutos em cada uma delas, todas ao mesmo tempo.

Minha mãe estaciona em uma elevação gramada que parece suficiente para um carro apenas. Algumas centenas de metros mais além, há uma garagem com um velho SUV que se parece com o nosso e um trator verde grande. Há todos os tipos de máquinas e aparelhos lá que não reconheço. Em frente à garagem, um grande celeiro vermelho. No palheiro há um *hex sign*, uma imagem característica da cultura dos primeiros imigrantes holandeses da Pensilvânia.

— Não sei onde está o Joley — diz minha mãe. — Nós chegamos no horário.

Ela olha para mim e, em seguida, para a incrível vista. Abaixo do celeiro, abaixo dos acres e acres de macieiras, há um campo de grama alta que chega até a beira de um lago. Mesmo daqui de cima dá para ver como a água é limpa, como é a areia do fundo.

Na crista da colina há uma casa enorme, branca, com guarnição verde. Tem uma dupla varanda e uma rede, e portas de fábrica com vidro ondulado. De fora só sei que tem uma longa escada em espiral dentro. Há quatro janelas isoladas no segundo andar.

— Podíamos dar uma olhada por aí — sugiro, e faço um movimento em direção à casa.

— Rebecca, você não pode simplesmente entrar na casa de alguém que não conhece. Vamos andar por aqui e ver se encontramos o Joley.

Ela enlaça o braço no meu.

Descemos a ladeira da colina para o lado de trás do celeiro e, quando nos aproximamos, ouvimos um zumbido. Solto a tranca da cerca que dá acesso a essa área. Há pequenos montinhos por todo o lugar, e não precisa ser nenhum gênio para saber que é estrume. Sob a borda do celeiro, há um homem com um tipo de ferramenta elétrica, ligada por um cabo a uma tomada em algum lugar acima dele. Segura uma ovelha, sentada como um ser humano, nas patas traseiras, e está em pé atrás dela segurando as patas dianteiras. À primeira vista, parece que eles estão realizando uma espécie de dança. O homem pega a ferramenta — que é um barbeador — e começa a corrê-la sobre o pelo emaranhado da ovelha. Engraçado, penso. Ela não parece nada com uma nuvem, como as ovelhas deviam ser. A pelagem cai em um grosso cobertor; cai no feno e na sujeira. Conforme a ovelha vai ficando progressivamente nua, noto sua barriga e os olhos cansados. De tempos em tempos, o homem luta com a ovelha, o barbeador vibrando. Ele a empurra com o pé e torce o corpo do animal para que fique desta ou daquela maneira. Ela sempre cai do jeito que ele quer que caia. Quando o homem faz isso, os músculos dos braços se destacam.

Por fim, ele desliga o barbeador e ajuda a ovelha a se levantar. Ela olha para ele como se houvesse sido traída. Não parece mais uma ovelha, e sim uma cabra. Corre por um caminho rochoso rumo às macieiras. O homem enxuga a testa com a manga da camiseta.

— Com licença — diz minha mãe —, você trabalha aqui?

O homem sorri.

— Digamos que sim.

Minha mãe se aproxima um passo. Observa os pés para ver onde está pisando.

— Você conhece Joley Lipton? Ele trabalha aqui também.

— Levo você até ele em um minuto, se quiser. Tenho mais uma para tosquiar.

— Ah — diz minha mãe desapontada. — Certo. — Ela se inclina contra a cerca e cruza os braços.

— Se puder me ajudar, vai ser mais rápido. Só me dê uma mão aqui trazendo a última ovelha.

Ele abre uma porta que eu não havia notado, a qual deve conduzir a um curral dentro do celeiro. Minha mãe revira os olhos para mim, mas segue o homem para dentro. Ouço-o dizendo coisas, baixinho, para as ovelhas. Então eles aparecem na porta, os três, e o homem segue em direção ao local onde estava tosquiando antes.

A blusa de minha mãe pende no ombro direito, sobre o qual ela está curvada. Seus braços parecem tensos e desconfortáveis.

— O que quer que eu faça com isso?

O homem diz a ela para levar a ovelha para onde estava a outra. Ela obedece, e, a seguir, o homem se aproxima dela a fim de pegar o barbeador. Então, minha mãe solta a ovelha a seu lado.

— O que você está fazendo? — grita o homem, e a ovelha foge. — Pegue-a — ele grita para mim, mas toda vez que eu dou um passo em direção a ela, a ovelha corre em outra direção.

Ele olha para minha mãe como se nunca tivesse visto alguém tão estúpido na vida.

— Pensei que era só pôr ali — diz ela.

Então, corre para um canto do curral e tenta pegar a ovelha pela lã do pescoço. Ela chega perto, mas escorrega no feno molhado e cai em um monte de estrume.

— Ah — diz, à beira das lágrimas. — Rebecca, venha aqui!

No fim, é o homem que pega a ovelha e a tosquia sozinho. Ou finge que não viu minha mãe caída, ou simplesmente não se importa. Ele corre o barbeador pelo corpo da ovelha em minutos, deixando uma lã macia feito neve no chão. Minha mãe se levanta e tenta sacudir o estrume. Ela não quer tocá-lo com as mãos, então se esfrega na cerca. O homem, vendo isso, ri.

Quando liberta a ovelha, ele fecha a porta do curral dentro do celeiro e desliga o barbeador. Caminha até onde minha mãe e eu estamos.

— Que azar — diz ele, tentando não gargalhar.

Minha mãe fica furiosa.

— Tenho certeza de que este não é um comportamento apropriado para um agricultor. Quando eu contar ao Joley, ele vai denunciar você à pessoa que administra o local.

O homem estende a mão, mas, pensando bem, retira-a.

— Não estou muito preocupado com isso — diz. — Sou Sam Hansen, e você deve ser a irmã do Joley.

Eu acho tudo isso hilário. Começo a rir, e minha mãe olha para mim.

— Será que ela pode se limpar antes de encontrarmos o tio Joley? — digo, e estendo a mão. — Sou Rebecca, sobrinha do Joley.

Sam nos leva até a casa no morro, que ele chama de Casa Grande. Diz que foi construída no século XIX. É decorada com um mobiliário muito simples de estilo country: muita madeira de cor clara e azul e vermelho. Sam nos leva aos respectivos quartos (subindo a escada em espiral). Meu quarto era dele quando criança, diz. E minha mãe vai ficar no antigo quarto de seus pais.

Minha mãe toma banho, troca de roupa e volta para baixo segurando as roupas sujas.

— O que faço com isto?

— Lave — Sam sugere.

Caminha para fora e deixa minha mãe a meu lado, boquiaberta.

— Ele é um anfitrião e tanto — diz ela.

Sam explica as diferentes seções do pomar enquanto caminhamos por ele para encontrar meu tio. A parte alta, pela qual passamos, é a seção comercial, do que é vendido para redes de supermercados. A parte inferior é de varejo, que amadurece mais tarde e é vendida para barracas de fazendas locais e para o público em geral. Cada seção é subdividida de acordo com os tipos de maçãs cultivadas. O lago abaixo do limite do pomar é o Boon e, sim, dá para nadar nele.

A certa altura, ele chama um homem alto que está cortando galhos de uma árvore.

— Hadley — diz Sam —, venha conhecer os parentes do Joley.

Quando o homem se aproxima de nós, vejo que não é velho. Tem cabelos radiantes cortados irregularmente e olhos castanhos. *Como as va-*

cas, penso. Ele sorri para mim primeiro. Então, aperta a mão de minha mãe e se apresenta.

— Hadley Slegg. Prazer em conhecê-la, senhora.

— Senhora... — minha mãe sussurra para mim.

Ela arqueia as sobrancelhas. Hadley fica atrás de Sam e minha mãe para poder falar comigo enquanto caminhamos.

— Você deve ser a Rebecca. — Fico muito feliz por ele me conhecer. Nem pergunto como. — O que está achando de Massachusetts?

— É bonito — digo. — Muito mais tranquilo que a Califórnia.

— Nunca fui à Califórnia. Já ouvi falar, claro, mas nunca estive lá. — Eu gostaria que me dissesse o que ouviu, mas ele não prossegue. — Você ainda estuda?

Faz tempo que ninguém me pergunta sobre a escola.

— E você?

Hadley ri.

— Por Deus, não. Terminei faz muito tempo. Não era o melhor aluno, se é que me entende. — Ele estende a mão por sobre as árvores pelas quais passamos. — Mas eu gosto do que faço e tenho um bom emprego, graças ao Sam. — Ele olha para mim um pouco mais de perto. — Então, você é nadadora?

— Como você sabe? — digo surpresa.

— Dá para ver através de sua camiseta.

Que estúpida. Estou usando meu maiô de salva-vidas sob a camiseta, porque hoje está muito quente.

— Eu era salva-vidas em San Diego. Não uma salva-vidas de verdade, de oceano; só de piscina.

Olho para ele, mas fico com vergonha e me volto para o outro lado.

— É um trabalho duro — diz Hadley. — Muita responsabilidade.

Ele leva a mão à cabeça e passa os dedos pelos cabelos. Sinto cheiro de morango.

— Sabe de uma coisa? Eu podia te levar por aí e lhe mostrar como este lugar funciona. É bem interessante, de verdade.

— Eu ia adorar. — Eu estava me perguntando o que faria o dia todo em uma fazenda cheia de pessoas ocupadas. — Eu posso ajudar, se tiver algo que eu seja capaz de fazer.

Hadley sorri para mim.

— Ei, Sam, arranjamos mão de obra barata. A Rebecca vai trabalhar de graça.

Sam, que fala com minha mãe de vez em quando, volta-se para poder me ver.

— Legal. Você pode tosquiar as ovelhas da próxima vez. — Ele sorri. — A menos que sua mãe queira fazer isso.

Neste momento, minha mãe começa a correr pelo campo.

— É o Joley! — grita. — Joley!

Tio Joley está em uma escada passando fita verde em volta do galho de uma árvore. Vê minha mãe, mas não para de enrolar a fita. Ele enrola lentamente e com cuidado, e vejo Sam sorrir observando-o. Então, segura o galho nas mãos um instante e fecha os olhos. Por fim, desce a escada, vai para onde minha mãe está esperando e a abraça.

— Parece que você sobreviveu à viagem, Rebecca — diz tio Joley quando se aproxima. Beija minha testa. Ele não mudou nem um pouco. Vira-se para Sam e Hadley: — Presumo que já se conheceram.

— Infelizmente — murmura minha mãe, olhando para Sam, e tenho certeza de que ele a ouve.

Joley olha de Sam a minha mãe, mas também não diz mais nada.

— Bem... que bom que está aqui. Temos muita coisa para contar um ao outro.

Sam diz:

— Por que não tira o resto da tarde, Joley? Já que você nunca vê sua irmã...

Joley agradece e pega a mão de minha mãe.

— Você está bem? — pergunta, olhando profundamente para ela, como se o resto de nós tivesse desaparecido.

Isso nos deixa desconfortáveis, e Sam se volta para o curral de ovelhas. Hadley vê Sam sair e pergunta se quero ficar com Joley ou aprender sobre poda. Penso em ficar, não vejo meu tio faz tempo, afinal, mas mudo de ideia e digo a Hadley que gostaria de ir com ele.

Hadley me leva através do pomar de varejo, apontando vários tipos de maçãs por árvore. Alguns dos nomes eu reconheço: Golden Delicious, McIntosh, Cortlands. A maioria é estrangeira: Gravensteins, Miltons.

— Parecem nomes de caixas de correio de uma rua muito rica — digo a Hadley, e ele ri.

Fica muito alto quando anda, e de onde estou parece que toca o sol. Respira fundo quando chegamos à esquina onde o lago alcança o pomar.

— Sente esse cheiro? — pergunta, e é só hortelã em volta. — Cresce selvagem aqui.

— Você cresceu em Stow? Você sabe muita coisa.

Hadley sorri.

— Cresci em uma fazenda em Massachusetts. Hudson. Mas minha mãe vendeu o lugar quando meu pai morreu. Ela mora em New Hampshire agora. Nas montanhas. — Ele se volta para mim. — Você cresceu em San Diego?

Eu olho para ele.

— Pareço ter crescido lá?

Ele pega uma palheta da borda da água e a coloca entre os dentes da frente.

— Não sei. Como são as pessoas de San Diego?

— Bem, são geralmente loiras e magras e cabeça de vento.

Digo isso brincando, mas Hadley me olha tão intensamente que acho que vai queimar e abrir um furo em minha camiseta. Ele olha para meus pés e sobe até os olhos.

— Você tem duas dessas três características — afirma. — E não vou lhe dizer quais.

Andamos um pouco ao longo da costa do lago Boon, deixando que as tifas nos chicoteiem os joelhos. A certa altura, Hadley se abaixa e, muito casualmente, arranca um carrapato de minha coxa. Ele me fala sobre tio Joley, sobre Sam.

— O Joley simplesmente apareceu aqui um dia, e preciso confessar que fiquei meio enciumado. Trabalho com o Sam há sete anos, e chega esse garoto da cidade e diz que pode fazer milagres. Mas é verdade, não há dúvida sobre isso. Seu tio... Meu Deus, isso soa engraçado... Ele pode curar as coisas. Ele, sozinho, salvou mais árvores da morte que sei lá o quê.

Estou impressionada. Quero tentar tocar uma árvore para ver se essa habilidade é hereditária. Hadley continua falando. Sua voz tem um sotaque estranho — um sotaque de Boston, acho —, com As estranhos e Rs faltando. Sam assumiu o pomar quando seu pai teve um ataque cardíaco. Os pais vivem em Fort Lauderdale agora, na Flórida. Ele tinha ideias. Seu pai saiu pela porta da frente da Casa Grande e, naquele mesmo dia, Sam pôs os tratores para arrancar e árvores e mudá-las de lugar. Mapeou a terra acima da colina.

— Está bom agora, e deu tudo certo, mas não é algo que eu teria feito. O Sam é assim.

— Assim como?

— Um tipo de jogador, acho. É um risco real mover árvores bem enraizadas, e ele sabia disso; é mais esperto que eu quando se trata de agricultura. Mas o modo como as coisas eram aqui simplesmente não eram do jeito que ele planejava. E ele tinha que fazer todas as peças se encaixarem.

Hadley se senta em um conjunto de rochas na beira do lago e aponta para a árvore acima de sua cabeça.

— Está ouvindo um cardeal?

Ouço um ruído, como um brinquedo estridente — alto e baixo, alto e baixo, e alto e baixo. E então, dos galhos, voa um pássaro vermelho brilhante. *Cada coisa que esse cara sabe,* penso.

— É muito gentil da parte do Sam nos deixar ficar aqui — digo, puxando papo.

— Sem querer ofender você e sua mãe, ele está fazendo isso pelo Joley. O Sam não é muito bom com visitas, especialmente mulheres da Califórnia. Ficou reclamando disso a semana toda, na verdade. — Ele para e olha para mim. — Acho que eu não devia estar lhe dizendo isso.

— Ah, tudo bem. Ele já demonstrou isso a minha mãe. Ela caiu em um monte de esterco antes, e ele não fez nada para ajudar.

Hadley ri.

— Não tem muito que se possa fazer se alguém cai em um monte de merda — diz. — Sua mãe não cresceu por aqui?

— Em Newton. Fica perto?

Hadley assobia.

— Perto em quilômetros, mas um mundo de distância. O Sam tem implicância com as pessoas dos subúrbios de Boston. São eles que votam contra a ajuda a fazendas locais, mas não têm nenhuma ideia do tipo de trabalho que fazemos aqui. As garotas de Newton, quando estávamos na escola, davam risadinhas quando nos aproximávamos; tipo, venham até nós, mas não nos deixem perto deles. Como se estivéssemos sempre sujos, porque trabalhávamos com as mãos em vez de empurrar um lápis. Algumas eram muito gostosas também. Deixavam o Sam louco.

Hadley se volta para mim. Está sorrindo e prestes a dizer algo, mas, quando me olha, seu sorriso desaparece e ele simplesmente afasta a vista.

— Você tem olhos muito bonitos.

— Ah, são uma mutação — digo. — Na aula de biologia, tivemos que andar pela classe e dizer nossas combinações genéticas, tipo "bezão", "bezinho" etc. Então, todas as crianças de olhos azuis diziam "bezinho-bezinho", e todas as crianças de olhos castanhos diziam "bezão-bezinho", ou "bezão-bezão", e quando o professor foi falar comigo, eu disse: "Eu tenho olhos verdes", e o professor disse que essa cor é uma mutação do azul. Como um monstro radioativo.

— Bem, são uma mutação muito bonita então.

Hadley sorri para mim, e acho que nunca vi alguém com um sorriso tão aberto. É como se ele estivesse dizendo: "Venha comigo, venha, temos todo o tempo do mundo".

Andamos um pouco ao longo da beira do lago (Hadley diz que é abastecido com água doce graças a ele e Sam quando eram crianças), e então cortamos para o lado norte do pomar. Finalmente, longe da casa, começo a ver as macieiras que realmente têm maçãs dependuradas. Hadley diz que essas são as Puritans e as Quintes — meio azedas para comer, mas ótimas para cozinhar. Quando chegamos mais perto, vejo Sam, tio Joley e minha mãe.

— Onde vocês estavam? — pergunta tio Joley. — Estávamos nos preparando para almoçar.

Hadley me empurra suavemente pelas omoplatas, para que eu dê um passo à frente.

— Descemos até a beira do lago. A Rebecca estava me contando as coisas estúpidas que você fazia nas festas de Natal da família — diz Hadley, e todos riem.

— Sam — diz minha mãe —, o Joley disse que você tem cem acres aqui?

Sam concorda, mas dá para dizer, pelo olhar dele, que não quer falar sobre isso. Eu me pergunto se o problema é o assunto ou minha mãe.

— Você entende alguma coisa de maçãs? — pergunta ele, e minha mãe nega com a cabeça. — Então isso não lhe interessaria.

— Claro que sim. Que variedades você planta aqui?

Sam a ignora, então Joley e Hadley se revezam desfiando os nomes das diferentes maçãs que crescem no pomar.

— E quais são essas? — Minha mãe se estica em direção à árvore pela qual estamos passando e pega uma dessas maçãs precoces, uma Puritan, Hadley havia dito.

Tudo acontece muito rápido: ela segura a maçã contra o sol para observá-la e, então, leva-a aos dentes, pronta para mordê-la. De repente, Sam, que está andando atrás dela, joga o braço por cima de seu ombro e derruba a maçã de sua mão. Ela rola no gramado aparado e se instala debaixo de uma árvore diferente.

— Pelo amor de Deus, qual é o seu problema? — minha mãe diz com a voz aguda.

Os olhos de Sam escurecem até adquirir cor de tempestade.

— Elas foram pulverizadas hoje — diz ele, finalmente. — Se comer, morre.

Ele passa por ela e caminha a nossa frente para a Casa Grande. Quando passa pela maçã caída, pisa nela com a bota de trabalho. Minha mãe leva a mão à garganta. Por vários segundos, fica olhando para a polpa da maçã arruinada.

27
OLIVER

Nunca fui para Salt Lake City, o que me preocupa. E se esta viagem improvisada foi motivada por meus próprios desejos subconscientes, em vez de pela natureza de Jane? E se Jane e Rebecca estão indo para o Colorado, ou atravessando-o? Se eu as perder em Colorado, vou alcançá-las em Kentucky. Ou Indiana, que seja. Desde que as alcance antes que cheguem a Massachusetts; desde que eu tenha a chance de contar meu lado da história antes de Joley começar a lavagem cerebral em Jane novamente.

Joley Lipton, a maldição de minha existência. Nunca nos entendemos. Mesmo depois de ter conquistado os pais de Jane — um rapaz de vinte anos namorando a bebezinha adolescente deles —, nunca tive a aprovação do irmão. Não na época nem anos depois. Ele quase se recusou a ir ao casamento, até que viu sua teimosia, literalmente, deixando Jane doente. Então ele foi, mas se sentou num canto durante toda a cerimônia e a recepção. Arrotou alto (imagino que foi ele) quando fomos declarados marido e mulher. Não nos deu parabéns, nunca. Espalhou o boato de que a mousse de salmão estava estragada. E foi embora mais cedo.

Na minha opinião, ele é terrivelmente apaixonado pela irmã, além dos parâmetros normais de uma relação entre irmãos. Sempre foi um vagabundo, e Jane sempre foi ferozmente leal a ele. Não o considero merecedor de tal apoio. Já ouvi falar de sua infância, e parece que ele foi o único a ficar fora das surras proverbiais. No entanto, há alguma coisa nele... Talvez ele me irrite por causa disso: não consigo definir meus sentimentos a seu respeito. Ele instiga. Enche a cabeça de Jane com noções ridículas sobre a instituição do casamento, ele, a quem eu nunca vi com uma mulher. Liga na hora errada e aparece sem avisar. Se Jane encontrar Joley antes de eu chegar, ela pode nunca mais voltar. Terá sido condicionada para o contrário. E certamente não me ouvirá.

A brancura ofuscante me atinge de forma rápida, um deserto de sal. De repente, estou no meio dela, dirigindo, uma mancha contra essa extensão. Sei muito bem: não é incolor. O branco são todas as cores do arco-íris refletidas ao mesmo tempo.

Estaciono no acostamento da estrada, onde vários outros turistas pararam para tirar fotografias. O terreno é plano e vasto. Não fosse o calor recorde, eu poderia facilmente me convencer de que estou vendo neve. Uma mulher bate em meu ombro.

— Senhor, poderia tirar uma foto nossa?

Agita uma câmera diante de meu rosto e mostra onde tenho de apertar. A seguir, corre para o guard-rail, onde seu companheiro de viagem — um homem idoso em macacão verde — já está sentado.

— Um, dois, três — digo, e o flash dispara.

O homem não tem dentes, vejo isso quando sorri.

Sempre quis ver o Grande Lago Salgado por causa de sua incongruência. A ideia de água salgada em um estado sem litoral, a um oceano de distância do oceano. Ouvi dizer que é tão grande que poderia muito bem ser um oceano (um pequeno, enfim). Olho para o relógio, são cinco e vinte. Não vou fazer muita coisa hoje, de qualquer maneira. Posso ir ao lago, dar uma olhada ao redor e me registrar em um motel para passar a noite. Se vou ter de viajar por toda a América, posso curtir um pouco.

Tento evitar a rota pela cidade, visto que talvez tenha congestionamento, se é que os mórmons têm congestionamentos. Em vez disso, saio do perímetro margeado por ambos os lados pela estrada de terra branca. De vez em quando, uma brisa ou um caminhão sopram sal sobre o asfalto, que gira na frente do carro como um fantasma plangente. Não há indicações para o lago e não quero perder tempo perguntando em um posto de gasolina; então, sigo os outros carros na estrada em frente a mim. Certamente um deles, talvez mais de um, está indo para o Grande Lago Salgado. Passo pelos carros, sério, olhando as janelas em busca de crianças, ou melancias flutuantes, ou boias redondas brilhantes, os símbolos indicativos.

O sétimo carro tem alguém em roupa de banho. Do meu ponto de vista, o passageiro é jovem, do sexo feminino e veste um maiô vermelho cruzado nas costas, como o de salva-vidas de Rebecca. É um SUV como o de Jane — mesma cor, mesmo amassado no para-choque. Tento emparelhar com o carro, porque meu sangue está começando a pulsar nos ouvidos. Quem é o motorista? Não consigo ver, mas, à medida que avanço, vejo que a menina tem cabelos compridos loiros, enrolados em um nó na nuca. *Rebecca*. Acelero; meu pé empurra com força o chão do carro, cortando um carro mais lento a minha frente. Eu o ultrapasso e volto com uma guinada para a pista, confiando no espelho retrovisor. Quando levanto os olhos, espero ver Jane tamborilando os dedos no volante, os óculos escuros inclinados e reflexivos. Em vez disso, vejo um homem corpulento com uma barba preta e uma tatuagem no peito que diz COME TO MAMA. A garota não é Rebecca, afinal, e o motorista buzina para mim por cortá-lo.

No entanto, estão indo para o Grande Lago Salgado, e eu os sigo até que, do carro, possa ver a água. Então, dirijo mais oitocentos metros pela margem de modo que não seja preciso enfrentá-los pessoalmente. Paro o carro em lugar proibido e caminho até a beira da água.

Há água até onde minha vista alcança. Profunda e calma, azul marmorizada, com as pequenas ondas que se encontram nos grandes lagos. Bem, podia ser o oceano. Sento-me na praia e tiro os sapatos e as meias. Inclinado para trás, apoiado nos cotovelos, tento imaginar uma baleia emergindo no centro do lago, preta e branca, como uma sequência de imagens. Escuto o vento e imagino que é o som plangente que as baleias fazem quando rompem a superfície da água, e então o vácuo geme por seu respiradouro, clareira. O sol, rumo ao ocaso, pulsa um ritmo constante. *Que dia*, penso. *Que dia*.

Mesmo sem muita certeza, arregaço as calças e tiro a camisa, deixando-a com meus sapatos e meias nas margens do lago. Entro na água, deixando que cole minha cueca contra as coxas. Mergulho e nado o mais vigorosamente possível em direção ao local onde imaginei a baleia.

Incrível o teor de sal do lago. Tem gosto de oceano, a sensação é de oceano, flutua-se como no oceano. Em alguns lugares, provavelmente, atinge grandes profundidades. Crianças brincam ao longo das margens, mas não há praticamente ninguém onde eu paro e piso o fundo. Chacoalho o cabelo dos olhos e observo a costa. As pessoas estão começando a ir embora; é hora do jantar. Eu devia ir também e alugar um quarto em algum lugar, para poder começar cedo amanhã. Para ir aonde quer que deva ir.

Flutuo de bruços na água e, a seguir, flexiono a cintura, mergulhando de cabeça no fundo do lago. Adoraria ver o que há lá: corais ou anêmonas, ou até mesmo tubarões brancos e cristas continentais. Dou chutes vigorosos até que a pressão da profundidade ameaça estourar meus tímpanos. Neste ponto, tudo o que posso ver é um preto leitoso. Giro e nado para a superfície, rompendo a água com a força de uma baleia e abraçando o ar com um arquejo esquelético.

Um biplano chega notavelmente perto da superfície da água e, a seguir, desenha um círculo em direção ao sol. É o mesmo sol – percebo com alívio – que Jane e Rebecca estão vendo onde quer que estejam. Por um momento, o avião paira de perfil como uma águia artificial. *Bem, penso, pelo menos não tenho de me preocupar com que saiam do país.* Jane não conseguiria pôr Rebecca em um avião por nada neste mundo.

Durante algum tempo depois do acidente, levamos Rebecca a um aeroporto militar local que tinha programas para pessoas com medo de voar. Modificação comportamental, na verdade: os clientes adquirem competência em pequenas tarefas e depois trabalham até realmente voar. O primeiro passo era chegar ao aeroporto, só para olhar. Então, na semana seguinte, entregar o bilhete no balcão de reservas. Depois, ficar sentado no terminal e, depois, sair para ver o avião. Após isso, as conquistas vêm muito gradualmente: subir a escada do avião (duas vezes por semana), caminhar para o avião (duas vezes por semana), sentar-se por uma hora no avião imóvel (quatro vezes por semana). Até que um dia o avião decola para um voo de quinze minutos ao redor da baía.

Levamos Rebecca, embora fosse muito nova, porque a psiquiatra que a havia tratado recomendou o programa. Ela disse que eventos como esses são os mais traumatizantes para as crianças, mesmo que não sejamos capazes de ver. Uma criança perfeitamente ajustada pode ter um colapso um dia, por conta de um medo não expresso de andar de avião. Então, Rebecca (a mais nova, de longe) frequentou as aulas para fobia. Era querida de todos, as outras mulheres brigavam para segurá-la e ter certeza de que estava bem e entendia as instruções. Rebecca não se importava com a atenção. Depois que saiu do hospital de Des Moines, não mencionou o acidente nem deu qualquer indicação de ter estado envolvida em tamanha catástrofe, por isso nós também evitamos o assunto. Dissemos a ela que essas aulas eram só uma coisa divertida, como o balé, ou as aulas de piano que outras meninas fazem. Só Jane a levava lá, na verdade. Eu geralmente estava viajando a trabalho.

Estava viajando a trabalho quando Rebeca perdeu temporariamente o controle, durante a segunda semana do curso. Na primeira semana, Jane me contou em uma ligação crepitante ao Chile que Rebecca havia se saído bem. E, de repente, naquele sábado, ela estava incontrolável, jogando-se para todos os lados, gritando e chorando. A psiquiatra disse que devíamos continuar com as aulas para fobia, apesar de sua explosão. Disse que a explosão fora uma manifestação do medo, e, como cientista, eu me inclinei a concordar. Mas Jane se recusou a levá-la, e eu, estando na América do Sul, não exercia influência nenhuma. Rebecca tinha quatro anos na época, e ainda não pôs os pés em um avião desde então.

Claro. Elas vão para Iowa.

Flutuo olhando o sol. Como sou estúpido. Deveria ter percebido isso antes. Estava tão ocupado me concentrando em Jane que fui negligente ao não ver que Rebecca é uma das maiores pistas sobre Jane. Onde Rebecca for, Jane a seguirá. E, na idade dela, Rebecca vai querer ver o local do acidente, para refrescar a memória, talvez, ou para deixar tudo para trás. Onde quer que escolham ir a caminho de Massachusetts, será incidental. Iowa será o ponto médio; Iowa é o ponto certo.

Subitamente, encho-me de alívio. Vou encontrá-las em What Cheer, Iowa; demarcarei o lugar no milharal onde os destroços ainda estão e, quando as vir, conversaremos. Estou um passo à frente. Começo a sorrir, e meu sorriso aumenta, e antes que possa me controlar estou rindo alto.

28
JOLEY

Querida Jane,

Está gostando de Fishtrap? É um ótimo lugarzinho para ficar longe de tudo, especialmente da civilização. Montana é muito bonito, e esquecido. Não tenha pressa para atravessá-la. O que importa não é quando vai chegar aqui, mas como vai chegar.

Tenho pensado muito sobre sua visita, e você e eu. Em particular, andei recordando a noite antes de seu casamento com Oliver, quando estávamos na varanda dos fundos em Newton. Você estava usando o vestido amarelo que sempre achou que fazia seus quadris parecerem largos, e estava com o cabelo puxado para trás com um rabo de cavalo. Usava sapatos amarelos combinando — nunca esqueci isso, porque eles lhe deram um look absolutamente definido. Você foi para a varanda segurando uma garrafa de Coca-Cola e a ofereceu a mim, mesmo sem me olhar nos olhos. Mas não estávamos conversando muito naqueles dias; não desde que eu lhe dissera que não iria ao casamento.

Não tinha nada a ver com você, imagino que entenda agora. Mas eu tinha dezesseis anos e ninguém me ouvia, inclusive você. Eu tinha algumas sensações sobre o Oliver; não posso ser mais específico que isso. Sensações que me faziam acordar no meio da noite, suando, rasgando os lençóis da cama. E sonhos, que eu não lhe contei, nem a ninguém.

Você disse: "Você é só um garoto, Joley. Não sabe o que é estar apaixonado. Quando é a pessoa certa, você sabe. Veja há quanto tempo namoro o Oliver. Se não fosse para ser, já teria acabado há muito tempo".

Você disse isso meses antes do casamento, enquanto estava preparando o jantar — era um fricassê, lembro, porque o óleo ficava respingando em seu rosto enquanto falava. Você me disse isso depois de eu lhe pedir para devolver o anel de noivado ao Oliver. Era um garoto e talvez não soubesse nada sobre o amor, mas arriscaria um palpite e diria que você sabia tão pouco quanto eu. A diferença é que você achava que sabia. De qualquer forma, quando marcou a data, anunciei que não iria ao casamento, que seria contra os meus princípios.

Então você parou completamente de comer. No começo, pensei que era o nervosismo, mas quando nenhuma de suas roupas lhe servia, nem as da mamãe, e quando tivemos que pôr um cinto no seu jeans mais apertado para segurá-lo, eu soube que a causa disso não tinha nada a ver com seu casamento. Ah, Jane, eu queria lhe dizer que não era minha intenção, que eu ia voltar atrás, mas eu estava com medo de que você tomasse isso como uma bênção ao casamento, e eu não faria isso.

E, naquela noite, antes do casamento, você foi para a varanda. Estava olhando o gramado, ou o que restara dele depois de todas as tendas rosa listradas terem sido montadas. Havia fitas brancas e crepe da China enfeitando todo o quintal. Parecia que o circo ia chegar, não uma noiva, e eu não vou fazer nenhuma piada sobre isso. Você me deu uma Coca-Cola.

— Joley — disse —, você vai ter que se acostumar com ele.

E me voltei para você tentando não olhar em seus olhos.

— Não tenho que me acostumar com nada — eu disse.

Você sempre confiou em mim antes, e eu não sabia por que não confiava em mim agora. Até hoje, não consigo colocar em palavras o que me parecia errado no Oliver. Talvez fosse o conjunto: o Oliver e você.

Você começou a desfiar uma lista de todas as coisas sobre o Oliver que eram amáveis, e gentis, e importantes. Disse que o melhor de tudo era que ele iria tirá-la de casa. Assenti com a cabeça e perguntei a mim mesmo: A que preço?

Foi quando os falcões vieram. Pairavam em círculos acima de nós, coisa rara em Massachusetts até então. As garras esticadas por trás das lanças cor de laranja e os bicos quebrando o azul do céu. Alternavam entre surrar o ar e descer em voo picado, um alfabeto cursivo estrangeiro.

— Ah, Joley — você disse, apertando minha mão —, o que acha disso?

Pensei que era um presságio e decidi que ia deixar que os falcões guiassem minhas ações em relação ao casamento. Sempre me orgulhei de saber ler os sinais: a comichão na voz da mamãe, que traía sua compostura; os banhos que você tomava à meia-noite e a camisola que rasgava em pedaços; Oliver; esses falcões. Nós dois observamos os pássaros voando juntos, conectando-se como acrobatas. Quatro asas bateram para bloquear o sol e, quando o acasalamento acabou, separaram-se como um coração partido; um falcão voou para o leste e outro para o norte. Voltei-me para você e disse:

— Sim, eu vou ao seu casamento.

Então, você pode dizer que eu a traí porque sabia todos esses anos que seu casamento não duraria. Não lhe falei, porque você não tinha nenhuma razão para acreditar em mim, até agora. Também não lhe contei o sonho que tive repetidamente até o casamento. Nele, via você e o Oliver fazendo amor — uma coisa muito difícil para um irmão imaginar sua irmã fazendo, posso acrescentar. Suas pernas se enrolavam na parte inferior das costas do Oliver, e de repente você rachava ao meio como uma boneca russa e se dividia em duas metades. Dentro havia outra você, menor. Oliver não parecia notar. Ele ainda estava estocando quando você novamente rachava ao meio, separando-se para revelar uma pessoa ainda menor. E assim por diante, até que você ficava tão pequena que eu mal conseguia distinguir seu rosto. Eu ficava apavorado de ver o que iria acontecer e, talvez por isso, sempre acordava. Mas, na noite anterior ao casamento, o sonho continuou até o fim, e, quando o Oliver finalmente gozou, você rachou ao meio e se dividiu novamente, e daquela vez não havia nada dentro; era só o Oliver, exposto.

Quando acordei na noite anterior ao casamento, ouvi você gritando, e continuou gritando até o sol nascer.

Você estará aqui mais cedo do que imagina; mais uma semana, no máximo. Por favor, deseje a Rebecca um feliz aniversário por mim. Siga para o norte na Route 15 em direção à 2, e pegue o leste para Towner, Dakota do Norte. Pode demorar alguns dias, mas é um tiro certeiro. Há apenas uma agência de correio em Towner.

Nossa, mal posso esperar para ver você.

Com amor,

Joley

29
JANE

Depois de Utah, Rebecca e eu rasgamos um pedaço de papel que Oliver usava para controlar nossos quilômetros por litro, e eu escrevi o nome dos cinco estados na parte de trás: Nevada, Colorado, Novo México, Wyoming e Idaho. Colocamos os papéis em um dos tênis de Rebecca, e lhe cedi a honra de escolher nosso destino. E em Idaho, conforme espero, as cartas de Joley nos encontrarão novamente, guiando-nos através das planícies.

Decidimos vender o carro em Poplar, Montana. Bem, não vendê-lo realmente, mas trocá-lo por um carro mais barato e fazer sobrar algum dinheiro. Eu tenho cartões de crédito, mas sou cautelosa para usá-los; Oliver deve estar atrás de nós, e, uma vez que os cartões estão em seu nome, a American Express de bom grado lhe dará o registro das últimas compras, as datas e os locais. A última vez que usei o cartão de crédito foi na fronteira entre Califórnia e Arizona, para pôr gasolina. E, na verdade, esticamos nossas várias centenas de dólares por um terço do caminho através da América, o que merece menção. Por que o dinheiro não acabou em Aspen, uma cidade imersa em uma economia inflada e habitada por ricos? Por que Montana?

— Poplar — diz Rebecca.

Ela é responsável por ler as pequenas placas da Route 2. O rio Missouri corre a seu lado do carro, bem ao lado da estrada. Quando estávamos entediadas, antes, tentamos correr mais rápido que ele. Ela está sentada com as pernas cruzadas, com os cabelos voando, descontrolados, ao redor do rosto. Não os penteou ainda hoje; tivemos de dormir no carro ontem à noite, já que não tínhamos dinheiro para um motel, e graças a Deus esteve quente o suficiente. Colocamos o banco para trás e esticamos um cobertor velho nas dobradiças enferrujadas. Usamos o estepe como travesseiro. Foi legal, na verdade, o jeito como podíamos ver as estrelas.

— Não dá para ver o lugar daqui — diz Rebecca. — Talvez seja melhor fazer o retorno.

Estamos procurando uma cidade que pareça bem povoada, e a chance de achar uma, tão ao norte de Montana, é de cinquenta por cento. Desistimos de tentar encontrar uma revendedora de carros horas atrás. Aparentemente, muitos postos de gasolina funcionam como revendedoras em Montana.

Prometi a Rebecca que ela pode escolher o carro. Afinal de contas, seu aniversário é amanhã, e ela nem reclama de dormir na parte de trás do SUV. Tivemos uma longa discussão sobre o tipo mais prático de carro e o dos nossos sonhos (Mercedes para mim, Mazda MX-5 para ela) e a probabilidade de encontrar qualquer veículo em Montana que funcione.

Pego a saída e freio no final de uma estrada de terra poeirenta. Não há placas, não há mais estrada, nada. Não faço ideia de que caminho tomar, então olho para Rebecca.

— Parece que Poplar não é muito *pop'lar* — diz ela, e ri.

À minha esquerda há uma área densamente arborizada. À minha direita, uma montanha roxa. O único lugar para ir seria para frente, o que significa atravessar uma espécie de campo que mescla flores silvestres vermelhas a frutas amarelas.

— Espere aí — digo, e a seguir mudo a tração do SUV e faço rolarem os pneus grossos sobre ervas daninhas e grama alta.

A grama é tão alta que não consigo ver pelo para-brisa. Tenho medo de atropelar uma criança, ou uma vaca, ou bater em uma colheitadeira. É um pouco como passar por dentro do lava-rápido, onde os panos molhados massageiam a superfície do carro como um milhão de línguas lambendo, só que aqui estamos em um túnel de escovas de prata macias. Seguimos a cinco quilômetros por hora, com os dedos cruzados.

— Isso aqui é selvagem — diz Rebecca. — Temos cidades como esta ao redor de San Diego?

— Não — admito, sem saber ao certo se isso é bom ou ruim.

— Eu posso sair — ela sugere. — Posso olhar para você, avisar se vai bater em uma marmota ou coisa assim.

— Não quero que você saia do carro. Existe a chance de eu bater em você.

Rebecca suspira e se resigna a se abaixar em seu assento novamente. Começa a trançar os cabelos, um feito incrível para mim, já que ela não tem espelho para referência. Trança-o de cima a baixo, mas perdeu o elástico. Vasculhando o lixo preso entre os bancos, encontra um daqueles arames de fechar saquinhos e improvisa.

Subitamente, o campo se abre e me vejo a centímetros de distância de uma máquina de Coca-Cola. Piso no freio, e Rebecca bate contra o para-brisa.

— Merda — diz, esfregando a testa. — O que você está tentando fazer comigo? — Então, ela olha pelo para-brisa. — O que é que isso está fazendo aqui?

Volto vários metros para poder manobrar o carro em volta da máquina de venda automática. Quando atravesso a última linha de juncos, o carro rola livremente em direção à entrada de asfalto de um posto de gasolina. Há apenas uma bomba e um pequeno edifício de concreto, sem tamanho suficiente para atendimento.

No entanto, pelo menos dez carros estão alinhados diagonalmente em relação ao local onde estacionamos, o que me leva a crer que podem estar à venda. Um homem idoso, de cabelos brancos trançados nas costas, está encostado na bomba fazendo palavras cruzadas. Ele nos olha, mas não parece surpreso por termos atravessado um campo. Diz:

— Irritar, com nove letras.

— Aborrecer. — Saio do carro.

O homem não olha para mim. Preenche a palavra que lhe dei.

— Encaixa. Pois não?

Rebecca sai do carro e bate a porta do passageiro. Afasta-se e observa o SUV, e começa a rir. Está coberto de frutos e margaridas amarelas, que ficaram enroscadas no bagageiro e na antena durante a viagem através do campo. Parece que o carro esteve em um acampamento dos anos 1960. Rebecca começa a retirar os longos caules nodosos das plantas.

— Para falar a verdade, estamos procurando um carro novo — digo. — Algo um pouco mais chamativo.

O homem faz um barulho estranho com o nariz e, a seguir, tira um lenço do bolso e limpa-o, indo até a testa.

— Chamativo — diz ele, rodeando o carro, e torna a fazer aquele barulho. — Vai ser difícil conseguir algo mais chamativo que isso.

— É um carro muito bom. Sólido e confiável, e tem apenas quarenta e oito mil quilômetros. Supermacio.

Sorrio, mas ele está inspecionando os pneus.

— Se é tão bom, por que quer se livrar dele?

Lanço a Rebecca um olhar que diz que fique quieta.

— Podemos falar a sós um instante, senhor...

— Tall Neck. Meu nome é Joseph Tall Neck.

Álibis e desculpas me percorrem a cabeça, mas, quando começo a falar, descubro que estou dizendo a verdade.

— ... então, eu deixei meu marido na Califórnia e estamos atravessando a América, e, sinceramente, precisamos de um carro e de dinheiro, o que nos trouxe até você.

O homem me olha com seus olhos cor de carvão e não acredita em uma só palavra do que eu disse.

— Fale a verdade, moça.

— Tudo bem — digo. — É o seguinte: o aniversário de minha filha é amanhã. A vida inteira ela fez aula de sapateado, e há um teste para um filme em Los Angeles, e ela me pediu para levá-la, como presente de aniversário. O sonho dela é ser uma grande estrela, mas, francamente, não temos dinheiro para gastar em uma roupa chique, nem um carro grande ou qualquer outra coisa que faria com que os figurões de Hollywood a notassem. Então conversamos, e eu decidi que ia vender o carro e pegar outro um pouco mais barato, e depois, com o dinheiro que sobrasse, ia comprar roupas bonitas e alugar uma limusine para ir ao teste.

Digo isso tudo de um fôlego só e encosto na bomba de gasolina, exausta. Quando olho para cima, o homem se aproximou de Rebecca. Seus olhos estão brilhando.

— Dance — ele ordena.

Não sei de onde ela tirou aquilo, porque Rebecca nunca fez uma aula de sapateado na vida. Mas começa a dançar com passos macios na terra vermelha do campo que atravessamos, usando as marcas dos pneus como palco improvisado.

— Posso cantar também — diz ela, sorrindo.

Tall Neck está em transe, dá para ver em seu rosto.

— Você é muito boa. Quem sabe? Pode ser a próxima Shirley Temple.

O homem conduz Rebecca pela fila de carros no canto dianteiro do posto.

— De qual deles você gosta?

Rebecca morde o lábio inferior.

— Ah, não sei. Mamãe, venha até aqui. O que você acha?

Quando me aproximo, ela me dá uma cotovelada suave.

— Bem, querida — digo —, quero que você escolha. É parte do seu presente de aniversário.

Rebecca aplaude. Ela não tem muita escolha: vários Cadillacs surrados, um jipe azul, uma empoeirada Chevy Nova.

— Que tal este? — diz Rebecca, apontando para um pequeno MG que eu não havia notado. Sempre desvio de carros tão pequenos, por causa do risco para a segurança. Está meio escondido atrás da placa de preço da gasolina; é vermelho, com pontos de ferrugem sobre cada pneu. O interior está rasgado em muitos lugares.

— A capota é automática — diz Tall Neck — e ainda funciona.

Rebecca salta a porta do carro e cai em uma rachadura estranha no banco da frente, com um pé enfiado em um buraco da espuma onde o vinil rachou.

— Quanto? — pergunto, e Rebecca e Tall Neck dão um pulo, como se tivessem esquecido que estou lá. — E quanto você vai me dar pelo SUV?

Tall Neck me dá um sorriso ácido e caminha de volta para o SUV. Puxa uma margarida silvestre do espelho lateral.

— Vou lhe dar três mil, embora não valha tanto assim.

— Você está brincando! — explodo. — Tem só quatro anos de uso! Vale o dobro disso!

— Não aqui — diz ele, e caminha de volta para o MG. — Este carro aqui vou lhe fazer por mil.

Rebecca se dirige a mim com os olhos incrivelmente tristes voltados para Tall Neck, para que ele os veja.

— É muito dinheiro, não é, mamãe?

— Tudo bem, querida, podemos tentar em outro lugar. Há muitos lugares para parar no caminho para Hollywood.

— Quinhentos — diz Tall Neck —, e essa é minha última oferta.

Uma mulher entra no posto dirigindo uma van cor de limão e para na frente da bomba de gasolina. Tall Neck pede licença para encher o tanque. Rebecca me puxa para mais perto do carro e eu passo por cima da porta, com menos agilidade que ela, sentando-me no banco do motorista.

— Onde você aprendeu a sapatear? — pergunto.

— Na escola. Na educação física. Tinha que escolher entre espirobol e sapateado. — Ela se inclina em meu ombro. — Então, você acha que eu vou conseguir na Broadway?

— Não sei se vai conseguir nem em Poplar, para falar a verdade. Mas você fez um bom trabalho enganando o cara.

Mexo no dial do rádio (quebrado) e no câmbio (travado na ré). Rebecca abre o porta-luvas, que está vazio, e se abaixa sob o banco para encontrar a alavanca e corrê-lo para trás. Pega um envelope pardo empoeirado que está preso nas molas, embaixo.

— O que é isso? — diz ela, abrindo o fecho.

Puxa várias notas de vinte dólares e, quando seus olhos se arregalam, tomo o envelope dela.

Começo a contar rapidamente, antes que Tall Neck termine o que está fazendo.

— Tem mais de seiscentos dólares aqui — digo a Rebecca. — Isso é o que eu chamo de troca com troco.

Rebecca, que vê a van se afastar, guarda o envelope de volta nas molas sob o banco.

— Este é realmente o que você quer? — digo em voz alta, quando Tall Neck se aproxima. Rebecca assente. — Bom, feliz aniversário, então.

— Ah, mamãe — Rebecca grita e joga os braços ao meu redor.

Ela se solta do abraço para chacoalhar a mão de Tall Neck para cima e para baixo.

— Obrigada, ah, muito obrigada!

— Vou pegar o documento — diz Tall Neck, e sai mancando rumo à construção de blocos de concreto, que deve servir de escritório.

Rebecca sorri até que ele fecha a porta atrás de si, e a seguir se volta para mim.

— Vamos sair deste buraco. — Ela apoia a cabeça no banco e aperta as mãos em volta da própria garganta. — Alguém ainda sapateia hoje em dia?

Tall Neck reaparece com um envelope pardo que se parece muito com o do tesouro debaixo do banco, o que me faz pensar se ele não o teria escondido ali e esquecido. Procuro o envelope com a mão.

— Você devia guardar seu dinheiro no banco — digo-lhe. — Nunca se sabe o que pode acontecer.

Ele ri, revelando os espaços onde não tem dentes.

— Não aqui. Turistas não vêm para Poplar. E — aponta para uma espingarda apoiada ao lado da bomba de gasolina — os ladrões sabem que não vale a pena.

Dou um sorriso fraco.

— Bem — digo, tentando saber se ele vai atirar em nós quando sairmos, ao perceber que deixou seu dinheiro em nosso carro —, obrigada pela ajuda.

Rebecca está transferindo todas as nossas coisas do porta-malas do SUV. Pega a bolsa do banco de trás e os mapas do porta-luvas e os joga no pequeno porta-malas do carro novo.

— Me procure nos filmes! — diz ao homem.

Paramos ao lado do SUV esperando sentir algum tipo de remorso, como você sente ao deixar um pedaço de si para trás quando troca um carro velho. Mas este me lembra Oliver, e, deixando-o, não me parece que eu vá sentir muita falta dele.

— Mãe — Rebecca insiste —, vamos perder o teste.

Ela ergue os braços sobre a cabeça quando entramos no campo de novo; fica mais fácil desta vez, porque já abrimos caminho. As ervas daninhas sobem pelo carro, pois estamos com a capota aberta, e Rebecca as pega conforme chicoteiam seu peito e rosto, formando um buquê em tons de roxo.

— Isso sim é que é carro — ela grita, e suas palavras se perdem na pressa do vento.

É muito divertido. É menos desajeitado que o SUV, é verdade — fico olhando pelo espelho retrovisor esperando ver a outra metade do comprimento do carro. Só há espaço suficiente para mim e Rebecca.

— De quem você acha que é o dinheiro?

— Acho que é nosso agora — diz Rebecca. — Que tipo de mãe é você? Me transformando em mentirosa e ladra.

— Você se transformou em mentirosa sozinha, não mandei você fazer uma apresentação de sapateado. E, quanto a ser ladra, bem, tecnicamente nós compramos o carro, incluindo tudo que está dentro dele.

Rebecca olha para mim e ri.

— Tudo bem, então é só um pouco desonesto.

Um junco arranha meu rosto, deixando uma marca.

— Acho que o dinheiro pertencia a uma rica herdeira que se apaixonou pelo jardineiro.

Rebecca ri.

— Você devia escrever novelas nas horas vagas.

— Então o jardineiro vê o barão se aproximando com o corpo da mulher que ele ama e tem que decidir se cai fora com o carro ou se fica se lamentando pela mulher. E é claro que ele fica.

— Claro.

— E é baleado pelo barão, que a seguir leva o carro para uma cidade deserta, em Montana, onde não pode ser encontrado, e transfere seus bens para a Estônia sob uma identidade falsa. — Respiro fundo, orgulhosa de minha história. — O que você acha?

— Primeiro, como o dinheiro foi parar no carro se a mulher não teve chance de pegá-lo antes de ser morta? Segundo, nenhum idiota, em seu juízo perfeito, levaria um tiro só porque a namorada foi morta. Se ele realmente a amava, iria embora viver a vida que haviam planejado juntos.

Rebecca se ajeita no banco e, inadvertidamente, bate no espelho retrovisor.

— Você é uma romântica incurável, mãe.

— Bom, então de quem você acha que é o dinheiro?

Rebecca começa a jogar pelo ar as flores do buquê que recolheu, uma por uma. Esvoaçam como se tivessem vida própria.

— Acho que o indiano guardou suas economias no carro há muito tempo, tanto que esqueceu completamente. Provavelmente agora está atrás da gente no jipe azul.

— Esta foi péssima — digo-lhe. — Não é uma boa história.

— Se quiser incrementá-la, então talvez ele tenha roubado um banco. O que explicaria por que ele não guarda o dinheiro dele em um. — Rebecca pende a cabeça para o lado. — Agora que estamos ricas, o que vamos fazer para comemorar?

— O que você quer fazer?

— Tomar um banho. Comprar algumas calcinhas. E outros luxos desse tipo...

— Temos que comprar algumas roupas — concordo. — Não que a oferta aqui vá combinar com nosso estilo.

Grande estilo... Estou usando a mesma camisa suja de Oliver há quatro dias, e Rebecca dorme com o maiô que usa todos os dias.

— Então vamos fazer compras na próxima cidade que encontrarmos.

— Na próxima cidade que pareça uma cidade — esclareço.

— Na próxima cidade que tenha uma loja. — Rebecca empurra as mãos contra o estômago. — Quando tomamos café da manhã?

— Duas horas atrás — digo —, por quê?

Rebecca se enrola como uma bola, com a cabeça sobre o braço ao lado da alavanca de câmbio. Aqui, ela não tem espaço para se movimentar como no SUV.

— Estou com dor de estômago. Talvez não seja fome. Talvez tenha comido um ovo estragado ou algo assim.

— Quer parar?

Volto-me para olhar para ela, que está meio verde.

— Não, continue dirigindo. — Rebecca fecha os olhos. — Não está tão ruim. Vem e vai.

Ela junta as mãos e as pressiona contra o estômago.

Por cerca de meia hora Rebecca dorme, o que me faz sentir melhor, porque sei que não está mais com dor. Esta é uma característica de mãe: ser capaz de sentir o que o filho sente, sentir dor quando ele sente dor. Às vezes penso que, apesar do nascimento tradicional, Rebecca e eu nunca nos desconectamos.

Ela não perdeu muito dormindo. Passamos a fronteira de Dakota do Norte e parece que estamos deixando as grandes montanhas roxas para trás.

— Ainda estamos aqui? — Rebecca se senta, empurrando os cabelos para longe do rosto, onde se embaraçou em cordas finas.

Cruza as pernas na posição habitual e então grita.

Desvio o carro para o acostamento e freio violentamente.

— O que foi?

Rebecca leva as mãos ao meio das pernas e as levanta, e há sangue nelas.

— Ah, Rebecca — digo —, relaxe. Você só ficou menstruada.

— Só isso? — diz ela, confusa. — Só isso?

Ela começa a sorrir, e então ri um pouco. Eu a ajudo a ficar em pé do lado de fora do carro, e observamos o estrago: o maiô está coberto por uma mancha marrom, e há um pouco de sangue no banco de vinil do MG. Eu o limpo com um pano que pego no porta-malas, e, a seguir, Rebecca e eu damos uma volta mais em direção às planícies ao lado da estrada. Não há cactos ou arbustos para se esconder aqui, mas também não há muitos carros passando. Pegamos minha nécessaire, que Rebecca, graças a Deus, se lembrou de pegar em San Diego, e procuramos um absorvente interno ou um comum. Torço para encontrar um absorvente comum; não quero ter de explicar como se usa um interno. Quando o encontro, ajudo Rebecca a posicioná-lo no fundo do maiô.

— Vamos comprar o necessário na próxima loja.

— Isso é nojento — diz Rebecca. — Parece uma fralda.

— Bem-vinda à feminilidade.

— Olha só, mãe — Rebecca me olha de soslaio —, não me venha com essa conversa de que estou crescendo, está bem? Eu tenho quinze anos e devo ser a última garota na escola a menstruar, o que já é ruim o suficiente. Sei tudo sobre sexo, então não quero ouvir a palestra sobre responsabilidade, tá bom?

— Sem problemas. Mas se tiver cólicas novamente me avise. Eu lhe dou um remédio.

Rebecca sorri.

— Eu queria que isso acontecesse faz muito tempo, sabia? Para que eu ganhasse seios. Não posso acreditar que estava esperando por *isso*.

— Alguém devia ter dito a você, quando fez doze anos, que não é grande coisa.

— Eu me sinto uma idiota. Achei que estivesse morrendo.

— Quando aconteceu comigo, pensei a mesma coisa. Nem contei a minha mãe. Só fui deitar na minha cama e cruzei os braços sobre o peito e achei que ia morrer antes de o dia acabar. Joley me encontrou e chamou sua avó, e então ela disparou todos os discursos que você não quer que eu faça.

Chegamos ao carro, e Rebecca hesita antes de se sentar.

— Eu tenho de sentar aí? — diz ela, embora esteja limpo.

— Foi você que quis um carro esportivo.

Observo-a se sentar e se ajeitar no banco várias vezes, acostumando-se com o absorvente.

— Tudo bem? — pergunto, e ela assente com um gesto de cabeça, sem olhar para mim. — Vamos encontrar um lugar para fazer compras.

Rebecca inclina a cabeça sobre o braço apoiado na janela aberta. Há tanta coisa que eu queria ter lhe falado... a reação em cadeia que é consequência desse evento. O aumento dos quadris, por exemplo, e a descoberta dos homens, e se apaixonar e desapaixonar.

Rebecca, repentinamente envergonhada, fuça no porta-luvas que ela já havia inventariado. Está procurando alguma coisa, ou fingindo procurar algo que não existe. Fecha os olhos, deixando que o vento liberte os cabelos e estoure o elástico improvisado, em direção a Montana.

30
REBECCA

18 DE JULHO DE 1990

Algumas pessoas vestindo camisetas brancas com os dizeres TRIPULAÇÃO nos pedem para entrar na fila de carros, que se estende como uma cobra ao longo do cais, em Port Jefferson. Enquanto estamos esperando, minha mãe inventa histórias sobre quem passa ao redor dos carros. Uma mulher com um bebê vai visitar sua tia há muito tempo perdida em Old Lyme, aquela que tem o mesmo nome da criança. Um empresário é, na verdade, um espião do governo observando a guarda-costeira. Às vezes, surpreendo-me com minha mãe.

— Aqui — grita um homem.

Minha mãe liga o carro. Segue até uma rampa lateral e entra na boca articulada da balsa. É como se estivéssemos entrando diretamente na boca de uma grande baleia branca.

Outro membro da tripulação acena para nós e diz que estacionemos o carro no meio de uma rampa íngreme, na lateral. Há duas rampas simétricas, e os carros estacionam em cima e embaixo delas. Fico imaginando como vão colocar todos nós lá dentro.

É um trajeto de uma hora e quinze minutos, que passamos no convés superior, deitadas de costas no compartimento dos coletes salva-vidas. Entre isso e o conversível, estou começando a pegar um pouco de cor. Até minha mãe está bronzeada.

— Muito bem — ela anuncia —, estaremos em Massachusetts bem cedo. Devemos chegar à casa do tio Joley ao meio-dia.

— Já estava na hora. Parece que estamos viajando a vida toda.

— Fico imaginando o que é que ele faz em um pomar de maçãs — diz minha mãe. — Nós nem tínhamos jardim quando crianças. Bom, tentamos, mas tudo continuava morrendo. Culpamos o solo da Nova Inglaterra.

— Como ele conseguiu?

— Conseguiu o quê?

— O emprego. Como ele arranjou um emprego sem nenhuma experiência em cultivo?

Minha mãe se vira de costas e protege os olhos do sol.

— Ele não me disse. Tem algo a ver com uma visita, acho, e um homem o contratou. O homem que administra o lugar. Parece que é mais novo que o Joley. Ele assumiu o lugar do pai. — Ela se senta. — Você conhece o tipo. Verdadeiros ambiciosos, que querem ser agricultores desde que tinham a altura do joelho de um besouro.

— Um gafanhoto. Da altura do joelho de um gafanhoto.

— Que seja — minha mãe suspira.

— Como você pode julgar? — digo-lhe. — Você não conhece o sujeito e não sabe nada sobre plantar maçãs.

— Ah, Rebecca — minha mãe ri. — Não pode ser tão difícil.

A balsa está jorrando água para trás e girando lentamente a cento e oitenta graus. Dessa forma, quando atracamos, podemos dirigir em linha reta para fora. Pelo que posso ver, Bridgeport não parece um lugar de onde mandar cartões-postais.

Parece que cada uma das filas de carros consegue sair antes de nós. Além disso, como estamos no meio de uma rampa, não podemos enxergar se a fila está andando. Não conseguimos ver nada além do Ford Taurus a nossa frente. Está muito empoeirado, e alguém escreveu ME LAVE na janela de trás. Finalmente, um homem com camiseta da tripulação aponta para o carro e indica, gesticulando, que podemos seguir em frente. Mas o Taurus diante de nós, em vez de engatar a primeira, engata a ré. Bate em cheio em nosso para-choque dianteiro. Posso ouvir o metal se amassando.

— Deus do céu — diz minha mãe. — Já imaginava.

— Você não vai parar?

O homem da camiseta TRIPULAÇÃO está gritando algo que não posso ouvir. A essência é: ande, senhora. Minha mãe sai da balsa com o para-choque metade preso e metade pendurado. Segue até um local fora do caminho, à direita, onde o Taurus está esperando.

Ela sai do carro e caminha adiante para ver o estrago.

— Dá para dirigir, só não vai ficar muito bonito. — Ela tenta dobrar com as mãos o para-choque de volta para o lugar. — Imagino que não dá para pedir muito quando se paga quinhentos dólares.

O motorista sai do Taurus, que não amassou.

— Ai, minha nossa — diz ele. — Pode deixar que vou pagar por isso. Posso lhe dar o dinheiro agora, se quiser. Ou podemos trocar os documentos.

Ele torce as mãos diante do corpo, tão triste que é quase engraçado.

— Bem — diz minha mãe —, acho que custaria pelo menos uns quatrocentos dólares para consertar. Não acha, querida? — Ela me chama.

— Pelo menos. E o carro é novinho em folha.

— Novinho em folha? — o homem suspira; aparentemente, não percebe todos os pontos de ferrugem. — Sinto muito. Não posso dizer quanto lamento. Não queria colocar marcha à ré. Estúpido, estúpido. — Ele se agacha diante de nosso para-choque retorcido e passa os dedos ali. — Não tenho o dinheiro aqui comigo, mas, se me seguir, posso arranjar. E não me importo em lhe dar em dinheiro, de jeito nenhum. Pelo menos não perco o bônus do seguro.

— Nós não temos muito tempo — diz minha mãe.

— Ah, é só subir a estrada. Sou Ernest Elkezer, curador do Museu Barnum, na Main Street aqui. Já fechou, mas deixo vocês darem uma olhada enquanto abro o cofre. É o mínimo que posso fazer.

Minha mãe se senta no banco do motorista e dá partida.

— Dá para acreditar? O carro saiu de graça, e agora vamos receber um bônus de quatrocentos dólares. — Ela volta o rosto para o sol. — Rebecca, filhota, os deuses estão sorrindo para nós hoje!

O Museu Barnum fica ao lado de um edifício de cidade moderna. É estranho atravessar a enorme porta que estava fechada e que agora nos permite entrar. Sinto que estou fazendo algo que não deveria.

— Sabiam que Bridgeport foi o berço do general Tom Thumb? — diz Elkezer. — Ele tinha apenas setenta e um centímetros de altura.

Ele acende as luzes — uma, duas, três —, e o corredor escuro ganha vida.

— Sintam-se em casa. Há muitas recordações interessantes do circo aqui. Vocês não vão querer deixar de ver o terceiro andar.

O terceiro andar é quase totalmente coberto por uma miniatura de uma grande tenda. Três anéis vermelhos situados no centro de serragem. Suspensa sobre um deles, uma rede para os trapezistas. Há tambores pesados nos cantos, para os elefantes se apoiarem. Uma grossa corda bamba esticada em cima.

— Se fosse um pouco maior, eu experimentaria — diz a minha mãe, com um pé já no expositor. Quando fecho os olhos, posso ver o público. Lanternas vermelhas nos cordões de isolamento circulando sobre a cabeça das crianças.

Deixo minha mãe e caminho ao redor do perímetro do falso circo. Há um expositor sobre Jumbo, o elefante, cujo esqueleto está em exibição no Museu de História Natural, em Nova York. Isso deve ser interessante. Eu me aproximo para ver a fotografia do enorme esqueleto, que tem ao lado um homem em pé, como medida de referência. O homem é o próprio Ernest Elkezer. Quando estou lendo a legenda, Elkezer se aproxima com um envelope pardo amassado.

— O Jumbo era meu favorito — diz ele. — Chegou há mais de um século em um navio chamado *Assyrian Monarch*. Barnum desfilou com ele para cima e para baixo na Broadway, com uma grande banda e toda fanfarra que você possa imaginar.

Minha mãe se aproxima, e as mãos de Elkezer lhe entregam o envelope distraidamente.

— Naquela época, a maioria das pessoas nunca tinha visto um elefante. Então, não era o fato de ele ser tão grande, e sim de estar ali. E aí, três anos depois, ele foi atropelado por um trem de carga em alta velocidade. Outros elefantes que atravessavam os trilhos foram nocauteados, mas sobreviveram. Jumbo, porém, não conseguiu.

— Ele foi atropelado por um trem? — pergunto, atônita.

— Você sobreviveu a um acidente de avião — comenta minha mãe.

— Barnum retalhou o animal e distribuiu os pedaços para diversos museus. Vendeu até o coração para a Universidade de Cornell, por quarenta dólares. Pode imaginar?

— É melhor irmos — diz minha mãe.
— Ah, o dinheiro está todo aí — diz Elkezer. — Pode contar, se quiser.
— Tenho certeza de que não é necessário. Obrigada.
— Eu é que agradeço.

Nós o deixamos em pé no terceiro andar, tocando levemente a foto de Jumbo.

Quando fechamos a pesada porta do museu atrás de nós, minha mãe rasga o envelope.

— Estamos ricas novamente, Rebecca — ela canta. — Ricas!

Entramos no carro e saímos do estacionamento. O para-choque raspa como um ancinho contra o pavimento. Passamos por garotos que jogam handebol e por uma mulher gorda com pele cor de melaço. Passamos por um comércio, ao descer; na esquina da rua há um homem de boné de couro desdobrando um pequeno quadrado de papel amassado. Apesar disso, ainda consigo imaginar a dança pesada de uma caravana, o som de uma tuba, o rebolado lento dos elefantes pela Main Street.

31
JANE

Comemoramos o aniversário de Rebecca no centro geográfico da América do Norte. Saindo de Towner, Dakota do Norte, dou-lhe um cupcake da Hostess, sobre o qual há uma vela, e canto "Parabéns a você". Rebecca fica vermelha.

— Obrigada, mãe, não precisava.

— Tenho um presente também — digo, e tiro um envelope do bolso de trás.

Ambas o reconhecemos — o imundo envelope pardo que guardava o dinheiro debaixo do banco do MG. Dentro, num papel de carta de motel, escrevi VALE.

Rebecca lê em voz alta:

— Vale o que você quiser (dentro de limites razoáveis) em uma orgia de compras.

Ela ri e olha em volta. Paramos em uma placa que anuncia o centro geográfico, e, com exceção de uma estrada ao lado, não há nada até onde a vista alcança.

— Acho que vou ter que esperar até chegarmos à civilização novamente para fazer compras — diz ela.

— Não! Esta é a ideia. Hoje vamos dirigir até encontrar um lugar adequado para comprar roupas. Meu Deus, como estamos precisando...

A velha camisa de Oliver que estou usando está coberta de graxa de motor e manchas de comida. Minha calcinha pode ficar em pé sozinha, e Rebecca não parece muito melhor. A pobre garota nem sequer tem um sutiã decente.

— Então, como é a sensação de ter quinze anos? — pergunto.

— Não é muito diferente do que era ter catorze.

Ela pula para seu lado do carro. Já faz isso com perícia agora. Eu ainda tenho de engatinhar por cima da porta e, normalmente, enrosco o pé na maçaneta.

— Ótimo — diz Rebecca, acomodando-se de forma que os pés balançam por sobre a porta do passageiro. — Para onde?

Towner, suponho. É o lugar para onde Joley nos mandou, apesar de eu ter descoberto que até mesmo um posto de gasolina e talvez três casas de madeira podem ser classificados como "lugar" em Dakota do Norte.

Rebecca me guia por uma estrada de terra. Seguimos por um quilômetro sem ver qualquer sinal de vida, e muito menos comércio. Finalmente, surge um celeiro em ruínas decididamente inclinado para a direita, sobre o qual há um *hex sign* nele: dois pombinhos, em todas as cores primárias.

— Eloise's? — diz Rebecca.

— Isso não pode ser uma loja. Não pode nem sequer ser classificado como casa.

Mas há vários carros estacionados do lado de fora; carros tão velhos e desbotados que tenho a sensação de que cheguei a um set de filmagem dos anos 1950. Timidamente, encosto e saio do carro.

As portas do celeiro estão abertas, escoradas por longas estacas queimando velas de citronela. Dentro, há filas de barris com tampas de levantar. Estão rotulados: FARINHA, AÇÚCAR, AÇÚCAR MASCAVO, SAL, ARROZ. Há um cheiro forte que bate quando cruzamos o limiar da porta, como melaço sendo queimado. Num cercado em uma das laterais do celeiro, há uma imensa porca deitada de lado, provavelmente por conta do próprio peso, e dez leitõezinhos manchados disputando a melhor posição nas tetas. Ao lado do chiqueiro, uma longa tábua de madeira apoiada sobre cavaletes improvisados, e, sobre a tábua, uma caixa registradora — daquelas prateadas com botões que pulam na janela: 50¢, $1, Sem custo.

— Posso ajudar? — diz uma mulher.

Ela estava dentro do chiqueiro, de modo que nem Rebecca nem eu a notamos. Rebecca está no fundo do celeiro explorando os recantos mais escuros, de modo que me deixa responder.

— Bem, na verdade — digo —, estamos querendo comprar roupas novas.

A mulher bate as palmas das mãos. Tem cachos vermelhos duros e espetados e um queixo triplo. Não pode ter mais um metro e quarenta de altura. Quando anda, seus sapatos rangem como se as meias estivessem molhadas.

— Você veio ao lugar certo — diz ela. — Temos um pouco de tudo.

— Estou vendo.

— Meu lema é comprar uma unidade só de cada item. Ajuda o cliente a se decidir mais rapidamente.

Estou preocupada de comprar algo na Eloise's. Na verdade, ela tem um pouco de tudo, mas não necessariamente coisas que você poderia querer.

— Mãe — diz Rebecca, correndo até nós enquanto segura um vestido de noite de paetês. — O que você acha? Bem sexy, não?

Tem alças finas e muita lycra.

— Espere até ter dezessete anos — digo.

Ela geme e desaparece atrás de um rolo de tecido.

— Por favor — chamo a mulher que está me guiando nessa jornada serpeante —, moça?

— Pode me chamar de Eloise. Todo mundo me chama assim.

Rebecca, que ainda está segurando o vestido preto de paetês (onde se usa isso em um lugar como Towner?), já escolheu uma pilha de roupas.

— Encontrou o que queria, querida? — diz Eloise. Então, volta-se para mim. — Vocês duas estão juntas?

— Sim, muito — digo, e passo sobre a pilha de Rebecca.

Ela espia a etiqueta de uma bermuda vermelha.

— Dê uma olhada nos preços, mãe. — Levanta a bermuda. — Você tem bastante dessas?

— O que temos está exposto. Vou levar estas peças para o provador para você.

Ela contorna uma esquina, guiada por um sexto sentido, imagino, já que as roupas estão empilhadas sobre sua cabeça.

— Estão no provador seis — diz a Rebecca.

Espreito, atrás da esquina, os provadores. Uma estrebaria.

— Mãe!

Vou até onde Rebecca está, e seus olhos brilham.

— Esta — ela segura um jeans — custa só três dólares — diz. — Este biquíni é da La Blanca, e só custa um e meio.

Passo o dedo pelas etiquetas brancas de preço. Os números estão escritos com giz de cera.

— Talvez venhamos aqui fazer todas as nossas compras a partir de agora.

Começo a olhar as prateleiras. Com esses preços, o que tenho a perder? Eloise é uma prudente mulher de negócios. Organiza sua mercadoria colocando uma de cada tamanho. Assim, na linha inferior, se houver uma calça listrada da Liz Claiborne, pode esperar encontrar uma de cada tamanho: 4, 6, 8, 10, 12, 14 e 16. Se usar 10 e outro 10 chegar antes de você, azar. O mesmo acontece com muitos dos itens que chamam minha atenção; eu uso 8, e acho que em Dakota do

Norte é um tamanho popular. Os tamanhos 8 e 16 parecem ser campeões de venda. Rebecca está com suas escolhas no provador, ainda ostentando uma figura pré-adolescente.

Eloise atravessa na minha frente segurando uma jardineira amarela, bonita.
— Vi o rosto dela e pensei nisso. Você disse que o tamanho é 3, querida?
— O que ela realmente necessita é de calcinha e sutiã. Você tem?

Eloise me leva a outra fileira de barris marcados por tamanho. Remexo no marcado como 4 e retiro um punhado de calcinhas de renda cor-de-rosa, roxas, pretas e brancas com flores verdes.

— Maravilha — digo, pegando todas, menos a de renda preta.

Quando as estou dependurando no pulso punho para separá-las, Eloise retorna com um pacote organizado de sutiãs. Pego-os e os levo para Rebecca.

— Pode vestir a calcinha e o sutiã — digo-lhe —, já que vamos comprar de qualquer maneira.

— Mãe... — diz ela, pondo a cabeça para fora da porta do vestiário. — *Aquilo*...

— Ah. — Remexo em minha bolsa procurando outro absorvente. Não há cestos de lixo à vista. Eu me inclino para Rebecca: — Enterre no feno ou algo assim.

Rebecca faz um desfile de moda para mim e Eloise. Estamos sentadas nos barris de roupa íntima, com as pernas cruzadas, quando Rebecca sai vestindo a jardineira amarela.

— Ah, que encanto! — diz Eloise.

Rebecca está bonita. Trançou os cabelos para tirá-los do rosto, e ele balança ao longo da gola Peter Pan da camisa listrada combinando. As alças da jardineira se cruzam nas costas e são presas por botões em forma de lápis de cor. Ela está descalça. Gira, deixando a saia voar.

— Deixe-me adivinhar — diz Eloise, apontando para os pés de Rebecca. — Tamanho 7?

Ela se arrasta em outra direção, de volta à área onde há uma canoa Old Town, suspensa nas vigas.

Rebecca acaba com seis shorts, oito blusinhas casuais, um jeans, uma calça-pescador branca, meias esportivas, sapatos pretos, sapatos brancos, diversos itens de roupa íntima, uma camisola cheia de ursinhos, um pulôver de algodão, um biquíni azul de bolinhas e duas presilhas de gorgorão para o cabelo.

— Não acredito — diz ela, saindo e olhando a pilha de roupas que Eloise dobrou. — Isso vai custar uma fortuna.

Duvido; fui fazendo o cálculo mental e não creio que vamos passar de cinquenta dólares.

— Bem, é seu aniversário, aproveite.
— Então — diz Eloise, quando Rebecca me abraça —, e para você?
— Ah, não devo. — Cruzo e descruzo as pernas nervosamente.
— Não vou deixar você viajar comigo desse jeito — diz Rebecca. — Não agora que eu estou vestida para matar.
— Bom, eu poderia comprar umas calcinhas — admito.

Estou sentada no barril de tamanho 7, e pulo para abrir a tampa, alinhando várias calcinhas em meus braços. A última que pego é uma fio dental com estampa de leopardo.

— Ah, é sua cara, mãe. Você *precisa* comprar esta.
— Acho que não.

Tem seu apelo; sempre gostei de cintas-ligas e meias de seda sete oitavos. Gosto do conceito por trás delas, mas, na realidade, sei que não teria a menor ideia de como usá-las, de modo que nem me incomodo.

Rebecca corre, acompanhada de Eloise, em volta das prateleiras, coletando vestidos de algodão e shorts cáqui e blusas de seda. É mais difícil encontrar peças que combinem porque, como disse, uso um tamanho popular.

— Você tem que comprar isto. Vá tirar a roupa — diz Rebecca, apontando para a estrebaria.

Entro e tiro os tênis. O feno entre os dedos coça. Eloise põe a cabeça para dentro, o que me deixa envergonhada. Cruzo os braços na frente do peito.

— Olá — digo timidamente.

Eloise lança duas caixas de sapatos ao chão: um par de sandálias de couro e um par de sapatos de salto alto pretos. Ambos são tamanho 8. Como é que ela sabe?

Verifico o preço de cada peça antes de experimentar, um hábito de quem faz compras em butiques caras da Califórnia e que é realmente inútil aqui. Nada custa mais de cinco dólares. O primeiro vestido que provo fica muito apertado no peito. Jogo-o sobre o feno, desapontada. De alguma forma, esperava que tudo ficasse perfeito em mim, como em Rebecca.

A próxima peça é uma jardineira de algodão do mesmo tipo da que Rebecca experimentou. É vermelha, salpicada de flores azuis e rosa. Tem uma blusa de linho branco combinando, com botões nas costas e flores bordadas na gola e nas mangas. Eu a experimento com as sandálias que Eloise me deu e saio do provador. Rebecca aplaude.

— Gostou mesmo?

Não há espelhos, então o único reflexo com que posso contar é a opinião de Rebecca.

A última coisa que experimento é um vestido de lycra sem mangas, preto. Coloco-o com os saltos. Não preciso de um espelho para este. O jeito como envolve o corpo... sei que cai mal. Posso imaginar a visão ridícula dos lugares onde meus quadris se destacam e onde minha barriga incha. É um vestido para o corpo de Rebecca, não para o meu.

— Quer dar risada? — digo, chamando Rebecca.

De calcinhas, ela pula do barril e caminha para o provador, segurando a porta aberta para que eu não tenha de sair.

— Quem diria? Minha mãe é uma pantera.

— Vai me dizer que você não vê meus quadris e minha bunda? Que minha barriga não parece um pneu?

Rebecca balança a cabeça.

— Eu não diria isso se não achasse que ficou bom. — Ela aponta para meu quadril e se dirige a Eloise: — O que dá para fazer com a marca da calcinha?

Eloise levanta um dedo, corre para o barril de roupas íntimas e pega a fio dental de leopardo. Joga-a em mim, insubstancial como uma serralha.

— De jeito nenhum — digo a Rebecca. — Não vou vestir isso.

— Só experimente. Não precisa comprar se não gostar.

Suspiro e puxo a saia justa para cima. Tiro a calcinha por cima dos sapatos e seguro a de leopardo na luz.

— O pedaço pequeno de tecido vai na frente — diz Rebecca.

— Como você sabe?

Eu me apoio em uma perna e depois na outra. Puxo o fio dental para cima e descubro, para minha surpresa, que é confortável. Mal posso sentir entre as pernas o fino material da calcinha me cobrindo. Abaixo a saia e dou alguns passos para me acostumar com a sensação do tecido contra a pele da bunda. Então, abro a porta.

— Que arraso! — diz Eloise.

Rebecca se volta para ela:

— Vamos levar.

Todo o conjunto não custa mais de quatro dólares.

— Não vamos. Onde é que eu vou usar algo assim? — Tiro o vestido, de modo que fico em pé sem sutiã e de fio dental. — É um desperdício de dinheiro.

— Como se quatro dólares fossem te levar à falência — diz Rebecca.

Enquanto discutimos, Eloise reaparece com uma frágil camisola cor-de-rosa.

— Acho que você vai gostar disso. Você não comprou uma camisola, afinal.

Pego a camisola de suas mãos. Suave, desliza para o chão, derrama-se sobre o feno como uma flor partida.

Sabe aquelas coisas que você experimenta uma ou duas vezes na vida e, antes mesmo de se olhar no espelho, sabe que nunca vai ficar tão linda? Não me sinto assim em relação ao vestido preto que Rebecca elogiou, mas essa camisola de cetim, com as tiras trançadas e a fenda na lateral, me inspira.

Antes de sair para mostrar a Rebecca, corro as mãos pelos meus flancos. Toco meus seios. Abro as pernas, apreciando o jeito como o cetim desliza por minha pele quente e alvoroçada. Então, isso é o que se sente ao ser sexy.

Usei algo parecido em minha noite de núpcias, uma camisola branca com renda na gola e seis botões de tecido na frente. Oliver e eu ficamos no Hotel Meridien, em Boston. No quarto, ele não disse nada sobre a camisola. Rasgou-a durante as preliminares, e depois que fomos embora percebi que a havia deixado no chão da suíte de lua de mel.

Antes de abrir a porta para mostrar a Rebecca, já sei que vou comprá-la. Se pudesse, sairia da loja com ela no corpo e atravessaria as estradas do Centro-Oeste sentindo o cetim roçar minhas coxas cada vez que trocasse a marcha. Faço uma pose dramática e arqueio o corpo, apoiada na parede de trás da estrebaria.

Rebecca e Eloise aplaudem. Faço uma reverência. Fecho a porta atrás de mim e, muito lentamente, puxo a camisola por sobre a cabeça. Falando em desperdício de dinheiro... A verdade é que eu abandonei o único homem com quem já dormi. Então, com quem vou usar isso?

Começo a colocar a calcinha de algodão que comprarei no fim, mas a tiro e experimento a fio dental. Visto o short, fecho o botão e o zíper. Quando dou um passo à frente para pegar os tênis, sinto uma sensação proibida de liberdade. Sinto que estou escondendo um segredo que ninguém precisa saber.

32
OLIVER

Agora que me certifiquei de que Jane e Rebecca estão a caminho de Iowa, estou muito menos preocupado com minha situação. Hoje, na verdade, tirei duas horas e liguei para o Instituto e peguei minhas mensagens, recostado em uma pequena almofada no Holiday Inn.

    Não vou me parabenizar ainda; não é próprio de um bom cientista felicitar a si mesmo antes de chegar a uma conclusão, a um ponto final. Mas, mesmo assim, considero este meu melhor trabalho até hoje. Começando com quase nada, derrotei Jane – descobri para onde está indo antes mesmo de ela perceber que está indo para lá. Jane é do tipo que vai atravessar Iowa e, depois, lembrando que a filha sofreu um acidente de avião, sairá da estrada no calor do momento. Claro que isso já não importa. Porque, quando ela deixar a estrada, eu estarei lá, e vou levá-la de volta para San Diego, que é o lugar dela. Se meus cálculos seguirem de acordo com o plano, chegarei a casa a tempo de pegar o início da migração da jubarte em direção à zona de reprodução no Havaí.

    Hoje de manhã, falei com Shirley no escritório e lhe pedi para me ajudar com algumas pesquisas. A pobre menina quase chorou quando ouviu minha voz; pelo amor de Deus, foram só quatro dias úteis. Disse-lhe para pedir indicação de bibliotecas da cidade que a ajudem a encontrar arquivos de microfichas sobre o acidente do voo 997, Midwest Airlines, em setembro de 1978. Ela gravou o máximo de informações precisas sobre o local do acidente. A seguir, pegou os dados e ligou para a Secretaria de Estado de Iowa e, usando a influência do Instituto, descobriu o nome dos proprietários das fazendas vizinhas. Presumivelmente, em dois dias, quando entrar em contato com ela de novo, saberei a terra de quem tenho de vigiar.

E o próximo desafio, depois de dominar a rota delas, é ser capaz de perceber o papel que terei de representar. Vou precisar de dois discursos: um de marido arrependido, e outro de galante salvador. E terei de avaliar praticamente na hora em qual das duas categorias devo me encaixar.

Sempre fui tão bom analista?

É apenas meio-dia, mas me sinto celebrando, de alguma forma. Estou dominando a crise. Se ainda estou um pouco confuso para encaixá-las, pelo menos encontrei todas as peças do quebra-cabeça. Sei que tenho de pegar a estrada de novo às duas horas, a fim de chegar ao próximo Holiday Inn, em Lincoln, na hora do jantar. Consulto o relógio (um hábito nervoso, na verdade não preciso saber o horário). Vagueio pelo saguão do hotel procurando o bar.

Esses saguões são todos parecidos: azuis e prata, tapetes com um padrão, um elevador panorâmico e uma fonte em forma de golfinho ou querubim. Até a equipe por trás do balcão parece clonada de cidade para cidade. Os lounges são sempre marrons, com cadeiras redondas de couro sintético que parecem xícaras e copos altos.

— O que deseja? — pergunta a garçonete.

São chamadas de garçonetes ou bartenders hoje em dia? Ela traz uma placa prateada sobre o peito esquerdo que diz MARY LOUISE.

— Bem, Mary Louise — digo, tentando ser o mais agradável possível —, o que me recomenda?

— Primeiro, não sou Mary Louise. Estou usando o avental dela porque o meu foi roubado ontem à noite junto com meu carro e as chaves da minha casa pelo filho da puta do meu namorado. Segundo — ela faz uma pausa —, isso aqui é um bar. As especialidades da casa são uísque puro e uísque com gelo. Então, vai tomar uma bebida ou está só desperdiçando meu dia, como todos os outros imbecis daqui?

Olho em volta; sou o único cliente. Concluo que ela deve estar chateada devido à infelicidade da noite anterior.

— Quero um gim-tônica — digo.

— Não tem gim.
— Canadian Club com gengibre.
— Olhe, senhor — diz a garota —, temos Jack Daniel's e uma máquina de Coca-Cola. Pode escolher. Ou volte depois que o caminhão fizer a entrega de hoje.
— Entendi. Um Jack Daniel's puro.
Ela me abre um sorriso — tem certa beleza, na verdade — e vai embora. Brincos em forma de clipe para maconha pendem de suas orelhas. Clipe para maconha. Rebecca me ensinou isso. Estávamos andando por um calçadão na praia e eu peguei um objeto comprido com miçangas e penas. Achava que era um artefato indígena, ou um novo item turístico do outro lado da fronteira.
— Isso é um clipe para maconha, pai — Rebecca disse casualmente, tomando-o de mim e jogando-o no lixo. — Você usa para segurar a bituca do baseado.
A garçonete volta com minha bebida e a arremessa pela mesa, de modo que derrama uma poça âmbar-claro. Em vez de enfrentar a ira dela, seco a bebida com um guardanapo. HOLIDAY INN, diz o guardanapo, em letras douradas em relevo. A garçonete senta num banquinho do bar e descansa o rosto na mão. Olha para mim.
Tomo um gole de minha bebida e tento tirar a mulher da cabeça. Normalmente não olho para as mulheres, elas tendem a me confundir. Mas essa é diferente. Não só está usando aqueles brincos de pena, mas também uma saia de couro vermelha que mal lhe cobre as nádegas e um top de tachas. Suas meias, brancas, estão cobertas de bolinhas pretas que se espalham pelos músculos das coxas. Usa maquiagem demais, mas com certa arte; um olho está pintado com sombra violeta, e o outro, com verde.
Tento pensar em Jane daquele jeito e rio em voz alta.
A garçonete desce do banquinho e caminha em minha direção. Aponta uma unha vermelha para minha garganta.
— Ouça aqui, seu pervertido. Mantenha os olhos na cabeça e o pau nas cuecas.
Ela diz isso com tanto ódio, com tanta convicção, apesar de não me conhecer, que me sinto obrigado a responder. Ela já deu meia-volta quando digo:

— Não sou pervertido.
— Ah, não? Então o que é você?
Ela não se volta.
— Sou um cientista.
A garçonete se volta e me olha de cima a baixo.
— Engraçado. Você é mais bonito que aqueles sujeitos com calça de poliéster.
Olho para minhas calças. São de lã leve. A garçonete resfolega; está rindo.
— Estou brincando!
Ela tira um espelho compacto não sei exatamente de onde — parece que da meia-calça — e revela os dentes. Quando encontra uma mancha de batom, esfrega-a vigorosamente com o polegar.
— Lamento por seu carro — digo. — E por seu namorado.
A garçonete fecha o espelho e o guarda, dessa vez na fenda do top. A borda de plástico rosa se projeta um pouco entre os seios.
— Ele era desprezível. Obrigada.
Ela olha em direção à recepção e, quando vê que ninguém está prestando atenção, joga a perna sobre uma das cadeiras de couro sintético nas proximidades e se senta.
— Posso acompanhá-lo?
— Claro.
Eu sempre me perguntei sobre mulheres como ela, do tipo que você encontra na capa de filmes pornôs ou em embalagens de brinquedos eróticos. Tive várias mulheres além de Jane — duas antes e uma durante o casamento, por um breve período, uma mergulhadora, durante uma das minhas excursões marinhas. Nenhuma delas, no entanto, agia ou se parecia com essa. Essa garçonete é mais que uma mulher; é um espécime.
— Você trabalha aqui há muito tempo?
Não me importa a resposta; só quero ver como seus lábios se movem, fluidos como o látex.
— Dois anos — diz ela. — Só durante o dia. À noite, trabalho em um minimercado vinte e quatro horas. Estou economizando para ir para Nova York.
— Eu já estive lá. Você vai gostar.
A garçonete aperta os olhos em minha direção.

— Acha que sou uma caipira de Nebraska? — diz ela. — Eu *nasci* em Nova York, por isso vou voltar.

— Entendi.

Pego minha bebida e agito o copo. Mergulho o dedo e corro-o levemente pela borda do vidro. Quando o dedo atinge um determinado nível de secura, o atrito faz com que o vidro gema. Um som que, francamente, me faz lembrar minhas baleias.

— Isso é legal — diz a garota. — Me ensine.

Eu lhe mostro; não é difícil. Quando ela pega o jeito, seu rosto se ilumina. Ela alcança mais três ou quatro copos e os enche com Jack Daniel's em diferentes níveis. (Por que lhe dizer que funciona com água se posso conseguir uma bebida grátis?) Juntos, criamos uma gritante sinfonia melancólica.

A garçonete ri e segura minhas mãos.

— Pare! Pare, não aguento mais. Meus ouvidos doem.

Ela segura minhas mãos por um segundo, olhando para meus dedos.

— Você é casado. — Uma constatação, não uma acusação.

— Sim — digo —, mas ela não está aqui.

Não quero dizer nada com isso, estou apenas indicando os fatos. Mas a menina (que eu imagino estar mais próxima da idade de Rebecca que da minha) se inclina para frente e diz:

— Ah, é mesmo?

Está tão perto que posso sentir sua respiração, doce como pastilhas de hortelã. Ela se levanta da cadeira e se arrasta sobre a mesa, guiada pelas mãos, que ultrapassam o limite do decoro e seguram o colarinho de minha camisa.

— O que mais você pode me ensinar?

Tenho de admitir que imagino essa garçonete nua, com uma tatuagem em algum lugar indizível, dizendo-me com sua voz áspera e rouca para fazer de novo, e de novo. Eu a vejo em minha segura suíte azul-piscina neste Holiday Inn, reclinada, só de sutiã de couro e meia-calça de bolinhas, como num filme barato. Seria tão incrivelmente fácil. Eu não lhe disse meu nome nem minha profissão; seria uma oportunidade de ser outra pessoa por pouco tempo.

— Você não pode sair daqui — digo —, é a única atendendo.

A garçonete passa os braços em volta de meu pescoço. Tem cheiro de almíscar e transpiração.

— Espere e verá.

Eu tenho duas chaves. Tiro uma do bolso, junto com uma nota de cinco dólares para pagar a bebida. Ela merece uma boa gorjeta. A chave bate na borda do copo de uísque e tilinta. Então me levanto, como imagino que os homens muito charmosos de Hollywood fazem e, sem olhar para trás ou dizer uma palavra, sigo para os elevadores no saguão.

Quando estou dentro do elevador, com as portas fechadas, inclino-me para trás e respiro rapidamente. *O que estou fazendo? O que estou fazendo? É infidelidade*, eu me pergunto, *fingir ser alguém que não se é?*

Entro no quarto do hotel e fico aliviado com a familiaridade avassaladora. Há a cama do lado esquerdo, e o banheiro atrás da porta, e a fina faixa ao redor do vaso sanitário que a arrumadeira deixa todas as manhãs. Há o suporte dobrável para bagagem, e o menu do serviço de quarto, e as cortinas estampadas onduladas feitas de uma substância inflamável. Tudo exatamente como deixei, e há certo consolo nisso.

Deito-me na cama com as mãos na lateral do corpo, completamente nu. O ar-condicionado, que faz aquele zumbido obrigatório que todos os refrigeradores de ar de hotel fazem, agita os pelos do meu peito. Imagino o rosto da garçonete, seus lábios se movendo por toda a extensão de meu corpo feito água.

Embora namorássemos, não tive relações sexuais com Jane por quatro anos e meio. Tive duas mulheres paralelamente, que não significavam nada. Você conhece o ditado: há mulheres para transar e outras para casar. Sempre ficou claro em que categoria Jane se encaixava. Jane, que tinha cheiro de sabonete de limão e combinava as faixas de cabelo com as bolsas. Eu já trabalhava havia algum tempo em Woods Hole quando Jane entrou no último ano da Wellesley, e demos início a uma rotina. Eu a via aos fins de semana (viajar diariamente era muito desgastante para qualquer coisa mais) e saíamos. Eu punha a mão por baixo de seu sutiã e, a seguir, a levava de volta ao dormitório na faculdade.

Naquele último ano, porém, algo aconteceu. Jane parou de lutar com minhas mãos enquanto eu tateava no escuro através de camadas de roupa. Começou a mover ela mesma minhas mãos, de modo que tocavam certos lugares e deslizavam com certo ritmo. Fiz tudo que podia para detê-la. Eu achava que sabia as consequências melhor que ela.

Transamos pela primeira vez no balcão de um velho cinema. Ela ficou me provocando no andar de baixo, onde estávamos cercados de pessoas. Puxei-a para o balcão, que estava isolado para reforma na época. Quando tirei suas roupas e a vi em pé a minha frente, aureolada pela luz do projetor, percebi que não iria mais lutar com ela. Ela se esfregou em mim até que eu tive certeza de que ia explodir e peguei seus quadris e me empurrei para dentro dela. Estava começando a perder o controle, a esponjosidade quente como uma garganta fechada, e então percebi que Jane havia parado de respirar. Ela nunca havia transado antes.

Sei agora, eu devo tê-la assustado até a morte, mas não estava pensando racionalmente naquela época. Uma vez que havia provado o mel, não estava a fim de voltar ao pão e água. Comecei a ligar para Jane todos os dias e a fazer o trajeto de Cape duas ou três vezes por semana. Eu trabalhava com piscinas naturais e passava o dia olhando para elas, para os invertebrados de concha dura, e as algas, sociedades inteiras devastadas pela explosão brutal de uma onda. Virava os límulos e desembaraçava os tentáculos da estrela-do-mar sem interesse. Não tomava notas. E, quando um mentor em Woods Hole me confrontou acerca de minha atitude, fiz a única coisa que poderia ter feito: parei de ver Jane.

Não conseguiria construir minha reputação se passasse o dia pensando em estar nos espasmos da paixão. Disse muitas coisas a Jane: que estava com gripe, que havia mudado para um projeto de águas-vivas e tinha de fazer uma pesquisa de fundo. Passava mais tempo dedicado ao trabalho e ligava para Jane ocasionalmente, com a distância nos mantendo seguros.

Naquela época, testemunhei um milagre: o nascimento de uma baleia em cativeiro. Vínhamos estudando a gestação da mãe e aconteceu de eu estar no edifício quando começou o trabalho de parto. Nós a mantínhamos em um enorme tanque subaquático para fácil visibilidade, e, naturalmente, quando tal maravilha ocorre, todos param o que estão fazendo para ver. O bebê foi cuspido da mãe em um córrego de vísceras e sangue. A mãe nadou em círculos até que o bebê se orientou na água e, a seguir, nadou abaixo dele, a fim de levá-lo à superfície para respirar.

— Que dureza — disse o cientista a meu lado. — Nascer debaixo d'água e respirar oxigênio.

Naquele dia, fui para a cidade e comprei um anel de noivado. Não havia me ocorrido antes: a única coisa que poderia ser melhor que me tornar famoso em minha área era fazê-lo com Jane ao meu lado. Não havia nenhuma razão para eu ter o bolo e não o comer. Ela possuía todas as qualidades que eu sabia que nunca desenvolveria. Tendo Jane, tive esperança. Entendi o que era sacrifício.

    Jane. Adorável, excêntrica Jane.

    Será que ela acredita em segunda chance?

    De repente, envergonhado por meu comportamento, cruzo as mãos na frente da virilha. Visto a roupa o mais rápido possível e fecho a mala. Tenho de sair daqui antes que a garçonete chegue. *O que eu estava pensando?* Arrasto a mala pelo longo corredor até um elevador, escondendo-me atrás de balaustradas para me certificar de que ela não está chegando. Depois, acalmado pela música de Muzak, respiro fundo e desço ao nível do chão, pensando em Jane. Jane, apenas Jane.

33
REBECCA

15 DE JULHO DE 1990

Segundo Indianapolis Jones, o DJ dessa estação de rádio (não é parente nosso), a temperatura chegou a quarenta e sete graus.

— Quarenta e sete! — minha mãe repete.

Ela ergue as mãos do volante como se ele também estivesse fervendo. Assobia através dos dentes da frente.

— As pessoas morrem nesse tipo de clima.

Tropeçamos numa mescla de onda de secura e de calor. Parece também que o tempo passa muito mais lentamente aqui, mas imagino que isso se dê por causa da temperatura. Estamos indo para Indianapolis, mas acho que nunca vamos conseguir. Do jeito que as coisas estão, este carro vai explodir com o calor do próprio combustível antes de chegarmos lá.

Está tão quente que não consigo ficar mais sentada. Nunca pensei que diria isso, mas gostaria que tivéssemos o velho SUV de volta. Dentro dele, havia muito espaço para criar sombras. No MG não há nenhum lugar para se esconder. Estou enrolada na menor bola que consigo, com a cabeça apontando para baixo no tapete. Minha mãe olha para mim.

— Posição fetal — diz ela.

Um pouco antes de realmente atravessarmos a cidade de Indianapolis, a temperatura sobe mais dois graus. O vinil do carro começa a rachar, e digo isso a minha mãe.

— Não seja ridícula — diz ela —, isso já estava rachado.

Sinto os poros do meu rosto respirando. O suor escorre por entre as coxas. A ideia de entrar em uma cidade de concreto e aço me repugna.

— Estou falando sério. Vou gritar.

Concentro cada pedacinho de força que me resta e grito, um grito alto e agudo que não parece se originar de nenhuma parte de meu corpo.

— Tudo bem! — Minha mãe tenta colocar as mãos nos ouvidos, mas não pode fazer isso e dirigir ao mesmo tempo. — Tudo bem, o que você quer? — Ela olha para mim. — Uma raspadinha? Ar-condicionado? Uma piscina?

— Ah, sim — suspiro —, uma piscina. Preciso de uma piscina.

— Você devia ter falado antes. — Ela aponta para o protetor solar que fica no banco, entre nós. — Passe isso, ou vai ter câncer de pele.

De acordo com o Departamento de Turismo de Indianapolis, não há piscinas públicas na cidade, mas relativamente perto há uma Associação Cristã de Moços, onde provavelmente se pode pagar para nadar. Minha mãe pede orientação e (depois de pegar a carta de tio Joley) segue até o lugar.

— E se for piscina coberta? — resmungo. Mas logo ouço gritos de crianças e água espirrando, e toalhas se arrastando no concreto. — Ah, graças a Deus!

— Agradeça depois de entrar — minha mãe murmura.

Sabe como seu corpo fica no dia mais quente do verão, quando você realmente está dentro de uma piscina azul e fria? Como se sente mais relaxado que nas sete horas que passou sofrendo de insolação, como se tudo que tivesse a fazer para se refrescar fosse imaginar que finalmente pode mergulhar? É exatamente assim que me sinto, enquanto espero apoiada na parede de blocos de concreto amarela da Associação Cristã de Moços. Minha mãe está negociando. Não é política deles, diz a mulher, deixar entrar pessoas que não são membros.

— Fique sócia — sussurro. — Por favor, fique sócia.

Não sei se é a misericórdia ou o destino que faz com que a mulher nos deixe entrar por cinco dólares cada uma, mas logo estamos em pé à beira do paraíso. O cimento queima as pontas dos pés. Estão dando uma aula na parte rasa. O salva-vidas fica chamando as crianças de seus peixinhos. Estão treinando respiração rítmica, e só metade segue as instruções.

— Você não vai entrar? — pergunto a minha mãe.
Ela está parada perto de mim, totalmente vestida, e nem sequer pegou o maiô no carro.
— Ah, você me conhece — diz ela.
Não me importo, não me importo. Não tenho tempo para discutir com ela.
Quando o salva-vidas grita e diz que não, mergulho no fundo, na emoção dos três metros.
Prendo a respiração o máximo de tempo que aguento. Por um momento, afogar-me parece melhor que ter de enfrentar o calor lá de cima. Quando afloro à superfície, o ar envolve meu rosto, sólido como uma toalha. Minha mãe desapareceu.
Não está no carro. Não está debaixo de um dos guarda-sóis com grandes mulheres de maiôs floridos. Vou pingando até o edifício da Associação Cristã de Moços.
Passo por uma aula de tai chi. Isso me espanta: por que alguém iria fazer exercícios em um dia como hoje? No final do corredor, vejo uma porta azul dizendo VESTIÁRIO FEMININO. Está cheia de vapor e úmida na parte de trás. Um bando de mulheres se aglomera nos chuveiros. Algumas estão nos reservados com cortinas, mas a maioria escolhe os abertos, sem privacidade. Três mulheres raspam as pernas e duas lavam os cabelos.
A mulher mais à direita é jovem e tem uma tatuagem no seio esquerdo. É uma pequena rosa vermelha.
— O que você vai fazer no fim de semana? — diz ela.
Dou um pulo, mas ela não está falando comigo.
A mulher na ducha detrás pega a toalha para enxugar os olhos. Ela é enorme, com marcas de celulite nos braços e coxas. A barriga forma uma dobra em V que paira sobre as partes íntimas. Tem as unhas dos pés pintadas.
— Ah, o Tommy vai chegar com a Kathy e o bebê.
— O Tommy é o mais novo? — pergunta a mulher da tatuagem.
— É.
A outra mulher é mais velha do que eu havia pensado a princípio; sem o xampu, tem os cabelos manchados de cinza e preto. Parece italiana.
— O Tommy é o que se atrapalhou com essa garota divorciada. Digo a ele: faça o que fizer, não se case com ela. Entende o que eu quero dizer?
As outras três mulheres no chuveiro assentem vigorosamente. Uma delas tem forma de pera e cabelos descoloridos. A outra é muito velha,

enrugada por todo lado como uma uva-passa gigante. Ela se ajoelha no chão do chuveiro deixando o jato atingir as costas, como se estivesse rezando. A última mulher tem cabelo comprido branco e é toda redonda: ombros redondos, quadris redondos, barriga redonda. Seus mamilos estão para dentro, e permanecem assim.

— Por que você o deixa vir para casa, Peg? — diz ela. — Por que não diz a ele que venha sozinho, ou não venha?

A enorme mulher dá de ombros.

— Como você diz isso a um filho?

Uma por uma, as mulheres saem dos chuveiros até que a única pessoa que resta é a velha. Começo a me perguntar se se trata de um elemento instalado ali. Talvez ela precise de ajuda. Isso é o que estou pensando quando a cortina do chuveiro do outro lado se abre e minha mãe sai.

— Olá, querida — diz ela.

Age como se fosse perfeitamente normal me encontrar ali em pé.

— Por que você não me disse que ia entrar? Fiquei preocupada.

Todas as mulheres estão nos assistindo. Quando nos voltamos para elas, fingem estar fazendo outras coisas.

— Eu disse — diz minha mãe —, mas você estava debaixo d'água. — Ela desenrola a toalha do corpo; está de maiô. — Só queria me refrescar.

Não vou brigar com ela. Ando pelas filas tortas de armários. Minha mãe para em frente a Peg, que está vestindo a calcinha.

— Dê um tempo ao Tommy — diz ela. — Ele vai mudar de ideia.

Do lado de fora, minha mãe se senta na beira da parte rasa balançando os pés. Quando realmente esquenta, senta-se no primeiro degrau da piscina e molha a bunda. Quando a vejo, nado por baixo d'água e pego seus tornozelos. Ela grita.

— Você não devia sentar aqui — digo. — Todas as crianças pequenas fazem xixi na parte rasa.

— Pense, Rebecca: o xixi não iria para o fundo, então?

Tento lembrar-lhe que esta é uma piscina de concreto; que ela vai poder se segurar na borda ao redor de toda a piscina se decidir se molhar acima da cintura.

— É menos profunda que a de Salt Lake, e você boiou lá.

— Fiz isso contra minha vontade. Você me enganou.

Ela me exaspera. Nado de peito para longe dela, mergulhando sob o cordão de boias azuis e brancas que separa a parte rasa da funda. Deslizo de barriga pela rampa de concreto e toco o ralo da piscina. Fico sem ar e dou impulso no fundo, rolando de costas. As nuvens estão presas no céu. Posso imaginar todos os tipos de formas: beagles e atos circenses, lagostas, guarda-chuvas. Com as orelhas sob a superfície da água, escuto minhas pulsações.

Boio de costas até bater em uma mulher de touca de banho com flores de plástico. Fico em pé na água. Minha mãe não está mais nos degraus, nem sentada na beira da piscina. Olho em volta freneticamente, querendo saber onde diabos ela foi desta vez. E então a vejo, com água à altura do peito. Com uma das mãos, segura a borda da piscina e, com outra, pega a corda de boias azuis e brancas. Quando chega do outro lado, levanta a corda pesada e passa por baixo dela. Aposto que não ouve as crianças gritando, ou o ruído dos biquínis sobre as poças. Aposto que não está pensando no calor. Ela segura a borda da piscina novamente e desliza um pé para baixo, na rampa do fundo, testando seus limites.

34
SAM

— Então, dois caras abrem um bar juntos — diz Hadley, e a seguir para e toma um gole de cerveja. — Passam por todo um negócio de limpar o local e abastecê-lo, e então chega o grande dia da abertura. Juntos, esperam um cliente, e vem um gafanhoto de um metro e oitenta de altura, andando.

— Lá vamos nós de novo — diz Joley.

Hadley ri e espirra cerveja em minha blusa.

— Caralho, Hadley — digo, mas estou rindo também.

— Tudo bem, tudo bem... Então, vem um gafanhoto...

— De um metro e oitenta de altura... — Joley e eu gritamos ao mesmo tempo.

Hadley sorri.

— E senta no bar e pede uma vodca com tônica. Então, o cara que está esperando clientes vai até seu amigo e diz: "Não acredito nisso. Nosso primeiro cliente é um gafanhoto". E dão algumas risadas; a seguir, ele volta para o gafanhoto levando sua vodca com tônica. E diz: "Não acredito. Você é nosso primeiro cliente, e é um gafanhoto". E o gafanhoto diz: "É, sou". Então o barman diz: "Sabia que tem uma bebida com seu nome?"

Joley se volta para mim:

— Vai ser uma decepção. Posso sentir.

— Cala a boca, cala a boca! — diz Hadley. — Então, o barman diz: "Sabia que..."

— "Tem uma bebida com o seu nome?" — complemento.

— E o gafanhoto diz: "Isso é ridículo. Nunca ouvi falar de uma bebida chamada Irving".

Hadley termina a piada, e a seguir vaia tão alto que o lugar inteiro olha para nossa mesa.

— É a piada mais imbecil que já ouvi — diz Joley.
— Tenho que concordar — digo a Hadley. — Foi muito idiota.
— Idiota — diz ele —, mas engraçada pra caralho.

Claro que qualquer coisa é engraçada quando cada um tomou cerca de dez cervejas e já passa da meia-noite. Estamos no nosso estúpido concurso de piadas: quem contar a mais idiota não paga a conta. Estamos aqui há um tempo. Quando chegamos, por volta das nove, não havia quase ninguém no bar, e agora está lotado. Ficamos observando as mulheres que chegam — não realmente atraentes, mas está escurecendo e todo mundo vai ficando mais bonito. Isso provavelmente vai durar uma hora: vamos contar piadas bobas e falar sobre as mulheres pelas costas delas, e nenhum de nós vai fazer nada; iremos embora só os três e acordaremos sozinhos de ressaca.

Vimos aqui todas as semanas — todos que trabalham nos campos são bem-vindos para falar de suas queixas em um lugar onde todo mundo sabe que o patrão paga a conta. Alguns rapazes reclamam apenas da cerveja grátis. A reunião começa oficialmente às nove, e geralmente às onze e meia a maioria dos outros foi embora. Das nove às dez, nós realmente discutimos o pomar. Quando concluo, falo a todos sobre as receitas e os novos custos, ou sobre as reuniões que tive com os compradores da produção, e os sujeitos que trabalham no campo falam sobre a compra de um trator novo, ou a divisão do trabalho. Esses são os únicos caras que conheço em um pomar que não são sindicalizados, e acho que é por causa dessas conversas. Não sei quanto já foi feito — o dinheiro é apertado —, mas acho que gostam de saber que estou disposto a ouvir.

Sempre acabamos somente Hadley, Joley e eu — provavelmente porque vivemos na Casa Grande, viemos para cá de carro juntos, e nenhum de nós tem nada melhor para fazer. Participamos do obrigatório evento de piada idiota. Colocamos moedas na jukebox e discutimos se as canções de Meatloaf devem ou não ser consideradas antigas — Joley diz que sim, mas, afinal, ele é cinco anos mais velho. Hadley vê uma garota e fala por cerca de três horas como gostaria de dançar com ela e fazer outras coisas inconfessáveis, mas amarela no meio do caminho para a mesa dela e tiramos sarro dele. Se Joley beber o suficiente, vai fazer sua melhor imitação de pombinhos em lua de mel e de peru. É de admirar que seja sempre eu quem dirige de volta para casa?

— Então, fale sobre a sua irmã — digo a Joley, que volta do bar com mais três cervejas Rolling Rocks.

— Sim — diz Hadley. — Ela é gatinha?

— Pelo amor de Deus, é a irmã dele!

Hadley arqueia as sobrancelhas — um verdadeiro esforço para ele neste momento.

— E daí, Sam? É irmã dele, não minha.

Joley ri.

— Não sei. Depende do que você chama de gatinha.

Hadley aponta para uma menina de vestido de couro vermelho que se inclina no balcão e chupa uma azeitona.

— Isso é o que eu chamo de gatinha — diz ele. Faz beicinho e barulho de beijos.

— Alguém vai transar com esse cara? — diz Joley. — Ele é uma bomba de hormônios.

Observamos Hadley ficar em pé (quase) e se dirigir à garota de couro vermelho. Ele usa as costas das cadeiras e de outras pessoas para se apoiar. Faz todo o caminho até o banco ao lado dela e depois se volta para olhar para nós. Move os lábios sem emitir som, dizendo: "Observem". Então, bate no ombro da garota, que olha para ele, faz uma careta e atira a azeitona em seu rosto.

Hadley cambaleia de volta à mesa.

— Ela me ama.

— Então, sua irmã vai chegar em breve? — pergunto. Não faço ideia, realmente. Joley falou disso uma vez, e só.

— Acho que mais uns cinco dias, talvez.

— Está ansioso para vê-la?

Joley faz girar pelo gargalo uma garrafa verde vazia.

— Você nem imagina, Sam. Faz tanto tempo que não a vejo, com ela morando na Califórnia...

— Vocês são muito próximos?

— Ela é minha melhor amiga.

Joley olha para mim, e seus olhos estão vazios. A expressão que assumem deixa as pessoas desconfortáveis a sua volta.

Hadley permanece com a bochecha apoiada sobre a mesa.

— Mas ela é gata? Essa é a questão.

Joley levanta a cabeça de Hadley por uma mecha de cabelo.

— Sabe quem é gata? Vou lhe dizer quem é gata. Minha sobrinha, Rebecca. Ela tem quinze anos e vai ser um arraso.

Deixa o rosto de Hadley cair de volta e bater contra a fórmica.

— Chave de cadeia — murmura Hadley.

Olho para ele.

— Você vai vomitar, Hadley? Precisa ir ao banheiro?

Ele tenta sacudir a cabeça sem levantá-la da mesa.

— O que eu realmente preciso é de outra cerveja — balança a mão no ar. — *Gar-konn*!

— É "garçom", seu idiota. Ele é patético — digo para Joley, como toda semana.

— Então, fale sobre a Jane.

Alguém tem de falar alguma coisa.

— Primeiro, ela está fugindo. Acho que o marido dela vai aparecer no pomar um pouco depois que ela chegar.

— Que legal — digo, sarcástico. — Nada como um escândalo em Stow.

— Não é nada disso. O cara é um bundão.

— Sobre o que estamos falando? — pergunta Hadley.

Dou-lhe um tapinha no ombro.

— Volte a dormir — digo. — Mas ele é um bundão famoso, não é?

— Acho que sim. — Joley gira a garrafa de cerveja vazia. — Isso não o faz menos bundão.

— Se é um bundão, por que está vindo atrás dela?

— Porque ela é uma gata — afirma Hadley —, lembra?

— Porque ele não sabe deixar pra lá. Não entende que ela estaria melhor sem ele, porque ele não sabe pensar em nada além de si mesmo.

Joley olha para Hadley, que diz:

— Isso é muito foda. — E se dirige ao banheiro.

— Parece uma novela — digo. — Ela não podia simplesmente ter ido para o México e se divorciar?

— Ela não pode fazer nada enquanto não vier aqui falar comigo. Isso não tem a ver só com o Oliver. Tem a ver conosco, com quando éramos crianças, e com o jeito como ela cresceu. Ela precisa de mim — diz Joley.

E, pelo bem dele, espero que precise mesmo.

Estou me esforçando para não julgar a irmã de Joley. Afinal, nem a conheço, certo? E, para todos os efeitos, eu deveria sentir por ela o mesmo que sinto por Joley. Ele provou seu valor. Ele gosta de ver as coisas crescerem, como eu. Mas toda vez que imagino a irmã, vejo-a como qualquer outra garota que já torceu o nariz por causa de onde eu vim, do que eu queria ser.

Um pouco depois de Joley começar a trabalhar no pomar, descobri que eu havia namorado uma garota, Emily, que morava duas casas depois da dele quando era criança. Ela tinha longos cabelos negros que chegavam até a cintura e olhos como esmeraldas, e, além disso, tinha os peitos de uma coelhinha da Playboy. Eu estava olhando para ela em uma loja de ferragens, e ela me perguntou se poderia lhe dizer a diferença entre uma porca e um parafuso. Agora, suspeito que foi tudo um truque. É claro que a levei para casa, e, naquela rua onde Joley crescia, ela bateu minha primeira punheta.

Emily me convidou a uma festa na casa de um amigo. Lembro que eu estava vestindo as roupas que usava para ir à igreja, e ela estava com uma saia roxa bem justa. Passei as duas primeiras horas da festa olhando estupidamente para o teto de catedral e para os vitrais da mansão. Então, Emily me agarrou e me convidou para dançar. Levou-nos para o meio da pista, ao lado de outro casal. Girou comigo, e eu fiquei olhando para o rosto de um cara alto de suéter de tenista. E, então, ela explodiu em lágrimas:

— Você não vê o que está fazendo comigo?

Pensei que ela estava falando comigo e olhei para baixo para ver se estava pisando em seus pés. Mas ela estava falando com o cara, que havia terminado com ela duas semanas antes.

— Por sua causa — ela gritou —, veja com o que eu tenho que sair!

O que, não *quem*. Parei de dançar e, então, com todos aqueles garotos ricos olhando para mim como se eu tivesse três cabeças, fugi pela bela e pesada porta daquela casa e voltei para Stow. Joley mencionou que a irmã mais velha de Emily e Jane eram amigas. Que frequentavam os mesmos círculos. É bem possível que Jane estivesse na festa.

Isso é o que vem à mente quando Joley fala da irmã: que talvez ela tenha me visto, e que vai andar até mim no instante em que puser os pés em meu pomar e morrer de rir. "É você", vai dizer, e em minha própria terra vai me fazer sentir tão inútil quanto me senti quando era garoto.

— Alô, alô, Terra para Sam — diz Hadley, voltando do banheiro. Traz a garota de couro vermelho a reboque. — Olhe quem quer pagar todas as nossas cervejas. — Ele pisca para a garota. — Estou brincando. Eu disse a ela que *você* quer lhe pagar uma cerveja.

— Eu. — Sorrio para a garota. — Hã, eu...

— Ele está noivo — diz Joley. — Esta é a despedida de solteiro dele.

— Ah — diz a garota —, tipo uma última ceia? — Ela se inclina sobre a mesa.

— Mas *eu* não vou me casar — diz Hadley.

— Olhe, na verdade eu não vou me casar. Na verdade, ele vai enlouquecer se você não dançar com ele. Pode ficar violento. Por favor, faça esse pequeno favor para nós.

Hadley, aproveitando a deixa, cai de joelhos, como se implorasse. A garota ri e pega a mão dele.

— Vamos, Fido. — Ela olha para mim quando sai. — Você me deve uma, e não pense que não vou cobrar.

Joley e eu vemos Hadley dançar com a garota de couro vermelho. A música é de Chubby Checker, "Twist", mas Hadley dança como se fosse lenta. Seu rosto está enterrado no pescoço da garota. É difícil ver se ele está em pé ou se ela o está segurando.

Depois da dança, a garota foge em direção ao banheiro e Hadley volta para nós.

— Ela está apaixonada por mim — diz. — Ela me disse.

— Temos que tirá-lo daqui antes que tenham um filho — digo a Joley.

— Ei — diz Joley —, eu não contei minha piada idiota.

Hadley e eu olhamos um para o outro. Sempre há tempo para outra piada idiota.

— Muito bem — Joley esfrega as mãos. — Duas amigas se encontraram no céu.

— Duas amigas — repete Hadley.

— Uma pergunta para a outra: "Nossa, você aqui? Como você morreu?" "Congelada." "Que mau", diz a primeira. "Deve ter sido horrível! Como é morrer congelada?" "No começo é muito ruim: primeiro são os arrepios, depois as dores nos dedos das mãos e dos pés, tudo congelando... Mas depois veio um sono muito forte e então perdi a consciência. E você, como morreu?" "Eu? De ataque cardíaco. Eu estava desconfiada que meu marido me traía. Aí, cheguei em casa mais cedo e corri até o quarto, e ele estava na cama vendo televisão. Desconfiada, corri até o porão para ver se não tinha alguma mulher escondida, mas não encontrei ninguém. Corri até o segundo andar, mas também não vi ninguém. Fui até o sótão e, ao subir as escadas, muito ofegante e sem ar, tive um ataque cardíaco e caí morta." "Ah, que pena", diz a segunda. "Se você tivesse procurado no freezer, nós duas estaríamos vivas."

Começo a rir. Hadley ou não entende ou não acha engraçado.

A menina de couro vermelho franze os lábios tentando não rir.

— Essa é a piada mais idiota que já ouvi.

— Ah! Você ouviu! — Joley vai até a garota e a beija na boca.

Ela ri.

— Foi realmente idiota — diz ela —, de verdade.

— A minha era mais idiota — insiste Hadley batendo na mesa.

— Não sei — digo a ele. — Essa foi realmente idiota.

Nos fundos, o barman anuncia que já vai fechar. Hadley e Joley olham para mim, os olhos brilhando pela competição. Nesse concurso de piadas idiotas, sou o juiz. As categorias são o conteúdo, o desfecho, o jeito de contar. Ah, e a confiança que o contador tem em sua piada. Pigarreio para criar clima, mas desta vez tenho de concordar com a menina. Joley é o vencedor.

35
JOLEY

Querida Jane,

Lembra quando a casa dos Cosgrove pegou fogo? Você já ia à escola, e eu ainda era um garotinho. A mamãe entrou em meu quarto no meio da noite, e você estava com ela — ela a havia acordado. Ela disse, muito calma: "A casa do sr. Cosgrove está pegando fogo". Os Cosgrove eram nossos vizinhos dos fundos, atravessando o quintal e o bosque. O papai já estava vestido e lá embaixo. Tivemos de nos vestir também, embora fosse três da manhã. Quando entramos na cozinha, o telefone tocou. Era a sra. Silverstein, do outro lado da rua. Ela vira as chamas alaranjadas, como um halo, atrás de nossa casa, e pensou que estava pegando fogo. "Não", lembro do papai dizendo, "não é a nossa casa."

Quando ninguém estava olhando, você e eu nos esgueiramos para o quintal, onde a pequena floresta atrás estava explodindo. Andamos pelo bosque através das frescas bétulas altas, através do tapete de pinho molhado. Ficamos tão perto da casa quanto achávamos que podíamos. A casa dos Cosgrove dava de frente para o bosque, e, quando chegamos perto, dava para ouvir sua respiração de fogo, como um leão. Ela sugou todo o ar e espalhou faíscas na noite, milhões de novas estrelas. Você disse: "Como é bonito", e a seguir, percebendo a tragédia, cobriu a boca com a mão.

Tentamos caminhar ao redor da casa, em direção à rua onde os bombeiros estavam trabalhando para apagar o fogo. Vimos janelas explodindo a nossa frente. Algumas crianças que conhecíamos da vizinhança estavam paradas ao lado das mangueiras de incêndio inativas. Quando os bombeiros abriram os hidrantes, a água correu por elas como se fossem artérias, jogando longe as crianças, uma a uma. Nós decidimos que não havia muito para ver, especialmente porque os Cosgrove estavam amontoados deste lado da casa, chorando em seus roupões de banho.

O papai voltou para casa e preparou mangueiras e baldes, certo de que o fogo iria se espalhar por todo o bairro, com as casas tão próximas umas das outras. Ele molhou nosso telhado. Imaginou que, se o mantivesse úmido, não ia pegar fogo.

O fogo não se espalhou. A casa dos Cosgrove ficou destruída.

Eles a derrubaram e começaram a construir outra exatamente igual; algo que minha mãe não entendia, com todo o dinheiro que haviam recebido da companhia de seguros...

Naquela semana, outra catástrofe aconteceu em Boston. As novas janelas do edifício John Hancock, espontaneamente, começaram a estourar. Caíram cinquenta andares para baixo, despedaçando-se tão perigosamente que a polícia interditou quarteirões inteiros ao redor do edifício. Parece que as janelas não haviam sido tratadas para aguentar a baixa pressão lá de cima, e o ar dentro do edifício estava empurrando as janelas para o céu. Mais tarde, a um custo muito alto, as janelas foram removidas. O que soubemos a seguir foi que os Cosgrove tinham uma enorme vidraça do edifício Hancock em sua nova casa. É boa para uma casa, disseram. Só não é boa para um arranha-céu.

Pouco antes de a Route 2 a levar para Minnesota, saia na 29 Sul. Siga para Fargo e pegue a 94 Leste. Esta estrada deve levá-la diretamente a Minneapolis. Certifique-se de estar lá às sete da manhã, no sábado. Não vou dizer o que vai acontecer; digamos apenas que você nunca viu nada parecido.

Espero que Rebecca tenha gostado do aniversário. Quantas crianças na idade dela completam quinze anos no centro geográfico da América do Norte? Falando nisso, vou guiá-la por Iowa a seguir. Acho que você sabe aonde precisa ir.

Transmita meu amor à menina.
Joley

36
JANE

Embora Joley não tenha mencionado aonde devo ir em Minneapolis, não sinto nenhuma dificuldade de encontrar o que, supostamente, eu deveria ver. Rebecca e eu estamos acordadas desde as quatro para garantir que chegaremos à cidade às sete, mas na última hora e meia permanecemos presas no trânsito.

Policiais de luvas brancas estão orientando as pessoas e soprando apitos. Há muitos adolescentes aqui, em carros envenenados. Estacionam seus Camaros e sentam no teto, fumando.

— Chega — diz Rebecca. — Vou perguntar o que está acontecendo.

Ela pula a porta do passageiro antes que eu possa dizer não e corre até um jovem policial de cabelo escovinha. Ele tira o apito dos lábios e diz alguma coisa, então ela sorri para ele e corre de volta para o carro.

— Estão implodindo o antigo edifício Pillsbury.

Não tenho certeza de que isso realmente explica a comoção em um sábado tão cedo. Será que as pessoas realmente saem da toca para assistir a catástrofes?

Levamos mais vinte minutos, mas avançamos devagar em direção ao policial que falou com Rebecca.

— Com licença — digo, inclinando-me para o para-brisa. — Nós não sabemos para onde estamos indo.

— Não há muitos lugares aonde possa ir, senhora. A cidade inteira está isolada por conta da demolição.

Dirigimos ao longo de um caminho barricado, seguindo cegamente outros carros. Passamos a agência central do correio e atravessamos o estacionamento.

Cruzamos um rio. Finalmente, chegamos a um ponto onde outras pessoas estão estacionando ao acaso. Eu me pergunto como vamos sair daqui, agora que outros seis carros estão ladeando o nosso como pétalas. Um homem gordo vende camisetas com os dizeres: "Conheci Minneapolis antes de mudarem a linha do horizonte".

— Muito bem, vamos.

Saio do carro e começo a seguir as pessoas que estão pulando para o leste, como numa peregrinação. Famílias inteiras estão indo; pais carregam os caçulas nos ombros. Chegamos a uma área onde as pessoas pararam. Começam a se sentar em degraus e grades e outdoors, qualquer lugar onde se possa encontrar um cantinho serve. A mulher ao lado de nós para abruptamente e entrega ao homem que está com ela um copo de isopor. Serve café de uma garrafa térmica.

— Mal posso esperar — diz.

Rebecca e eu estamos em pé, ao lado de um ruivo grande de camisa de flanela com as mangas cortadas. Ele segura um pacote de seis unidades de cerveja Schlitz.

— Lindo dia para destruir — diz, sorrindo.

Rebecca pergunta se ele sabe qual exatamente é o edifício Pillsbury.

— É este agora — aponta para um grande arranha-céu de cromo e vidro —, mas antes era aquele ali. — Move o dedo pela linha do horizonte até um prédio cinza atarracado, uma espécie de monstruosidade ao lado de todos os modernos. Não é de admirar que queiram derrubá-lo.

— Tentaram vender o edifício? — pergunta Rebecca.

— Você compraria? — O homem lhe oferece uma Schlitz, e ela diz que é menor de idade. — Bem — ele bufa —, você podia ter me enganado. — Tem um dente da frente faltando. — Tenha certeza de que este é um momento histórico. Esse edifício está aqui desde sempre. Lembro quando era um dos únicos arranha-céus em Minneapolis.

— As coisas mudam — digo, porque ele parece esperar uma resposta.

— Como vão fazer? — pergunta Rebecca.

A mulher do outro lado de Rebecca vira a cabeça em direção a nossa conversa.

— Com dinamite. Eles fizeram camadas em todos os andares, então a coisa toda vai desmoronar sistematicamente.

Por um alto-falante invisível, uma voz explode. "Não podemos implodir o edifício enquanto todos não estiverem atrás da linha laranja." A voz se repete. Eu me pergunto onde está a linha laranja. Se está tão lotado à frente como aqui, os espectadores não podem ser responsabilizados. Provavelmente não conseguem ver os próprios pés.

"Vocês devem voltar para trás da linha laranja antes que a demolição comece." Ao segundo aviso, a multidão começa a se comprimir, como uma blusa de malha. Pego-me sendo empurrada para dentro da barriga mole do homem grande. Ele usa meu ombro como apoio para a cerveja.

"Dez... nove... oito...", explodem os alto-falantes.

— Do caralho — diz o homem.

"Sete... seis..." Em algum lugar, carros de bombeiros emitem gritos.

Não ouço os cinco números finais. O edifício desmorona, em sequência, de cima para baixo. Só depois que a segunda camada cai, ouço o uivo da dinamite. O concreto desaba andar por andar.

Bum! Ouvimos a explosão seguinte mais tarde, depois de uma seção inteira ruir. Estão apagando a história de uma só vez. Não leva mais que cinco minutos; a detonação, e então não sobra nada além de um buraco no horizonte.

A multidão começa a se empurrar para frente e para trás, e Rebecca e eu somos arremessadas pelo fluxo. As pessoas, pulsando como sangue, jorram ao nosso lado.

Na metade do caminho para o carro, percebo por que tudo parece tão diferente. A poeira se assentou sobre tudo que estava parado. Cinza e branca, como a neve artificial que vemos na televisão. Rebecca tenta pegar um pouco, mas afasto a mão dela. Nunca se sabe o que há nessas coisas.

Nem reconheço o MG quando chego até ele. Como não abaixamos a capota, também está todo enfarinhado. A poeira gruda em nossas roupas e entre os dedos, e temos de piscar para evitar que entre nos olhos. A poeira continua vindo, derivando do local da demolição como partículas nucleares. Rebecca e eu fechamos o teto conversível, coisa que não fizemos desde a compra do carro.

Sei que ainda tenho de pegar a carta de Joley, mas estou reticente quanto a andar pelas ruas de Minneapolis. E se os outros edifícios caírem? Sugiro a Rebecca irmos tomar o café da manhã.

Por sobre bacon e batatas, digo a Rebecca que estamos indo para Iowa. Para o lugar onde o avião caiu. Digo-lhe que andei pensando nisso. Já que estamos aqui, digo. Digo que podemos ir até as ruínas. Pelo que ouvi, ainda estão no milharal. Espero que ela faça alguma objeção.

Rebecca não diz o que estou esperando. Não há nenhuma resistência, na verdade. Talvez Joley esteja certo, ela está pronta para isso, afinal. Ela pergunta:

— Por que os destroços ainda estão lá?

# 37
REBECCA

Tio Joley convenceu minha mãe a participar do grupo de ajuda a mulheres maltratadas quando ela voltou para a Califórnia, depois de meu acidente de avião. Disse que, quando você está com outras pessoas que vivem a mesma vida, se sente melhor — e, como sempre, ela acreditou nele.

Nesse caso, foi uma boa ideia. Ela nunca contou a meu pai e, desde que eu era ainda praticamente um bebê, ela me levava junto. Ia me pegar na pré-escola e íamos para a sessão de terapia. Havia sete mulheres. Eu engatinhava no chão, brincando entre os sapatos com meus brinquedos. Às vezes, uma ruiva com joias brilhantes me pegava e dizia que eu era bonita; acho que era a psicóloga.

Eu gostava do jeito como as sessões começavam: mulheres que estavam quase sempre chorando levantavam as roupas para revelar equimoses e hematomas em forma de chaleiras e pelicanos. Outras mulheres cantarolavam baixinho, ou tocavam as partes menos macias da contusão. Queriam se curar. Aquelas que, como minha mãe, não tinham sinais físicos para mostrar, levavam suas histórias. Haviam gritado com elas, haviam sido humilhadas, ignoradas. Naquela tenra idade, eu conseguia perceber a diferença entre o abuso físico e o verbal. Olhava os cortes e inchaços das mulheres agredidas. Minha mãe sempre contava uma história. Em comparação, eu pensava que tínhamos sorte.

Depois de algumas semanas, minha mãe parou de frequentar o grupo. Ela me disse que as coisas estavam bem novamente. Disse que não havia razão para continuar. Minha mãe não manteve contato com aquelas mulheres agredidas. Tão misteriosamente como as conhecemos, nunca mais as vimos.

38
JOLEY

Querida Jane,
    Você pode não querer ouvir isso, mas estive pensando sobre por que Rebecca sobreviveu.
    No dia em que o avião dela caiu, eu estava no México. Estava trabalhando na tradução de um documento inca, acho — parte do meu suplício com o Graal. Eu sabia que você estava na casa da mamãe, tínhamos nos falado dois dias antes. De qualquer forma, liguei para ver como estava, e você começou a me contar o que Oliver havia feito. Ele vai mandar o FBI, você disse, e, mesmo eu afirmando que ele não tinha cacife para isso, você disse que havia colocado Rebecca em um avião naquela manhã.
    — Você é uma idiota — eu disse. — Não vê que acabou de jogar fora seu trunfo?
    Você não entendeu o que eu quis dizer com isso, mas realmente não via Rebecca do mesmo jeito que eu. Eu sabia, desde o minuto em que a vi, quando bebê: ela pertencia a você, ela era você. Toda minha vida tinha tentado, sem sucesso, explicar às pessoas a maravilhosa combinação de elementos que compunham minha irmã, e então, sem sequer tentar, você criou uma réplica de si mesma. Mandando-a para Oliver, estava cometendo o mesmo erro duas vezes.
    Discuti com você sobre eu ir ou não à Califórnia (eu poderia ter feito isso assim que o avião pousasse), para interceptar Rebecca antes de Oliver a pegar no aeroporto. Você disse que eu estava sendo ridículo, que Oliver era o pai da criança, afinal, e que aquilo não era da minha conta. Tenho certeza de que

você sabia como era difícil fazer ligações do México, mas bateu o telefone e desligou na minha cara.

Descobri que, no momento em que estávamos conversando, o avião de Rebecca estava explodindo nos campos de milho de Iowa. E a minha hipótese é que a razão pela qual ela ainda está viva hoje é porque você e eu estávamos lutando por ela. Só as almas que estão em paz podem ir para o céu.

Tentei ligar para você quando ouvi sobre o acidente de avião naquela tarde. Mas, como disse, era quase impossível fazer ligações internacionais, e de qualquer maneira você estava a caminho de Iowa. Soube pela mamãe que você e o Oliver haviam chegado ao hospital ao mesmo tempo. Na vez seguinte em que falei com você, estava tudo bem.

— Estamos de volta ao normal, Joley — você disse, e não queria falar sobre Oliver, ou se ele se desculpara, ou sobre o fato de ter batido em você.

Você agiu exatamente como quando esse tipo de coisa aconteceu pela primeira vez, quando éramos crianças.

Eu decidi não remexer no passado. E foi por isso, Jane: porque dessa vez você tinha a Rebecca a considerar. Sei que, quando era criança, você ficou em silêncio sobre o papai por minha causa, mas ele não era o papai e não era eu. O Oliver era diferente; mesmo o jeito como a machucava era diferente. Mais importante, a Rebecca era diferente. Eu esperava, silenciosamente, que você quisesse salvá-la como não fora capaz de salvar a si mesma.

Esperei anos para você descobrir que tinha de ir embora. Sei que acha que, porque deu o primeiro soco, você está em falta, mas acredito em histórico, e foi o Oliver quem começou isso há muito, muito tempo. Então, é por isso que Rebecca sobreviveu ao acidente de avião: ela foi poupada doze anos atrás para que pudesse salvar você agora.

Quando voltei do México, antes de ir visitar você ou a mamãe, parei em What Cheer, Iowa, para ver os restos do avião de Rebecca, e percebi por que o tal agricultor nunca se preocupou em remover os destroços. Não tinha nada a ver com posteridade ou homenagem. Era simplesmente porque o solo estava morto. Nada nunca vai crescer lá novamente.

Não espero que isso seja fácil de enxergar, para qualquer uma de vocês. Mas significa que você já fez mais da metade do caminho, que vai estar no pomar de maçãs antes que perceba. Pegue a Route 80 para Illinois, depois Chicago, depois o Hotel Lenox. Como sempre, haverá uma carta.

Com amor,
Joley

39
REBECCA

Sexta-feira, 13 de julho de 1990

O voo 997 da Midwest Airlines caiu em 21 de setembro de 1978 em What Cheer, Iowa, uma cidade agrícola noventa e seis quilômetros a sudeste de Des Moines. As reportagens dos jornais que li diziam que havia cento e três passageiros no avião. Foram cinco sobreviventes, incluindo eu. Não me lembro de nada sobre o acidente.

Dá a sensação de que ninguém em What Cheer seria capaz de nos guiar até a fazenda de Arlo van Cleeb. É o local onde o avião caiu, e, na verdade, foi Rudy van Cleeb, filho do homem, quem tirou a famosa fotografia: eu correndo para longe do avião, agitando os braços. Foi ele também quem me levou ao hospital. Gostaria de lhe agradecer, mas acontece que ele está morto. Morreu em um acidente com uma colheitadeira.

Arlo van Cleeb fica muito surpreso ao me ver. Passa a apertar meu rosto dizendo a minha mãe quanto cresci. Estamos sentados em sua sala de estar, e ouço minha mãe lhe contar a história de minha vida. Estamos ainda nos oito anos de idade, quando representei um molar em uma peça da escola sobre higiene dental.

— Com licença — digo. — Não quero ser rude, mas talvez devêssemos ir lá fora.

— O bom Deus ama a paciência — diz o sr. Van Cleeb.

Setenta milhões de anos depois, minha mãe se levanta do sofá florido.

— Se o senhor não se importa...

— Ora, por favor! — diz o sr. Van Cleeb. — Por que me importaria? Estou lisonjeado por terem vindo.

Milho é uma coisa engraçada — muito maior e mais grosso do que eu esperava. Na estrada para Iowa, temos de avançar devagar nos cruzamentos porque os carros que vêm no sentido contrário não podem nos ver através da palha dos pés de milho. Posso ver por que não decidimos passear por aqui por nossa conta. Muito provavelmente, nunca teríamos encontrado o caminho de volta. O sr. Van Cleeb vira e atravessa o milharal como se realmente houvesse caminhos. Então, separa com as mãos o último muro de espigas.

É uma grande área aberta do tamanho de um campo de futebol. O solo está negro. No meio, há uma estrutura enferrujada, rachada ao meio, com costuras que parecem lagostas. Uma asa se destaca como um cotovelo. Há várias outras partes também, aqui e ali: a fila de esqueletos de assentos, o enorme ventilador de um motor, uma hélice do meu tamanho.

— Posso? — pergunto, apontando para o avião.

O fazendeiro concorda. Vou até ele, tocando a ferrugem e esfregando-a entre os dedos. Ficam laranja e cheios de pó. Embora esteja partido em pedaços, ainda parece um avião. Rastejo através de um corte no corpo da aeronave para o que resta do corredor. Há mato por todo o metal.

Ainda tem cheiro de fumaça.

— Você está bem? — grita minha mãe.

Conto os buracos onde deveriam estar as janelas.

— Foi aqui que eu me sentei — digo, apontando para um buraco ao lado direito. — Aqui.

Desço até o local onde ficava a poltrona. Continuo esperando sentir alguma coisa.

Ando o restante do corredor. *Como uma aeromoça*, penso, só que os passageiros são fantasmas. E todas aquelas pessoas que morreram? Se eu cavasse entre o aço retorcido a meus pés, encontraria bagagem de mão, jaquetas, carteiras?

Não lembro coisa algum do acidente. Lembro-me de estar no hospital, das enfermeiras que sentavam comigo e liam cantigas infantis. "O sapo não lava o pé", diziam, e esperavam para ver se eu conseguia completar o resto. Dormi durante muito tempo quando cheguei ao hospital e, quando acordei, meus pais estavam lá. Meu pai me levou um ursinho de pelúcia amarelo, não de casa, um novo. Sentou-se na beira da cama, e minha mãe se sentou do outro lado. Ela escovou meu cabelo e disse que me amava muito. Disse que os médicos queriam ter certeza de que eu estava bem e que depois poderíamos ir para casa e tudo seria melhor.

Como era uma circunstância especial, meus pais foram autorizados a passar a noite no hospital. Dormiram na pequena cama ao lado da minha. Algumas vezes durante a noite, acordei para me certificar de que eles estavam lá. A certa altura, tive um pesadelo, não lembro sobre o quê. Havia perdido aquele urso amarelo porque meus braços relaxaram no sono. Mas acordei apavorada e olhei para a outra cama. Não havia muito espaço, então meus pais estavam enrolados feito uma pequena bola. Os braços de meu pai envolviam minha mãe, e os lábios dela estavam pressionados contra o ombro dele. Lembro-me de olhar para as mãos deles, entrelaçadas. Eu estava meio adormecida e não podia pegar aquele urso estúpido, então percebi que aquilo era algo realmente especial. Meus pais se abraçavam. Aquilo parecia tão... sólido que fechei os olhos e esqueci o pesadelo.

Não me lembro de nada sobre o acidente. Rastejo para fora por outro corte no metal e me sento na borda da asa. Fecho os olhos e tento imaginar o fogo. Tento ouvir os gritos também, mas nada vem. Depois, sinto um vento. Ele canta através do metal como uma flauta gigante. O milho começa a sussurrar, e quando isso acontece sei onde estão todas as pessoas, todas as pessoas que já morreram. Elas nunca saíram daqui. Estão na terra e nas feridas da estrutura do avião. Levanto-me e corro para longe das ruínas. Pressiono os ouvidos com as mãos tentando não ouvir suas vozes e, pela segunda vez, supero a Morte.

40
JANE

O voo 997 da Midwest Airlines caiu em 21 de setembro de 1978 em What Cheer, Iowa, uma cidade agrícola noventa e seis quilômetros a sudeste de Des Moines. Toda a tripulação morreu, mas as gravações da caixa-preta sugerem que o acidente teve algo a ver com uma falha nos dois motores. O piloto estava tentando pousar em Des Moines.

São coisas que eu li e contei a minha filha. Elas não me prepararam, de jeito nenhum, para o que Arlo van Cleeb me mostra no meio do milharal.

É um esqueleto negro serpeante espichado por mais de noventa metros sobre a terra preta. Em vários lugares, a chuva e a lama de doze anos cobriram partes do avião. Por exemplo, metade da cauda está enterrada agora. Há grandes buracos e lacunas onde o metal se partiu, ou foi rasgado para que se retirassem os cadáveres. O logotipo vermelho e azul da Midwest tem cicatrizes de musgo. Quando Rebecca vai em direção à estrutura desse avião, avanço para segurá-la, mas me detenho. À medida que ela rasteja através de uma janela da cabine, o fazendeiro fala comigo.

— Consegue descobrir o que está faltando?

Balanço a cabeça.

— É o fogo. Não há fogo, nem água jorrando por todo lado. Esse avião está simplesmente morto agora. Não é do jeito que você lembra com base nas imagens.

Acho que ele está certo. Quando penso no avião, a imagem que me vem é a criada pela mídia: bombeiros retirando feridos dos escombros, a terra cheia de cicatrizes, as chamas que sobem tão alto quanto Deus.

— Rebecca — chamo —, você está bem?

Há cheiro de fumaça. Rebecca põe a cabeça para fora de um buraco na estrutura. Aceno para ela. Não sei; continuo esperando que essa criatura monstruosa de metal a engula inteira.

Eu me pergunto se ela vai ficar triste, começar a chorar. Ela nunca chorou, nunca falou com ninguém sobre isso. Alega que não se lembra de nada.

Oliver e eu fizemos um pacto quando nos casamos: não teríamos filhos imediatamente. Esperaríamos até que ele fosse promovido, pelo menos até que voltasse para a Costa Leste. Achávamos que teríamos de ir para a Califórnia, mas não pensávamos que seria permanente. Acho que eu era muito jovem na época para realmente pensar se queria ou não um bebê. De qualquer forma, Oliver não queria.

Mas, quando ele foi promovido e nos mudamos para San Diego, tornou-se evidente que não era questão de se tornar um membro associado para voltarmos para Woods Hole. O Instituto Oceanográfico de San Diego tinha muito mais prestígio. Talvez Oliver soubesse disso o tempo todo, talvez não. Mas ficou claro para mim que eu estava a três mil quilômetros de distância dos meus amigos, de minha casa. Oliver estava envolvido demais em seu novo trabalho para prestar atenção em mim, e não podíamos pagar meu mestrado em fonoaudiologia; e comecei a ficar sozinha. Então, fiz furinhos em meu diafragma.

Engravidei rapidamente, e as coisas começaram a mudar. No começo, Oliver parecia realmente animado com a ideia. Por alguns meses, ele fez as coisas usuais: disse para eu repousar e encostou a orelha em minha barriga. A seguir, o trabalho o manteve muito ocupado, e ele recebeu uma promoção mais cedo que o esperado e começou a viajar com outros pesquisadores. Perdeu o nascimento de Rebecca, mas naquele momento eu realmente não me importei. Tive uma filha, e eu acreditava de verdade que ela era tudo que eu poderia querer.

Quando aconteceu o acidente de avião, meu primeiro pensamento foi que essa era minha punição por enganar Oliver. Depois, pensei que era meu castigo por ter deixado Oliver. Fosse qual fosse a razão, aquilo tinha sido, claramente, culpa minha. Meu pai estava assistindo a um jogo de beisebol na tevê, que foi interrompido por um boletim especial ao vivo de Iowa. Gritou em direção à cozinha que um avião havia caído e nem precisei ouvir o número do voo. Eu sabia. É assim entre mães e filhas.

Peguei um avião para Iowa e me lembro de olhar para os outros durante o voo. Alguns seriam parentes de outras pessoas no avião da Midwest? E a mulher de macacão rosa? Ela chorava de vez em quando. Será que tinha a ver com o acidente em What Cheer?

Quando cheguei a Des Moines, os sobreviventes do acidente haviam sido levados para o hospital. Encontrei Oliver na porta da frente; estava chegando em um táxi também. Corremos pelos corredores verdes chamando pelo nome de Rebecca. Eu não iria ao necrotério para identificar corpos. Oliver fez isso por mim e saiu sorrindo.

— Ela não está lá — disse. — Ela não está lá!

Encontramos uma criança não identificada na pediatria. Eles a chamaram de Jane Doe, desconhecida, o tempo todo, e achei isso muito estranho. Ela estava dormindo, fortemente sedada, quando entramos em seu quarto.

— Ela saiu quase sem nenhum arranhão — disse uma enfermeira. — É uma menina de sorte.

Oliver segurou minha mão enquanto caminhávamos em direção a Rebecca, tão pequena e branca nos pontilhados lençóis hospitalares. Tinha um tubo de oxigênio no nariz e um hematoma em forma de rim na testa. Oliver havia levado um ursinho de pelúcia amarelo para ela. Comecei a chorar percebendo que Edison, o velho ursinho de pelúcia de Rebecca, provavelmente havia se queimado no acidente.

— Está tudo bem — disse Oliver, segurando-me contra si.

Cheirava ao xampu que tínhamos em casa, em San Diego. Levei alguns minutos para perceber que o tempo todo ele estava chorando também.

Ela teve alta dois dias depois. Voltamos ao local do acidente. Não me lembro dele deste jeito. Imagino se algumas peças — as poltronas, o motor etc. — foram retiradas como o passar dos anos. Peço licença a Arlo van Cleeb e começo a contornar os restos do avião.

Costelas de metal se esticam para o céu em ângulos estranhos, e, apesar de muitas das dobradiças permanecerem intactas, as portas do avião estão longe de ser encontradas. Há nós de aço preto em forma de pretzel nas laterais das asas. Todas as janelas se foram. Lembro-me de ouvir dizer que explodiram devido à mudança da pressão quando o avião estava caindo. De repente, percebo que não estou vendo minha filha. Corro ao redor do avião tentando espreitar pelos buracos e lacunas, tentando ver algo. Então, vejo-a vindo em minha direção. Está com os olhos fechados e pressionando a cabeça com as mãos, como se tentasse evitar que rachasse. Corre tão rapidamente que seus pés levantam jatos de lama. Acho que ela não percebe, mas está gritando a plenos pulmões.

— Rebecca! — grito, e seus olhos se abrem, uma sombra verde perplexa.

Ela desaba sobre mim pedindo proteção, e dessa vez estou aqui para amparála.

41
OLIVER

O voo 997 da Midwest Airlines caiu em 21 de setembro de 1978 em What Cheer, Iowa, uma cidade agrícola noventa e seis quilômetros a sudeste de Des Moines. Quando o piloto percebeu que não seria capaz de pousar em Des Moines, desceu em um milharal. O avião pousou sobre os próprios tanques de combustível e explodiu.

Esse é o relatório, enviado por fax para mim por minha secretária, que me leva ao local do acidente. Não foi fácil encontrar uma máquina de fax em What Cheer, Iowa, também, mas tive dois dias para isso.

Sei de Arlo van Cleeb, mas nunca fui fã de intermediários. Por isso me estabeleço em seu milharal sem que ele perceba. Trago uma pequena cadeira de praia dobrável e uma garrafa térmica de café; um ventilador portátil – o calor fica intenso nesta altitude. Sento-me atrás de uma faixa de pés de milho, escondido pela vegetação e estrategicamente posicionado para espreitar por entre as barras verticais. Passo dois dias esperando por Jane e Rebecca, de binóculos na mão.

Não fiquei inteiramente ocioso durante essas quarenta e oito horas. A visão parcialmente obscurecida que tenho dos destroços me deu uma perspectiva ligeiramente diferente daquela passada pelos faxes oleosos das primeiras páginas do *New York Times* e do *Washington Post*. Quando percebi a estrutura do avião enegrecida pelo fogo e pelo tempo, foi através da névoa de milho de minha camuflagem.

E, muito sinceramente, à primeira vista pensei que era uma baleia encalhada. De proporções enormes, com o sol brilhando sobre a cauda ligeiramente afundada — já notou a semelhança entre as jubartes e os aviões? O corpo alongado, a conexão entre a cabine e a mandíbula da baleia, as asas e as nadadeiras, a seção transversal da cauda de ambos? Nunca pensei em baleias em termos de aerodinâmica, mas é claro que faz sentido. A aerodinâmica debaixo da água tem a mesma finalidade em voo. Tem sido uma viagem tediosa, e devo dizer que estou feliz porque tudo está chegando ao fim. Posso levar minha família para casa comigo, posso voltar para minha pesquisa.

Estou servindo a segunda xícara de café (um péssimo hábito que adquiri nesta viagem de rastreamento, lamento dizer), quando vejo o fazendeiro Van Cleeb atravessando os pés de milho. E, fora deste mar de degraus verdes, Rebecca, com os cabelos puxados para longe do rosto. Seguindo-a de perto, está Jane.

Está parada com as mãos na cintura, conversando com o fazendeiro. Parece estar conversando, mas seus olhos a traem, correndo pela estrutura do avião, avaliando-o, verificando cuidadosamente os movimentos de Rebecca. *Faz isso como uma arte*, penso. Como é que nunca a observei de verdade enquanto ela agia como mãe?

Rebecca aponta para o avião e, a seguir, se aproxima. Anda em direção aos cortes no corpo de metal, como eu fiz há dois dias. Corre as mãos sobre tudo, aparentemente catalogando e processando a informação. Seus olhos estão arregalados e, de vez em quando, ela morde o lábio inferior. Está a poucos metros de distância de mim quando diz muito claramente:

— Foi aqui que eu me sentei.

Com a mão, afasto os pés de milho a minha frente para poder ver seu rosto. Ela se parece comigo, de muitas maneiras. Meu cabelo, meus olhos. E sempre foi capaz de esconder suas emoções. Mesmo após o acidente, ela não quis falar sobre o assunto. Não comigo, nem com Jane, nem com os psiquiatras. Eles tentaram fazê-la encenar a queda com bonecas e aviões de brinquedo, mas Rebecca se recusou. Na época, eu achava interessante ver tanta obstinação em uma criança de quatro anos. Agora, tenho minhas dúvidas.

Eu poderia pegar minha filha nos braços e dizer que está tudo bem. E ela iria sorrir como o próprio sol, tão surpresa por me ver. Como fazia quando era criança, quando eu chegava em casa do Brasil ou de Maui, ou de qualquer lugar. Eu escondia brinquedos nos bolsos, e conchas, e pequenas garrafas de areia. Dizia que sempre traria para casa um pedaço do lugar que me levara para longe dela.

Estou pronto para avançar pelo milho quando vejo Jane de soslaio. Ela está chamando Rebecca. Começa a caminhar em minha direção.

Solto o milho, uma sombra. Minha respiração está descompassada. Estou com medo de falar com Jane.

Para começar, não faço ideia do que vou dizer a ela. Eu sei, devia ter preparado alguma coisa elaborada, algo lisonjeiro, mas tudo que me passou pela cabeça nos últimos dois dias simplesmente desapareceu. O que sobrou é o que sinto, mas o que devo fazer com isso? Quero apenas ir até Jane e dizer que sinto falta do jeito que ela vira as panquecas. Que ninguém além dela jamais me deixou um bilhete de amor no espelho coberto de vapor. Quero dizer a ela que, às vezes, quando o sol está se pondo sobre a cauda de uma jubarte, eu gostaria de tê-la a meu lado. Que, quando dou uma palestra, desejo ver seu rosto na primeira fila. *Como você é idiota, Oliver*, penso. *Você dá de dez a zero em qualquer cientista em seu campo. Já publicou mais que qualquer pesquisador de sua idade. É um especialista, mas não sabe como dizer a Jane que não pode viver sem ela.*

Na semana anterior ao acidente de avião de Rebecca, Jane e eu tivemos uma discussão terrível. Não me lembro do que se tratava, mas deve ter sido tão ridícula quanto essa última pelo aniversário de Rebecca. A próxima coisa que lembro é que ela me enlouqueceu a tal ponto que bati nela.

Foi um tapa, não um soco, se é que faz diferença. E, depois de fazer isso, achei que iria morrer. Eu sabia sobre sua infância, sobre seu pai. Sabia o que eu não deveria ser.

Jane levou Rebecca para a casa dos pais em Massachusetts. Eu a queria tanto de volta... Mas, como agora, não sabia o que dizer. Só sabia que, aonde Rebecca fosse, Jane a seguiria. Ela vivia por Rebecca na época, como vive agora. Então, ameacei processá-la se não mandasse minha filha de volta. Esperava que ela viesse também, apesar de não ter lhe dito isso diretamente.

Quando ouvi sobre o acidente pelo rádio do carro, comecei a tremer tanto que tive de sair da estrada. *Isso não aconteceu*, dizia a mim mesmo. *Você não perdeu toda sua família de uma vez.*

Segui para o aeroporto e estacionei em um parquímetro de duas horas, o que só me pareceu ilógico depois de comprar uma passagem para Iowa. Comprei um ursinho de pelúcia — uma esperança? — antes de embarcar. Olhei ao redor do avião imaginando quem mais estaria indo para Des Moines por causa do acidente. Quando cheguei a Iowa, os feridos já haviam sido levados a um hospital. Meu táxi parou exatamente atrás de outro táxi, e Jane saiu dele. Quase caí de joelhos vendo-a lá, com o rímel descendo pelo rosto e o nariz escorrendo. Olhei para ela, e todas as palavras que definem o perdão ficaram presas em minha garganta, e não conseguia entender por que Rebecca não saía daquele táxi também. Estupefato, perguntei onde Rebecca estava. Não sabia que Jane não estava no voo 997; só soube alguns minutos depois, e por dedução.

Sugeriram-nos que fôssemos ao necrotério junto com os outros parentes desesperados para examinar os corpos que haviam sido retirados dos escombros. Jane ficou do lado de fora, encostada em um extintor de incêndio na parede, enquanto eu me arrastava pelas salas refrigeradas. Não me lembro de olhar para as mortalhas ensanguentadas de bebês e crianças. Se o corpo de Rebecca estivesse lá, não tenho certeza de que eu teria admitido isso para mim mesmo ou para os médicos legistas, de qualquer maneira.

Encontramos Rebecca na pediatria enroscada em fios e tubos. Ergui o braço de Rebecca e coloquei o fuleiro urso amarelo debaixo dele. Puxei Jane para perto de mim, enterrando o nariz em seus cabelos e esfregando as palmas das mãos naquelas omoplatas familiares. Nunca tive de dizer coisa alguma para fazer Jane voltar para casa. Acho que não li errado os sinais quando achei que ela entenderia.

Jane vem para o avião e fica quase em frente ao local onde estou escondido. Esta é minha chance. Vou falar com ela. Vou começar falando o nome dela.

Ela está perto o suficiente para que a possa tocar. O vento respira através dos destroços do avião. Guincha uma nota antinatural. Passo a mão através da cegueira dos pés de milho e estico os dedos.

— Jane — sussurro.

Mas, neste momento, Rebecca emerge dos grilhões e algemas de metal retorcido. Pressiona a cabeça com as mãos. Ela está gritando, correndo para longe do corpo do avião com os olhos fechados. Jane a abraça.

Diz algo que eu não posso ouvir, e os olhos de Rebecca se abrem. Afasto os pés de milho me revelando, mas acho que Rebecca, que está de frente para mim, não nota. Desaba sobre o peito de Jane, apertando-a e arfando. Seus olhos passam por mim, mas não veem coisa alguma, tenho certeza. Jane afaga os cabelos de nossa filha.

— Shhh — diz.

Canta algo muito suavemente, e a respiração de Rebecca muda de novo. Ela agarra a camisa de Jane mais e mais.

Fico a apenas um metro de distância, mas poderiam ser trezentos. Não entendo disso, não posso curar. Se tivesse oportunidade, Rebecca não correria para mim. Não estou certo nem de que Jane correria para mim. Fecho os pés de milho em volta do rosto e volto as costas para elas. Mesmo se pudesse fazer Jane me ouvir, fazê-la compreender por que não posso viver sem ela, não seria o suficiente.

E então eu me dou conta: não faço parte desta família. Não diria que sou cientista sem oferecer provas. Como posso dizer que sou pai, marido?

Jane está murmurando para Rebecca. As palavras vão ficando mais e mais suaves, e percebo que estão caminhando na direção oposta. E é quando tomo aquela que poderia ser a maior — e mais difícil — decisão de minha vida. Não vou procurá-las enquanto não souber o que dizer. Não vou aparecer sem ter nada para mostrar. Tenho muita coisa a fazer, mas, neste momento, estou agindo puramente por instinto. É terrivelmente difícil, mas eu as deixo ir.

42
JANE

Depois de nos registrarmos no único motel em What Cheer, eu me pego lembrando de coisas em que não penso ha anos. Eu poderia entender se ficasse repetindo o acidente na cabeça; teria sentido para mim. Mas, em vez disso, estou vendo meu pai, claro como o dia. Ele anda em volta do quarto do motel recolhendo copos de vidro e endireitando o espelho do banheiro. Puxa a descarga duas vezes. Não me atrevo a adormecer, não me atrevo a adormecer. Então, como já esperava, ele começa a caminhar em direção a minha cama. Mas muda de curso e, em vez disso, senta-se na outra cama, ao lado de Rebecca. Respira nuvens de uísque e puxa o cobertor, revelando minha filha, perfeita.

 Eu tinha nove anos da primeira vez que aconteceu. Minha mãe e meu pai tiveram uma briga, e ela foi ficar com minha tia em Concord. Fiz tudo que deveria fazer: preparei o jantar para papai e Joley, limpei a cozinha; até me lembrei de colocar a mangueira na pia quando liguei a máquina de lavar louça. Todos evitávamos falar sobre mamãe.

 Mas, porque ela estava fora e porque eu sentia que merecia, resolvi ir a seu quarto, até a bandeja de perfumes. Minha mãe tinha um cheiro diferente a cada dia: como laranja e especiarias, ou torta de limão fresco, ou mármore gelado, ou até mesmo vento. Quando saía de um aposento, deixava uma lembrança, um perfume, atrás de si.

 Eu sabia o que estava procurando: um pequeno frasco de vidro vermelho em forma de framboesa chamado Framboise. A palavra estava gravada diretamente no vidro. Minha mãe não me deixava usar perfume. "Meninas que usam perfume", dizia ela, "crescem e viram vagabundas."

Tomei muito cuidado com o frágil frasco, porque não queria derramar uma gota. Virei-o em meu dedo do jeito que a via fazer todas as manhãs, e toquei com esse dedo molhado, com cheiro de framboesa, minha garganta, meus punhos e atrás dos joelhos. Rodei sobre meu próprio eixo. *Que maravilha*, pensei. *Ela está comigo, não importa aonde eu vá.*

Parei de rodar, abraçando o poste da cama de meus pais. Em pé, no vão da porta, estava meu pai.

— Que diabos você está fazendo? — ele perguntou, farejando o ar.

Inclinou-se para pegar minha blusa, e o cheiro de uísque atravessou a densidade de framboesa.

— Você vai tomar banho. Agora!

Obrigou-me a me despir na frente dele, embora eu não fizesse isso havia cinco anos. Ele me observava da porta do banheiro de braços cruzados. Chorei o tempo todo. Chorei quando o chuveiro, muito quente, escaldou minha pele, e continuei chorando quando ele pisou no tapete de banho e me enxugou.

— Vá para o seu quarto — disse meu pai.

Vesti a camisola de flanela pela cabeça e me enfiei debaixo das cobertas. Disse em voz alta a mim mesma que era uma noite como outra qualquer, e tentei não ficar acordada à espera da punição.

Joley entrou em meu quarto quando ia para a cama. Ele tinha apenas cinco anos, mas sabia.

— Jane, o que você fez de errado?

E eu lhe disse, do melhor jeito que pude, que eu havia estupidamente fingido ser a mamãe.

— Não há nada que você possa fazer — eu disse. — Vá embora antes que ele bata em você também.

Esperei muito tempo naquela noite, mas meu pai não foi me espancar. Talvez tenha sido a pior parte: ficar imaginando que coisa terrível ele estava pensando lá embaixo. Um cinto? Uma escova? Quando o ouvi, pesado, subindo as escadas, mergulhei sob as cobertas. Puxei a camisola em volta dos tornozelos, apertada como um cordão. Contei até cem.

No setenta e sete, meu pai fez girar a maçaneta. Sentou-se na beira da cama e esperou que eu afastasse as cobertas do rosto.

— Não vou castigá-la esta noite — disse meu pai —, e sabe por quê? Porque você é uma ótima cozinheirinha. Por isso.

— É mesmo? — perguntei espantada.

— É mesmo.

Ele tirou os sapatos e perguntou se eu queria ouvir uma história.

— Sim — eu disse, pensando que poderia não ser tão ruim, afinal.

Meu pai começou a me contar uma história — um conto de fadas — sobre uma mulher má que mantinha a filha trancada em um armário com ratos e morcegos. O pai da garota tentou chegar a esse armário, mas a mulher tinha cães de guarda enormes protegendo-o, e ele teve de matá-la, e aos cães, antes de conseguir resgatar sua filha.

— E o que aconteceu depois? — perguntei, na expectativa.

— Não sei. Não tenho um final.

— Você não pode deixar a história pela metade! — protestei, e ele disse que devíamos tentar pensar juntos.

Mas ele estava ficando cansado; será que não poderia se deitar a meu lado?

Afastei-me na cama, e conversamos sobre as maneiras como o pai da menina poderia matar a mulher má. Uma estaca no coração, sugeri, mas meu pai estava mais inclinado para o chá envenenado. Pensamos que outras coisas poderiam estar escondidas no armário: fantasmas, tarântulas, piranhas antropófagas. Talvez a menina devesse tentar sair sozinha, sugeri, mas meu pai insistiu que não havia jeito de isso acontecer.

Quando sentiu frio, ele entrou debaixo das cobertas, tão perto que, quando falava, meus cabelos esvoaçavam.

— O que você acha que vai acontecer com essa menina, Jane? — perguntou ele, e então colocou a mão em meu peito.

Aquilo não estava certo, eu sabia, porque cada músculo de meu corpo ficou tenso ao mesmo tempo. Não estava certo, mas ele era meu pai, não era? E havia sido tão bonzinho. Ele poderia ter me batido, mas não bateu.

— Não sei — sussurrei. — Não sei o que tem que acontecer.

— Muito bem, que tal isto? O pai espeta estacas no coração da mulher má e droga os dobermanns com chá envenenado. Assim, nossas duas ideias entram na história.

Sem hesitação, como se se orgulhasse de si mesmo, ele enfiou a mão entre minhas pernas, descansando como um peso em minha vagina.

— Papai...

— Gostou, Jane? — sussurrou meu pai. — Gostou do final?

Não me mexi. Fingi que era outra menina, outra pessoa tremendo em meu corpo e, quando ouvi a respiração de meu pai ficar mais profunda, deslizei para longe. Saí da cama sem fazer ranger o colchão e fiz girar a maçaneta da porta como um sussurro. Corri o mais rápido que pude. Na parte inferior da escada, tropecei e bati a cabeça. O sangue escorria por meu rosto quando abri a porta da frente e corri para a noite, descalça, já sem certeza de qualquer coisa, inclusive quem ou o que eu deveria ser.

Na manhã seguinte, um policial me encontrou no quintal de um vizinho e me levou de volta para casa. Segurou minha mão e tocou a campainha, e meu pai atendeu. Ele estava vestindo seu melhor terno, e até Joley usava uma bela camisa de domingo e uma gravata de botão.

— Acabamos de ligar para a delegacia — disse meu pai sorrindo. — Serviço rápido!

Brincou com o policial e o convidou para um café. Olhou para o corte em minha testa e tentou esfregar o sangue seco com o dedo, mas eu me afastei.

— Fique à vontade, Jane — disse ele. — Pode cuidar disso sozinha lá em cima.

Assim que me arrastei até os degraus, com Joley atrás de mim, ouvi meu pai falar com o policial:

— Não sabemos qual é o problema — dizia. — Ela tem pesadelos.

— O que ele fez, Jane? — perguntou Joley, depois de eu trancar a porta do banheiro atrás de nós.

Eu não podia contar a ele, mas o deixei olhar como eu limpava meu corte. Ele abriu o band-aid para mim. Não me surpreendi ao ver que o corte tinha forma de cruz.

Eu disse a Joley que precisava fazer xixi e o empurrei para fora. Fechei a porta e arranquei a camisola pela cabeça. Rasguei-a em pedaços e a joguei na lata de lixo. Na parte de trás da porta, ficava o espelho de corpo inteiro de minha mãe, que ela usava quando se vestia para sair. Eu podia ouvir meu pai lá embaixo, rindo. Olhei no espelho esperando encontrar delineadas as partes que eu poderia dizer que odiava, mas fiquei ali, magra, com os braços caídos ao lado do corpo. Eu sabia, por conta do ritmo alienígena de meu coração, que havia me tornado uma pessoa diferente. Não entendia como, dadas as circunstâncias, conseguia ter ainda a mesma aparência.

43
JANE

Eu disse a Rebecca que ela podia planejar o que quisesse para o dia que passaríamos em Chicago. Eu mesma não me sinto muito no clima. Não dormi muito na noite passada e, como gritei durante o pesadelo, Rebecca também não. Quando acordei, ela estava me abraçando.

— Acorde, acorde — dizia ela.

Quando acordei, não lhe disse sobre o que havia sido o pesadelo. Disse que tinha a ver com a queda do avião, e depois, na parte da manhã, quando ela estava tomando banho, liguei para Joley.

Depois de falar com ele, decidi atravessar Massachusetts em linha reta. Que se danem Joley e suas cartas, que se dane minha falta de senso de direção. Poderíamos estar em Massachusetts amanhã de manhã, de acordo com a legenda do mapa dos Estados Unidos. No carro, perguntei a Rebecca o que achava disso. Esperava que ela ficasse radiante. Eu a via contando os estados que faltava cobrir quando ela achava que eu não estava olhando. Mas Rebecca me olhou de queixo caído.

— Depois de tudo isso, você não pode simplesmente desistir no meio!

— Qual é o problema? — perguntei. — O objetivo sempre foi chegar a Massachusetts.

Rebecca olhou para mim com os olhos embaçados. Ajeitou-se no banco e cruzou os braços sobre o peito.

— Faça como quiser.

O que eu poderia fazer? Fui até Chicago. Mesmo que decidíssemos seguir em linha reta, ainda teríamos de passar por Chicago.

Minha primeira escolha teria sido o Instituto de Artes ou o terraço da Sears Tower, mas Rebecca opta pelo Aquário Shedd, um octógono de mármore branco à beira do lago Michigan. O folheto que ela pega no caminho se vangloria de ser este o maior aquário fechado do mundo.

Rebecca anda na frente pelo enorme tanque no centro do aquário, um recife de coral caribenho complementado com raias, tubarões, tartarugas marinhas e enguias. Dá um pulo para trás quando um tubarão-touro avança em um pedaço de peixe na mão de um mergulhador.

— Olhe essa barriga! Aposto que eles a mantêm sempre cheia. Por que se preocupar em comer quando você não está com fome?

O tubarão enfia os dentes no peixe, mordendo metade dele. Ao comer a segunda parte, é mais delicado. O mergulhador acaricia o nariz do tubarão. Parece ser feito de borracha cinza.

Rebecca e eu andamos pelos expositores de água salgada, onde os peixes se reúnem em borrifos brilhantes como pipas contra o céu aberto. Têm as cores mais incríveis; isso sempre me impressionou. Para que ser pink, amarelo-limão ou violeta, se você está preso debaixo da água, onde ninguém pode vê-lo?

Passamos peixes-palhaços de bolinhas e baiacus que incham como porcos-espinhos quando os outros peixes se aproximam muito. Há peixes do Mediterrâneo e do oceano Ártico. Há peixes que viajaram o mundo.

Fico parada diante de uma estrela-do-mar magenta. Nunca vi nada tão vívido na vida.

— Olhe isso — digo a Rebecca.

Ela para ao meu lado e murmura:

— Uau!

— Por que você acha que essa perna é mais curta? — pergunto.

Uma mulher que passa, de jaleco branco (bióloga marinha?), me ouve e se debruça no pequeno tanque. Sua respiração embaça a janela.

— As estrelas-do-mar têm o poder de regeneração, o que significa que, se uma perna for cortada ou rasgada, de alguma forma podem fazer crescer outra.

— Como as salamandras — diz Rebecca, e a mulher assente.

— Eu sabia disso — digo, principalmente para mim mesma. — Tem a ver com o habitat, as poças de maré. Em uma piscina natural, as ondas vêm e destroem o equilíbrio marinho em intervalos de poucos minutos, por isso nada tem realmente chance de se estabelecer.

— É verdade — diz a mulher. — Você é bióloga?

— Meu marido é.

Rebecca assente.

— Oliver Jones. Conhece?

A mulher prende a respiração.

— Oliver Jones?! Ah, meu Deus! Você se importaria se eu trouxesse alguém para conhecê-la?

— O dr. Jones não está conosco nesta viagem — digo. — Então, não sei como eu poderia ser interessante para algum de seus colegas.

— Ah, certamente é. Por associação, pelo menos.

Ela desaparece atrás de um painel que eu não havia notado tratar-se de uma porta.

— Como você sabia sobre as piscinas naturais? — pergunta Rebecca.

— Memorização. Era só disso que o seu pai falava quando namorávamos. Se você for uma boa menina, vou lhe contar sobre o bernardo-eremita e as águas-vivas.

Rebecca pressiona o nariz contra o vidro.

— Não é incrível que alguém de Chicago conheça o meu pai? Isso nos torna uma espécie de celebridade.

Na comunidade oceânica, acho que ela está certa. Ainda não havia associado esse aquário a Oliver, pelo menos não em nível consciente. Esses peixes invertebrados delicados e trêmulos são tão diferentes das baleias encurvadas que Oliver ama. É difícil acreditar que eles existem no mesmo lugar. É difícil acreditar que uma baleia não poderia ocupar todo o espaço, pegar todos os alimentos. Mas eu sei. Esses peixes tropicais não correm perigo com as jubartes, que são mamíferos. Baleias não os atacam. Elas filtram plâncton e plantas pela boca.

Tenho a visão de uma amostra caindo dois degraus abaixo dentro de um saco plástico, esmagando-se contra a cerâmica mexicana azul do vestíbulo em San Diego. Barbatanas.

— Mãe — Rebecca puxa minha camiseta.

A minha frente está um acadêmico de cavanhaque e as sobrancelhas mais finas que já vi em um espécime masculino.

— Não acredito — diz o homem. — Não acredito que estou aqui, frente a frente com a senhora.

— Bem, eu não fiz nada. Não trabalho com baleias.

O homem dá um tapa na testa.

— Sou um idiota. Meu nome é Alfred Oppenbaum. É uma honra, uma honra conhecê-la.

— Você conhece o Oliver?

— Se *conheço*? Eu o *venero*.

Diante disso, Rebecca pede licença e se esconde atrás de um tanque de peixe-zebra para rir.

— Estudei tudo o que ele fez, li tudo o que escreveu. — Ele se inclina para frente para sussurrar. — Espero ser um cientista proeminente como ele.

Alfred Oppenbaum não pode ter mais de vinte anos, o que significa que tem um longo caminho a percorrer.

— Sr. Oppenbaum — digo.

— Me chame de Al.

— Al. Será um prazer mencionar seu nome a meu marido.

— Eu gostaria muito. Diga-lhe que meu artigo favorito é o da causalidade e sequência de temas nos cantos das jubartes.

Sorrio.

— Muito bem. — E estendo a mão.

— A senhora não pode ir ainda. Eu adoraria lhe mostrar a exposição que estou desenvolvendo.

Ele nos leva através do painel da parede, que disfarça uma porta. Atrás, há tanques de setenta e cinco litros cheios de crustáceos e peixes. Várias pequenas redes e recipientes pendem dos lados de cada tanque. Desse ângulo, podemos ver também a parte de trás dos tanques exibidos no aquário.

Todos usam roupas brancas, que ficam levemente azuladas sob luzes fluorescentes. À medida que passamos, Al sussurra a seus colegas. Eles se voltam, boquiabertos.

— Sra. Jones — é tudo que dizem, como uma linha de criados pela qual passa a realeza —, sra. Jones, sra. Jones, sra. Jones.

Uma das cientistas mais ousadas dá passos à frente, bloqueando meu caminho.

— Sra. Jones, sou Holly Hunnewell. Por acaso a senhora sabe o que o dr. Jones está pesquisando agora?

— Sei que ele tinha planos de rastrear algumas jubartes a caminho da Costa Leste dos Estados Unidos, rumo à área de reprodução perto do Brasil — digo, e ouço um retumbante "Ooooh". — Não sei o que ele vai fazer com a pesquisa — digo, desculpando-me.

Quem diria que Oliver tinha tantos seguidores?

Al nos leva a uma instalação de tubos piscantes.

— Não parece grande coisa, não é? Funciona sob luz negra.

Com um aceno a um colega, a sala fica escura. Al aperta um botão. Subitamente, sua voz enche a sala, um comentário sobre os ganidos e chiados de baleias jubartes. A imagem de uma baleia aparece do nada, néon azul, e desenrola a cauda.

— Na década de 70, o dr. Oliver Jones descobriu que as baleias jubartes têm capacidade, como os seres humanos, de desenvolver e transmitir canções de geração em geração. Com uma extensa investigação, o dr. Jones e outros colegas têm usado canções das baleias para identificar os diferentes grupos de jubartes, utilizado as músicas para acompanhar o movimento das baleias nos oceanos do mundo e especulado sobre as mudanças que essas canções sofrem anualmente. Embora seu significado ainda permaneça um mistério, descobriu-se que só as baleias machos cantam, levando os mais importantes pesquisadores da área a acreditar que as canções podem ser uma forma de atrair companheiras.

Desaparece a voz de Al, crescem os sons de uma baleia.

— Oliver ficaria orgulhoso — digo, finalmente.

— A senhora acha mesmo, sra. Jones? — pergunta Al. — Falaria com ele sobre isso?

— Vou fazer mais que isso. Vou dizer que ele precisa vir aqui para ver por si mesmo.

Al quase desmaia. Rebecca larga uma pequena tartaruga na qual estava fazendo cócegas e me segue de volta para o salão de exposição.

Quando estamos seguras no aquário escuro, sento-me em um dos bancos de mármore espalhados pelo chão.

— Não acredito nisso. Mesmo quando seu pai não está, consegue estragar um dia perfeito.

— Ah, você está de mau humor. Isso foi demais!

— Eu não sabia que o pessoal do Meio-Oeste conhecia tanto sobre baleias. Ou que se preocupava tanto com baleias.

Ela sorri para mim.

— Mal posso esperar para contar para o papai.

— Pois vai ter de esperar — digo, meio bruscamente.

Rebecca olha para mim.

— Você disse que eu podia ligar para ele.

— Isso foi antes, quando estávamos perto da Califórnia. De qualquer maneira, ele não está em casa agora. Está atrás de nós.

— Como você pode ter tanta certeza? — pergunta Rebecca. — Ele já teria nos encontrado, e você sabe disso.

Ela está certa. Não sei por que Oliver está demorando tanto. A menos que esteja indo direto a nosso encontro em Massachusetts.

— Talvez ele tenha ido para a América do Sul, afinal.

— O papai não faria isso, não importa o que você pense a respeito dele.

Rebecca se senta novamente e arranha com os tênis a borda do banco.

— Aposto que ele sente falta de você — digo.

Rebecca sorri para mim. Atrás dela, posso discernir as barbatanas prateadas de um peixe fino como papel. Oliver saberia seu nome. Sirva para o que for, Oliver saberia o nome de todos eles.

— Aposto que ele também sente falta de você — responde Rebecca.

44
OLIVER

A primeira vez que vi Jane, eu estava com a água turva de Woods Hole pela cintura. Ela não sabia que eu a estivera observando no cais da balsa, apoiada no gradil podre, com o fino tecido de seu vestido de verão batendo na curva das panturrilhas. Não sabia que eu a testemunhava me observando; se soubesse, tenho certeza de que teria ficado mortificada. Ela era muito jovem, isso era evidente. Dava para ver no jeito como mascava o chiclete e desenhava traçados com a ponta da sandália. Eu estudava poças de maré no momento, mas ela me fez lembrar um gastrópode, um caracol, em particular — extremamente vulnerável se removido da casca externa. Fiquei impressionado, queria vê-la exposta em sua concha.

Como eu não era muito bom nesse tipo de abordagem social, fingi que não havia notado nada, que não havia visto seu olhar de volta para mim quando ela embarcou na balsa para Martha's Vineyard. Achei que ela simplesmente havia cruzado minha vida e que nunca mais a veria. Mas fiquei nas docas gravando minhas observações dois dias além do necessário, por via das dúvidas.

Soube que a bolsa que flutuava para mim era dela antes mesmo de abri-la. Ainda assim, estava tremendo quando abri o fecho e peguei sua identidade gotejante. *Então*, pensei, *o nome dela é Jane*.

Naquela época de minha vida, eu era guiado por meu objetivo: dedicar-me ao estudo da biologia marinha. Havia passado por um programa acelerado em Harvard e me formei em três anos com grau de bacharelado e de mestrado, e aos vinte anos era o mais jovem pesquisador de Woods Hole.

Não tinha muitos amigos. Não distinguia a semana dos fins de semana. Isso sempre me surpreendeu quando via as multidões na balsa de Woods Hole, embarcando para feriados de quarenta e oito horas. Eu passava dias a fio em uma roupa de mergulho azul pegando estrelas-do-mar, moluscos e artrópodes que viviam nos bolsões ocos no fundo do oceano. Não tinha namorada.

Assim, fiquei surpreso quando algo tão mundano quanto a carteira de identidade perdida de uma menina me abalou de forma tão violenta. Enquanto tomava banho e me vestia para enfrentar a longa viagem para Newton, observei as reações físicas ímpares que estava sentindo. Palpitações. Transpiração. Náuseas. Vertigem.

Os Lipton moravam na Commonwealth Avenue, em Newton, em uma das mansões de menor porte que, no mercado de hoje, são vendidas por milhões de dólares. Encostei o carro no meio-fio e toquei a campainha, que rugia como um leão. Eu esperava uma empregada doméstica, mas Mary Lipton em pessoa atendeu à porta — A mãe de Jane, pensei, recordando-a do cais. Era uma mulher pequena e frágil, de cabelos ruivos enrolados em coque. Embora fosse julho, vestia uma blusa de lã.

— Pois não? — disse ela.

Levei alguns minutos para lembrar meu próprio idioma.

— Oliver Jones — eu disse. — Trabalho no Instituto Oceanográfico de Woods Hole. — Presumi, erroneamente, que ter um título me concederia certo prestígio em uma situação como aquela. — Encontrei esta bolsa e quero devolvê-la.

Mary Lipton pegou a bolsa da filha e revirou-a entre as mãos pequenas.

— Entendi — disse ela, medindo as palavras. — Você veio de lá até aqui?

— Eu estava passando.

Então ela sorriu.

— Quer entrar, sr. Jones? — disse. — As crianças estão no quintal.

Ela me levou através da sala de estar: painéis de carvalho esculpidos margeando o piso de mármore; um afresco no teto. Num impulso, voltei-me e olhei para a porta; uma grande janela de vidro colorido filtrava diamantes de luz sobre o mármore frio. Eu havia crescido em Wellfleet, em Cape Cod, em uma casa que era grande e cara para os padrões dos turistas de verão, mas que não estava à altura da elegância de Boston como esta. Enquanto caminhávamos, Mary me interrogava: minha criação, minha profissão, minha educação. Passamos uma biblioteca, uma sala de estar e portas francesas em direção ao quintal.

Paramos na varanda, que dava para uma pequena colina de grama ensombrada por uma densa floresta atrás. Duas toalhas vermelhas brilhantes manchavam o gramado como sangue. Um menino e uma menina se sentavam sobre elas: Jane e, presumivelmente, seu irmão. Olharam para cima quase instintivamente quando a mãe se aproximou da grade de madeira. Jane estava de biquíni amarelo. Vestiu uma camiseta e correu para a varanda.

— O sr. Jones trouxe sua bolsa de volta — disse Mary.

— Quanta gentileza — respondeu Jane, como se houvesse ensaiado a frase.

Estendi a mão.

— Por favor, me chame de Oliver.

— Oliver, então — disse Jane, rindo um pouco. — Pode ficar um pouco?

Quando ela riu, seus olhos brilharam. Eram de uma cor marcante, como os de um gato.

Mary Lipton chamou o menino no gramado.

— Joley, venha me ajudar a trazer uma limonada.

O garoto se aproximou e, mesmo aos onze anos, era de longe o menino mais bonito que eu já havia visto. Tinha cabelo grosso e um queixo quadrado, um sorriso fácil.

— Limonada — disse ele, roçando em Jane quando passou por nós. — Como se ela não pudesse trazer sozinha.

— Posso ficar um pouco mais — disse eu. — Tenho que voltar para Cape Cod.

— Você trabalha lá?

A vertigem voltou. Encostei-me na madeira fresca da varanda.

— Sou biólogo marinho.

— Uau. Eu estou na escola.

Talvez, se eu pensasse melhor, tivesse acabado com aquilo naquele momento. Diferenças de idade tendem a se tornar menos pronunciadas conforme se envelhece, mas, durante a adolescência, cinco anos e meio é uma vida inteira. Vi Jane olhando para mim como se eu fosse um velho. Como se os olhos lhe houvessem pregado uma peça em Woods Hole; como se houvesse visto através de uma névoa alguém que, no fim, não era nada do que ela esperava.

— Tenho vinte anos — disse eu, na esperança de fazê-la entender.

Ela relaxou, ou pelo menos me pareceu que relaxava.

— Sei.

Eu não sabia o que dizer. Não estava acostumado a interagir com pessoas; passava a maior parte do tempo abaixo da superfície do oceano. Mas Jane me incitava.

— O que você estava fazendo no cais da balsa?

Então, falei-lhe sobre piscinas naturais, sobre os crustáceos saudáveis que sobrevivem em condições de vida tão adversas. Falei que ia estudá-los vários anos e escrever minha dissertação.

— E depois? — perguntou ela.

— Depois?

Eu nunca havia considerado o que poderia acontecer depois. Esse passo final dependia de muita coisa.

— Vai passar para outra coisa? Não sei, tipo linguado, ou peixe-espada, golfinhos, talvez. — Ela sorriu para mim. — Gosto de golfinhos. Não sei nada sobre eles, mas parecem sempre estar sorrindo.

— Como você — deixei escapar e fechei os olhos.

Idiota, idiota. Abri um olho de cada vez, mas Jane ainda estava lá, esperando a resposta a sua pergunta.

— Não sei ainda. Talvez — disse — eu estude os golfinhos.

— Legal.

— Legal — repeti, como se meu destino estivesse resolvido. — Tenho de ir agora, mas gostaria de te ver de novo. Gostaria de sair com você um dia.

Jane corou.

— Eu também — disse ela.

Com essas palavras, senti como se um peso enorme houvesse sido tirado de meus ombros. Era como a euforia que eu havia experimentado quando, ainda na faculdade, meu primeiro artigo acadêmico foi publicado. A diferença significativa foi que, naquela época, a euforia me deixara pensando: *Para onde vou agora?* Agora, com a animação que eu sentia, só conseguia pensar em Jane Lipton.

Um homem apareceu na varanda. Claro que agora eu sei, mas naquela época atribuí o enrijecimento de Jane a minha imaginação.

— Jones? — disse o homem com uma grande voz cavernosa. — Alexander Lipton. Eu gostaria de lhe agradecer por trazer de volta a carteira da Jane.

— Bolsa — sussurrou Jane. — É uma bolsa.

— Não foi nada — disse eu, apertando a mão do pai dela.

Era um homem grande, autoritário, de pele bronzeada e olhos estreitos. Seus olhos, de fato, perturbaram-me: preto profundo. Não dava para ver onde terminava a íris e começava a pupila. Estava vestido para jogar golfe. Caminhou até Jane e colocou o braço a seu redor.

— Não sabemos o que fazer com a nossa Jane — disse ele.

Ela se contorceu para escapar do abraço do pai e murmurou algo sobre ir ver o que havia acontecido com a limonada. Abriu a porta da casa tão cuidadosamente que nem sequer oscilou nas dobradiças. Deixou-me lá fora, sozinho com seu pai.

— Ouça, Jones — disse Alexander Lipton. O rosto se metamorfoseou, transformando-se em cara de advogado criminal de linha dura sem vontade de ceder um milímetro. — Quando a Jane completou quinze anos, eu disse que ela que poderia namorar quem quisesse. Se ela gosta de você, é problema dela. Mas, se você fizer qualquer coisa para machucar minha filha, juro que vou amarrá-lo pelas bolas na Igreja Old North. Conheço seu tipo, eu fui de Harvard também, e, se você puser a mão nela antes que complete dezessete anos, digamos apenas que vai desejar não ter nascido.

Esse homem é psicótico, pensei. *Ele nem sequer me conhece.*

Então, como se fosse uma tempestade de verão, a expressão de Alexander Lipton se suavizou, transformando-se no rosto de um homem de meia-idade.

— Minha esposa me disse que você é biólogo marinho.

Antes que eu tivesse chance de responder, Jane e a mãe entraram pela porta com uma bandeja com copos e uma jarra de limonada gelada. Jane serviu, e Mary entregou um copo para cada um de nós. Alexander Lipton bebeu sua limonada de um único gole barulhento e, assim que terminou, a esposa estava a seu lado para pegar o copo. Ele pediu licença e saiu, e Mary o seguiu.

Observei Jane beber. Ela segurou o copo com as duas mãos, como uma criança. Esperei até que terminasse e, a seguir, repeti que tinha mesmo de ir.

Jane me acompanhou até o carro. Ficamos na frente do velho Buick por um momento, deixando o sol bater em nosso couro cabeludo. Jane se voltou para mim.

— Joguei minha bolsa na água de propósito.

— Eu sei — admiti.

Antes de entrar no carro, perguntei se poderia lhe dar um beijo de despedida. Quando ela concordou, tomei-lhe o rosto entre as mãos; era a primeira vez que a tocava. Sua pele saltou ao toque, ligeiramente oleosa de bronzeador. Jane fechou os olhos e inclinou a cabeça para trás, esperando. Cheirava a manteiga de cacau e suor. Não havia nada que eu quisesse mais que beijá-la, mas ficava ouvindo a voz de seu pai. Sorri para minha boa sorte e, pensando que tinha todo o tempo do mundo, pressionei os lábios contra a testa de Jane.

45
JANE

Querido Joley,
Se o papai pudesse me ver agora... Passei a manhã com Rebecca no Indianapolis Speedway, um museu cheio de apetrechos e parafernália da Nascar e de corridas. Lembra quando assistíamos às Quinhentas Milhas com ele, todos os anos? Nunca entendi por que o automobilismo era tão importante para ele — ele nunca nem tentou correr. Ele me disse uma vez, quando já estava mais velho, que era por causa da alta velocidade. Eu gostava de ver os acidentes, como você. Gostava da enorme explosão na pista e das nuvens de fumaça de ébano, e os outros carros que simplesmente mantinham o curso direto para o turbilhão, para esse tipo de caixa-preta, e saíam de lá ilesos.

Eu praticamente tive de arrastar Rebecca para entrar num ônibus que seguia paralelo à pista. Fechei os olhos e tentei imaginar a velocidade que encantava o papai. Não foi fácil, arrastando-nos a setenta quilômetros por hora em uma pista destinada a trezentos e cinquenta. Quando descemos do ônibus, cada uma tinha um cartão assinado pelo presidente da pista: "Certifico que o portador deste ingresso completou uma volta na pista das Quinhentas Milhas de Indianapolis". Eu ri. Não é grande coisa, viu? Mas o papai o teria pendurado na parede atrás de sua mesa, no quadro de avisos da fraternidade que a mamãe estava sempre tentando tirar de lá.

Esta é a melhor parte, porém: depois de pegar o cartão, pensei em todas as coisas que eu poderia fazer com ele. Certamente não iria dependurá-lo na geladeira, ou em qualquer quadro de avisos, e não me interessa o suficiente para guardá-lo *na carteira.* Pensei em levá-lo ao túmulo do papai quando chegar a Massachusetts. E, tão logo pensei nisso, meus dedos soltaram o cartão – simplesmente soltaram, como se pertencessem ao corpo de outra pessoa –, e o vento o levou até as nuvens. Estava um dia bonito hoje, também – grandes nuvens inchadas com botões de aço achatados, como se você estivesse olhando para elas por baixo de uma mesa de vidro. O cartão subiu mais e mais em direção ao sol, e, quando percebi que não ia vê-lo de novo, sorri.

Não sei por que senti que era importante lhe dizer isso; suponho que esta seja em parte uma carta e em parte um pedido de desculpas pelo meu jeito quando liguei outro dia. Às vezes, ajo como se fosse culpa sua o papai nunca ter ido atrás de você, como se eu fosse uma mártir. Talvez seja o meu modo de tentar compreender tudo isso.

Aconteceram coisas que eu nunca lhe contei, pelo menos não com tantas palavras, e tenho certeza de que, a esta altura, você já descobriu. E havia uma razão para eu nunca lhe contar. Quando ele começou a entrar no meu quarto durante a noite, mesmo que fosse só uma vez por mês, achei que eu estava enlouquecendo. O papai era tão incrivelmente bom para mim quando tudo estava acontecendo. Ele me dizia várias vezes que eu era uma boa garota, e eu acreditava. Ainda assim, quando ele virava a maçaneta, meus dedos se enrolavam na beira do colchão e meu sangue corria grosso. Chegou um ponto em que o único jeito de eu poder deixá-lo fazer as coisas que fazia era fingir que não era comigo. Eu fingia estar em outra parte do quarto, como um canto ou um armário. Assistia. Podia ver tudo que acontecia, o que não era tão ruim.

Certa manhã, fingi estar doente para não ter de ir à escola. Enquanto a mamãe estava fazendo meu almoço, eu disse a ela que o papai estava indo ao meu quarto à noite, e ela deixou cair a lata de atum no chão.

– Você deve ter tido um pesadelo, Jane – disse ela.

Nós duas estávamos agachadas no linóleo, limpando o óleo escorrido e os pedaços de peixe.

Eu disse que havia acontecido várias vezes e que eu não gostava daquilo. Comecei a chorar, e ela me abraçou, deixando impressões digitais de óleo em minha camisola. Prometeu-me que nunca mais ia acontecer.

Naquela noite, o papai não foi ao meu quarto. Entrou em seu próprio quarto e teve uma briga terrível com a mamãe. Ouvimos coisas quebrando e gritos altos; no meio disso tudo, você entrou em meu quarto e rastejou para debaixo das cobertas. Na manhã seguinte, a mamãe teve de enfaixar o braço, e a estrutura da cama de pinho deles estava partida ao meio.

Na vez seguinte em que o papai entrou em meu quarto, disse que tinha algo muito sério para falar.

— Aqui estou eu, passando todo esse tempo especial com você — disse —, e como você me agradece? Corre e conta para a sua mãe e diz que não gosta de passar um tempo comigo.

Disse que eu teria de ser punida pelo que havia feito. Queria me bater, mas me fez abaixar a calcinha antes de começar. Enquanto me batia, disse para eu não contar a mais ninguém. Disse que não queria que ninguém se machucasse. Nem a mamãe, nem Joley, nem ninguém.

Em retrospecto, acho que tive muita sorte. Já ouvi histórias, de assistentes sociais das escolas de San Diego, sobre crianças mais novas que eu que sofreram abuso sexual muito mais violento. Ele nunca foi além de me tocar, e isso durou só dois anos. Quando eu tinha onze, tão estranhamente como tudo começou, parou.

Então, queria que você soubesse por que eu nunca lhe contei o que tenho certeza de que você já deduziu. Talvez agora o papai não possa machucar você.

Por favor, não fique com raiva de mim. Por favor.

Paro de escrever e releio a carta. Rebecca liga o chuveiro e começa a cantar a plenos pulmões. Pensando melhor, rasgo o papel em pedaços. Tantas vezes que não há mais que uma palavra em cada pedaço. Atiro-os na lata de lixo. E então, pegando os fósforos que a camareira deixou ao lado da cama, ponho fogo nos pedaços. É uma lixeira plástica, e as labaredas chamuscam as laterais. *Nunca vai ser cor-de-rosa novamente*, penso. Provavelmente, ficará arruinada para sempre.

46
JOLEY

Querida Jane,

    Quando você tinha doze anos, tinha um coelho chamado Fitzgerald — você tinha visto o nome na prateleira da biblioteca na escola e gostava da palavra. O coelho não era tão interessante quanto as circunstâncias que o cercavam — o papai quebrou duas costelas da mamãe e ela foi hospitalizada, e você ficou tão perturbada que se recusou a comer, a dormir, a tudo. Com o tempo, o papai quebrou o feitiço levando para casa esse coelho, listrado como um biscoito Oreo, cujas orelhas não conseguiam ficar em pé.

    Infelizmente, isso foi em fevereiro, e, em vez de construir uma gaiola para o coelho, você insistiu em mantê-lo seguro e aquecido dentro de casa. Pegamos um aquário de mais de cem litros do sótão e o colocamos no chão da sala de estar. Nós o enchemos com lascas de madeira que cheiravam a floresta e colocamos Fitzgerald dentro. Ele correu em círculos e pressionou o nariz contra o vidro. Cavou nos cantos limpos. No geral, era um coelho maldito. Mastigava os fios de telefone e as meias, e a borda da cadeira de balanço. Ele me mordeu.

    Você amava o coelho demoníaco. Vestia roupas de bebê de maçãzinhas nele; escondia-o em sua bolsa brilhante de ir à igreja; cantava baladas dos Beatles para ele. Certa manhã, o coelho estava deitado de lado — foi uma revelação, descobrimos que o coelho era macho —, mas você sentiu que essa mudança de posição era um mau presságio. Fez com que eu enfiasse a mão na jaula de Fitzgerald e, quando ele não me mordiscou, sabia que ele estava doente. A mamãe se recusou a levá-lo ao veterinário; ela não iria chegar perto do coelho para levá-lo a lugar nenhum. Disse-lhe para ser sensata e se arrumar para a escola.

Você esperneou e gritou, e rasgou o estofado de uma namoradeira, mas no fim foi para a escola. Naquele dia, no entanto, como se Deus houvesse interferido, estava prevista uma tempestade. Quando a neve caiu, tão forte que não dava para ver o parque de nossas salas de aula, fomos dispensados. Quando chegamos a casa, Fitzgerald estava morto.

É engraçado, nunca havíamos experimentado a morte antes e, ainda assim, lidamos muito bem com isso. Sabíamos que o coelho estava morto, sabíamos que havia algo a ser feito, e fizemos nosso melhor. Fui pegar uma caixa de sapatos do armário do papai (a única grande o suficiente para caber um cadáver de coelho), e você achou colheres de prata de lei da mamãe e as enfiou em seu casaco de neve. Colocamos nossos aventais e botas, e, então, chegou a hora de colocar o corpo na caixa de sapato.

— Não consigo — você disse, e então envolvi as patas frias de Fitzgerald em um pano de prato e o levantei.

Havia três centímetros de neve no chão no momento em que saímos de casa. Você me levou para o parquinho da escola — local para onde dava a janela de sua sala de aula, de onde você poderia ver o túmulo durante o dia. Pegou uma colher do bolso e começou a cavar na terra congelada. Deu-me uma colher também. Uma hora depois, quando a terra marrom estava aberta como uma boca em carne viva, acomodamos Fitzgerald para descansar. Rezamos um pai-nosso, porque era a única oração que ambos sabíamos de cor. Você fez uma cruz na neve com as pedras que havia desenterrado e começou a chorar. Estava tão frio que as lágrimas congelaram em seu rosto.

Pegue a Route 70 em direção à 2, e depois à 40. Seu destino é Baltimore. Se chegar lá antes das cinco, vai poder visitar o Museu de Medicina da Universidade Johns Hopkins, um de meus preferidos.

Mais tarde, você negava que já havia tido um coelho. Mas o que eu lembro sobre o incidente é que foi a primeira vez que segurei sua mão quando estávamos andando, e não o contrário.

Com amor,
Joley

47
JANE

Está vazio, exceto pelos vinte adolescentes de camiseta com os dizeres "Exploradores clínicos", contornados por um apagado desenho de esqueleto. "Atualizando-se no futuro da fisiologia." Aparentemente, trata-se de uma divisão dos escoteiros dedicada ao estudo da medicina.

Se for verdade, se esses jovens bem-intencionados estão pretendendo ser médicos, eu nunca os traria a este museu. Saindo do campus da Universidade Johns Hopkins como um prisioneiro em quarentena, o edifício é ainda mais sombrio por dentro que por fora. Prateleiras empoeiradas e expositores de vidro indistintamente iluminados formam um labirinto para os visitantes.

Rebecca corre em minha direção.

— Este lugar é nojento. Acho que o tio Joley confundiu com algum outro.

Mas, pela aparência das coisas, eu diria que isso aqui é a cara de Joley. A preservação meticulosa, a estranheza absoluta da coleção. Joley coleciona fatos; isso aqui é conversa para uma vida inteira.

— Não — digo-lhe —, tenho certeza de que o Joley não se enganou.

— Não dá para acreditar no que tem aqui. Não acredito que alguém se daria ao trabalho de guardar todas essas coisas.

Ela me leva, virando a esquina, a um bando de exploradores clínicos debruçados sobre uma pequena caixa de vidro. Dentro, há um enorme rato, intumescido e desigual, com os olhos de vidro congelados em direção ao norte. A placa diz que foi parte de um experimento e que morreu por injeções de cortisona. Ao morrer, pesava dez quilos, aproximadamente o peso de um poodle.

Fico olhando para as feições viscosas por mais alguns minutos, até que Rebecca me chama do outro lado da sala. Acena para que eu vá até um expositor de estômagos congelados do tamanho da parede. Flutuando em grandes vasilhas de formaldeído, as anomalias estão etiquetadas. Há uma série de bolas de pelo nos estômagos dos cães e seres humanos. Há um pote particularmente repugnante com um estômago que ainda contém o esqueleto de um animalzinho. "Impressionante!", diz a etiqueta. "Dolores Gaines, de Petersborough, Flórida, engoliu este filhotinho de gato."

Que coisa horrível, penso. *Será possível que ela não sabia o que estava fazendo?*

A parede próxima ao labirinto tem prateleiras com fetos de animais. Um bezerro, um cachorro, um porco, que Rebecca me informa que vai dissecar ano que vem na aula de biologia. Um ser humano em várias etapas: três semanas, três meses, sete meses. Quero saber quem quis pôr os próprios filhos neste museu. Onde estarão essas mães hoje?

Rebecca está diante dos fetos humanos. Mantém o dedo indicador no espécime de três semanas. Não é nem parecido com um bebê; assemelha-se mais a uma orelha de desenho, uma ameba rosa de lã escocesa. Há um ponto vermelho, como as tempestades de Júpiter, que é um olho. É do tamanho da unha do dedo mínimo de Rebecca.

— Eu era tão pequena? — diz ela retoricamente, e isso me faz sorrir.

No de três meses, já dá para começar a ver que é realmente um bebê. Uma cabeça de grandes dimensões, transparente, tem os finos vasos sanguíneos do negro olho encapuzado. Braços esquemáticos, dedos membranosos e pernas cruzadas saem do corpo, que é pouco mais que uma coluna.

— Quando uma mulher começa a parecer grávida? — pergunta Rebecca.

— Depende da pessoa — digo. — E acho que depende de estar grávida de um menino ou de uma menina. Eu não parecia grávida até quase três meses.

— Mas é tão pequeno. Não há nada para ver.

— Parece que os bebês carregam um monte de bagagem extra. Quando eu estava grávida de você, fazia estágio em uma escola de ensino fundamental, para o mestrado em fonoaudiologia. E naquela época não era permitido lecionar grávida. Bem, não era proibido, mas não era uma prática comum, e certamente a pessoa era demitida depois de dar à luz. Eu estava ficando cada vez maior e, para esconder a gravidez, usava umas túnicas estampadas horríveis. Todos os professores me diziam: "Jane, você está engordando", e eu respondia: "Sim, não sei o que fazer". Tinha que sair de reuniões de professores e consultas com estudantes para vomitar. Vivia dizendo que tinha contraído diferentes cepas de gripe.

Rebecca se volta, fascinada com essa história sobre si mesma.
— E daí?
— Daí as aulas acabaram. — Dou de ombros. — Tive você em julho, duas semanas depois que as aulas acabaram. Eu ainda tinha seis meses de aula no outono, de modo que seu pai cuidou de você. E, quando terminei, fiquei em casa com você até que entrou no maternal. Daí continuei meu curso e me formei.
— O papai ficou comigo em casa por seis meses? — pergunta ela. — Sozinho?
Assinto com a cabeça.
— Eu não sabia disso.
— Na verdade, eu tinha esquecido.
— A gente se dava bem? Quer dizer, ele sabia trocar fraldas e essas coisas?
Eu rio.
— Sim, ele sabia trocar fraldas. Também fazia você arrotar e lhe dava banho, e segurava você de ponta-cabeça nas costas, pelos tornozelos.
— Você o deixava fazer isso?
— Era o único jeito de você parar de chorar.
Rebecca sorri timidamente.
— Sério?
— Sério.
Ela aponta para o feto de sete meses, completo, com dedinhos, nariz e um broto de pênis.
— Agora, sim, é um bebê — diz ela. — Essa é a aparência que eles devem ter.
— Eles ficam maiores. A seleção natural podia ter encontrado um jeito mais fácil de reprodução. O parto é como tentar tirar um piano pela narina.
— É por isso que eu não tenho irmãos? — pergunta Rebecca.
Nós nunca conversamos sobre isso. Ela nunca perguntou, e nós nunca tocamos no assunto. Não há nenhuma razão real para não termos mais filhos. Talvez porque o acidente de avião nos assustou, talvez porque estávamos um pouco ocupados demais.
— Não precisamos de outras crianças — digo. — Conseguimos a perfeição de primeira.
Rebecca sorri novamente, parecendo-se com Oliver sob esta luz sombria.
— Até parece.
— Sim! Aliás, seu pai e eu já quisemos pôr você nesta exposição. Para ganhar uma grana extra. Três semanas, três meses, sete meses, quinze anos!
Rebecca me abraça. Quando fala, posso sentir seu queixo, moldado exatamente como o meu, pressionando meu ombro.

— Amo você — diz simplesmente.

Na primeira vez que Rebecca disse que me amava, comecei a chorar. Ela tinha quatro anos e eu havia acabado de enxugá-la com uma toalha depois de brincar na neve. Ela foi muito prosaica. Tenho certeza de que não se lembra, mas sei que Rebecca estava vestindo um macacão vermelho, que tinha flocos de neve hexagonais nos cílios, que suas meias saíram dos pés, amassadas e socadas nos dedos pelas botas.

Foi por isso que me tornei mãe, não foi? Não importa quanto tempo você tenha de esperar para que ela entenda de onde vem, não importa quantas crises de apendicite ou pontos tenha de sofrer, não importa quantas vezes sinta que a está perdendo, isso faz tudo valer a pena. Acima do ombro de Rebecca, há cérebros de macacos e olhos de cabras. Há um grosso fígado castanho enrolado dentro de um cilindro de vidro. E há uma fileira de corações dispostos por ordem de tamanho: rato, porquinho-da-índia, gato, ovelha, são bernardo, vaca. *O ser humano*, penso, *repousa em algum lugar no meio.*

48
OLIVER

Eles têm duas fitas no Blue Diner em Boston — os Meat Puppets e Don Henley —, e as alternam sem parar durante as vinte e quatro horas em que ficam abertos. Sei porque estive aqui tempo suficiente, vendo as mesmas garçonetes repetindo os turnos. Posso cantar a maioria das palavras de cada fita. Tenho de confessar que nunca tinha ouvido falar de nenhum deles, e fico me perguntando se Rebecca os conhece.

— Don Henley — Rasheen, a garçonete, diz ao encher de novo minha xícara de café. — Do Eagles. Sabe do que estou falando?

Dou de ombros, cantando com a fita.

— Deprimente — diz Rasheen rindo.

Da churrasqueira ensebada, Hugo, o cozinheiro com o polegar faltando, elogia:

— Você tem uma boa voz, Oliver, sabia?

— Bem — mexo em um sachê de açúcar —, sou conhecido por minhas músicas.

— Não brinca — diz Rasheen. — Espere, me deixe adivinhar. Já sei: blues. Você é um daqueles trompetistas sem graça que pensa que é Wynton Marsalis.

— Me pegou. Não consigo esconder nada de você.

Estou neste banco, no Blue Diner, em Kneeland, há tanto tempo que não sei se conseguiria usar as pernas para ficar em pé. Certamente, poderia ter pego um quarto no Four Seasons ou no Park Plaza Hotel, mas não fui vencido pelo desejo de dormir. Na verdade, não durmo desde que deixei Iowa, três dias e meio atrás, e dirigi sem parar através de Boston. Teria ido direto para Stow, mas, na verdade, estou apavorado. Ela é uma força sobrenatural que tenho de avaliar. Não, nada disso. Ela não é o problema. Eu sou o problema. Mas é mais fácil culpar Jane. Tenho feito isso por tanto tempo que é a primeira explicação que me vem à mente.

A direção do Blue Diner tem sido boa comigo, não me denunciando às autoridades por vadiagem. Talvez possam ver, pelo paletó amarrotado, ou pelos círculos embaixo dos olhos, que sou um homem angustiado. Talvez saibam pelo jeito como engulo a comida – três refeições ao dia, os especiais, reorganizando-a em padrões geométricos no prato até Rasheen, ou Lola, ou Tallulah decidirem que está fria o suficiente para levá-la de volta à cozinha. Quando alguém quer ouvir, falo sobre Jane. Às vezes, quando ninguém está ouvindo, falo de qualquer maneira, desejando que minhas palavras encontrem público.

É quase hora de Rasheen ir para casa, o que significa que Mica (apelido de Monica) vem. Comecei a contar o tempo com base nas chegadas e partidas do pessoal do Blue Diner. Mica é a garçonete da noite; estudante de higiene dental durante o dia. É a única pessoa que me fez perguntas. Quando lhe contei a história da fuga de Jane, ela apoiou os cotovelos na bancada branca manchada e descansou o rosto nas mãos.

— Tenho de ir agora, Oliver — diz Rasheen, vestindo um casaco do exército. — Imagino que vou ver você amanhã.

Assim que ela sai, Mica chega toda agitada, de uniforme rosa e casaco de couro sintético.

— Oliver — diz ela, surpresa ao me ver. — Esperava que você já tivesse ido embora. Não conseguiu dormir na noite passada?

Balanço a cabeça.

— Nem tentei.

Mica acena para Hugo, que, curiosamente, também parece não ter dormido. Ele está ali pelo mesmo período de tempo que eu. Ela se senta em um banquinho a meu lado e pega um bolinho de baixo de uma redoma arranhada de plástico.

— Sabe, estava pensando em você durante o sermão de hoje, e acho que a Jane ficaria muito impressionada. Pelo que você disse, acho que é um homem mudado.

— Gostaria de acreditar nisso — digo. — Infelizmente, não tenho a mesma convicção que você.

— Você não adora o jeito como ele fala? — Mica diz isso a ninguém em particular. — É como se fosse britânico, ou algo assim.

— Ou algo assim — digo.

Embora ela tenha perguntado, eu me recuso a lhe contar alguma coisa sobre minha vida, com exceção do fato de que venho de San Diego. De alguma forma, acredito que descobrir que sou um homem de Harvard, que vivi em Cape Cod quando era criança, vai acabar com a mística.

— Não é de admirar que a Jane tenha se apaixonado por você. — Mica vem até o balcão para se servir de um pouco de café. — Você é um sarrista.

Depois de nossa cerimônia de casamento, o reverendo nos levou à biblioteca da casa dos pais de Jane. Disse-nos que poderíamos aproveitar alguns momentos sozinhos; seria toda a paz e tranquilidade que teríamos naquele dia. Foi um gesto bonito, mas eu não tinha nenhuma informação urgente para compartilhar com Jane; parecia uma perda de tempo. Não me entenda mal: eu amava Jane, mas não me importava muito com o casamento. Para mim, o casamento era um meio para um fim. Para Jane, o casamento era um recomeço.

Quando Jane pronunciou seus votos, deu muita importância às ideias por trás das palavras, coisa que eu não posso dizer que tenha feito. Então, naqueles poucos momentos na biblioteca, foi ela quem falou. Disse que era a garota mais sortuda do mundo. Quem poderia imaginar que, de todas as mulheres por aí, eu a escolheria para passar a eternidade?

Ela disse isso com facilidade, mas acho que levou alguns meses para entender o que quis dizer. Jane estabeleceu facilmente uma rotina: buscar camisas da lavagem a seco, inscrever-se para cursos em San Diego, fazer compras, pagar a conta de telefone. Devo admitir, ela estava bem adaptada ao casamento, fazendo com que minha própria experiência fosse muito melhor do que eu imaginara. Todas as manhãs, dava-me um beijo de despedida e me entregava meu almoço embalado em um saquinho marrom. Toda noite, quando eu chegava em casa do Instituto, ela estava me esperando com o jantar e perguntava como havia sido meu dia. Gostou tanto do papel que me conquistou. Comecei a agir como marido. Ia na ponta dos pés para o chuveiro, quando ela estava lavando os cabelos, e a agarrava por trás. Checava quando ela entrava no carro, para me certificar de que estava usando o cinto de segurança.

Éramos pobres, mas Jane não parecia notar ou se importar. Uma noite, durante o jantar, ela largou ruidosamente o garfo e a faca ao lado do prato de porcelana e sorriu com a boca cheia de espaguete barato.

— A vida não é maravilhosa? — disse. — Nós temos tudo!

Naquela noite, ela acordou gritando. Sentei-me no escuro, temporariamente cego, e tateei até ela.

— Sonhei que você morreu — disse ela. — Você se afogou por causa de um problema com o tanque de oxigênio do equipamento de mergulho. E eu fiquei sozinha.

— Que bobagem. — Eu disse a primeira coisa que me veio à mente. — Nós checamos tudo.

— Não é isso, Oliver. E se um de nós morrer? O que vai acontecer?

Estiquei-me e acendi a luz para ver o relógio: três e vinte.

— Acho que nos casaríamos de novo.

— Simples assim? — Jane explodiu. Sentou-se na cama de costas para mim. — Não dá para simplesmente escolher uma mulher de uma prateleira.

— Claro que não. Eu só quis dizer que, se por acaso eu morrer jovem, quero que você seja feliz.

— Como eu posso ser feliz sem você? Quando nos casamos, tomamos a maior decisão da nossa vida, dizemos que vamos passar a eternidade com aquela pessoa. Então, o que fazemos se essa pessoa nos deixa? O que fazemos, uma vez que já estamos comprometidos?

— O que você quer que eu faça? — perguntei.

E Jane olhou para mim e disse:

— Quero que você viva para sempre.

Agora sei que deveria ter dito: "Quero que você viva para sempre também". Ou pelo menos devia ter pensado isso. Mas, em vez disso, recuei para a segurança da descoberta científica e disse:

— Ah, Jane, "para sempre" depende de gradientes de tempo. É um termo relativo.

Ela dormiu no sofá naquela noite, enrolada em um lençol extra. Neste ponto, Mica me interrompe:

— Meu tio foi hospitalizado por causa de um coração partido. Juro por Deus. Depois da minha tia Noreen ser atropelada por um caminhão. Dois dias depois, meu tio começou a ter convulsões.

— Tecnicamente, foi uma parada cardíaca — digo.

— Como eu falei — Mica insiste —, coração partido. — Ela arqueia as sobrancelhas como se afirmasse: *Eu te disse*. — O que aconteceu depois disso?

— Nada — digo a ela. — A Jane se levantou, fez meu almoço e me beijou como se nada tivesse acontecido. E, como nenhum de nós morreu, nunca tivemos de testar a teoria.

— Você acha que é possível se apaixonar mais de uma vez? — pergunta Mica.

— Claro que sim.

O amor sempre me pareceu uma questão tão etérea que não se pode fixá-lo a circunstâncias singulares.

— Você acha que é possível se apaixonar de mais de uma maneira?

— Claro — digo novamente. — Não quero falar sobre isso, não gosto de falar dessas coisas.

— Esse é seu problema, Oliver — Mica insiste. — Se você tivesse dedicado um pouco mais de tempo para pensar sobre isso, não estaria sentado em uma lanchonete estúpida chorando sobre o café.

O que ela sabe?, penso. É uma maldita garçonete. Assiste a novelas. Mica caminha para o outro lado do balcão e fica de frente para mim.

— Como ficou a casa depois que ela foi embora?

— Foi bom, na verdade. Eu tinha um monte de tempo livre, não tinha de me preocupar que meu trabalho ficasse no caminho de outras coisas.

— Que outras coisas?

— Coisas da família. Como o aniversário da Rebecca, por exemplo. — Tomo um gole de café. — Não, eu realmente não sentia muito a falta delas.

Claro que também não pude concluir nenhum trabalho, porque estava louco de ansiedade. Não conseguia parar de pensar em Jane. Abandonei uma importante excursão de pesquisa só para trazê-las de volta para casa.

Mica se inclina para frente; seus lábios estão a centímetros dos meus.

— Você está mentindo. — Então ela veste o avental e caminha em direção a Hugo. — Não dou ouvidos a mentirosos.

Mas eu estive esperando por ela todos os dias. Estive esperando por Mica para me ouvir.

— Você não pode me abandonar.

Ela vira as costas para mim.

— Não suporta ser abandonado duas vezes, não é?

— Quer saber como era realmente sem ela lá? Eu ainda podia senti-la na casa. Posso senti-la agora. A razão pela qual não durmo é que às vezes acordo no meio da noite e posso senti-la, se é que isso significa alguma coisa. Às vezes, quando estou sozinho, acho que ela está em pé atrás de mim, me observando. É como se ela nunca tivesse partido. É como sempre foi. — Ah, Jane. Apoio o rosto no balcão gelado. — Durante quinze anos, eu a beijei quando saía e quando voltava, mas era um hábito; eu nem percebia que fazia isso. Não poderia lhe dizer como era sua pele, se me perguntasse. Não poderia nem mesmo lhe dizer como era segurar a mão dela. — De repente estou chorando, coisa que eu não faço desde criança. — Não tenho nenhuma lembrança das coisas importantes.

Quando meus olhos se concentram novamente, Mica está conversando com Hugo e vestindo o casaco de couro sintético.

— Vamos lá — diz ela —, vou levar você para minha casa. Fica em Southey, e é uma boa caminhada, mas você consegue.

Ela coloca o braço em volta de mim, é quase tão alta quanto eu; inclino-me sobre ela para sair do banco. Levamos quinze minutos para chegar, e o caminho todo, como o idiota que imagino que pareço, não consigo me impedir de chorar.

Mica abre a porta do apartamento e pede desculpas pela bagunça. Espalhados pelo chão há caixas de pizza vazias e livros didáticos. Ela me leva a uma sala grande o suficiente para ser um quarto de vestir, onde há um futon branco e uma luminária de pé. Ela afrouxa minha gravata.

— Não pense bobagens — diz.

Deixo-a tirar meus sapatos e meu cinto e praticamente desabo no futon. Mica pega uma toalha e uma bacia de água e inclina minha cabeça sobre seu colo, limpando minhas têmporas.

— Apenas relaxe. Você precisa dormir um pouco.

— Não me deixe.

— Oliver — diz Mica, — eu preciso trabalhar, mas vou voltar, prometo. — Ela se inclina para perto de meu rosto. — Tenho um bom pressentimento.

Espera até pensar que estou dormindo, faz deslizar minha cabeça de seu colo e se arrasta para fora da sala. Estou fingindo porque sei que ela precisa voltar para a lanchonete. Precisa do dinheiro. Mica apaga as luzes e fecha a porta atrás de si. Tenho toda a intenção de me levantar e andar por ali, mas, de repente, meu corpo se torna tão pesado que fica difícil. Fecho os olhos e então a percebo ali.

— Jane — sussurro.

Talvez eu ficasse assim se você morresse. Talvez chorasse desejando que houvesse tido um minuto extra. Talvez gastasse meu tempo e dinheiro entrando em contato com médiuns, lendo sobre o mundo espiritual, na esperança de encontrar você e ter a chance de lhe dizer coisas que não disse. Talvez eu olhasse duas vezes no reflexo dos espelhos e vitrines na esperança de ver seu rosto novamente. Talvez me deitasse na cama como agora, com os punhos cerrados com tamanha força, tentando me convencer de que você está em pé, em carne e osso, diante de mim. Mas, com toda a probabilidade, se você estivesse morta, eu não teria nenhuma chance. Não conseguiria dizer o que devia ter lhe dito todos os dias: que eu amo você.

49
JANE

Com os movimentos de um dançarino experiente, o homem torce a ovelha para o lado, pegando-a pela coxa na curva da perna e fazendo-a rolar, um cruzamento entre um *pas de deux* e um golpe de luta. Quando a ovelha respira uniformemente, ele tosquia a lã, que cai em uma peça contínua. É branca; a parte inferior é lisa.

Quando termina, joga o barbeador no chão. Puxando a ovelha a seus pés, leva-a pelo pescoço para o cercado. Dá-lhe um tapinha no flanco, e a ovelha foge, nua.

— Com licença — digo —, você trabalha aqui?

O homem sorri.

— Digamos que sim.

Eu me aproximo uns passos, observando o feno molhado para que não fique grudado nos tênis ainda brancos.

— Você conhece Joley Lipton? Ele trabalha aqui também.

O homem acena com a cabeça.

— Levo você até ele em um minuto, se quiser. Tenho mais uma para tosquiar.

— Ah — digo —, certo.

Ele me pede para ajudar, para ir mais rápido. Aponta para a porta do celeiro. Eu me volto para Rebecca balbuciando: "Não acredito". Sigo-o pelo celeiro.

— Ei, mocinha — sussurra o homem —, ei, minha linda cordeirinha. Vou chegar um pouco mais perto. Vou chegar um pouco mais perto.

Ao dizer isso, está rastejando para frente e, a seguir, com um grito, afunda as mãos na lã do traseiro da ovelha.

— Segure deste lado. Ela é jovem e mal-humorada, e vai fugir.

Eu faço o que ele fez e me debruço sobre ela com os dedos na lã. Seguimos os três para a esteira marrom.

— O que você quer que eu faça com isto? — pergunto, imaginando se devo ir sozinha procurar Joley.

Só Deus sabe quanto tempo isso vai levar.

— Coloque-a aqui — diz o homem, apontando com o queixo vários metros adiante.

Ele solta seu lado, e seguindo o exemplo, faço o mesmo. A ovelha dá uma rápida olhada em mim e foge.

— O que você está fazendo? Pegue-a! — grita o homem.

Rebecca corre até a ovelha, mas ela dispara em outra direção.

O homem olha para mim, incrédulo.

— Pensei que era só pôr ali — digo em explicação.

O mínimo que posso fazer é pegar a maldita coisa. Corro para um canto do cercado e tento afundar os punhos na lã do pescoço da ovelha novamente. Mas de repente perco o equilíbrio e, embora tente me segurar na cerca, em Rebecca, agarro o nada e caio chapinhando no esterco.

— Rebecca — digo, contendo as lágrimas —, venha aqui.

O homem está rindo a distância. Pega a ovelha facilmente, ergue-a e a leva para a esteira marrom. Tosquia a coisa em segundos, enquanto tento sacudir estrume de ovelha das pernas. Não consigo me livrar do cheiro.

— Que azar — diz o homem, caminhando.

Já aguentei o bastante desse idiota.

— Tenho certeza de que este não é um comportamento apropriado para um agricultor — digo, usando minha mais educada voz de coquetel. — Quando eu contar ao Joley, ele vai denunciar você à pessoa que administra o local.

O homem me oferece a mão, mas a retira quando vê o que está cobrindo meus dedos.

— Não estou muito preocupado com isso — diz. — Sou Sam Hansen, e você deve ser a irmã do Joley.

Esse idiota, penso, *esse babaca que resolveu me humilhar, é o garoto prodígio que Joley tanto elogia?*

Afasto-me, de constrangimento ou pura raiva, ou qualquer outra coisa, e sussurro para Rebecca:

— Quero me limpar.

Sam nos leva até a Casa Grande, como ele a chama, uma modesta mansão com vista para as centenas de acres de maçãs. Ele recita datas e fatos que eu imagino que são para nos impressionar: foi construída no século XIX, está cheia de antiguidades, blá-blá-blá. Ele me guia pela escada em espiral até o segundo quarto à direita.

— Suas coisas ainda estão no carro? — pergunta ele, como se a culpa fosse minha também. — Este era o quarto dos meus pais. As coisas da minha mãe vão lhe servir. Dê uma olhada no armário.

Ele sai e fecha a porta atrás de si. É um quarto bonito, com uma cama com dossel, uma mesa de cabeceira onde se empilham caixas de madeira com bordas trabalhadas, cortinas e um edredom listrado de azul e branco. Não há cômodas, ou gabinetes, ou armários. Apoio-me na parede e me pergunto onde os pais de Sam colocavam suas roupas e, quando me endireito de novo, a parede se abre, articulada pelo lado de dentro, levando a um armário escondido do tamanho do próprio quarto.

— Que legal — digo a mim mesma.

Quando se fecha o armário, o papel de parede encaixa tão exatamente — flores de milho azuis — que não dá para saber que havia uma porta. Pressiono a parede novamente e ele salta fora do gancho magnético. Dentro, há quatro ou cinco vestidos de verão e saias, não tão deselegantes como eu havia imaginado. Pego uma saia estampada bonita, dois números maior que o meu, e a prendo na cintura com um lenço que encontro preso em um gancho dentro do armário.

Estou tentada a deixar a roupa suja no chão do quarto, mas algo me diz que não haverá serviço de limpeza. Então, recolho-as em meus braços, do avesso, e desço as escadas. Rebecca e Sam estão esperando.

— O que faço com isto?

Sam olha para mim:

— Lave — diz ele, e então se volta e sai pela porta.

— Ele é um anfitrião e tanto — digo para Rebecca.

— Acho que ele é muito engraçado.

Ela me mostra onde fica máquina de lavar.

— Graças a Deus. Eu estava esperando uma tábua de esfregar roupa.

— Vocês vêm ou não? — grita Sam através da porta de tela. — Não tenho o dia todo.

Nós o seguimos através do pomar, e tenho de dizer que é muito bonito. Árvores espalham os ramos em abraços de polvo, adornadas com folhas verdes enceradas e colares de brotos. Estão plantadas em linhas organizadas, em filas, com bastante espaço entre si. Algumas cresceram tanto que seus galhos se entrelaçam aos da árvore ao lado. Sam diz que partes do pomar são de varejo e partes são comerciais. Cada área arborizada é cortada por várias trilhas, e as placas nas trilhas dizem o que é cultivado e para quem é vendido.

— Hadley — Sam grita, aproximando-se de uma árvore —, venha conhecer os parentes do Joley.

Um homem desce uma escada escondida pelo tronco da macieira. Ele é alto e tem um sorriso descontraído. Pela aparência, imagino que tem a mesma idade de Sam. Toma minha mão e a aperta.

— Hadley Slegg. Prazer em conhecê-la, senhora.

Senhora. Quanto decoro. Ele obviamente não é parente próximo de Sam. Caminha conosco em direção ao quarto inferior do pomar, onde imagino que vamos encontrar Joley. Mal posso esperar para vê-lo — faz muito tempo que não o vejo, realmente não sei o que esperar. Será que seus cabelos estão mais compridos? Será que vai falar primeiro, ou só me abraçar? Será que vai estar diferente?

— Ouvi dizer que você viajou bastante — diz Sam.

Dou um pulo; esqueci que ele está aqui.

— Sim — digo. — Por todo o país. Claro, também fui para a Europa e a América do Sul, com as pesquisas do meu marido. — Gaguejo um pouco na palavra *marido* e pego Sam olhando para mim. — Muitos lugares interessantes, na verdade. Por quê? Você viaja?

— O tempo todo. Em espírito, pelo menos. — Deixa a coisa assim, enigmáticas, por um instante, tempo suficiente para eu imaginar se existem mais coisas para ele além do que seus olhos conhecem. — Nunca saí da Nova Inglaterra, mas provavelmente já li mais livros sobre viagens e exploração que qualquer pessoa.

— Por que você não faz uma viagem?

— Não há folga para quem dirige um lugar como este. — Ele tem um sorriso bonito, só não parece usá-lo muito. — No segundo em que puser os pés fora daqui, vou pensar em tudo que estará dando errado. É mais fácil agora que o seu irmão está aqui. Entre ele e o Hadley, divido muita responsabilidade. Mas não é como uma empresa comum. Não dá para reagendar a produção de uma árvore frutífera como se reprograma um compromisso.

— Entendo — digo, sem entender de fato.

Andamos alguns metros sem dizer nada.

— Então, para onde você realmente gostaria de ir? — pergunto.

— Para o Tibete — diz Sam sem hesitação. Isso me surpreende. A maioria das pessoas diz França ou Inglaterra. — Eu gostaria de trazer de lá algumas das cepas asiáticas de maçãs e propagá-las neste clima. Em uma estufa, se necessário.

Pego-me olhando para ele. É jovem, mais novo que Joley, mas já tem um início de linhas em torno dos cantos da boca. Tem cabelos escuros e um queixo forte, quadrado, e um bronzeado permanente. Quanto aos olhos, não dá para dizer nada deles. São de néon, de verdade. Azuis, mas não como os de Oliver. Eles queimam.

Sam olha para cima e, envergonhada, eu me viro.

— O Joley nos contou que você fugiu de casa — diz ele.

— O Joley disse isso?

— Algo sobre uma briga com seu marido.

Sam está blefando, penso. *O Joley não diria isso às pessoas.*

— Acho que não é da sua conta.

— Bem, de certa maneira é. O que você faz é problema seu, mas não quero problemas aqui.

— Não se preocupe. Se o Oliver aparecer, não haverá um duelo de morte. Sem sangue, prometo.

— É uma pena — diz ele. — Sangue é um bom fertilizante. — Começa a rir, surpreso por eu não achar engraçado. Limpa a garganta. — Você trabalha em quê?

Digo-lhe que sou fonoaudióloga. Olho para ele.

— Quer dizer que eu vou a escolas na área de San Diego e diagnostico crianças com problemas de fala causados por ceceios, fenda palatina etc.

— Acredite ou não — diz Sam com sarcasmo —, eu frequentei a escola.

Ele balança a cabeça e anda mais rápido.

— Não quis dizer isso — digo. — Muita gente não sabe o que um fonoaudiólogo faz. Acabei me acostumando a explicar.

— Ouça, eu sei de onde você é. Sei o que pensa sobre pessoas como eu. E, para dizer a verdade, não dou a mínima.

— Você não sabe nada sobre mim.

— E você não sabe nada sobre mim — diz Sam. — Então, vamos deixar por isso mesmo. Você quer vir aqui visitar seu irmão, tudo bem. Quer ficar um pouco, sem problemas. Vamos apenas dizer que eu vou fazer do meu jeito e você do seu.

— Tudo bem!

— Tudo bem.

Cruzo os braços e olho a calma plana do lago no vale.

— Gostaria de saber por que você não me ajudou lá.

— No estrume? — Sam se inclina para perto de mim e posso sentir o cheiro do suor, ovelhas e o mel do feno. — Porque eu sabia exatamente quem você era.

— O que quer dizer com isso? — digo, indo atrás dele, que já saiu andando a passos largos, despreocupados. — Que diabos isso quer dizer? — Ele dá de ombros. — Porco — digo baixinho.

Dou apenas mais dois passos e vejo a escada encostada na alta árvore germinante.

— É o Joley — grito. — Joley!

Recolho a saia estampada da mãe de Sam e corro pelo campo.

Joley está enrolando um tipo de fita isolante verde em volta de um galho. Seu cabelo ainda é leve e cacheado em volta das orelhas. É magro, forte, elegante. Ele abre os olhos de longos cílios escuros e se volta para mim.

— Jane — diz, como se realmente fosse inesperado me encontrar ali.

Ele sorri e o mundo vira do avesso. Pula da escada e me abraça.

— Como você está? — sussurra em meu pescoço.

Pisco para conter as lágrimas. Esperei tanto por isso.

Joley afasta os braços ainda me segurando, passando os olhos suavemente por meu rosto, ombros e quadris. Ainda segurando minha mão, caminha para Rebecca.

— Parece que você sobreviveu à viagem, Rebecca — diz, e lhe dá um beijo na testa.

Ela se curva, como se estivesse recebendo uma bênção. Joley sorri para Sam e Hadley.

— Presumo que já se conheceram.

— Infelizmente — murmuro.

Sam me encara furiosamente, e Joley olha de um para o outro, mas nenhum de nós vai dizer coisa alguma.

Joley bate as palmas e entrelaça os dedos.

— Bem... que bom que está aqui. Temos muita coisa para contar um ao outro.

Sam, em um ataque de bondade inesperada, dá a Joley a tarde de folga. Estamos um na frente do outro só nos olhando, até que todo mundo desaparece. *Meu irmão mais novo*, penso. *O que eu faria sem ele?*

Joley me leva até uma árvore gorda atrofiada com galhos baixos. A julgar por sua aparência, enegrecida e sem folhas, não vai sobreviver.

— Estou fazendo o melhor possível — diz ele —, mas você está certa. Não tenho certeza quanto a esta árvore aqui.

Ele estica um dos braços dobrados e caminha para mim, indicando que eu faça o mesmo. Olhamos um para o outro e começamos a falar ao mesmo tempo. Rimos.

— Por onde começamos? — pergunta Joley.

— Podemos começar com você. Quero lhe agradecer por me trazer para cá.

Sorrio pensando em suas cartas reflexivas, no papel pautado amarelo, palavras escritas sem margens, precipitadas, como se houvessem caído na folha sem a adesiva estrutura da sentença.

— Eu não teria conseguido sem você — digo.

— Estou feliz porque não precisou fazer isso sozinha. Você está ótima, mais bonita do que nunca.

— Ah, que bobagem! — digo, mas Joley meneia a cabeça.

— De verdade.

Ele sorri e segura minha mão, amassando-a com os dedos como se fosse começar uma reanimação.

— Você está feliz aqui? — pergunto.

— Olhe para este lugar, Jane! É como se Deus tivesse deixado cair esta linda montanha e este lago, e eu tenho a sorte de trabalhar aqui. Se é que se pode chamar isso de trabalho. Eu conserto o que não dá para consertar. Trago árvores de volta dos mortos. — Ele me olha nos olhos. — Virei um mito, o deus das segundas chances.

Eu rio.

— É a sua cara. Não é à toa que estou aqui.

— O que nos leva a você. — Joley olha para mim, esperando que eu comece a falar.

— Não sei por onde começar.

— Comece por qualquer lugar — diz ele. — Vai chegar ao cerne.

— O que posso lhe dizer — dou uma risada nervosa — é que não fui embora depois de pensar muito sobre isso. Fui embora por impulso. Simples assim — estalo os dedos. — Não sei mais o que estou fazendo.

— O que fez você bater no Oliver? — Joley sorri. — Não me leve a mal. Não é que eu não ache que foi uma ótima ideia.

— Você sabe a resposta padrão para isso. Criança abusada cresce e se torna abusadora. Tenho pensado muito no papai nos últimos tempos. É clássico, não é? Os pecados dos pais recaem sobre os filhos.

Joley estica minha mão na perna de sua calça jeans.

— Você acha que ele está vindo para cá?

— Eu lhe dou dez dias, no máximo — Faço girar a aliança, que ainda estou usando, para minha própria surpresa. — A menos, é claro, que ele tenha decidido ir para a América do Sul como havia planejado. Nesse caso, tenho um mês de clemência.

— Odeio admitir isso, mas você o amava.

Joley sabe chegar ao cerne da questão mais rápido que qualquer pessoa que conheço.

— Eu amava a ideia de estar apaixonada por ele — digo —, mas isso pode ser um pobre substituto para uma vida de verdade. — Fico olhando para meu irmão. — Já lhe disse que isso não tem a ver com o Oliver, tem a ver comigo. Só bati nele quando estávamos brigando. Quer dizer, estávamos discutindo sobre se deviam ficar em meu armário minhas caixas de sapatos ou os arquivos dele. Isso não acaba com um casamento.— Olho para o meu colo. — Estou com medo. Passei quinze anos cortando frutas do jeito que o Oliver gosta, dobrando sua roupa, arrumando sua bagunça. Fiz tudo o que devia fazer. Não sei o que me fez bater nele aquele dia. Talvez tenha sido só uma saída.

— É isso que você está procurando?

— Não sei o que estou procurando — suspiro. — Eu me casei jovem, tive um bebê jovem. Então, quando as pessoas me perguntavam quem eu era, eu respondia "esposa" ou "mãe". Não posso lhe dizer como *eu* sou, como a *Jane* é.

Os olhos de Joley não se afastam de meu rosto.

— O que você quer?

Fecho os olhos e tento imaginar.

— Ah, Joley — digo —, vou voltar para casa e ser a mulher ideal, a mãe perfeita, vou fazer tudo que venho fazendo e nunca trarei isso de novo à tona. Vou viver a vida mais ordinária que já existiu, desde que você me prometa que terei cinco minutos maravilhosos antes de tudo acabar.

50
SAM

Desde o início, há atrito. Sei que ela está vindo, mas não estou olhando para frente, e com certeza vai aparecer bem quando eu estiver no meio da tosquia. Eu a vejo sair do carro com a menina, mas finjo que não a ouvi chegar. Estou tosquiando a ovelha quando ela entra no curral. Não posso dizer muita coisa sobre ela porque estou olhando para a ovelha; só que tem pernas muito boas. Tento me concentrar em tosquiar em linha reta, em descamar a lã pelo flanco da ovelha como se fizesse filés de robalo. Uma boa lã vale mais ou menos um dólar e setenta centavos por quilo, atualmente; a lã da barriga é um pouco mais barata. Quando minha mãe era viva, cardava e fiava a lã, e depois tricotava alguma coisa: um pulôver, uma túnica. Mas, hoje em dia, só vendemos a lã para a associação da cidade. De vez em quando, compro um dos cobertores que eles tecem com a lã das ovelhas de todo mundo.

Ela está pisando em volta do feno como se fosse um campo minado. Pelo amor de Deus, é só estrume. Metade dos legumes do supermercado que ela come, provavelmente, foram adubados com estrume. Ela me pergunta se conheço Joley.

Talvez eu não devesse ter dificultado tanto as coisas. Afinal de contas, realmente não a conheço. Estou só pressupondo. Ainda assim, não consigo resistir. Como quero vê-la fora de seu elemento, peço que me ajude a pegar a próxima ovelha, e ela me segue pelo celeiro. Já estou vendo que vou dar boas risadas, e depois lhe digo quem sou.

Ela acompanha minhas ações, cavando na lã como se estivesse embaraçando os dedos em uma rede, e caminhamos lentamente, curvados, com a ovelha entre nós. Ela me segue até onde eu estava fazendo a tosquia. Olho-a de soslaio, impressionado. Não tem medo de sujar as mãos, pelo menos. Tem testa alta e um narizinho que arrebita no fim, pequeno demais para o rosto. Não diria que é de arrasar, mas está bem. De um jeito novo e recém lavado. Claro, não a estou vendo arrumada. Lá de onde vem, provavelmente, usa toda aquela maquiagem e joias pesadas e roupas com cortes malucos.

Tenho que me impedir de sorrir: ela está fazendo um bom trabalho. Soltei a ovelha para pegar o barbeador e, de repente, o animal sai em disparada, indo direto para a menina.

— O que você está fazendo? — grito a primeira coisa que vem à mente. — Pegue-a!

A menina — Rebecca é o nome dela — mergulha em direção à ovelha, mas ela corre na direção oposta. Volto-me para a irmã de Joley. Simplesmente não consigo acreditar que alguém seria estúpido o suficiente para deixar uma ovelha escapar antes da tosquia.

— Pensei que era só pôr ali — diz ela.

Só o que precisa é ter bom senso, pelo amor de Deus. Ela olha para mim com um olhar apologético e, quando vê que não está funcionando, corre atrás da ovelha sozinha. Arremete para cima dela, mas não vê o estrume empilhado sobre o feno. Naturalmente, cai bem no meio daquilo.

Eu não pretendia que nada disso acontecesse, juro. Esperava me divertir um pouco com ela, fazer a velha garota de Newton ver como é trabalhar em uma fazenda, e então a levaria até Joley. Mas, agora que aconteceu, realmente, é uma piada. Para me impedir de rir, pego a ovelha e ponho toda minha atenção na tosquia. Passo o barbeador pela barriga, pelas pernas traseiras, entre as patas, em volta do pescoço. Uso minhas pernas e joelhos para mantê-la deitada enquanto corro o barbeador sobre seus flancos, deixando a lã cair como um tapete de neve. É perfeita, branca por dentro com apenas algumas manchas de lanolina. Salta para trás ao toque, ondulada pelos óleos naturais da pele. Em poucos minutos, quando termino com a ovelha, dou-lhe um leve tapa na perna. Ela dispara, olhando para mim uma vez, um pouco irritada. Dispara para longe, adentra o campo com as outras ovelhas.

Vou até onde está a irmã de Joley, esfregando as costas no corrimão partido. Ela faz de tudo para não tocar na coisa. Não me controlo, rio na cara dela. Está com um cheiro terrível, até o cabelo tem esterco incrustado.

— Que azar — digo, mas o que realmente quero dizer é: sinto muito.

Ela parece tão fora do lugar e incrivelmente triste que redescubro minha consciência. Estou prestes a lhe dizer quem sou e como realmente não queria que isso acontecesse, quando ela passa por uma transformação. É uma coisa física — os ombros e o queixo se erguem e os olhos ficam muito escuros. De repente, diz com arrogância:

— Tenho certeza de que este não é um comportamento apropriado para um agricultor. Quando eu contar ao Joley, ele vai denunciar você à pessoa que administra o local.

— Não estou muito preocupado com isso — digo secamente, e conto quem sou.

Estendo a mão, mas, pensando bem, retiro-a. A menina se apresenta. Está rindo, o que me faz pensar que ela vai fazer ficar tudo bem.

— Vamos lá — digo. — Você pode se limpar na Casa Grande.

Mostro os quartos a elas, pensando que é o mínimo que posso fazer depois do fiasco, e digo a Jane que fique à vontade com as roupas que minha mãe deixou no armário. Vão ficar grandes, mas ela pode descobrir isso sozinha. Quase bate a porta do quarto em minha cara, e desço a escada indo até Rebecca, que está espiando em cada gaveta de um antigo boticário da mãe de minha mãe.

— Não tem nada aí — digo, pegando-a pelo pulo.

Ela dá um salto de alguns metros no ar.

— Desculpe — diz —, não queria ficar xeretando.

— Claro que queria. Mas tudo bem. Esta é a sua casa agora; por um tempo, pelo menos.

Abro uma das gavetas e pego uma moeda de 1888 com a cabeça de um índio gravada. Fico imaginando se ela sabe que significa boa sorte.

Rebecca começa a vagar pelos outros cômodos: a sala de estar, a cozinha de azulejos azuis, a biblioteca, com livros de parede a parede, especialmente em lugares exóticos, que eu comprei ao longo dos anos.

— Uau — diz ela, pegando um livro de mesa sobre as Montanhas Rochosas canadenses. — Você já esteve em todos esses lugares?

Entro na biblioteca atrás dela.

— Sabe o que é um viajante mental?

— É o que fui antes deste verão.

Ela sorri para mim, um sorriso aberto, como se não tivesse absolutamente nada a esconder. Gosto dela.

— Vou me sentar lá fora. Pode olhar tudo o que quiser.

Deixo-a olhando para um sextante antigo sobre o console da lareira.

— É para navegação — digo enquanto saio.

Ela se aproxima e eu me viro; o velho assoalho suspira sob seu peso.

Está quente, mas não opressivo. O verão tem sido assim. Fico olhando para o relógio, impaciente, o que não é justo. Faz só quatro minutos que deixei a irmã de Joley lá em cima, e ela tem que se lavar; e, pensando bem, é culpa minha ela estar imunda. Olho para o pomar, que dá para ver inteiro, muito bem, da Casa Grande, tentando encontrar Joley ou Hadley, ou alguém que possa me livrar delas. Não sou muito bom com visitantes, nunca sei o que dizer. Especialmente neste caso; não espero que uma mulher da Califórnia entenda minha vida mais do que eu poderia entender a sua. Meus olhos correm pelas trilhas que separam os diferentes estoques do pomar, observando quais grupos de árvores precisam ser pulverizados, quais precisam ser podados. Olho para essas filas, mas continuo vendo-a. Em pé no closet, tirando a blusa. Enfio as mãos nos bolsos e começo a assobiar.

Quando ela desce as escadas, está usando uma saia estampada de minha mãe. Tem todos os tons loucos de pêssego, como um pôr do sol quente e úmido, e meu pai criou tanto caso dizendo que era uma monstruosidade que ela a deixou para trás quando se mudou. É verdade, era muito vistosa em seus quadris largos, mas, na irmã de Joley, é quase elegante. Está ajustada na cintura, onde ela enrolou um velho lenço — é possível que caiba em volta dela? Os braços, que são finos demais para meu gosto, espiam palidamente pelas mangas grandes demais. E esses tons de pêssego aparecem também em seu rosto, o que faz tudo combinar.

Ela está segurando as roupas sujas.

— O que faço com isto?

Minha voz não é minha. É rouca e sai desigual:

— Lave — digo; volto-me e saio andando antes que ela perceba.

Elas me alcançam rápido, e tento evitar uma conversa falando sobre o pomar. Quando dá para ver o lago Boon ao pé do pomar, digo a Rebecca que é grande o suficiente para nadar, e, caso ela pesque, aviso que há robalos. Pego Jane olhando as árvores frondosas mais velhas nesta seção do pomar — área das McIntosh —, e a seguir observando a lagoa. Quando passo por ela, posso sentir o cheiro de limão e folhas frescas. Sua pele, mesmo tão perto, faz lembrar a borda interna de uma flor de maçã silvestre, impecável.

— Hadley! — chamo.

Ele desce da escada atrás de uma árvore que estava podando. Quando o apresento, Hadley faz tudo que eu não fiz no celeiro. Pega a mão de Jane e chacoalha para cima e para baixo; inclina a cabeça para Rebecca. Então, olha-me daquele jeito, como se soubesse que ela já está cansada de mim.

Imediatamente fica para trás para falar com Rebecca — Hadley é um juiz de caráter muito rápido —, deixando-me conversar com Jane. Penso em andar os próximos dez acres sem dizer uma palavra, mas já fui rude o suficiente por hoje. *Bem, Sam, digo a mim mesmo, elas atravessaram o país. Certamente você pode pensar em alguma coisa relacionada a isso.*

— Ouvi dizer que você viajou bastante.

Ela dá um pulo, assim como Rebecca fez quando a peguei fuçando no boticário.

— Sim — diz ela com certa cautela —, por todo o país. — Ela olha para mim como se quisesse que eu avaliasse o que disse, mas daí vem esse olhar de novo, altivo, superior. — Claro, também fui para a Europa e a América do Sul, com as pesquisas do... meu marido.

É verdade, Joley me falou do cara das baleias e por que Jane o deixou.

— Por quê? — pergunta ela. — Você viaja?

Sorrio e digo que já fui para todo lugar, pelo menos em espírito. Mas não sei dizer o que ela acha disso, até que me pergunta por que não faço uma verdadeira viagem. Tento explicar que dirigir um pomar é diferente de administrar qualquer outro negócio, mas ela não entende. Não que eu esperasse que entendesse.

— Então, para onde você realmente gostaria de ir? — pergunta, e imediatamente tenho uma resposta.

Adoraria ir ao Tibete, só por causa do que poderia trazer de lá. Sei que tecnicamente leva meses para importar produtos agrícolas, e eu nunca passaria pela alfândega com uma árvore, mas, se fosse uma quantidade pequena o suficiente de brotos, poderia escondê-los na bagagem sem problemas. Pode imaginar o que seria trazer uma Spitzenburg original, ou até mesmo uma mais velha, e fazê-la viver de novo?

Percebo que estou falando demais e, ao me voltar, vejo-a olhando para mim. Isso me pega de surpresa, e, como um idiota, digo a primeira coisa que me vem à mente:

— O Joley nos contou que você fugiu de casa.

Todo o sangue desaparece de seu rosto, juro.

— O Joley disse isso?

Digo que acho que é algo a ver com o marido. Não tenho intenção nenhuma com isso, mas seus olhos ficam violentos, todas as partes claras enegrecendo como os de um puma. Ela se endireita e diz que não é da minha conta.

Meu Deus, ela é arrogante. Como se eu tivesse mencionado um grande segredo. Só estou repetindo o que o próprio irmão me contou. Se quiser ficar brava, que desconte em Joley, não em mim.

Não tenho de aguentar isso, não em minha própria terra. Eu devia saber desde o início. Nada mudou em relação aos gostos dela e aos meus; certas árvores não podem ser enxertadas; certos estilos de vida não se misturam.

Ela cruza os braços.

— Você não sabe nada sobre mim.

— E você não sabe nada sobre mim — digo, já quase gritando. — Então, vamos deixar por isso mesmo. Você quer vir aqui visitar seu irmão, tudo bem. Quer ficar um pouco, sem problemas. — Posso sentir o suor começando a correr por meu rosto. — Vamos apenas dizer que eu vou fazer do meu jeito e você do seu.

Ela balança a cabeça, e uma mecha de seu rabo de cavalo vai parar em sua boca.

— Tudo bem!

— Tudo bem.

Resolvido. Tenho uma política com Joley e Hadley: podem trazer quem eles quiserem aqui como visitantes; problema deles, e serão mais que bem-vindos. Então, se Joley quer que sua irmã fique aqui um tempo, não vou me meter. Mas com certeza não vou tomar conta dela.

— Gostaria de saber por que você não me ajudou lá.

— No estrume? — digo e sorrio, satisfeito.

Por causa de todas as vezes que seus amigos apontaram para mim quando eu estava na escola. Por causa daquelas festas onde eu era apenas um garoto, e uma garota como você me usou. Porque eu podia olhar, mas não tinha direito de tocar.

— Porque eu sabia exatamente quem você era.

Triunfante, ando na direção da seção comercial. Então ouço a voz dela, musical como um cardeal:

— Joley — ela grita. — É o Joley!

É impressionante vê-los desta distância; o rapaz em quem passei a confiar como um irmão e a mulher que não me fez nada, mas que me entristeceu a partir do momento em que chegou. Joley não a ouve. Está com as mãos em volta de uma árvore que foi enxertada; a cabeça está inclinada quase com reverência, disposto a fazê-la viver. Um segundo depois, quando levanta a cabeça daquele jeito, meio atordoado, vê Jane e pula dos altos degraus da escada para encontrá-la. Levanta-a e roda com ela, e Jane envolve o pescoço dele com os braços e se agarra como se estivesse se afogando e encontrasse um porto seguro. Nunca vi duas pessoas tão diferentes combinarem tão perfeitamente.

Hadley, eu e Rebecca vemos isso e ficamos meio desconfortáveis. Não que nos sintamos invadindo; é como se tudo, o pomar, o lago, o céu, o próprio Deus devesse dar ao dois um pouco de privacidade.

— Por que não tira o resto da tarde, Joley? — digo baixinho. — Já que você nunca vê sua irmã.

Começo a voltar para o celeiro pensando que posso limpar a sujeira da tosquia. Preciso separar a lã da última ovelha, amarrar os sacos e levá-los para a cidade ainda esta semana. Deixo Hadley cuidando de Rebecca, pensando que os dois estão se dando bem. E então, com o sol queimando a nuca, sigo meu caminho pelo pomar.

Nunca tive tanta antipatia por alguém tão rapidamente. Poderia dizer que não fui justo com ela, com o acidente da tosquia e tudo, mas certamente lhe dei muitas chances de ver que não fiz de propósito. Dez acres de volta para o celeiro é um longo caminho, e o tempo todo estou pensando em Jane Jones; o rosto corado da mesma cor do vestido da minha mãe e como, em um minuto, ela agiu de forma hipócrita e, no minuto seguinte, precisou se agarrar a Joley como apoio.

Tento fazer algumas coisas quando volto à estufa, mas não me concentro. Continuo lembrando coisas estúpidas da época do colégio — incidentes ridículos com as meninas da cidade, com quem muito provavelmente Jane andava. Parece que sempre me inclinei para este tipo: meninas que pareciam esfregar o rosto com tanta força que as bochechas ficavam cor-de-rosa; meninas que tinham cabelos lisos e brilhantes e das quais, se você chegasse perto, sentia o cheiro de framboesa. Eu ficava louco por elas à primeira vista; meu coração batia a mil por hora e minha garganta ficava oca até que eu tomava coragem de ir lá e tentar mais uma vez. *Nunca se sabe*, eu dizia a mim mesmo. *Talvez essa garota não saiba de onde você é. Talvez não se importe.* Mas aprendi. Elas não precisam dizer abertamente; sua mensagem vem alta e clara: Atenha-se a sua própria espécie.

Este foi meu primeiro erro em relação a Jane Jones. Eu devia tê-la deixado seguir o próprio caminho. Devia ter apontado em direção a Joley e não ter perguntado se poderia me ajudar com a tosquia. Comecei fazendo isso só para dar umas risadas, mas não estava certo. Ela não é como nós. Não entenderia a piada.

Noto, então, que saí da estufa sem perceber, e estou em pé na frente de uma macieira morta, olhando para Joley e a irmã. Ele me vê e acena. Vindos de outra direção, Hadley e Rebecca se aproximam.

— Onde vocês estavam? — pergunta Joley. — Estávamos nos preparando para almoçar.

Abro a boca, mas não sai nada.

— Descemos até a beira do lago — diz Hadley. — A Rebecca estava me contando as coisas estúpidas que você fazia nas festas de Natal da família.

Ele tem dom para situações como essa. Consegue desembaraçar nós, aliviar torcicolos, deixar todos à vontade.

— Sam — ela está falando comigo —, o Joley disse que você tem cem acres aqui.

Olha diretamente para mim, alegre e amigável.

— Você entende alguma coisa de maçãs? — digo, muito rude.

Ela balança a cabeça, de modo que o rabo de cavalo salta em seus ombros. Rabo de cavalo... não se veem muitas mulheres adultas com um. *Este* é o problema com ela.

— Então, isso não lhe interessaria.

Hadley olha para mim como se dissesse: *Que diabos deu em você?*

— Claro que sim. Que variedades você planta aqui?

Quando não digo nada, Hadley e Joley passam a recitar todas as variedades do pomar. Ando até a árvore morta, a poucos centímetros dela, e pego a casca de um galho. Finjo que estou fazendo algo importante.

Jane vai até uma árvore próxima.

— E quais são essas?

Ela pega uma Puritan, ergue-a em direção ao sol quente do meio-dia e, a seguir, leva-a aos lábios, preparando-se para mordê-la. Vejo a cena por trás e sei o que ela está prestes a fazer. Sei também que esta seção foi pulverizada com pesticidas hoje de manhã. Eu me movo rapidamente, por instinto, e jogo o braço por cima do ombro dela; suas costas encostam em mim, bruscas e quentes. Consigo bater na maçã, que cai e rola, livre do aperto de sua mão, caindo pesadamente como uma pedra virada.

Ela se volta; os lábios estão a centímetros de meu rosto.

— Pelo amor de Deus, qual é o seu problema?

Penso: *Entre em seu carro e volte para o lugar a que pertence. Ou então deixe suas grandes ideias para trás e me deixe administrar meu lugar do jeito que eu sei que deve ser administrado.* Penso: *Aqui eu sou o maior peixe na lagoa.* Por fim, aponto para a árvore da qual ela pegou a fruta.

— Elas foram pulverizadas hoje — digo. — Se comer, morre.

Passo por ela, pelo perfume que paira sobre ela e o contorno de ar quente que paira a centímetros de sua pele. Roço seu ombro ao passar e piso na maldita maçã com o salto da bota. Olho fixamente em direção à Casa Grande. Continuo andando. Não olho para trás. *O que os olhos não veem*, digo a mim mesmo, *o coração não sente*.

51
JANE

Como a Casa Grande foi construída no século XIX, todo o encanamento está sendo restaurado. Naturalmente, há banheiros, mas não muitos. Todo mundo em cima tem que dividir um banheiro principal, a banheira vitoriana com cortina de chuveiro em volta, o vaso sanitário antigo com descarga de corrente.

Hoje acordei tão tarde que tenho certeza de que todo mundo já desceu para o campo. Não há ninguém no banheiro, então entro e ligo o chuveiro. Deixo que se encha de vapor e fico cantando melodias de canções doo-wop; não ouço abrirem a porta. Mas, quando ponho a cabeça para fora para pegar uma toalha e limpar o sabonete dos olhos, vejo Sam Hansen em pé na frente do espelho.

Está esfregando uma pequena parte limpa e tem creme de barbear no rosto. Estou tão chocada que fico parada, completamente nua, de boca entreaberta. Não há tranca na porta do banheiro, por isso entendo que ele tenha entrado. Mas que tenha ficado? E se barbeando?

— Com licença – digo –, estou tomando banho.

Sam se volta para mim.

— Dá para ver.

— Não acha que você devia sair?

Sam bate a navalha três vezes na porcelana da pia.

— Ouça, tenho um compromisso em Boston hoje à tarde e uma reunião em Stow daqui a quarenta e cinco minutos. Não tenho tempo de esperar que você acabe seu turno de três horas no banheiro. Precisava me barbear. Não é minha culpa se você escolheu uma maldita hora inconveniente para tomar seu banho; a manhã praticamente acabou.

— Espere só um minuto.

Desligo a água e puxo a toalha para dentro da banheira. Enrolo-a ao meu redor e afasto a cortina.

— Você está invadindo minha privacidade. Sempre entra quando as pessoas estão no banheiro se está atrasado? Ou é só comigo?

— Ah, dá um tempo — diz ele, correndo a navalha pelo rosto. — Eu disse que estava entrando.

— Bom, eu não ouvi.

— Eu bati e disse que ia entrar. E você disse: Ãrrã. Ouvi com estes ouvidos aqui. Ãrrã.

— Pelo amor de Deus, eu estava cantarolando. Não estava te convidando para entrar; estava cantando no chuveiro.

Ele se volta para mim segurando a navalha.

— E como eu iria saber?

Olha para mim com a boca cercada de espuma branca; uma versão perversa de Papai Noel. Quase imperceptivelmente, seus olhos cintilam, rápido o suficiente para olhar minuciosamente meu corpo, enrolado em sua toalha, da cabeça aos pés.

— Não acredito — digo e abro a porta do banheiro. Uma rajada de ar fresco passa e faz com que a pele de minha nuca se arrepie. — Estou indo para o quarto. Por favor, avise quando terminar.

Saio pisando duro e deixando pegadas molhadas na passadeira oriental do hall. Vou para o quarto e me deito na cama, retirando a toalha e abrindo-a sob mim. Pensando melhor, enrolo-a de novo. Com a sorte que tenho, ele vai entrar aqui. Ouço uma pancada forte na porta de madeira pesada.

— É todo seu — diz Sam, com a voz abafada.

Balançando a cabeça, volto ao banheiro, e desta vez empurro na frente da porta o barril usado como cesto de roupa suja, para dificultar. Não é pesado o suficiente para impedir alguém de entrar, mas certamente vou ouvi-lo cair. Entro no chuveiro e enxaguo o xampu de meu cabelo. Termino minha música.

Quando desligo a água e abro a cortina do chuveiro, noto pela primeira vez como é fina e branca. Toco com as mãos a frente da cortina e consigo ver através dela. É praticamente transparente, o que significa que ele provavelmente viu tudo. Tudo.

Esfrego um canto seco do espelho para poder checar em meu rosto rugas novas ou aprofundadas. Fico me olhando um pouco mais que o habitual, prestando atenção no olhar de meus olhos. Começo a imaginar o que Sam viu exatamente. E me pergunto se ele gostou.

— Espere! — chamo pela janela do quarto. — Não saiam sem mim!

Joley, que está do lado de fora com Hadley e Rebecca, acena. Ele ouviu. Passo correndo diante do espelho, colocando uma mecha de cabelo atrás da orelha, e sigo para a escada.

À medida que desço, passo por Sam, que sobe. Ele grunhe para mim. Não me esforço muito para cumprimentá-lo também. Posso sentir meu rosto se tornando vermelho.

— Aonde é que vamos hoje? — pergunto, pisando no pátio de tijolo brilhante que tem vista para o pomar.

Joley sorri quando me vê.

— Não muito longe. Tenho de ir a Boston com Sam hoje à tarde, para atender a um comprador de produtos.

Ele está vestindo uma camisa que lhe mandei ano passado, no Natal — polo, com listras largas como as de rúgbi, cor de ameixa e laranja. Está desbotada, o que me deixa feliz; ele deve ter gostado.

— Dormiu bem?

— Maravilhosamente — digo, e não estou mentindo.

É a segunda noite que passamos na Casa Grande, e a segunda noite que durmo assim que ponho a cabeça no travesseiro. Em parte, pode ser por todo o tempo que passamos ao sol, deixando o verão nos pegar desprevenidas. Mas também tem a ver com a própria cama. De casal, com quatro pilares, um colchão de penas e um edredom.

Hadley está mostrando a Rebecca como torcer um talo de taboa em torno da ponta peluda, e a seguir o faz voar como um projétil. Bate em minha perna. Rebecca acha delicioso.

— Ah, mostre de novo — diz ela.

Caminho em direção a eles, um alvo em movimento.

— Ela me obrigou, juro.

Hadley protege os olhos do sol. Gosto dele; gostei logo de cara, em parte devido ao contraste entre ele e Sam. Hadley é simples: o que ele mostra é o que é. E ele tem sido muito bom para Rebecca. Desde que chegamos ao pomar, ele a adotou. Ela o segue como um cachorrinho, observando-o podar árvores ou fazer enxertos, ou até cortar lenha. Nos últimos tempos, toda vez que vejo Hadley, vejo Rebecca.

Rebecca enrola o caule da taboa com a ajuda de Hadley.

— Agora, é só colocar os dedos na voltinha — diz ele, movendo delicadamente a mão — e puxar.

Ela morde o lábio inferior ao fazer isso. A ponta do caule passa sobre minha cabeça e pousa em Joley.

Joley vem em nossa direção com as mãos enterradas nos bolsos da bermuda.

— Aonde vamos hoje, pessoal?

— Podíamos levá-las até a cidade — sugere Hadley. — Talvez ao supermercado, para que possam ver onde vão parar nossas maçãs.

— Isso parece emoção passageira — diz Joley.

— Não se sinta obrigado a me entreter — digo. — Estou feliz só de andar por aí. Se vocês têm coisas para fazer, podemos nos ocupar.

Passei o dia todo de ontem com Joley, seguindo-o de árvore em árvore enquanto ele trabalhava. Ele disse que não havia nenhuma razão para que não pudesse enxertar e falar ao mesmo tempo. Conversamos sobre os lugares que eu havia visto a caminho de Massachusetts. Conversamos sobre a mamãe e o papai. Eu falei das notas de Rebecca da última primavera, o que Oliver planejava fazer ao longo da costa da América do Sul. E em troca, ele me ensinou o nome das maçãs cultivadas no pomar Hansen. Mostrou-me como pegar um jovem galho germinante e torná-lo parte de uma árvore que está morrendo. Mostrou-me as árvores que sobreviveram a esse processo e aquelas que não.

É tão bom estar com ele. Estar em pé a seu lado me faz lembrar como é vazio quando ele não está por perto. Realmente acredito que podemos pensar diretamente na mente um do outro. Muitas vezes, quando estamos juntos, não nos preocupamos em falar, e então, quando um de nós começa a dizer algo, percebemos que ambos estavam chafurdados na mesma memória cortante.

Joley e Hadley estão falando sobre o que está acontecendo nesta tarde no pomar. Hadley estará ocupado também, atuando como supervisor quando Sam sair. Suponho, porém, que, como Joley, ele vai oferecer levar Rebecca junto enquanto trabalha. Os dois se olham e dizem ao mesmo tempo:

— Sorvete.

— Sorvete? — diz Rebecca. — O que é que tem?

— Precisamos levá-las ao Buttrick — diz Hadley. — Sem dúvida. Eles têm vacas Holstein no campo e usam o leite delas para fazer sorvete.

— São só onze horas. Nem tomei café da manhã ainda.

— Tudo bem — diz Joley —, eles abrem às dez.

— Não sei...

Joley pega a minha mão e me puxa para a caminhonete azul na garagem.

— Pare de ser mãe. Viva um pouco.

Hadley me oferece o banco do passageiro na cabine, dizendo que ele pode ir na caçamba com Rebecca. Joley aciona a ignição e, assim que começa a andar de ré, Hadley pula do caminhão.

— Espere um segundo — grita, e corre para a garagem.

Volta com duas cadeiras dobráveis de praia com listras brilhantes e as joga para Rebecca.

Espio pela pequena janela da cabine e vejo Hadley ajeitar a cadeira para ela. Com um gesto amplo e grandioso, ajuda-a a se sentar. Ela ri; não a vejo tão feliz há muito tempo.

— Ele é um cara legal.

— Hadley? — pergunta Joley, recuando até o morro e virando o caminhão.

Olha no espelho retrovisor, presumivelmente para ver o que está acontecendo na traseira. A cadeira de Rebecca, que desliza, bate na de Hadley, e ela aterrissa desajeitadamente, atravessada no colo dele.

— Ele é legal. Só espero, para o bem de todos, que não esteja sendo legal demais.

Observo através da pequena janela empoeirada, mas tudo parece inocente. Hadley, rindo, ajuda Rebecca a voltar à cadeira e lhe mostra como se ancorar segurando-se nas laterais do caminhão.

— Ela é só uma criança.

— Falando em crianças — diz ele —, ou, neste caso, nos pais dela, você nunca me contou quais são seus planos.

Mexo no porta-luvas, abrindo-o e fechando-o, e abrindo-o novamente. Não há nada ali além de um mapa de Maine e um abridor de garrafas.

— Meus planos? Pensei que estávamos de férias.

Joley me olha de soslaio.

— Claro, Jane. Como quiser.

Pego-me curvada no banco do passageiro com os pés em cima do painel, a mesma coisa que digo a Rebecca para não fazer. Paramos em um semáforo, e posso ouvir as vozes afinadas de Hadley e Rebecca.

— *Eighty-two bottles of beer on the wall* — cantam.

Joley olha para mim.

— Não vou mais tocar no assunto. Mas, mais cedo ou mais tarde, provavelmente mais cedo, o Oliver vai aparecer no pomar e exigir uma explicação. Não tenho certeza de que você tem uma. E aposto que você não vai saber o que dizer quando ele te mandar entrar no carro e voltar para casa com ele.

— Eu sei exatamente o que vou dizer — anuncio, para minha própria surpresa. — Vou dizer não.

Joley pisa bruscamente no freio, e ouço o barulho de duas cadeiras batendo na parede traseira da cabine. Rebecca diz: "Ai!"

— Você tem uma menina ali atrás que não sabe o que está passando na sua cabeça. Acha que é justo tirá-la de casa e depois aparecer com a surpresa de que não vai voltar? Ou que não vai viver com o pai dela? Você já se perguntou o que ela pensa disso tudo?

— Não com tantas palavras — digo. — O que você faria?

Joley olha para mim.

— Essa não é a questão. Eu sei o que *você* deve fazer. Não me interprete mal, adoro ter você aqui e posso ser bem egoísta quanto a isso, mas você não pertence a Massachusetts agora. Tem que voltar para San Diego, sentar à mesa da cozinha com o Oliver e conversar sobre o que está errado.

— Meu irmão, o romântico — digo secamente.

— O pragmático — Joley corrige. — Acho que quinze anos é muito tempo para destruir tudo por causa de um erro.

Hadley informa a Joley que ele perdeu a saída. Joley faz o retorno em uma estrada de terra.

— Prometa que vai pensar nisso. Mesmo se o Oliver estiver em pé na varanda quando voltarmos, você não vai abrir a boca enquanto não ouvir o que ele tem a dizer.

— Ouvir o que ele tem a dizer... Meu Deus, Joley, tenho feito isso a vida inteira. Quando vou começar a falar? Quando será a minha vez?

Ele sorri.

— Deixe-me dizer uma coisa que aprendi com o Sam.

— Você precisa dizer?

— Ele é um baita empresário. Não é um homem de muitas palavras, e por isso impacta só com sua presença. Faz com que qualquer oponente fique falando ou andando em círculos. E ele só fica ali sentado, ouvindo. Faz parecer que tem o conhecimento absoluto, o controle total. Eu conheço o Sam bem o bastante para saber que, às vezes, ele está se cagando de medo; mas não é essa a questão. A questão é que ele sabe como transformar isso em vantagem. Espera e absorve toda a situação, e é tão tranquilo que, quando abre a boca, pode ter certeza absoluta de que o mundo inteiro está escutando.

Encosto a cabeça na lateral do cinto de segurança.

— Obrigada por compartilhar esse pequeno conselho comigo.

— Faça de conta que não tem nada a ver com o Sam — diz Joley, sorrindo. — É valioso, independente do que você pensa dele.

Antes que eu perceba, estamos acelerando em uma área de cascalho, levantando uma tempestade de poeira. Buttrick's, diz a placa pintada à mão. O prédio tem formato de T. Há uma fila de garotas de uniforme amarelo esperando de caneta e bloco na mão, para anotar os pedidos. No teto acima da placa, há uma enorme vaca de plástico.

— Gostou da vaca? — Hadley pergunta a Rebecca, ajudando-a a descer do caminhão.

Ela faz um gesto afirmativo com a cabeça.

— Nunca vi nada igual.

Hadley a guia através de uma cerca quebrada com uma camada extra de arame farpado correndo acima do trilho superior. Ela cerca um grande prado salpicado de vacas da raça Holstein. Parece que foram arrumadas por um fotógrafo, na verdade.

— Este lugar me faz lembrar de New Hampshire — diz Hadley. — É onde minha mãe mora agora.

Ele pula a cerca, o que quase chama a atenção das vacas preguiçosas. Uma até volta a cabeça. Ele segura a mão de Rebecca e a ajuda a passar pelo arame farpado, de modo que ela se encontra no pasto também.

— Quando você vai voltar? — pergunto a meu irmão.

— Na hora do jantar — diz Joley —, com todo esse trânsito.

Hadley leva Rebecca pela mão até uma plácida vaca. Está sentada sobre os joelhos dobrados. Rebecca, guiada pela mão de Hadley, estica os dedos para a vaca, que começa a lambê-los. Ela ri e retrocede.

— Tem muita vaca em San Diego? — pergunta ele.

Rebecca balança a cabeça.

— O que você acha?

— Elas têm quatro estômagos. Mas não sei o que fazem com cada um deles.

— Quatro estômagos? — diz ela, admirada. — Uau.

Hadley dá um passo para trás. Dá para ver que ele não está acostumado a ser reverenciado como especialista em muita coisa.

— E não podem ficar no mesmo campo com as ovelhas, porque elas comem a grama e a deixam muito baixa, e aí as vacas não conseguem enrolar a língua em volta delas para puxar. — Ele está visivelmente gostando. — Têm só uma fileira de dentes, na parte inferior.

Para uma garota que nunca se interessou por gado, Rebecca está atenta a cada palavra dele.

— Elas têm uma linguagem de orelhas — diz Hadley, ainda mais animado. — Duas orelhas para trás, está feliz; duas orelhas para frente, está louca. Uma para frente e uma para trás significa: "E aí?" — Hadley ri. — Se você for morar aqui — diz ele baixando um pouco a voz —, se for morar aqui de verdade, vou lhe dar um bezerro.

Olha fixo para Rebecca por alguns segundos e então se afasta.

— Eu ia gostar — diz ela. — Um bezerro. Ia chamá-lo de Sparky.

Hadley, que estava andando em círculos, para.

— Está brincando! — diz ele, boquiaberto. — Eu tive uma vaca chamada Sparky quando era criança.

Olha para Rebecca com tanta curiosidade que ela abaixa o olhar.

— Para que servem as manchas? — pergunta ela, tímida.

— Camuflagem.

— É mesmo?

Rebecca passa o dedo no flanco da vaca; tem uma mancha em forma de bule.

— Na verdade, eles nunca recrutam vacas para o front. Só touros.

Ele espera até Rebecca rir com ele. A seguir, inclina-se para mais perto e sussurra-lhe algo que não consigo ouvir.

Seja o que for, faz Rebecca correr. Ela olha para Hadley e, a seguir, começa a persegui-lo pelo campo, pulando algumas rochas e se esquivando das vacas, que, assustadas, se levantam.

— Isso não é perigoso? — pergunto.

— Eles se movem mais rápido que as vacas — diz Joley. — Não se preocupe.

É um jogo de pegar. Hadley alcança Rebecca, afinal ele tem pernas muito compridas. Ele a joga no ar. Rebecca, sem fôlego, tenta puxar o cabelo de Hadley, bate com os punhos nos ombros dele.

— Me ponha no chão — ela grita, rindo. — Eu disse para me pôr no chão!

— Ele é bom com crianças — diz Joley, terminando seu sorvete.

Rebecca para de lutar com Hadley, então ele a segura no ar, com as mãos sob suas axilas, como se fossem uma bailarina e seu parceiro. Os braços de Rebecca ficam moles, e Hadley lentamente a abaixa. Rebecca para de rir. Hadley se afasta dela e esfrega a nuca. Acena em minha direção e começa a voltar.

— Espere! — grita Rebecca correndo atrás dele.

Hadley não responde.

— Espere por mim!

À tarde, quando todo mundo saiu, passo um tempo andando em volta deste pedaço contínuo de terra e penso em Oliver. Está extremamente quente lá fora; muito quente mesmo para ficar fora, mas há ainda menos coisas a fazer dentro da casa grande. O pomar é chato sem Joley por ali; não vi Rebecca desde que voltei do Buttrick e não pretendo passar o tempo com os trabalhadores do campo. Então, tiro os sapatos e caminho pela terra que margeia o lago.

Começo a pensar em Oliver só porque minha saia está cantando seu nome. A cada passo, ela abana para frente e para trás, soprando no ar como uma canção de ninar: *O-li-ver Jones. O-li-ver Jones.*

Qual é a regra, afinal? Duas pessoas podem mudar tanto em quinze anos que um casamento pode passar do ponto sem volta? O que significam — em casos de divórcio — diferenças irreconciliáveis? Eu não diria que temos isso. Às vezes, é verdade, Oliver olha para mim e me faz pensar que estou de novo no píer em Woods Hole, vendo-o com a água até a cintura, os braços cobertos de lama, carinhosamente segurando uma concha. Às vezes, quando olho para Oliver, mergulho naqueles olhos azuis pálidos. Mas a verdade é que essas vezes são poucas e distantes entre si. A verdade é que, quando me sinto assim, fico realmente surpresa.

De repente, percebo Rebecca parada a minha frente. Passo meu braço pelo dela.

— Dá para sentir o calor em suspensão aqui, não dá? — digo. — É o suficiente para fazer você querer voltar para a Califórnia.

Ela amarrou a camiseta como um top e enrolou as mangas, e ainda tem um fio de suor escorrendo pelo peito e pelas costas. Trançou os cabelos para tirá-los do rosto e os prendeu com um caule de dente-de-leão.

— Não tem muito para fazer, não é? Eu saí com o Hadley, mas ele está me ignorando hoje.

Ela dá de ombros como se realmente não se importasse. Mas eu sei; vi o que aconteceu na sorveteria.

Rebecca estava perto demais, e Hadley respeitosamente recuou. Ela está louca por ele, uma paixão de verão. E, como disse Joley, ele é legal com ela; dispensá-la com a desculpa do trabalho dói muito menos que dizer que ela é só uma criança. Rebecca franze os lábios.

— Agindo como um figurão, com o Sam fora.

Sam.

— Nem mencione o nome dele — digo, esperando que a história da aventura desta manhã no banheiro anime Rebecca.

O rosto dela se ilumina.

— Ele viu você?

— Claro que viu.

Rebecca sacode a cabeça e se inclina mais para perto, olhando intencionalmente para mim.

— Não — diz. — Quero dizer, ele viu mesmo você?

Pelo menos já despertei seu interesse.

— Como vou saber? E por que eu me importaria?

Ela fica falando o mesmo velho blá-blá-blá que já ouvi Joley dizer: que Sam tem um dom de Deus para os negócios, que ele construiu o pomar do nada, que é exemplo de sucesso para a comunidade. Tenho certeza de que ela percebe que não estou ouvindo. Então, tenta captar minha atenção.

— Por que você e o Sam se odeiam? Você não o conhece o suficiente para isso.

Rio, mas sai um bufo.

— Ah, sim, conheço. Joley e eu crescemos com estes estereótipos, sabe?

Conto-lhe sobre o que as garotas de Newton pensavam dos rapazes do Minuteman Tech — como estavam absolutamente envolvidos em seus estudos profissionalizantes, quando todos sabíamos o valor de uma verdadeira educação de qualidade.

— Não há como negar que Sam Hansen é um homem inteligente — digo —, mas você não acha que ele poderia fazer muito melhor que isso?

Faço um gesto abrangente com o braço, mas, quando realmente vejo o que estou apontando, paro. Até eu tenho de admitir que é adorável, salpicado com as cores da estação. Pode não servir para mim, mas isso não significa que não valha alguma coisa.

Rebecca puxa a grama.

— Não acho que é por isso que você odeia o Sam. Minha teoria é que você o odeia porque ele é incrivelmente feliz.

Ouço-a falar sobre as coisas mais simples da vida, sobre alcançar todos os seus objetivos, e ergo as sobrancelhas:

— Obrigada, dr. Freud.

Digo-lhe que não estou aqui por causa de Sam, de qualquer maneira, que só estou aqui por causa de Joley.

É quando ela me pega de surpresa: pergunta-me o que vamos fazer a seguir. Hesito e digo a ela que vamos ficar um tempo até tomarmos algumas decisões, e então ela se apoia no cotovelo.

— Em outras palavras — diz —, você não tem a mínima ideia de quando vamos embora.

Eu me inclino em sua direção.

— O que está acontecendo, Rebecca? Está sentindo falta do seu pai?

Ela é a única coisa que eu realmente não tenho considerado quando se trata de Oliver e eu. Onde ela se encaixa? Metade minha, metade dele.

— Pode me dizer se estiver — digo. — Ele é seu pai, é natural.

Tento me manter imparcial o máximo possível, para o bem dela.

Rebecca olha para o céu.

— Não sinto falta do meu pai; não sinto.

Então, lágrimas começam a rolar por seu rosto. Puxo-a para mais perto e a abraço. É quando me lembro dela no dia em que deixamos a Califórnia. Estava sentada no carro; havia feito as malas. Muito antes de eu perceber que estava tentando ir embora, ela estava planejando. Em algum momento, quando estava crescendo, percebi que eu não tinha amor por meu pai. Era como se cada vez que ele me batera, ou entrara em meu quarto durante a noite, drenasse um pouco do amor que eu tinha, como sangue.

Não doeu não sentir nada por ele. Eu achava, conforme cresci, que ele havia feito por merecer. Precisava me tornar insensível; se tivesse continuado a sentir tão forte como sentia quando era pequena, eu certamente teria morrido da primeira vez em que ele foi ao meu quarto.

Posso dizer, pela expressão de Rebecca, e até pela temperatura de sua pele, que ela está pensando sobre o que significa amar seu pai e se valeu a pena. Porque, uma vez que se chega a este ponto, não tenho certeza de que se possa voltar.

— Shhh — faço, ninando-a.

Eu faria qualquer coisa para impedi-la de ter que chegar a esse ponto. Eu voltaria para Oliver. Eu me obrigaria a amá-lo.

A distância, surge um jipe. Quase não o posso ver, é um ponto longe do celeiro. Vejo Joley sair do carro; a outra pessoa que vislumbro deve ser Sam. Mesmo tão longe, meus olhos se conectam com os de Sam. Embora não possa dizer o que está se passando pela cabeça dele, pego-me presa, totalmente incapaz de me virar.

52
SAM

Nos últimos dois dias, tive dor de cabeça. Não uma dor de cabeça normal. Uma que começa atrás das orelhas e caminha através dos olhos, sobre a ponte do nariz. Nunca tive uma dor de cabeça tão grande em vinte e cinco anos. O que me faz acreditar que é tudo por causa de Jane Jones.

Esta manhã, entrei no banheiro quando Jane estava no chuveiro, e ela entendeu tudo errado. Eu tinha um compromisso e, quando estou atrasado e Joley ou Hadley estão tomando banho, não se importam muito se eu entrar e fizer minhas coisas. Talvez eu só não esteja acostumado a ter mulheres na casa. Mas, de qualquer maneira, com esta tenho de andar pisando em ovos.

Joley e eu estamos voltando de Boston, onde tivemos uma bem-sucedida reunião dos infernos com uma compradora de Purity que renovou o contrato da Red Delicious. Não posso dizer que gosto muito de Regalia — ela é gorda e sempre come mais no almoço que eu —, mas assinou conosco novamente.

— Acho que este é o início de uma relação muito longa e próspera para nós dois, Sam — disse hoje enquanto comia seu quiche.

Ela baixou os olhos, olhando para mim daquele jeito. É engraçado... comecei a levar Joley nas reuniões com compradores do sexo feminino ou redes de supermercados, porque ele sempre inclina a cabeça e sabe ser charmoso. Ele tem toda essa finesse social que nunca tive. Mas Regalia tem uma coisa comigo. Assim, como homem de negócios, sorrio e pisco para ela. Às vezes acho que isso é desonesto, mas uma em um milhão de compradores é mulher, e eu poderia muito bem usar o que tenho para fechar negócio.

Joley está dirigindo. Acabamos de passar a placa de boas-vindas a Stow, pintada à mão, quando ele começa a falar. Está tranquilo desde que saímos de Boston.

— Quero falar com você sobre a minha irmã, Sam.

— Sobre o quê? — pergunto, tamborilando com os dedos no painel. — Não há nada para falar. Vocês estão passando um tempo juntos, aproveite.

— É... bom, acho que é melhor eu estar presente o tempo todo antes que vocês se matem.

— Você entendeu tudo errado, Joley. Não tem nenhum problema conosco. Estamos apenas evitando um ao outro.

— Por que vocês começaram com o pé esquerdo?

— Óleo e água não se misturam — digo —, mas isso não é motivo para que não possam estar na mesma garrafa.

Joley suspira.

— Não estou te pressionando, Sam. Tenho certeza de que você tem suas próprias ideias sobre o assunto. Mas, por minha causa, gostaria que você pegasse leve com ela.

— Sem problemas — digo.

Joley olha para mim.

— Legal.

Embica na entrada da garagem, e, quando saímos do jipe, vemos Jane e Rebecca a distância. Capto o olhar de Jane. É como se estivéssemos presos um ao outro; nenhum dos dois quer baixar o olhar primeiro. Isso significaria perder.

— Você vem? — pergunta Joley, indo na direção delas.

— Acho que não — digo, ainda olhando para sua irmã. — Vou começar a fazer o jantar.

Engulo em seco e me afasto, sentindo ainda o olhar de Jane perfurando-me as costas.

Lá dentro, corto a abobrinha e batatas, coloco tudo em potes, pronto para levar a ferver. Destrincho duas galinhas, passo-as na farinha e frito. Fatio amêndoas para os legumes e debulho ervilhas frescas. São coisas que aprendi com minha mãe. Faço praticamente toda a comida aqui; se deixasse com Hadley ou Joley, estaríamos comendo enlatados.

Quarenta e cinco minutos depois, toco o sino triangular enferrujado da varanda, anunciando o jantar. Joley, Jane e Rebecca vêm do lado leste do pomar, Hadley do oeste. Sobem em fila para o banheiro para se lavar e, a seguir, um por um, ocupam os lugares ao redor da mesa.

— Sirvam-se — digo, pegando um peito de frango.

Joley conta à irmã sobre Regalia Clippe, uma conversa que não acompanho. Afinal de contas, eu estava lá. Concentro-me em observar Hadley, que está muito quieto. Normalmente, na mesa de jantar ele não se cala tempo suficiente para comer. Mas hoje está empurrando as ervilhas em torno do prato, fazendo-as colidir com o purê de batata.

Por um tempo, todos nós apenas comemos, de modo que o único som é o dos talheres arranhando os velhos pratos de minha mãe. Joley ergue a coxa de frango e acena para mim, aprovando, com a boca cheia, num gesto de cabeça. Quando engole, diz que está ótimo.

— Sam — diz ele —, se o pomar quebrar, você pode entrar no ramo da culinária gourmet.

— Frango frito não é gourmet. Além do mais, é só comida. Não tem por que fazer tanto alarde.

— Claro que tem — diz Rebecca. — *Ela* não cozinha tão bem.

Ela levanta o cotovelo em direção à mãe, que abaixa os talheres e apenas encara a menina.

— O que vocês fizeram hoje? — pergunta Joley.

Jane abre a boca, mas é evidente que Joley está falando com Rebecca e Hadley. Hadley fica vermelho do pescoço para cima. O que está acontecendo aqui? Tento captar os olhos de Hadley, mas ele não está olhando para ninguém. O garfo desliza por meus dedos, batendo na borda do prato.

O barulho faz Hadley levantar a cabeça.

— Não fizemos nada, certo? — diz ele, impaciente. — Eu tinha um monte de coisas para fazer.

Murmura alguma coisa, faz uma bola com o guardanapo e mira na lata de lixo. Erra por alguns metros, e o guardanapo acaba acertando Quinte, o setter irlandês.

— Preciso sair — diz, e quase derruba a cadeira ao se levantar.

Bate a porta ao sair.

— O que é que há com ele? — pergunto, mas ninguém parece saber.

A perturbação deixa todos quietos de novo, e eu acho ótimo. Não sou de falar durante o jantar. A seguir, do nada, a irmã de Joley começa a falar.

— Sam — diz ela —, estive pensando... por que você não planta nada além de maçãs aqui?

Expiro lentamente pelo nariz. Ouvi essa pergunta no mínimo um milhão de vezes, de garotas bonitas e burras que achavam que esta era uma boa maneira de mostrar interesse pelo que faço.

— Maçãs exigem muito tempo e esforço — digo, sabendo muito bem que não respondi a sua pergunta.

— Mas você não poderia ganhar mais dinheiro se diversificasse?

A dor de cabeça começa a voltar. Próxima o suficiente para me deixar louco.

— Desculpe — digo a Jane —, mas quem diabos é você? Chega aqui e, dois dias depois, está me dizendo como fazer as coisas?

— Eu não...

A dor é aguda agora, direto na nuca. Começo a suar.

— Se você soubesse alguma coisa sobre agricultura, talvez eu te ouvisse.

Talvez eu tenha sido mais rude do que deveria. Ela olha para mim, está praticamente chorando. Por um segundo, só um segundo, sinto-me péssimo.

— Não tenho que aguentar isso — diz ela com a voz grossa e rouca. — Eu estava só puxando conversa.

— Sam — alerta Joley.

Mas é tarde demais. Jane se levanta e corre para fora. O que é que há com todo mundo hoje? Primeiro Hadley, agora Jane.

Somos só três em volta da mesa.

— Quer mais frango? — digo, tentando quebrar o gelo.

— Acho que você exagerou. Talvez deva pedir desculpas — diz Joley.

Sei que serão dois contra um aqui. Fecho os olhos para fazer a dor ir embora e vejo Jane vagando pelo pomar, que não é muito bem iluminado. Ela pode se machucar.

O que estou pensando? Balanço a cabeça com força, retomando os sentidos.

— Ela é sua irmã — digo a Joley. — *Você* a convidou. Olhe, ela não pertence a um lugar como este. — Dou uma espécie de sorriso. — Devia estar usando sapatos de salto alto, saltitando por algum salão de mármore em Los Angeles.

Rebecca pula da cadeira.

— Isso não é justo. Você nem a conhece.

— Conheço muitas como ela — digo, olhando diretamente para Rebecca. Por um minuto, acho que ela vai chorar também. — Vai ficar tudo bem se eu for lá fora pedir desculpas?

Quero fazer isso por minha própria consciência, mas eles não precisam saber. Não estou disposto a ceder diante de Joley, de modo que ergo o queixo e finjo um suspiro. Digo:

— Merda. Tudo por um pouco de paz e tranquilidade. — Empurro a cadeira com lentidão para longe da mesa. — Já era nosso feliz jantar em família.

Lá fora, os grilos cantam uma sinfonia. É uma noite úmida, por isso todas as flores selvagens ao redor da casa estão caídas, exaustas. Ouço barulho vindo do galpão onde guardamos o trator e a máquina de arar, ao lado do celeiro. É um grito mecânico alto e, a seguir, o barulho de algo se despedaçando. Ando na direção do barulho e dobro a esquina; encontro Jane Jones ao lado de minha caixa de pombos de argila, os cor-de-laranja que usava para tiro ao alvo. Pega um disco da caixa e o lança como um frisbee contra a parede vermelha do celeiro, cerca de vinte metros longe. No momento em que explode em lascas e pó, já tem outro disco na mão, pronto para lançar.

Tenho que lhe dar crédito por isso: ela tem determinação. Posso perceber no modo como coloca todo o corpo no lançamento, como se fizesse de conta que sou eu me arrebentando na parede do celeiro. Havia pensado que ela estava com algum tipo de problema, mas é outra coisa.

Tento não fazer barulho enquanto caminho até ela.

— É mais desafiador com uma arma — digo.

Ela se volta rapidamente, ajustando os olhos para enxergar a clareira escura onde estou. Quando me identifica, seu rosto desaba.

— Não sabia que tinha alguém aqui. — Aponta para a bagunça na frente da parede do celeiro. — Desculpe por isso.

Dou de ombros.

— São baratos. Fico feliz por você não ter se irritado no salão. Tem porcelana chinesa antiga lá.

Jane torce as mãos na frente do corpo, inquieta. Não dá para adivinhar que ela é dez anos mais velha que eu; parece uma criança. Pelo que vi, age como uma mais frequentemente que a própria filha. Talvez eu tenha sido muito duro com ela.

— Ouça — digo —, sobre o que aconteceu na mesa, desculpe. Eu estava com dor de cabeça e exagerei.

Ela olha para mim estranhamente, como se nunca houvesse visto meu rosto antes.

— Que foi? — digo incomodado. — Que é?

— Nunca ouvi você falar sem parecer estar com raiva — diz Jane. — Só isso.

Ela caminha em minha direção balançando os braços ao lado do corpo. Ainda está segurando dois pombos de barro — por via das dúvidas, caso eu saia da linha?

— Amanhã de manhã, a Rebecca e eu vamos para o hotel mais próximo.

Sinto a dor de cabeça voltar. Se ela fizer isso, vai me indispor com Joley.

— Já pedi desculpas — digo —, o que mais posso fazer?

— Você tem razão. É sua casa, sua fazenda, e eu não devia estar aqui. O Joley me impôs a você. Ele não devia ter lhe pedido uma coisa dessas.

Sorrio.

— Eu sei o que significa "impor".

Jane levanta as mãos.

— Eu não quis dizer que não. — Ela se volta, de forma que a luz do celeiro cai sobre o rosto dela, o suficiente para que eu veja que está prestes a chorar de novo. — Não quero dizer nada do jeito que você interpreta. É como se cada frase que digo passasse por sua cabeça no caminho inverso do que eu pretendia.

Apoio-me no galpão e começo a lhe contar sobre meu pai. Conto como brigava com ele a respeito do modo como o pomar devia ser administrado. Conto que, no momento em que ele se mudou para a Flórida, arranquei as árvores e as replantei onde achava que deveriam estar.

Ela escuta pacientemente, de costas para mim. Então diz:

— Entendo o que quer dizer, Sam.

Mas ela não sabe nada sobre o modo como administro meu negócio. E, o que é pior, não vê isto como um negócio. Para ela, um pomar é outra forma de agricultura. E trabalhar com as mãos, para uma garota que nasceu e foi criada em Newton, é sucesso de segunda classe. Sinto naquele momento algo que não sentia desde que terminei a escola técnica: vergonha. Administrar um pomar de maçã não é o que as pessoas fazem no mundo real. Se eu fosse realmente alguém, gostaria de ganhar muito dinheiro. Ter mais de um terno, dirigir uma Ferrari, não um trator.

— Não — digo —, não entende. Não dou a mínima se você acha que devo plantar melancia e repolho neste pomar. Diga a Joley e a Rebecca e a quem diabos você quiser. E, quando eu morrer, se puder convencer todos os outros, vá em frente e replante tudo. Mas nunca diga na minha cara que o que eu fiz até agora está errado. — Inclino-me mais para perto dela, a centímetros de distância de seu rosto. — Esta fazenda é a melhor coisa que já fiz. É como... é como se eu lhe dissesse que sua filha não é boa.

Quando digo isso, ela dá um passo para trás, como se eu houvesse batido nela. Seu rosto fica branco.

Ela olha para mim com uma energia incrível — é a única maneira que conheço para descrevê-la. É como se pudesse me mover fisicamente com a força de seus olhos. Quanto a mim, olho para ela e realmente a vejo pela primeira vez. É quando vejo algo escrito por todo o seu rosto: *Por favor.*

Ela abre a boca para falar, mas não consegue encontrar a voz. Limpa a garganta.

— Eu não plantaria melancias — diz.

Sorrio e então começo a rir, o que a faz rir também.

— Vamos começar de novo. Sou Sam Hansen. E você é...?

— Jane. — Ela alisa o cabelo da testa para trás, como se estivesse preocupada com essa primeira impressão. — Jane Jones. Ah, meu Deus, pareço a pessoa mais chata do mundo.

— Ah, duvido — digo.

Estendo a mão para ela e sinto muito claramente o padrão de suas impressões digitais quando pressiona a palma da mão contra a minha. Quando nos tocamos, ambos levamos um choque — provavelmente a eletricidade estática se movendo pelo chão empoeirado do galpão. Ambos saltamos para trás, a mesma distância.

Na manhã seguinte, Jane está sentada na cozinha quando desço. É cedo, e isso me surpreende.

— Queria me certificar de estar fora do chuveiro — diz ela sorrindo.

— Quais são seus planos para hoje? — pergunto, servindo-me um copo de suco. Estendo a garrafa para ela. — Quer um pouco?

Jane balança a cabeça, apontando para uma caneca de café.

— Não, obrigada. Não sei o que vou fazer hoje. O Joley estava dormindo quando voltamos ontem à noite, então não perguntei a ele quais são os planos.

Depois que conversamos, na noite passada, caminhei com Jane pelas terras do pomar. Tem que ser cuidadoso no escuro, mas conhecendo o local tão bem quanto eu, não há nada a temer. Mostrei-lhe quais maçãs iriam diretamente para Regalia Clippe, quais iriam para as barracas públicas no outono. Até apostamos cinco dólares em um dos últimos enxertos de Joley: ela disse que ia vingar, eu disse que não. A árvore não tem chance, pelo que vejo, e nem mesmo Joley pode fazer milagres o tempo todo. Jane me perguntou como iria pegar seu dinheiro se o enxerto vingasse depois que fosse embora de Massachusetts.

— Eu mando para você — disse eu, dando-lhe um sorriso.

Ela disse que eu iria esquecer.

— Não, não vou — eu disse a ela. — Se digo que vou manter contato, vou manter contato.

No caminho de volta para a Casa Grande, falamos sobre o que todo mundo pensava que devia ter acontecido conosco. Concordamos em que, provavelmente, achavam que tínhamos matado um ao outro e estavam esperando amanhecer para encontrar os corpos. E, então, no meio do caminho, surgiu uma marmota. Parou um segundo para olhar para nós e, a seguir, pulou em um buraco. Jane nunca havia visto uma antes. Ela se arrastou até o buraco e aproximou o rosto, tentando vê-la de novo. A maioria das mulheres que conheço, ao ver uma marmota grande, velha e feia, corre na direção contrária.

Observo-a enquanto faz girar o café no copo.

— Pensei em levar vocês até o lago Pickerel hoje. É um lugar muito agradável para nadar.

— Ah — diz Jane —, não sou muito de nadar, mas a Rebecca adoraria. Está bem quente.

— É, está.

Agora, quase sete horas da manhã, está no mínimo vinte e nove graus lá fora.

— Pensei em pescar um pouco antes de todo mundo se levantar. — Deslizo no banco a sua frente na mesa. — Costumo levar o Quinte, mas acho que você seria melhor companhia.

— Pescar — diz Jane, como se estivesse ponderando. Ela olha para mim e sorri.

— Claro, eu adoraria.

Levo-a para o curral das ovelhas e reviro um monte de terra com a pá. Debaixo de todo esse estrume, há mais minhocas que o necessário. Pego dez, longas e suculentas, e as coloco em um frasco de conservas. Para minha surpresa, Jane fica de quatro. Remexe na terra macia e tira uma grossa minhoca serpeante.

— Esta é boa?

— Não se importa de pôr a mão nelas?

— Não — diz ela —, mas não vou colocar no anzol.

Atravesso o galpão para pegar meu material de pesca e caminhamos até a margem do lago Boon. Tenho um velho barco de madeira lá, desde que eu era criança. Eu o mantenho virado de cabeça para baixo sobre os juncos amarelos, com os remos embaixo. É verde, porque essa era a cor do primeiro que usei quando tinha doze anos, e decidi pintá-lo. Só que nunca cheguei a comprar a tinta.

No pomar, esta é minha hora favorita do dia. A água canta para nós conforme remo para o centro do lago. Jane está sentada em frente a mim, empertigada, com as mãos no colo. Segura o frasco de minhocas.

— É legal aqui fora — diz. Então balança a cabeça. — Isso é um eufemismo.

— Eu sei. Venho aqui quase todos os domingos, quando tenho chance. Gosto de sentir que sou parte deste quadro.

— Devo estar estragando a harmonia, então — diz Jane.

Abro a caixa de equipamento e pego um anzol e um chamariz.

— De jeito nenhum. Você é exatamente o que este lugar necessita. — Aponto para o pote. — Me dê uma minhoca.

Jane desenrosca a tampa e pega uma minhoca gorda sem pensar duas vezes.

— Você devia tentar pegar o primeiro robalo. — Entrego-lhe a vara de pesca. — Sabe como lançar?

— Acho que sim.

Digo-lhe para apontar para os lírios atrás de mim. Ela fica em pé precariamente, equilibrando o barco sob os pés, e libera a trava do carretel. A linha passa zumbindo acima de minha cabeça; um ótimo lance, na verdade. Cala-se de emoção, observando a linha um pouco, e a seguir se senta novamente.

— Agora é só esperar?

Concordo num gesto de cabeça.

— Eles vão chegar logo, confie em mim.

Gosto de pescar porque me faz lembrar o Natal, quando você segura uma caixa e não sabe o que tem dentro. Sente um puxão na linha e não tem ideia do que vai trazer — robalo, peixe-lua, lúcio, perca. Então enrola a linha, lentamente, porque não quer que a emoção acabe rápido demais. E há alguma coisa se debatendo na ponta do anzol, sobe tocando o sol, e é sua, toda sua.

Sentamos no calmo berço do barco deixando o sol escorrer pela gola de nossas blusas. Jane segura levemente o punho de cortiça da vara, e penso: *Pelo amor de Deus, não deixe que ela a solte se tiver uma fisgada.* A última coisa que quero é que minha vara da sorte caia na água. Ela se inclina para trás contra a proa do barco, equilibrando os cotovelos. Suas pernas descansam no banco, apoiando o resto dela.

— Eu devia ter dito antes — digo —, mas espero que você saiba que pode usar o telefone à vontade. Se precisar ligar para alguém na Califórnia, seu marido ou quem quer que seja.

— Obrigada.

Jane me dá um sorriso superficial e rola a vara de pesca pela palma da mão. Se alguém me perguntasse, eu diria que ela devia ligar para o cientista. Ele deve estar ficando maluco se perguntando se ela está bem. Pelo menos, sei que é como eu estaria se minha esposa me deixasse. Mas não digo nada. Se pedi a Jane que não interferisse no jeito como administro minha vida, por nada deste mundo vou me intrometer na dela.

Jane me pergunta quando todos acordam aos domingos, e estou prestes a responder quando a ponta da vara é puxada para baixo violentamente. Seus olhos se arregalam e ela segura firme a vara enquanto o robalo começa a correr com a linha.

— Ele é forte — Jane grita, e então o robalo salta arqueando as costas, tentando mais uma vez escapar. — Você viu isso? Você viu isso?

Vou para a lateral do barco a remo e puxo a ponta da linha para cima.

O peixe sai da água azul-esverdeada. O anzol está preso no canto de sua boca, e, ainda assim, ele não desiste sem lutar.

— Muito bem — digo, segurando o robalo.

Sua boca aberta em um perfeito O é translúcida. Dá para ver as entranhas por ela. A cauda bate para frente e para trás, e ele curva o corpo em tal semicírculo que parece impossível que o peixe tenha uma coluna vertebral. Ergo a linha de tal forma que um olho verde membranoso olha para mim, enquanto o outro olha para Jane, captando-nos ao mesmo tempo.

— O que acha de seu peixe?

Ela sorri, e posso ver todos os seus dentes — alinhados, brancos e regulares como as pequenas fileiras de milho Silver Queen.

— É encantador — diz Jane, cutucando o rabo do peixe com o dedo.

Assim que ela o toca, o peixe se debate em sua direção.

— Encantador — repito. — Já ouvi dizerem "enorme", ou "bravo", mas não posso dizer que já ouvi uma conversa de pescador sobre uma captura "encantadora".

Conforme falo, corro a mão pelo corpo escorregadio do peixe. Não posso tocá-lo muito, porque ele vai ficar com cheiro de ser humano quando o devolver à água. Tiro o gancho de sua mandíbula.

— Observe — digo e, segurando o peixe sobre a água, liberto-o.

Ele flutua por um segundo perto da superfície do lago e, depois, com uma poderosa chicotada da cauda, mergulha tão profundamente que não vemos mais seus movimentos.

— Gosto do jeito como você o liberta — Jane diz. — Por que faz isso?

Dou de ombros.

— Prefiro pegá-lo novamente por esporte que fritar um filé tão pequeno. Só fico com o peixe se sei que vou comê-lo.

Passo a vara para ela novamente, mas Jane balança a cabeça.

— Sua vez — diz.

Então, pesco em rápida sucessão um peixe-lua, dois robalos e um achigã. Ergo cada um para o sol, glorificando a captura, e comento com Jane as diferenças entre cada um. Só quando solto o último robalo que percebo que ela não está ouvindo. Segura a mão direita com a esquerda, aninhando-a na palma e apertando o dedo indicador.

— Desculpe — diz, quando vê que eu estou olhando para ela —, entrou uma farpa, só isso.

Pego a mão dela depois de segurar o peixe fresco. Surpreendo-me com o calor de sua pele. É uma farpa profunda, bem abaixo da superfície da pele.

— Posso tentar tirar — digo. — Não vai querer que infeccione, não é?

Ela olha para mim, agradecida.

— Você tem agulha ali dentro? — pergunta, apontando para a caixa de equipamento.

— Tenho anzóis limpos. Vai resolver.

Tiro um novo anzol de seu frágil invólucro de plástico e o desdobro, de modo que fica reto, como uma pequena seta. Não quero machucá-la muito, mas a ponta do anzol é feita para agarrar em qualquer carne, por isso o peixe não consegue se libertar. Jane fecha os olhos e vira a cabeça, oferecendo-me a mão. Raspo a superfície de sua pele com essa agulha. Quando o sangue vem, mergulho a mão dela na água, para limpá-la.

— Já acabou?

— Quase — minto.

Nem cheguei perto da farpa. Cavo através das camadas de pele olhando para Jane de vez em quando e vendo-a estremecer. Finalmente, cutuco o pedaço de madeira e, a seguir, usando o gancho, coloco-o na vertical.

— Está fácil agora — sussurro, e levo meus dentes a seu dedo indicador, puxando a farpa. Seguro a mão dela sob a água e digo que já pode olhar.

— Tenho que olhar? — pergunta Jane.

Seu lábio superior está tremendo, o que me faz sentir horrível.

— Sei que dói, mas pelo menos saiu. — Ela concorda com a cabeça corajosamente, olhando como uma criancinha. — Imagino que você nunca quis ser médica.

Jane confirma com um gesto de cabeça. Tira a mão da água e analisa criticamente seu dedo, avaliando o estrago. Quando o buraco da pele começa a se encher de sangue, fecha os olhos. Observo-a levar o dedo à boca e sugar a ferida. *Eu devia ter feito isso*, penso. Teria gostado de fazer isso.

53
OLIVER

Demoro alguns segundos para recuperar minhas faculdades de percepção. Nunca na vida apaguei, nunca na vida acordei em ambientes estranhos sem saber explicar onde estava. E então, piscando para a cortina franjada do apartamento da garçonete Mica, toda a situação sinistra começa a voltar para mim.

Mica está sentada de pernas cruzadas no chão, a vários metros de distância. Pelo menos lembro o nome dela.

— Olá — diz ela timidamente, segurando a corrente que está fazendo com papel de chiclete. — Você me deu um baita susto.

Sento-me e, para minha surpresa, descubro que não estou vestindo nada além da cueca. Suspiro e puxo a túnica de lã marrom sobre mim.

— Nós fizemos...?

— Alguma coisa? — diz Mica sorrindo. — Não. Você foi totalmente fiel ao longo sofrimento por Jane. Pelo menos enquanto estive aqui.

— Você sabe sobre Jane?

Eu me pergunto o que disse a ela.

— Você só falou nela antes de desmaiar por três dias inteiros. Tirei sua roupa porque faz trinta e sete graus lá fora e não queria que você tivesse uma insolação durante seu sono de beleza.

Ela empurra a corrente de papel de chiclete para mim, e, como não sei o que mais fazer com aquilo, penduro-a no pescoço.

— Tenho que ir atrás dela — digo, tentando me levantar.

Mas, infelizmente, mudo de posição muito bruscamente e a sala começa a rodar. Mica rapidamente está a meu lado colocando meu braço em volta de seu pescoço para me apoiar.

— Devagar — diz ela. — Você precisa comer alguma coisa.

No entanto, Mica não é daquelas que cozinham. Pega um álbum de fotos e o entrega a mim. Dentro, há cardápios de delivery de tudo: pizza, comida tailandesa, chinesa, frango assado na brasa, comida saudável.

— Não sei — digo —, você escolhe.

Mica os estuda.

— Acho que tailandesa está fora de questão, visto que você não come alimentos sólidos há três dias. Meu palpite é um homus e um patê de tofu do Lettuce Eat.

— Parece ótimo.

Apoio-me nos cotovelos quando sinto que meu corpo pode suportar.

— Mica — pergunto —, onde você dormiu?

Se minha memória não falha, é um apartamento de um dormitório sem muito espaço extra.

— Com você no futon — diz ela, evasiva. — Não se preocupe, Oliver, você não faz o meu tipo.

— Não?

— Você é muito... não sei... mauricinho para mim. Gosto de caras um pouco mais alternativos.

— Claro, como sou idiota.

Ela liga para o restaurante vegetariano.

— Quinze minutos.

Percebo que estou morrendo de fome. Seguro o estômago com a mão.

— Eu estava pensando — digo —, você não conhece nenhum pomar de maçãs por aqui?

Mica revira os olhos.

— Oliver, você está no coração de Boston. O mais próximo que já cheguei de um pomar foi no Quincy Market.

— Fica em Stow. Ou Maynard, algum lugar assim.

— Para o oeste, como todos os outros pomares de maçã em Massachusetts. Fique à vontade para ligar para o serviço de informações.

Rolo sobre o estômago e alcanço o telefone.

— Sim — digo quando uma voz rítmica responde —, em Stow. Estou procurando Joley Lipton.

A mulher informa que não há ninguém lá com esse nome. Nem em Maynard, nem em Bolton.

— Você não disse que ele está trabalhando para alguém? — diz Mica, e anuo. Ela corta as unhas dos pés com um cortador de metal. — O que faz você pensar que ele teria o próprio nome na lista telefônica?

— Foi um tiro no escuro, está bem?

Ela afasta o pé da frente.

— Ah, isso é grosseiro, não é? Desculpe... Acho que, para todos os efeitos, você é um estranho. É que, com você desmaiado, venho fazendo todo tipo de coisas na sua presença. Trocar de roupa, fazer ginástica, o que quiser.

Trocar de roupa?

— Se fosse comigo — diz ela —, embora não seja, eu iria até Stow e perguntaria se alguém ouviu falar dele. Stow não é Boston. Ele deve ter ido a um mercadinho, ou a um barbeiro da vizinhança, ou a qualquer lugar que eles tenham naquele fim de mundo.

— Ah, Mica...

Ela tem razão, não tenho escolha além de sondar deste lado de Massachusetts e torcer para dar certo. Pego a mão dela, que está próxima, e a beijo.

— Quem disse que o cavalheirismo está morto? — diz ela.

A campainha toca, e ela se levanta para pegar o tofu.

Tudo começa a voltar para mim: como não dormia desde Iowa, como achava que Jane estava perto de mim o tempo todo, como eu queria falar com ela. Com energia renovada, pulo do futon e recolho minhas roupas espalhadas orgiasticamente pelo pequeno quarto. Ligo a televisão com o controle remoto, automaticamente ajustado no noticiário do meio-dia. Visto as calças e zapeio pelos canais até encontrar uma apresentadora com voz suave.

— *Bem, Chet* — diz ela, enquanto Mica reaparece com uma cornucópia de legumes —, *continuam os esforços para libertar a baleia jubarte enroscada em redes de pesca ao longo da costa de Gloucester.*

— O quê? — sussurro de joelhos.

Mica corre para mim, sem dúvida com medo de que eu me jogue na televisão.

— *Cientistas do Centro de Estudos Litorâneos de Provincetown têm trabalhado nas últimas quatro horas para libertar Marble, uma baleia jubarte, de uma rede deixada para trás por um barco de pesca.* — A âncora sorri para a câmera; atrás dela, uma foto da superfície da jubarte. — *Teremos mais informações sobre esta história heroica no noticiário das seis, quando, esperamos, Marble já estará nadando livremente.*

Pego o controle remoto e mudo para outro canal, que está transmitindo ao vivo de Gloucester. Segundo o comentarista, a baleia foi encontrada recentemente, e os cientistas estão agora tentando determinar o melhor e mais seguro método para libertá-la. No fundo, posso ver um homem que eu conhecia quando trabalhava em Woods Hole.

— Esse é Windy McGill.

— Não é triste? — diz Mica, franzindo os lábios. — Odeio ver essas histórias de baleias.

— Como se chega a Gloucester daqui?

— Dirigindo.

— Então, você tem que me dizer onde está meu carro.

— Pensei que sua prioridade fosse chegar a Stow.

Jane. Suspiro.

— Muito bem, a questão é a seguinte: sou biólogo marinho. Conheço as baleias jubartes provavelmente melhor que qualquer pessoa nos Estados Unidos. Se for para Gloucester, vou conseguir resgatar aquela baleia. Por outro lado, se for para Stow, tenho uma chance de salvar meu casamento.

— Oliver — diz Mica —, você não precisa que eu lhe diga o que é mais importante.

Pego o telefone e ligo para Provincetown — um número que, depois de tantos anos, ainda lembro.

— Aqui é Oliver Jones. Preciso de indicações sobre a baleia encalhada, e preciso que você ligue antes para Windy e diga que estou a caminho e que vou precisar de dois barcos com motor de popa e minha roupa de mergulho.

A secretária salta a meu comando. É gratificante saber que, mesmo a essa distância, sou respeitado.

Mica está olhando para mim.

— Não foi isso que fez você ter problemas antes?

— Mica — digo, amarrando meus sapatos —, não cometo o mesmo erro duas vezes. — Inclino-me e lhe dou um beijo na testa. — Agradeço sua generosidade e seus cuidados. Agora, tenho que retribuir um pouco dessa gentileza.

— Oliver, não me leve a mal. Quer dizer, eu mal te conheço... Mas certifique-se de não ficar preso nisso. Prometa que vai para Stow procurar sua esposa dentro de vinte e quatro horas.

Abotoo a camisa e a enfio dentro das calças, e passo uma escova de Mica pelos cabelos.

— Prometo — digo.

E é verdade. Não vou perder de vista o contexto maior, ou seja, minha família. Não sei onde elas estão e, em vez de procurar uma agulha num palheiro, posso usar a cobertura da mídia para chamar Jane e Rebecca. Além disso, talvez ela tenha orgulho de mim. Fazendo pesquisas por conta própria, posso não ter ganhado pontos com ela, mas, para ajudar um animal em perigo de morte, contarei com sua torcida.

Mica me leva até meu carro, que está em uma área tão decadente que fico chocado de encontrá-lo intacto, com todas as calotas e acessórios. Ela me entrega um mapa da costa norte de Massachusetts e um cartão do Blue Diner com seu nome e telefone.

— Me avise do resultado — diz. — Adoro finais felizes.

54
JANE

Estive com Sam a manhã toda e não me lembro de já ter me sentido tão estranha. Ele me ensina coisas que jamais imaginei conhecer. Se ele dissesse que a emoção de minha vida seria dar cambalhotas pelo campo aberto, eu, provavelmente, daria.

Está tudo muito bom para mim, mas, mais de uma vez hoje, vi Rebecca me olhando como se não tivesse certeza de que sou a mesma pessoa que era há três dias. Muito provavelmente não sou — tenho que admitir que foi uma transformação radical —, estou com o humor muito melhor. Devo a ela uma explicação. Toda vez que a olhei hoje vi um reflexo de Oliver em seus olhos, o que me faz sentir culpada. Não me interprete mal: somos só amigos, Sam e eu. Nós nos divertimos juntos, e isso com certeza não é um crime. Afinal de contas, sou uma mulher casada. Tenho uma filha em quem pensar.

— Um centavo por seus pensamentos — diz Sam, olhando para mim na cabine do caminhão.

— Meus pensamentos? Um centavo? — sorrio para ele. — Dez dólares e eu conto.

— Dez dólares? Isso é um roubo!

— Isso é inflação.

Sam põe o cotovelo para fora da janela aberta.

— E se eu pagar seu sorvete?

Ele está nos levando — eu, Joley, Rebecca e Hadley — a outra sorveteria a caminho da lagoa onde poderemos nadar. Joley, Rebecca e Hadley estão na parte de trás do caminhão, sentados sobre as camisetas para evitar que o metal quente queime suas pernas, cantando a plenos pulmões.

— Andei pensando em como explicar a Rebecca por que, de repente, eu e você paramos de discutir — digo.
— Não vejo por que isso seria da conta dela.
— Isso é porque você não tem filhos. Eu devo a ela uma explicação. Se não lhe der uma, ela vai perder a confiança em mim. Se perder a confiança em mim, não vai me ouvir e vai acabar como mais uma adolescente de quinze anos grávida e fumando crack.
— É uma maneira otimista de encarar as coisas. Por que você não lhe diz apenas que finalmente sucumbiu ao meu charme?
Ele abre um sorriso em minha direção.
— Certo. Muito engraçado.
— Diga a verdade. Diga a ela que discutimos o assunto ontem à noite e fizemos uma trégua.
— Foi o que fizemos?
— De certo modo — diz Sam. — Não fizemos?
Estico a cabeça para fora da janela virando o corpo no banco. Rebecca me vê e acena vigorosamente. Então, de repente, vejo o rosto de Hadley e de Joley quando deslizam do outro lado da plataforma. Volto-me e me ajeito na cabine.
— Mas é mais que isso — digo, e não tenho certeza de que devo continuar. E se for tudo coisa da minha cabeça?
Chegamos a um semáforo e Sam para um segundo a mais que o necessário.
— Jane — diz ele —, você sabe por que estávamos discutindo tanto, não sabe?
Sei, mas não quero saber. Olho para cima e encontro os olhos de Sam fixos em mim.
— Se não gostássemos um do outro — diz ele —, não haveria nada a temer.
Posso sentir a temperatura no caminhão. Minha testa começa a transpirar.
— Sabe — digo rapidamente, umedecendo os lábios —, li em algum lugar que se estiver trinta e seis graus lá fora, mas com setenta por cento de umidade, a sensação é de sessenta e oito graus. Foi no *Times*. Tinha até um gráfico.
Sam olha em minha direção e sorri. Relaxa os ombros e se desloca no banco, ficando muito mais longe de mim.
— Certo — diz baixinho. — Certo.

Na sorveteria, observo Sam a distância. Está encostado em um poste de telefone, ao lado de Hadley e Joley, apontando as características de uma bicicleta de trilha. Desde que nos deixaram sozinhas, Rebecca não me olha nos olhos.

Decido tocar no assunto:

— Rebecca — digo. — Em relação ao Sam... o que você acha? De verdade.

Os olhos de Rebecca se arregalam, como se fosse o último assunto que esperava que eu abordasse hoje.

— Bem, é óbvio que superamos nossas diferenças, e imagino que você deve estar se perguntando sobre isso.

— Não conheço o Sam muito bem. Ele parece legal o suficiente.

— Legal o suficiente para quê?

Ponho-me na frente dela, então ela é forçada a olhar para mim quando fala.

— Se a pergunta é "Devo transar com ele?", a resposta é sim, se você quiser.

— *Rebecca!* — Seguro o braço dela. — Não sei o que deu em você aqui. Às vezes acho que você não é mais a mesma garota que eu trouxe do Leste.

Balanço a cabeça e, quando ela volta o rosto para mim, posso ver mais uma vez: Oliver.

Inspiro profundamente.

— Sei que você acha que estou traindo seu pai.

A verdade é a seguinte: quando estou com Sam, não penso em Oliver. E gosto disso. É a primeira vez desde que deixei a Califórnia que me sinto realmente livre. Por outro lado, nunca considerei o que constitui a fidelidade em um casamento. Nunca precisei. É ser infiel a Oliver passar meu tempo com um homem que me faz esquecê-lo?

— Sei que ainda estou casada com ele. Você não acha que, toda vez que vejo você de manhã, penso sobre o que deixei para trás na Califórnia? A vida inteira, Rebecca, deixei minha vida inteira. Deixei um homem que, pelo menos em alguns aspectos, depende de mim. E é por isso que, às vezes, me pergunto o que estou fazendo aqui, nesta maldita zona agrícola — ela gesticula com o braço no ar —, com esse...

Paro, avistando Sam a distância. Ele pisca para mim.

— Esse o quê? — diz Rebecca com voz calma.

— Esse homem absolutamente incrível.

Simplesmente deixo escapar, e sei que estou em apuros.

Rebecca se distancia alguns passos, esfregando o queixo como houvesse levado um soco. Está de costas para mim, e tento imaginar a expressão que terá nos olhos quando se voltar.

— Afinal, o que está acontecendo entre você e o Sam?

Posso me sentir corar do pescoço até as sobrancelhas. Levo as mãos ao rosto tentando impedir que isso aconteça.

— Nada — sussurro, chateada por ela pensar uma coisa dessas; minha própria filha. — Tenho tido uns pensamentos loucos. Mas não tem nada, absolutamente nada.

— Achei que vocês não se davam bem.

— Eu também achei. Mas acho que compatibilidade não é a questão.

Penso: *Qual é a questão, então?* Joley está na frente da fila, fazendo malabarismos com vários sorvetes.

— É melhor voltarmos — sugiro, mas não me movo para ir a lugar algum.

— Acho que você tem uma queda pelo Sam — diz Rebecca simplesmente.

— Faça-me o favor. Sou uma mulher casada, lembra? — digo.

As palavras me vêm aos lábios automaticamente. *Casada.*

— Ah, você se lembra disso?

— Claro que lembro. Sou casada com seu pai há quinze anos. Você não deve amar a pessoa com quem se casou?

— Não sei — diz ela. — Diga você.

Estreito os olhos.

— Sim, você deve. — Isso se você puder continuar amando a pessoa com quem se casou. Mas não é isso que está em jogo aqui. — O Sam é apenas um amigo — digo enfaticamente. — Meu amigo.

Se ficar repetindo isso, vou começar a acreditar.

As lagoas se abrem do nada no meio do matagal. São quadradas e cintilantes, cercadas por três lados por grama baixa queimada de sol e por uma praia improvisada no outro. Sam diz que o fundo é de areia.

— Não importa — digo alegremente. — Não pretendo entrar.

— Aposto que vai mudar de ideia — diz ele.

— Aposto que não — diz Joley. — Venho tentando fazê-la entrar na água há vinte anos.

Ele deixa sobre a toalha o uquelele que estava tocando e tira a camiseta. Está usando um calção de banho estampado desbotado.

— Estou indo — diz a Hadley e Rebecca, que já estão esperando à beira da água.

Começo a organizar as toalhas ordenadamente na praia. Faço do jeito que mais gosto: todas as toalhas se encostando, de modo que não entre areia.

— Pelo menos venha até a beira da água comigo — diz Sam.

Levanto os olhos a tempo de ver Hadley dar um mergulho de cisne, bem executado, de uma das duas docas que avançam para o meio da lagoa.

— Está bem. — Deixo o arranjo das toalhas pela metade. — Mas só até a borda.

Hadley e Rebecca estão em pé na parte mais rasa.

Ele nada por baixo de Rebecca e coloca os pés dela nos ombros; fica em pé; então ela se eleva como um gigante e mergulha. Volta à superfície e tira os cabelos do rosto.

— Faça de novo — grita.

Antes que eu perceba, estou na água até os tornozelos.

— Não é tão ruim, não é?

É mais quente do que eu esperava. Balanço a cabeça. Fico olhando para a água azulada, e é quando os vejo.

Se eu não soubesse, diria que meus tornozelos estavam cercados por um milhão de espermatozoides agitados. Quase pulo para fora da água, e Sam me puxa de volta.

— São só girinos. Sabe, que se transformam em sapos.

— Não os quero perto de mim.

— Você não tem escolha. Eles estavam aqui primeiro. — Sam mergulha as mãos na água. — Quando éramos pequenos, levávamos os girinos para casa em um balde. Tentávamos alimentá-los com alface, mas sempre morriam.

— Não gosto de sapos — digo.

— Só de minhocas?

— Só de minhocas — sorrio.

— Sapos são extraordinários — diz Sam, pegando minha mão. — Respiram ar e água. Respiram pela pele. Os especialistas dizem que os sapos são o elo perdido na evolução. Dizem que os seres humanos vieram dos mares, e os sapos fazem a transição entre a água e a terra.

— Como você sabe disso tudo?

Sam dá de ombros.

— Aprendo aqui e ali. Leio muito.

No fundo, ouço Rebecca gritar. Instintivamente, volto a cabeça e a encontro segura na doca flutuante, onde Hadley está tentando empurrá-la na água. Sam observa e se volta para mim.

— Deve ser incrível ser mãe.

Sorrio.

— É muito incrível. Você descobre que tem um puro instinto animal. Eu poderia diferenciar o grito da Rebecca de qualquer outra pessoa aqui, aposto.

Vejo Rebecca, graciosamente, pular de barriga da doca.

Sam solta minha mão e aponta para a água. Descubro que estou em pé nela novamente, dessa vez até as coxas. Nem percebi que estávamos andando dentro da água. Dou um pulo, mas estamos tão longe da beira da praia que não há para onde ir.

— Isso foi um truque sujo — digo.

Sam sorri.

— Pode ser, mas funcionou.

Posso senti-lo olhando através de mim; sem erguer os olhos, afasto-me.

— Vou terminar de arrumar as toalhas. Vá em frente.

Não demoro muito para arrumar seis toalhas, então me sento no canto de uma delas e vejo todos brincando na lagoa. Hadley e Rebecca estão tentando encontrar seu centro de equilíbrio. Está em algum lugar perto dos quadris; eu poderia ter dito isso a eles. Rebecca corre pela parte rasa para Hadley e ele a ergue, tentando segurá-la pela pelve; inevitavelmente, um deles se desequilibra e ambos caem na água. Joley está boiando de costas preguiçosamente — seu movimento favorito de verão —, franzindo os lábios e fazendo a água jorrar como numa fonte. E Sam está se exibindo. Ele corre ao longo do cais de madeira e salta no ar, dobrando o corpo bronzeado para um duplo salto mortal. *Parece uma criança*, penso, e então lembro que ele é uma criança.

Volta para a doca e faz uma reverência. Todos, até os salva-vidas, batem palmas. Sam mergulha novamente e nada toda a extensão da lagoa por baixo da água. Vem para a toalha a meu lado e chacoalha o cabelo em cima de mim. É uma sensação agradável ser molhada.

— Não é divertido sem você. Vamos entrar, Jane.

Conto-lhe a história de Joley, como ele quase se afogou e como eu não entro na água desde então. De vez em quando, quando fica muito quente, entro na piscina, ou deixo a água do mar rodear meus tornozelos. Mas, desde o que aconteceu com Joley, não mergulho, *não consigo* ir abaixo da superfície. Não vou correr o risco.

Sam se levanta e coloca as mãos ao redor da boca em forma de concha.

— Ei, Joley — grita. — Sabia que é por sua causa que ela não entra na água?

Rebecca e Hadley estão na doca tomando sol. Eu me pergunto como podem estar confortáveis na madeira dura, sem toalha ou camiseta sob a cabeça. Vejo-os parcialmente obscurecidos por entre as pernas de Sam, mas, quando ele se senta novamente para se secar, tenho uma visão clara de minha filha. Ela é tão magra que as costelas despontam sob o tecido vermelho do maiô. Os pés apontam para o lado, uma característica hereditária. E a mão, na doca, suavemente cobre a de Hadley.

— Sam — digo, apontando para eles. — Está acontecendo alguma coisa que eu devia saber?

— Não. A Rebecca é só uma menina, e o Hadley não é bobo. Olhe para eles, estão dormindo. Provavelmente nem sabem que estão assim.

Eu poderia jurar que vejo os olhos de Rebecca abertos, astutos e verdes, mas talvez esteja enganada.

Deixo isso para lá e me sento à beira da praia, nadando através de Sam. Eu o desafio a dar braçadas, e ele dá. No meio do caminho, desafio-o a nadar de outro jeito, e ele nada. Quando acha que está muito fácil, eu o desafio a nadar borboleta. Observo seus braços saindo da água, o torso emergindo, com a boca em forma de O procurando ar.

Quando o almoço acaba, Sam mergulha na água, e acho que isso significa que ele se esqueceu de mim. Mas, depois que se molha, caminha de volta para a praia.

— Você prometeu — diz ele. — Depois do almoço, você disse.

— Ah, Sam, você não vai me obrigar a isso.

— Confia em mim?

— O que isso tem a ver? — digo, começando a lutar com ele.

— Confia ou não?

Sou forçada a olhar para ele. Eu andaria sobre brasas, dançaria sobre o fogo.

— Sim — digo.

— Ótimo.

Sam me pega no colo e vai me levando até a beira da água.

Estou tão fascinada com a sensação de sua pele contra a minha que não presto atenção para onde estamos indo. Até então, só nossas mãos se tocaram, mas agora, de repente, posso sentir seus braços, o peito, o pescoço, os dedos. Com exceção de Oliver, nunca estive tão perto de um homem. Sam dá passos longos e altos em direção à água. Estou perdendo o controle, penso. Tenho de ficar longe dele.

— Sam — digo. — Não consigo.

Começo a entrar em pânico: vou me afogar. Vou morrer. Nos braços de outro homem.

Ele para tão abruptamente e fala com tanta naturalidade que esqueço por um momento onde estamos, o que estamos fazendo.

— Você sabe nadar?

— Bom... não — admito, preparando-me para explicar.

Os pés de Sam batem na água.

— Não, Sam! Não! — grito.

Mas ele não vai parar. Segura-me mais firme e se move gradualmente. A água atinge meus dedos dos pés. Paro de chutar quando ela começa a espirrar em meu rosto.

O que vejo nos últimos momentos é meu irmão se debatendo na maré, na ilha Plum, pego por uma correnteza que o arrasta.

— Não faça isso comigo — sussurro.

Em algum lugar, como se acontecesse bem longe dali, ouço Sam dizendo para não me preocupar. Diz que posso voltar se quiser. Diz que não vai me soltar. E então, sinto a água pesada se apertando em volta de mim, mudando a forma de meu corpo. No último minuto, ouço a voz de Sam:

— Estarei com você — diz. — Não vou deixar nada acontecer.

Ele enche meus pulmões com essas palavras e mergulho.

55
JOLEY

Quando Jane e eu éramos bem pequenos, antes do acidente no mar na ilha Plum, construíamos cidades de areia. Jane era a engenheira, eu era o trabalhador escravo. Fazíamos pagodes e castelos ingleses. Ela fazia as valas e eu ia atrás dela com um balde de água do mar. "A cachoeira", anunciava. "A construção da cachoeira pronta para começar." Jane fazia as honras da casa, despejando a água no fosso ou cavando riachos que corriam diretamente para o oceano, uma fonte permanente. Fazíamos janelas com leves pedaços de troncos e cercávamos jardins feitos de pedras e conchas. Uma vez, fizemos uma fortaleza tão grande que eu podia me esconder dentro e atirar mexilhões fechados nas pessoas que passavam por ali. Mesmo depois que acabávamos de brincar, deixávamos os edifícios em pé. Nadávamos nas ondas e fazíamos body surf, atentos à lenta destruição de nossa obra.

Isto é o que passa por minha mente como um filme caseiro granulado, quando Sam levanta minha irmã e a leva para a lagoa. Isso, e quão devagar as coisas mudam, como os limites são maleáveis. Ele a pega e ela luta, como todos esperávamos.

Talvez eu seja a única pessoa neste mundo que entende o que Jane necessita. E talvez eu não saiba nem metade. Tenho visto seus cortes e sangramentos por dentro. É para mim que ela sempre volta, mas nem sempre sou eu quem pode ajudar.

Jane para de chutar e se resigna com o fato de que vai entrar na água. Sam diz alguma coisa. Está nos olhos dela também, quer ela admita ou não para si mesma.

Aprendi uma doutrina há muito tempo com um ancião muçulmano em Marrakesh: neste mundo, só existe uma pessoa com quem estamos destinados a nos conectar. É uma trama divina, não podemos mudá-la, não podemos lutar contra. A pessoa não é necessariamente sua mulher ou marido, seu amante de anos. Pode até não ser um bom amigo. Em muitos casos, não é alguém com quem você vá passar o resto da vida. Eu arriscaria um palpite de que noventa por cento de todas as pessoas nunca encontram o outro. Mas, aos poucos afortunados, àqueles muito poucos sortudos, é dada a chance.

Acreditei em Jane por tanto tempo e a amei tanto. Nunca pude encontrar alguém a sua altura, por isso evitei me casar. Qual é a razão de amar se não for para ter o amor ideal?

"Leve-a", eu me pego sussurrando para meu amigo Sam. A água se fecha sobre a cabeça deles. Digo a mim mesmo que tenho sorte por ter entregado Jane duas vezes. E me pergunto por que desta vez dói muito mais.

56
SAM

E então avançamos pela superfície da água, ofegantes, e eu ainda estou segurando Jane apertado.

— Ah! — ela grita. — Isso é tão maravilhoso!

Olha para mim piscando, a fim de tirar a água dos olhos. Seus cabelos estão levantados na parte de trás, a camiseta colada ao corpo. Ela timidamente retira o braço direito de meu pescoço, depois o esquerdo e, assim, está se sustentando na água.

— Eu consigo — diz ela, e mergulha novamente, subindo a mais de dois metros de distância.

Algumas pessoas na costa estão aplaudindo depois de assistir a todo o suplício. Aceno para elas enquanto Jane testa as pernas do mar. Eu a sigo, por via das dúvidas, enquanto ela faz todas as travessuras que uma criança faria no primeiro dia de verão na praia. A esse ritmo, acho que ela vai pular de costas do cais até o final da tarde. Ela me diz que gosta mesmo de nadar por baixo da água, então se dobra ao meio para tocar o fundo.

Eu mergulho também. Ela está de olhos bem abertos, tentando ver através do corante azul escuro que adicionam aqui por motivos de saúde. Basicamente, isso impede de ver além de dez centímetros. Eu me inclino para perto de Jane, deixando seus cabelos nadarem ao redor de minha cabeça como se fossem os de uma sereia. Meu Deus, estou perto o suficiente para beijá-la. Sua pele é translúcida, um pesadelo azul. Mas, então, surge uma enxurrada de bolhas entre nós — acho que ouvi o som abafado, surdo, de Jane dizendo meu nome —, e o momento passa.

Adormeci sobre as toalhas, mas perdi e recuperei a consciência o suficiente para saber que Jane e Rebecca estão cochichando sobre Hadley. Apesar do que eu disse a Jane sobre as boas intenções de Hadley, ela não acreditou em mim. Continua dizendo a Rebecca que ele está agindo mal e que ela é muito nova. Estou cansado e atordoado pelo sol, mas tento fazer os cálculos de cabeça. Há dez anos de diferença entre Hadley e Rebecca. Há dez anos de diferença entre mim e Jane.

— Eu tenho quinze anos — sussurra Rebecca —, não sou mais criança.

— É, sim.

— Quantos anos você tinha quando começou a namorar o papai?

Quero ouvir isso. Abro um pouco o olho esquerdo.

— É diferente — diz Jane.

Isso não é resposta, penso. Diz o velho provérbio que a maçã não cai muito longe da macieira. Tento imaginar Jane aos quinze anos, mas é difícil. Primeiro, sei que ela não se parecia em nada com Rebecca. Segundo, ela teve quinze anos dez anos antes de eu ter a mesma idade. Ela viveu a era dos Beatles e dos direitos civis. Eu vi os soldados voltarem do Vietnã. Ela estava no quinto ano antes mesmo de eu nascer.

A voz de Rebecca começa a ficar mais alta. Eu me pergunto se Hadley está dormindo, ou se está fingindo também.

— Você não pode se proteger de se apaixonar por uma pessoa. Não pode desligar suas emoções como uma torneira.

— Ah — diz Jane —, você é especialista nisso?

Penso em me sentar antes que alguém se machuque. Mas espero até Jane terminar de falar.

— Você não pode evitar se apaixonar, mas *pode* ficar longe das pessoas erradas. É só o que estou tentando dizer. Só estou avisando antes que seja tarde demais.

Enceno, fingindo que me espreguiço e bocejo antes de me sentar. Esfrego os olhos com as mãos fechadas.

— Então — digo sorrindo para Rebecca e Jane. — O que foi que eu perdi?

— Nada — Rebecca se levanta para dar um passeio. — Vou dar uma volta.

Jane a chama.

— Não se preocupe — digo. — Ela não pode ir longe sem as chaves do caminhão. — Procuro preguiçosamente a mão dela, aquela com a farpa de hoje de manhã. — Como está seu ferimento de guerra?

Jane ri.

— Acho que vou sobreviver.

— O barco a remo está atrás da doca. Podemos pegá-lo, se estiver a fim de pescar um pouco mais.

O lago Pickerel é glacial, formado por um enorme pedaço de gelo que esculpiu o vale. É delimitado por dois pomares, concorrentes, e o fertilizante que usam corre para dentro do lago, fazendo surgir tapetes de lírios por todo o lugar. Em cerca de dez anos mais, sufocarão a lagoa. Por enquanto, porém, são a melhor aposta para pescar. Entrego a Jane a vara de pesca.

— Primeiro as damas.

Jane pega uma isca brilhante giratória e a encaixa na ponta da linha. Nunca perguntei como ela entende de pesca, mas suponho que tenha a ver com o marido e seu interesse pelo oceano. E, neste momento, não estou muito a fim de tocar nesse assunto. Ela lança, e a linha fica presa em um tronco caído, e é preciso puxar para liberá-la.

— Opa — diz ela, rebobinando a linha.

Lança novamente, muito bem, fazendo-a pousar exatamente onde eu a teria colocado — na sombra escura de um grupo de lírios.

— Está com raiva de mim por ter feito você nadar? — pergunto.

— Não. Eu devia ter feito isso há muito tempo.

Um corvo-marinho grita e um bando de estorninhos, assustados com o barulho, disparam para um salgueiro. Jane rebobina e lança a linha de novo, no mesmo local.

— Achei que podíamos conversar — digo —, apesar de eu não ser de falar muito. Olho por sobre a borda do barco, para uma rocha a vários metros à frente que se ergue da água com tanto orgulho que parece uma pequena montanha. — Eu queria falar sobre o que estávamos discutindo no caminho.

— DJs de rádios de Boston?

— Não exatamente. — Olho para ela, que está sorrindo. — Não é muito fácil.

— Não precisamos falar sobre isso. Por que estragar uma coisa boa?

Ambos olhamos para as ervas daninhas cor de púrpura que engolem o anzol dourado. Observamos como se estivéssemos esperando um milagre acontecer.

— Ouça — digo.

Jane me interrompe.

— Não, por favor. Tenho uma casa para a qual voltar. — Ela olha para mim apenas por um segundo, então se volta. — Tenho a filha de Oliver.

— Ela é sua filha também.

— Sam, eu gosto de você. Gosto mesmo. Mas é aqui que a coisa termina. Desculpe se eu lhe passei a ideia errada.

— Ideia errada... — digo, levantando a guarda. — Do que você achou que eu estava falando?

Uma onda vinda do nada balança ternamente o barco.

— Sam — diz ela, com a voz embargada.

Não sei o que ela planejou dizer, porque nesse momento sua linha começa a puxar para trás e para frente nas ninfeias e abaixo de nós.

— É um peixe-lua — digo, esquecendo tudo na emoção.

— Que tal, hein? — diz Jane, balançando a vara em minha direção para que eu possa liberar o peixe. — Dois de dois.

— Você tem mais sorte que eu, mesmo em um dia bom. Preciso trazer você comigo mais vezes.

Não olho para ela quando digo isso; deslizo a mão livre pelas escamas espinhosas do peixe-lua, até que fique flácido no gancho. Então, rapidamente puxo para cima e para fora e o seguro na borda do barco; vejo-o ir embora mais agilmente do que meus olhos podem acompanhar.

Jane se inclina na proa do barco, observando-me. Não creio que tenha notado o peixe.

— Você não vai querer se envolver comigo, Sam. Tudo está indo tão bem para você agora, e eu seria um problema. — Ela abaixa o olhar, girando a aliança no dedo.

— Não sei o que quero. Por favor, não me pressione, porque não sei quão forte consigo ser. Não posso nem dizer o que vou fazer amanhã.

Eu me aproximo.

— Quem está falando de amanhã? Tudo que eu queria era hoje.

Ela me empurra com as mãos.

— Sou uma velha.

— É — digo —, e eu sou o papa.

Jane ainda está me mantendo afastado. Centímetros.

— Só um beijo é adultério? — ela sussurra. E pressiona os lábios contra os meus.

Ah, Deus, penso, *é assim que pode ser.* Ela tem gosto de sassafrás e canela. Passo a língua entre os lábios dela, pela alinhada barricada de dentes. Ela abre os olhos e sorri. Minha boca, na dela, sorri também.

— Você fica diferente de perto.

Quando ela pisca, os cílios roçam minha bochecha.

Pressiono a palma das mãos contra sua nuca e seus ombros. Arranco a boca da dela, engolindo o ar viciado da lagoa de lírios, e caímos de joelhos. Esqueci que estamos em um barco, e ele oscila de lado a lado, de modo que ambos temos de nos equilibrar. Beijo a linha de sua orelha até o pescoço, tiro uma das mãos de suas costas e a levo ao seio dela. Jane solta os braços de meu pescoço e segura na amurada do barco.

— Não — diz —, você precisa parar.

Sento-me de volta, obediente, no baixo banco do barco a remo, observando as ondulações que provocamos no lago. Ficamos olhando um para o outro, corados, com tudo o que aconteceu pairando no meio.

— É só pedir — murmuro sem fôlego, e gentilmente desisto.

57
OLIVER

Windy me encontra na costa da pequena e desgastada praia em Gloucester. Entrega-me uma roupa de mergulho de neoprene e um boné da Helly Hansen amarelo. Embora ele seja um homem tagarela por natureza, no meio dessa multidão de televisões e correspondentes de rádio não diz nada. Espera até que eu entre no Zodiac inflável de cinco pés, até acelerar o motor de popa, e só então sorri para mim e diz:

— Quem diria que Oliver Jones seria meu anjo da guarda?

Windy McGill e eu trabalhamos juntos em Woods Hole antes de ser moda se envolver na causa das baleias. Éramos empregados dos cientistas de prestígio. Esperávamos fazer nossa própria pesquisa de doutorado durante todo o tempo que passamos analisando dados, ou pegando café para outros biólogos. Descobrimos por acaso que ambos havíamos nos formado em Harvard no mesmo ano; que nós dois estávamos pesquisando comunidades de marés para nossos doutorados; que havíamos nascido, com um dia de intervalo, no mesmo hospital de Boston. Não foi nenhuma surpresa quando nossa pesquisa se voltou na mesma direção: as jubartes. Claro que temos tido diferentes abordagens. Windy fica longe das canções das baleias; ele trabalhou em diferentes métodos de identificação das jubartes. Neste momento, está credenciado para a pesquisa de Provincetown usada para catalogar gerações inteiras de baleias

Windy puxa uma garrafa do bolso — xarope para tosse — e me oferece um gole. Balanço a cabeça e encosto na borbulhante proa do pequeno barco. O Zodiac se inclina instantaneamente, mas consigo tirar a roupa molhada do corpo. Windy me observa de soslaio.

— Está ganhando um pouco de barriga, Oliver? — diz ele, acariciando as próprias costelas. — Malditos trabalhos fáceis da Califórnia.

— Vá se foder — digo, bem-humorado. — Me fale sobre a baleia.

— O nome dela é Marble. Tem manchas brancas no pescoço e na cauda. Três anos de idade. Se enroscou sozinha em uma rede de pesca vertical que algum imbecil deixou para trás. — Ele aperta os olhos e ajusta o leme para a esquerda. — Não sei, Oliver... Levamos dois dias só para encontrá-la aqui. Ela é irascível e está cansada, não sei quanto tempo vai aguentar. Vou lhe dizer uma coisa — diz. — Estou feliz por você estar aqui. Se eu soubesse que você estava em Massachusetts, teria te chamado imediatamente.

— Mentira. Você odeia quando eu roubo sua cena.

Windy e eu discutimos nosso plano da ação. O problema mais urgente é saber onde exatamente a rede se enroscou na baleia. A primeira observação de Windy — ao redor da mandíbula — não é muito precisa. Uma vez que isso tenha sido determinado, será muito mais fácil cortar a rede. A avaliação, no entanto, é o aspecto mais perigoso do resgate de uma baleia: um tapa da cauda ou de uma nadadeira é mortal. No ano passado, no norte da Califórnia, um colega foi morto quando mergulhou embaixo de uma baleia para determinar onde uma rede estava enroscada.

À medida que nos afastamos da costa de Massachusetts, começo a sentir o formigamento ao qual estou habituado; a emoção inebriante do inesperado. Poucos seres humanos já viram o olhar de uma baleia encalhada redirecionada para o negro oceano. Poucos seres humanos entendem que o alívio transcende a comunicação verbal; que a gratidão não se limita a nosso gênero e espécie.

Avisto o segundo Zodiac antes de Windy e o direciono para ele. Quatro estudantes estão amontoados no pequeno bote, com Burt Samuels, um biólogo que já está ficando velho demais para isso. Vinte anos atrás, esse homem nos mandava esfregar merda de leão-marinho em tanques de estudo em decomposição, e nós saltávamos a seu comando. E agora estamos impondo o ritmo.

Marble rola miseravelmente no próprio flanco, agitando debilmente a água com a nadadeira dorsal. Um dos alunos grita para Windy —

aparentemente, três baleias andaram pairando nas proximidades, esperando para saber o destino de Marble. Uma circula mais próxima e nada de lado em direção a Marble, que rola sobre a barriga. A segunda baleia desaparece sob a água, desdobrando a borda da cauda. Graciosa, gentil, ela a usa para acariciar o dorso de Marble. Acaricia várias vezes, depois afunda e desaparece.

— Vou entrar — digo, ajeitando uma máscara no rosto.

Paramos ao lado do segundo Zodiac, que é um pouco maior e tem um tanque de oxigênio, prontos para ir. Ajusto as correias e checo os medidores, e a seguir, com a ajuda de um dos alunos, sento na borda do barco inflável.

— No três.

O oxigênio espirra em minha pele. Olho através da máscara: a familiar perspectiva de quem está dentro de um aquário. Um. Dois. Três.

A correria e as luzes do mundo chiam e logo se suavizam sob a água. Faço os ajustes para respirar abaixo da superfície, pestanejo e me concentro em encontrar a rede vertical verde enroscada na parede maciça formada pela baleia. Ouço Marble se mexer, oscilar, criando correntes não naturais. Ela me vê com o canto do olho e abre a boca, criando um fluxo de algas e plâncton que eu tenho de chutar para longe.

Circundo a cauda primeiro. Movo-me rápida e firmemente, notando mentalmente onde a rede está enroscada (nadadeira direita, longe da cauda). Prendo a respiração quando nado por baixo dela, rezando para um Deus no qual não tenho certeza de acreditar. Ela tem mais de dez metros de comprimento e pesa bem mais de vinte toneladas.

— Não mergulhe — sussurro. — Pelo amor de Deus, Marble, não mergulhe.

Eu me deito de costas sob ela, flutuando, imóvel. Sei que devo sair do caminho o mais rápido possível, mas... que visão! Tamanha beleza faz você prender a respiração. Bem ali, o branco cremoso do ventre cortado por cicatrizes e cracas e arranhado na mandíbula como uma pia de zinco.

O que eu daria para ser uma delas... Por um tempo, poderia trocar minhas pernas por uma cauda maciça e poderosa. Poderia correr com elas ao longo das montanhas para o mar, gritando, compreendendo. Poderia cantar no silêncio da noite com a certeza absoluta de que haveria alguém esperando para me ouvir. Poderia encontrá-la; poderia acasalar pelo resto da vida.

Com três chutes afiados das nadadeiras vou até Marble. Mantendo distância, marco o local onde a rede se enroscou em sua boca, sem dúvida atravessando as barbatanas bucais. Não creio que possamos cortá-la totalmente sem comprometer nossa própria segurança. Muito provavelmente, teremos de rasgar a rede para libertá-la, e então Marble terá de se adaptar. As baleias têm uma incrível propensão à adaptação. Pense em quantas passaram anos vivendo com arpões partidos fincados na pele grossa.

Quando subo à tona, sou puxado para o segundo Zodiac por dois jovens estudantes de biologia marinha. Rolo sobre o estômago no chão do barco, que treme como gelatina a cada movimento do corpo de Marble. Tiro a máscara, solto o cinto com o tanque.

— A rede está enroscada em volta da nadadeira direita e praticamente tecida pela barbatana bucal — digo. Então, noto a câmera de televisão olhando para mim — Que diabos é isso?

— Está tudo bem, Oliver — diz Windy. — Anne é do Centro. Ela está filmando para nossos arquivos.

Eu me sento, ofegante. Vejo a lente se aproximar.

— Você se importa?

Ainda pingando, rastejo para o Zodiac de Windy. Instruo os alunos do outro barco para que comecem a pendurar boias em volta da baleia do jeito que conseguirem — laçando, enganchando, de qualquer jeito, só para que ela não se machuque mais. A ideia é cansá-la, mantê-la flutuando na superfície, para que tenhamos a chance de cortar a rede. Windy e eu enrolamos algumas grandes boias de navegação em volta da cauda de Marble.

— Muito bem — digo, observando a baleia, agora contornada de bolas flutuantes cor-de-rosa, como uma árvore de Natal decorada. — Quero que você saia do caminho.

Digo isso expressamente a Samuels, mas me refiro a todos no barco dele. Um dos alunos retrocede o segundo Zodiac várias centenas de metros, deixando Windy e eu sozinhos ao lado de Marble.

Inclino-me para fora do barco, a um braço de distância da superfície macia da pele de Marble. A essa altura, ela está tão exausta que não tenta lutar quando corto a rede com um gancho, deixando pedaços inteiros ainda enroscados em sua barbatana bucal.

— Você precisa se aproximar dela — digo, quando abordo a nadadeira. — Não consigo alcançar a rede.

— Não posso chegar mais perto sem passar por cima dela.

— Então, passe por cima. Só tenha cuidado com o motor.

Windy e eu discutimos esse ponto, mas ele acaba levando a pequena barca por sobre a ponta da nadadeira de Marble. Estou confiante de que, neste momento, ela está cansada o suficiente para nos deixar trabalhar. Inclino-me para fora do barco e tento desvendar a rede.

De repente, sou jogado para trás. Marble exala, pelo furo que é sua narina, uma combinação fétida de água parada e algas, e bate na borda do barco com a nadadeira. Ela nos atinge duas vezes com tanta força que o Zodiac se ergue e é jogado, quase virando.

— Puta que pariu — grita Windy, segurando nas alças de borracha no interior do barco. Os alunos do outro Zodiac começam a gritar, e os ouço claramente, como se suas vozes saíssem de um alto-falante em nosso barco. Então, percebo que nosso Zodiac foi jogado para cima. Sou arremessado de costas em cima de Windy, que está deitado de bruços no barco. É por mero acaso que o bote inflável caiu virado para cima em vez de para baixo, nas profundezas geladas do oceano, na parte inferior de uma baleia.

— Saia de cima de mim — diz Windy. Ele se senta suavemente e esfrega o braço. — Eu disse que não devíamos passar por cima dela.

— Tudo bem com o motor?

— Foda-se o motor. Você está bem?

Sorrio quando ele checa todos os seus membros.

— Estou melhor que você — digo.

— Está nada.

— Sempre estive.

— Mentira — diz Windy. Mexe no motor Evinrude e dá a partida de novo — Aonde quer ir?

Desta vez, Windy se aproxima pela parte de trás da baleia, esgueirando-se entre a nadadeira e a metade inferior do corpo. Depois de várias passadas do gancho, Marble está livre. Windy e eu circundamos o perímetro da baleia uma última vez, desprendendo as boias. Então, aceleramos o motor do barco para trás, flutuando a várias centenas de metros ao norte da baleia. Marble leva alguns minutos para perceber que está livre e, então, finalmente afunda vários metros abaixo da superfície da água e nada para longe. A cerca de quatrocentos metros de distância, ela se junta a um pequeno grupo de baleias. À medida que se afastam, Marble salta em arcos e mergulha, erguendo a parte inferior da cauda e batendo-a contra a água com tanta força que os respingos acertam todos nós.

Windy e eu observamos Marble nadar para longe nos vórtices rodopiantes de Stellwagen Bank.

— Meu Deus, como é linda! — diz ele, e coloco a mão em seu ombro.

— Só vou dizer isso uma vez — diz ele sorrindo —, então é melhor você ouvir bem. Quero lhe agradecer, Oliver. Eu não poderia ter feito isso sem você.

— Claro que poderia.

— Tem razão. Só não teria sido tão divertido. — Ele ri e aponta o motor rumo à costa. — Você é um louco filho da puta. Eu teria dado um mergulho para verificar o local da rede, mas tenho certeza de que não teria tirado uma soneca debaixo da barriga de uma baleia de vinte e cinco toneladas.

— Teria, sim — digo. — Quando surge uma oportunidade dessas, você não luta contra.

— Você ainda é louco.

— Você está é com inveja. Você é que gostaria de ter que fugir dos paparazzi.

Windy esfrega a testa com a mão.

— Meu Deus. Todos aqueles repórteres... Esqueci. Como é que ninguém dá a mínima para as baleias até que estejam em apuros, e aí se torna um evento nacional?

Sorrio.

— Não me importo de falar com a mídia.

— Desde quando?

— Desde que eu estou tentando encontrar a Jane. — Não olho para Windy quando digo isso. — A Jane me deixou. Pegou minha filha e foi embora. Tenho a impressão de que ela está em Massachusetts, mas não sei onde com certeza. De modo que acho que, se eu me tornar um herói da mídia, posso lhe pedir que volte no noticiário noturno.

— A Jane deixou você? — Ele desliga o motor, de modo que estamos sentados no meio do Atlântico, o outro Zodiac acelerando a nossa frente. — Lamento ter feito você vir até aqui. Você devia estar à procura dela.

— Você não me pediu para vir — lembro-lhe. — Eu me convidei.

— Tem algo que eu possa fazer? Você sabe que pode ficar comigo o tempo que quiser.

— Obrigado, mas não é necessário. A única coisa que você pode fazer por mim agora é me levar de volta a todas aquelas câmeras e microfones.

O barco joga para trás e para frente com uma onda que passa.

— Tenho que trazê-la de volta — digo, mais para mim que para Windy.

— Você vai conseguir — diz ele.

Quando chegamos mais perto da costa, Windy levanta o motor e nos deixa à deriva com a maré. A multidão de jornalistas corre até a beira da praia.

— Dr. Jones — chamam —, dr. Jones!

Ouvi esse som tantas vezes, o som de vinte, trinta vozes cantando meu nome. Posso sentir a velha corrente de adrenalina da época da faculdade, quando, conscientemente, registro que é a mim que estão todos esperando para conhecer. Eu ouvia esse som maravilhoso e pensava que era meu passaporte para o sucesso. E iria para casa e contaria a Jane, e ela faria todas as perguntas certas: Quantos jornalistas estavam lá? Você falou muito tempo? Vai passar no noticiário? Alguma jornalista era bonita?

Não como você, Jane.

Saio do barco segundos antes de Windy, que me guia à praia com o braço em volta de meus ombros.

— Senhoras e senhores — diz ele, brevemente interrompido por uma tosse seca —, gostaria de apresentar dr. Oliver Jones, do Centro de Estudos Litorâneos de San Diego. Dr. Jones é o único responsável pelo resgate de Marble, a baleia jubarte que ficou presa em redes de pesca durante vários dias.

É uma correria; a investida dos microfones e a balbuciação incoerente de vinte perguntas diferentes sendo feitas ao mesmo tempo. Ergo as mãos e respiro fundo.

— Será um prazer responder — digo calmamente, sabendo muito bem que as primeiras impressões duram mais tempo —, mas vocês precisam falar um de cada vez.

Aponto para um jovem negro de capa de chuva amarela.

— Dr. Jones, pode descrever o procedimento utilizado para desembaraçar a baleia?

Quando começo a responder, vejo Windy passar atrás da multidão de repórteres. Faz um sinal de OK para mim. Tira seu xarope para tosse do bolso e segue em direção ao grupo de alunos que estavam no outro Zodiac.

Digo a eles onde a rede se enroscou. Digo a eles que usei um gancho para cortá-la. Conto sobre a baleia que se aproximou de Marble e a acariciou suavemente, e explico que tanta ternura é frequentemente exibida entre jubartes. Digo a eles tudo o que querem saber, e, finalmente, alguém pergunta o que eu estava esperando ouvir.

— Dr. Jones — diz o homem —, neste caso o senhor estava no lugar certo na hora certa? Ou veio até aqui especialmente para ajudar a baleia?

— Eu não sabia da baleia até ouvir sobre a situação, por meio dos esforços de gente boa como vocês. Estou em Massachusetts para um tipo diferente de missão de resgate. Tenho viajado por todo o país à procura de minha esposa, Jane, e minha filha, Rebecca. Tenho razões para acreditar que elas estão em Massachusetts, mas infelizmente é um estado muito grande e não sei onde. Se me permitir, gostaria de enviar uma mensagem para elas.

Faço uma pausa longa o suficiente para permitir que as câmeras comecem a rodar novamente. Limpo a garganta e olho tão honestamente quanto é possível olhar para uma câmera de tevê.

— Jane — digo, e percebo que soa como uma pergunta —, preciso de você. Espero que assista a isso e que você e a Rebecca estejam bem. Não suporto ficar sem vocês. Não a culpo se não acreditar em mim, mas vim salvar esta baleia porque sabia que você ouviria sobre ela nos noticiários e queria que me visse. Queria que você se lembrasse de como era. Adiamos nossa lua de mel por causa de uma baleia, lembra? Lembra como torcemos e nos abraçamos quando a vimos nadar de novo a quilômetros da costa? Bem, salvei uma baleia hoje, e quero que você saiba que não foi divertido sem você. Se estiver vendo isto, espero que me avise onde está. Ligue para o Centro de Estudos Litorâneos de Provincetown, eles saberão entrar em contato comigo.

Um repórter me interrompe:

— Tem uma foto?

Concordo com um gesto de cabeça e puxo a carteira do bolso. Abro-a em uma foto de Jane e Rebecca, de menos de um ano atrás.

— Pode divulgar — seguro-a ante as câmeras. — Se alguém viu minha esposa, ou esta menina, por favor entre em contato. — Encaro os olhos de catarata cinza das câmeras de televisão. *Os olhos de Jane são cinza também*, penso, surpreso por ainda poder imaginá-los de forma tão vívida. — Amo você — digo. — Não me importo que o mundo inteiro saiba.

58
JANE

Por um longo tempo observo os diferentes dígitos se materializando no relógio ao lado da cama. Espero até que marque 1h23 e me levanto e ando por este quarto emprestado. Não há lua esta noite, por isso não há luz natural. É graças à prática de várias noites que não trombo com a cômoda, o poste da cama, a cadeira de balanço, enquanto sigo para a porta.

Prendo a respiração ao andar pelo corredor. Quando passo pelo quarto de Rebecca, encosto o ouvido na porta e a ouço estável, respirando. Satisfeita com isso, reúno coragem suficiente para andar mais sete passos pelo corredor, para o quarto dele.

Tendo treinado por vinte minutos na maçaneta da porta de meu quarto, acho fácil entrar sem fazer barulho. Quando abro a porta, uma fresta de luz do corredor se derrama no chão do quarto dele, iluminando a pista que leva ao pé da cama. De onde estou, posso ver os lençóis e cobertores bagunçados.

Respiro fundo e me sento na beira do colchão, mas tudo que ouço é o som de minha própria garganta pulsando.

— Sei que você está acordado – digo. — Sei que também não consegue dormir.

Jane, digo a mim mesma, *você não vai embora enquanto não disser o que planejou dizer.*

— Nunca estive com ninguém além de Oliver em toda minha vida – digo, revirando as palavras mais e mais em minha boca. — Nunca beijei ninguém além dele. Beijo de verdade. Bom, até hoje à tarde. — Estico os dedos a minha frente, perguntando se há algo ali para tocar. — Não estou dizendo que foi sua culpa, não estou dizendo que é culpa de alguém. Só estou dizendo que não sei se sou boa nisso. — Pergunto-me por que não há resposta alguma. E se ele não estava pensando nessas coisas? — Você está acordado? — pergunto, inclinando-me para a noite, e a seguir o ar se fecha atrás de mim.

Envolve-me tão apertado que começo a gritar, até que sinto uma mão pressionando meus lábios e tento morder, mas não adianta, e aquilo me empurra contra a cama, fazendo-me deitar de costas e me prensando pelos ombros; o tempo todo estou tentando gritar, e então meus olhos clareiam, e a centímetros de mim está Sam.

Ele relaxa a pressão em minha boca.

— O que está fazendo? — sussurro, rouca. — Por que você não estava na cama?

— Estava no banheiro. Parei no seu quarto no caminho.

— Parou?

Sento-me na beira da cama, e ele ainda está segurando minhas mãos. Nossos dedos descansam, entrelaçados sobre minha perna.

— E, a propósito — diz Sam —, acho que você é *muito* boa nisso.

Olho para meu colo.

— Ah, quanto você ouviu?

— Tudo. Estava esperando na porta, escutando. Você não pode ficar brava comigo por espionar, porque achou que eu estava aí — aponta para a massa de cobertores e travesseiros amontoada no meio da cama.

Ele pega minha mão e a espalma contra a sua própria, esfregando a pele quente da minha com o polegar.

— O que você está fazendo no meu quarto?

Ele se inclina para perto.

Afundo nos travesseiros.

— Estou esperando a culpa. Acho que, se me sentir culpada, posso me punir e me sentir melhor. Continuo esperando, sabe, e penso em você, mas não adianta, não me sinto culpada. Estou começando a acreditar que não sou a pessoa que achava que era. Acho que sou terrível, que não mereço pensar em você. — Suspiro. — Você deve achar que sou louca.

Sam ri.

— Quer saber por que eu estava indo ao seu quarto? Para falar sobre casamento. Juro por Deus. Queria que você soubesse que está me deixando louco, porque eu aqui estava pensando nas coisas que não deveria fazer, sabendo que você tem uma família e tudo o mais. E a pior parte é que acredito em casamento. Nunca me casei porque não encontrei a mulher certa. Toda a minha vida esperei o clique, sabe? Esta noite, estava deitado aqui pensando em como você devia estar no dia em que se amarrou a Oliver Jones, e tudo fez sentido para mim. Você não entende? Ele pegou a mulher com quem eu deveria me casar.

— Quando me casei, você tinha a idade da Rebecca. Era uma criança.

Sam se deita de lado, de frente para mim. Está de camiseta e cueca de bolinhas, e, quando me vê olhando para ela, puxa o lençol e o enrola nos quadris.

— Não sou criança agora — diz ele.

Leva a mão a meu rosto e traça o perfil de minha bochecha e queixo com o dedo. Pega minha mão e a segura em seu próprio rosto. Corre-a pela áspera barba por fazer, pela quebra do maxilar e pela linha suave e seca dos lábios. Então, ele a solta.

Mas não puxo minha mão. Mantenho os dedos na boca dele, que se abre para beijá-los. Passo-os levemente pelas pálpebras de Sam, sentindo os olhos se movendo para trás, selvagens. Penteio seus cílios e desço pela ponte do nariz. Exploro-o como se nunca houvesse visto nada igual.

Ele não se move quando deslizo as palmas das mãos por seus ombros e braços, pela indentação onde os músculos se juntam, no vão do cotovelo. Ele me deixa traçar os tendões de seus braços fortes, espalmar suas mãos nas minhas para sentir os calos e cortes. Ele me ajuda a puxar sua camisa por sobre a cabeça, e, quando a jogo, ela pousa na mesa de cabeceira.

Se eu mantiver a coisa assim, como uma exploração, não tenho nada a temer. Só se passar para um nível diferente, de intimidade, que terei de me preocupar. Sexo nunca foi místico para mim. A terra não se move, não ouço anjos ou sinos ou todas essas outras coisas. Fico sempre um pouco constrangida. Com esqueletos como os meus no armário, nunca esperei que fazer amor fosse mágico. Do meu ponto de vista, fiz algo extraordinário: empurrei as piores lembranças para fora da mente. A primeira vez foi mais difícil para mim, e tendo superado isso com Oliver, nunca esperei ter de enfrentar esse problema novamente.

Mas, quando sinto os braços de Sam em volta de minha cintura, e seus dedos correndo suavemente por minhas costelas; quando o sinto já duro, pressionando minha coxa, começo a chorar.

— O que foi? Qual o problema? — Sam me puxa para si. — Fiz algo errado?

— Não. — Tento recuperar o fôlego.

Não posso lhe contar. Nunca contei a ninguém. Mas, de repente, não quero mais carregar isso como o peso de Atlas.

— Quando eu era pequena... — Ouço-me murmurar contra sua pele. Minha voz soa estranha, como se eu a ouvisse de um canto distante, mas, conforme falo, parece se aproximar.

Sam me segura à distância de um braço, e, a seguir, testemunho uma coisa incrível. Ele está olhando para mim, intrigado, esperando que eu fale sobre meu pai. Mas só o que tenho a fazer é levantar os olhos para os dele e olhar para ele; olhar de verdade para ele. E percebo por seu olhar que ele não está mais esperando uma explicação.

— Eu sei — diz ele, parecendo surpreso com as próprias palavras. — Eu sei sobre o seu pai. Não sei como, só sei que sei o que você ia dizer.

Ele engole em seco.

— Como? — Minha boca forma a palavra, mas não sai som.

— Eu... eu não sei explicar — diz Sam. — Posso ver isso em você. — Então ele estremece e recua, como se houvesse sido atingido. — Você era só uma criança — sussurra.

Ele me abraça apertado, e eu a ele. Sam está tremendo por encontrar pedaços de mim que foram perdidos, por encontrar partes de si mesmo que ele não sabia que existiam. O tempo todo choro como nunca chorei antes, lágrimas que não chorei quando tinha nove anos e meu pai entrou em meu quarto; lágrimas que não chorei no funeral dele. Sam desabotoa a camisola de seda que estou usando e a faz deslizar por meus ombros. Orienta minhas mãos para tirar sua bermuda. Nossa pele é iridescente no escuro. Sam passa a mão entre minhas pernas. Cubro sua mão com a minha, instando-o. Ele desliza um dedo dentro de mim, úmida e florescente, e todo o tempo olha para mim. *Está tudo bem?* Com facilidade encontra meu centro. Sam beija minhas lágrimas e me beija. Como o sal, posso sentir o sabor de minha dor, minha vergonha, em seus lábios.

59
SAM

Ela está tão bonita, aqui, deitada em minha cama. E muito triste. Continua tentando virar o rosto para se esconder no travesseiro. Mas não posso deixá-la fazer isso, não sabendo o que sei agora. Estou levando Jane comigo a cada passo do caminho.

Fecho os olhos e beijo seu pescoço, os seios, a curva do quadril. Respiro levemente dentro de suas coxas, sabendo que ela pode sentir. Então, tomando-me a mão, ela me guia por seu interior. Olho para o rosto dela o tempo todo. Pergunto se está tudo bem. Mas ela segura meu pulso, insistindo, e prossigo com toda a ternura de que sou capaz. Dentro dela é quente, pulsante. Posso sentir minha ereção; esfrego-me em sua perna. Quando acho que vou perder o controle, afasto-me e percorro seus mamilos com a língua. Seus olhos estão abertos, mas ela não está olhando para nada; não emite som algum. Às vezes, parece que ela se esquece de respirar.

Ela se senta e vem para mim. Desliza as mãos para cima e para baixo. Seu toque é leve, provocante. Quando não aguento mais, caio na cama, agarro-a e a beijo. Ela tem gosto de menta e mel. Quando começo, não consigo parar; esmago a boca contra a dela, agressivo. Ela me empurra, ofegante, e então me beija novamente. Esfrega-se em mim, envolvendo meus quadris com os braços. Não vou deixá-la escapar. Eu a bebo, cada centímetro que posso tocar, e observo para ver suas costas se arquearem, tomadas pelo prazer.

Formamos um emaranhado de braços e pernas. Demora um pouco para perceber que ela está se mexendo, cavando, correndo os dedos por meu corpo, como a linha de alimentação de uma máquina de costura. Ela para, olha para mim uma vez e me leva à boca.

É como se uma esponja morna me envolvesse, e ela se movimenta para cima e para baixo. E o maravilhoso é que consigo sentir a fileira de dentes; posso sentir o freio de sua língua. Tento alcançá-la, para fazer-lhe algo tão bom quanto o que está fazendo para mim, mas tudo que consigo tocar são seus ombros. Seus cabelos se esparramam sobre meus quadris como um leque escuro. Ela se move cada vez mais rápido. Fecho os olhos, atento ao ritmo. Movo os quadris com ela. Vou gozar; vou gozar, mas quero mais. Ofegante, retiro suas mãos de meus quadris para erguê-la sobre meu corpo, e é quando vejo sua aliança.

Esteve lá o tempo todo, mas não percebi. É fina, de ouro. Parece permanente. Ela segue meu olhar até sua mão esquerda.

— Jogue fora — ela sussurra —, não me importo.

Ela rola para longe de mim e puxa a aliança, deixando-a girar na mesa de cabeceira. Esfrega o dedo como se tentasse apagar a memória. Mas resta uma fina linha branca não bronzeada.

Com a mesma mão ela afasta meus cabelos do rosto. Não posso ajudá-la, hesito — isso me fez pensar novamente. Ela se inclina para beijar-me o peito e enterra o rosto no cobertor.

— Só quero ser sua — diz.

Eu a viro, de modo que está de frente para mim novamente. Começamos a nos beijar, tocar, ao som de um suspiro. Desta vez, nossos olhos estão abertos, porque não queremos deixar de ver um ao outro. Tenho consciência de suas mãos em meus quadris, me abaixando. Ela passa as pernas em volta de mim e me libera em seu interior, e é quando entendo o que é se sentir inteiro.

Ela se fecha em volta de mim como uma garganta macia. Então, isso é o amor. É assim que todas as peças se encaixam. Todo o meu sangue está fluindo para os quadris, pulsando fora de ritmo. Não consigo chegar mais perto dela, mas estou tentando. Quero ser contido por ela, atravessá-la até o outro lado. Grudamos um no outro através do calor fumegante de nossos corpos.

Sinto a coisa crescer, insistente e exigente. Ela arregala os olhos, fitando-me com espanto. Esta é a imagem que fixo quando a esmago contra mim e me sinto explodir enquanto ela se aperta em torno de mim.

Ficamos assim por um longo tempo. Nenhum dos dois quer falar. Beijo sua testa. Atônita, é assim que ela me olha. Imagino que é como olho para ela também. Quando ela se move sob meu peso, eu me mexo, contraindo-me como se estivéssemos sendo rasgados. Nada mais é igual. Agora que sei o que é se sentir completo, não é legal estar sozinho.

60
REBECCA

7 DE JULHO DE 1990

Esta lanchonete tem pinturas em veludo de Elvis Presley nas paredes. Duas garçonetes dividem um cigarro e falam sobre ele. O lugar está vazio.
— Vera o viu — diz a garçonete gorda —, em uma festa no Blue Dome.
— Bem, palmas para Vera. Ele está morto, M-O-R-T-O. Morto.
A garçonete se volta para nós. Tem um piercing no nariz.
— Pois não?
— Podemos nos sentar sozinhas — diz minha mãe, mas as garçonetes já a ignoram de novo.
Minha mãe e eu não nos damos o trabalho de ler o menu. Já o decoramos. Ouvimos as garçonetes e vemos dezessete quadros de Elvis. São do tipo que se compra nas estradas e estão em cada cabine da lanchonete. Num deles acima de nossa cabeça, Elvis usa um macacão branco e um cinto cuja fivela diz LOVE. Ele está girando, mesmo no veludo.
— O Elvis morreu quando você tinha três anos — diz minha mãe, e as duas as garçonetes olham para nós. — Bem, *teoricamente*.
Pedimos três sanduíches para as duas: costeleta de frango, almôndega à parmegiana e atum com queijo suíço. Pedimos Coca-Cola, anéis de cebola e casca de batata. Enquanto preparam tudo isso, vamos ao banheiro nos lavar. Depois, enquanto comemos, traçamos a rota de Idaho a Fishtrap, Montana, com colheres, garfos e sachês de açúcar.

— Não vamos levar mais que algumas horas — digo, e minha mãe concorda.

— Acho que estaremos em Massachusetts em uma semana — diz ela.

— A este ritmo, provavelmente poderemos comemorar seu aniversário em Minnesota.

Minnesota. Meu aniversário. Esqueci disso. Quando a garçonete gorda nos traz a comida, penso como meu aniversário poderia ter sido. Uma festa surpresa, talvez, em nosso quintal. Talvez até um cruzeiro noturno em um dos barcos de observação de baleias de meu pai, no Instituto. Com um DJ e uma pista de dança. Ou talvez houvesse um enorme pacote embrulhado me esperando ao pé da cama quando acordasse. Dentro, um vestido vermelho com alças finas e lantejoulas, do tipo que eu sempre quis, mas que minha mãe diz que me faria parecer uma miniprostituta. E meu pai entraria dançando com minha mãe em meu quarto — ela usaria um vestido de tafetá e ele, seu smoking elegante com a gravata-borboleta listrada. Caminharíamos até a limusine e iríamos ao restaurante mais chique comer lagosta cozida no vapor. E, à mesa, o garçom seria jovem, loiro e lindo, e puxaria a cadeira para mim, e desdobraria o guardanapo e me serviria uma bebida sem perguntar minha idade.

Isso não vai acontecer em Minnesota. Mas, provavelmente, não teria acontecido em San Diego também. Meu pai não teria estado presente em meu aniversário, senão não estaríamos aqui, para começo de conversa. Ele não estava em casa quando tentei ligar ontem à noite do motel. Tentei quando minha mãe estava no banheiro, mas ela talvez tenha percebido. Não consigo esconder as coisas dela, não importa o que seja.

Não sinto muita falta dele. Acho que, se ele atendesse ao telefone, eu teria desligado, de qualquer maneira. Ainda assim, seria bom ouvir sua voz. Para ouvi-lo dizer que sente minha falta. Gostaria de pensar que ele não estava em casa porque está tentando nos encontrar. Tenho umas visões hollywoodianas com ele implorando de joelhos para minha mãe voltar para casa e, a seguir, fazendo-a girar em seus braços num longo beijo de cinema. Tenho essas visões, mas eu sei das coisas.

Minha mãe, que está vasculhando a carteira, começa a esvaziá-la em cima da mesa.

— Que foi?

Ela olha para mim.

— Não temos como pagar. Só isso.

Ela deve estar brincando. Temos muito dinheiro. Teríamos notado antes. Minha mãe se inclina sobre a mesa e sussurra para mim:

— Pergunte se aceitam cheques.

Dirijo-me à garçonete gorda e, com a voz mais açucarada que consigo fazer, pergunto.

— Estamos tentando racionar nosso dinheiro — digo.

A garçonete gorda diz que tudo bem, mas a voz da grelha nos fundos grita que não. Muitos viajantes passam por ali. Muitos cheques voltam.

Volto para a mesa. Será que vão nos fazer esfregar o chão com uma escova de dentes? Atender às mesas? Digo a minha mãe que demos azar.

— Espere — diz ela. — Tem cinco dólares no porta-luvas.

Isso me deixa toda animada — dá para imaginar, eu enlouquecendo por cinco dólares? Então, percebo que usei o dinheiro para os pedágios. Minha mãe me olha e conta as moedas na bolsa. Temos um dólar e trinta e sete centavos.

Ela fecha os olhos e franze o nariz, como faz quando está bolando um grande plano.

— Eu saio primeiro, e daí você faz de conta que vai me buscar. Vai parecer natural.

Claro que sim, penso. *Que tipo de mãe é você para deixar sua filha para trás quando você é burra o suficiente para ficar sem dinheiro?* Faço uma carranca para ela enquanto se levanta e se olha em um espelhinho.

— Deixei meu batom no carro — diz a todos os dezessete Elvis, com uma voz brejeira de passarinho.

— Diana — ela pisa em meu pé direito, caso eu não tenha entendido.

— Sim, tia Lucille.

— Espere aqui. Já volto.

Ela sorri para as garçonetes ao sair. Tamborilo os dedos na fórmica. Sorvo minha Coca vazia. Conto as fileiras de vidro atrás do balcão (27) e tento inventar nomes para as garçonetes. Irma e Florence. Delia e Babs. Eleanore, Winifred, Thelma.

Por fim, suspiro.

— Não sei o que ela está fazendo, mas vamos chegar atrasadas à aula de balé — digo em voz alta, me perguntando se as meninas de Idaho fazem aulas de balé.

Eu me aproximo das garçonetes.

— Vocês podem olhar nossas coisas um minuto? Acho que minha tia se perdeu!

Dou um sorriso adolescente estúpido e viro as palmas das mãos para cima, *O que se há de fazer?*

— Claro, querida, sem problemas.

Saio pela porta com o sangue pulsando atrás dos joelhos. Gostaria de saber como se ganha uma ficha criminal. Espero até quando acho que estou fora de vista em relação à porta da lanchonete e corro como se fugisse do diabo.

Minha mãe está no carro parado e eu pulo para dentro. Sai do estacionamento cantando pneus. Por alguns quilômetros, permaneço inclinada para frente no banco, com os olhos arregalados. Então, relaxo. Minha mãe ainda está paralisada de medo, pânico, não sei. Toco sua mão, que repousa no dial do rádio, e todo o ar sai de dentro dela como de um pneu que se esvazia.

— Essa foi por pouco — diz ela.

Limpa o lábio superior com a gola da blusa. Não sei se está rindo ou chorando. Abro a janela, imaginando o que virá a seguir. Sorrio, mas só porque isso impede o vento de ferir meus olhos.

61
JANE

Naquela noite, sonho que estou voando. Já sonhei isso tantas vezes: quando eu era muito pequena, quando era recém-casada, dias antes de dar à luz Rebecca. O sonho é sempre o mesmo: corro o máximo que posso e pulo bem alto com os dois pés, e consigo voar. Quanto mais alto fica, mais assustador é, mas sempre voo um pouco acima da linha das árvores. Embaixo, as pessoas parecem pequenas e os carros parecem brinquedos, e só nesse momento começo a perder o controle. Preocupa-me a descida e, como era de esperar, caio por entre as árvores a um ritmo surpreendente, batendo no chão, e pouso meio bruscamente. Mas é um sonho maravilhoso. Quando eu era pequena, queria tê-lo todas as noites. Pensava que, se sonhasse muitas vezes, um dia aprenderia a pousar.

— Olá — diz Sam assim que acordo, e é a mais linda palavra que já ouvi.

Ele entra no quarto equilibrando uma bandeja de vime com melão, cereais e framboesas recém-colhidas.

— Não sei se você gosta de café.

— Gosto — digo. — Com creme, sem açúcar.

Ele ergue o dedo e desaparece; logo retorna com uma caneca fumegante e se senta na beira da cama. Observa-me enquanto bebo, e procuro constrangimento em seu olhar, mas não há. Na verdade, nunca me senti melhor. Eu poderia escalar uma montanha hoje. Poderia caminhar uns sessenta quilômetros. Ou poderia simplesmente seguir Sam por aí, o que seria ótimo.

— Dormiu bem?

— Bem — digo —, e você?

— Bem. — Sam olha para cima, capta meus olhos e fica vermelho. — Ouça, eu queria dizer uma coisa sobre a noite passada.

— Não vai se desculpar, não é? Você não acha que foi um erro?

— Você não? — diz Sam, olhando para mim, e não consigo me concentrar; ele me tira o fôlego. Esses olhos... Meu Deus.

— Acho... — digo, hesitante. — Acho que amo você.

Sam olha para mim.

— Vou tirar o dia de folga.

— Você não pode. Tem um pomar para administrar.

— Tenho notado ultimamente que, quando estou perto de você, brigando ou beijando, não importa, não dou a mínima para isso.

— Todo mundo vai começar a falar. A Rebecca não pode saber.

— Ela vai descobrir, não é burra. Além disso, eu mereço um descanso. É para isso que tenho o Hadley. De que adianta contratar alguém para ser o segundo no comando se você nunca abandona o cargo? — Ele se inclina e me beija a testa. — Vou dizer a eles que vamos voltar para a cama — e sai.

— Sam! — eu o chamo, mas, para minha surpresa, não estou brava.

Quero que o mundo saiba que sinto isso, que sou capaz de sentir isso. Levo a bandeja ao chão, pegando uma fruta. Estico-me nos lençóis bagunçados da cama. Minha camisola de seda — aquela bonita de Dakota do Norte — está do avesso.

Alguém bate na porta. Deslizo para fora da cama e abro.

— Sam? — digo, mas lá está Rebecca, sua voz ressoando ao mesmo tempo que a minha, chamando-o também.

Em uma reação tardia, ela verifica se está no quarto certo. Fecho o decote da camisola, sentindo a etiqueta reveladora para fora da gola.

— O Sam não está aqui — digo calmamente.

Rebecca continua olhando pelo quarto como se estivesse procurando provas. Finalmente encontra meus olhos.

— Eu estava procurando você, na verdade. Queria saber se ele sabia onde você estava. Aparentemente, ele sabe.

— Não é o que você está pensando — digo muito rapidamente.

— Aposto que é exatamente o que estou pensando. — Sinto uma pontada no coração, e isso me faz sentir melhor. Não era o que eu estava esperando? — Vim dizer que o Hadley e eu vamos à cidade hoje à tarde. Queria saber se você gostaria de ir também. — Ela torna a espiar por cima de meu ombro. — Mas acho que você tem coisas melhores para fazer.

— Você não pode ir à cidade. Bom, o Hadley não pode. O Sam foi dizer que ele está no comando hoje.

— Então é assim? — diz Rebecca com as mãos na cintura. — Direto da boca do chefe?

— Cuidado como fala — digo calmamente.

— Eu tenho que tomar cuidado? *Eu?* Acho que não sou eu quem está com problemas. Não sou eu quem está traindo o marido.

É o instinto: ergo a mão para bater nela, mas então, tremendo, recuo o braço, deixando-o cair.

— Podemos discutir isso mais tarde.

— Acho você nojenta! — grita Rebecca, com as mãos fechadas em punho ao longo do corpo. — Não acredito que você fez isso com o papai! Não acredito que fez isso comigo! Não importa o que pense, ele ainda ama você. Ele está vindo para cá, você sabe. Então, o que você vai fazer?

Ela se volta e desce retumbando as escadas.

Sam me encontra na porta aberta.

— Ela veio aqui — digo. — A Rebecca. Ela me odeia agora.

— Não odeia. Dê-lhe um pouco de tempo.

Mas nada do que ele diz pode me impedir de chorar. Sam me envolve nos braços, esfrega meus ombros — tudo o que operou maravilhas na noite passada, mas agora é diferente. Trata-se de um cisma entre mim e minha filha. É algo que ele não pode curar.

Mais tarde, Sam me deixa sozinha um pouco. Diz que vai ver se Joley sabe quais árvores têm de ser pulverizadas hoje, e com o quê. Ele me beija antes de ir e me diz que sou bonita. Ao sair, volta-se.

— Sua camisola está do avesso.

Vou para a janela que dá para o pátio de tijolos na frente da casa. Quando meu rosto toca o peitoril, não sinto a face tão quente. Fui tão egoísta. *Tudo bem, Jane*, penso. *Você já teve seu momento ao sol. Agora, é só deixar para trás. Tem de analisar as pontas soltas e ver o que pode fazer com elas.* Quando Sam voltar, vou dizer isso a ele. Vou dizer que poderia ter funcionado em outro tempo ou lugar. Se eu fosse dez anos mais nova, se ele trabalhasse atrás de uma mesa. Então, vou sair e encontrar minha filha. *Viu?*, vou dizer a ela, *você tem que me amar de novo. Não vê do que estou desistindo por você?*

Distraidamente, vejo Hadley subir o morro. Ele está vestindo uma camisa de flanela azul que me faz pensar no tom escuro dos olhos de Sam. De repente, a porta da frente da Casa Grande se abre e Rebecca voa para fora. Ainda está chorando. sei pelo jeito como seus ombros tremem. Ela corre para Hadley e o abraça.

Por apenas um minuto, lembro que Hadley e Sam são da mesma idade.

Hadley estica o pescoço olhando ao redor. Quando o vejo o observando as janelas do andar de cima, recuo. Espreito pelo peitoril. Hadley está beijando as lágrimas do rosto de minha filha.

Isso já dura minutos. Observo cada movimento deles. Ela é um bebê, é só um bebê. Ela não sabe nada — como Hadley pode fazer uma coisa dessas? O jeito como ela inclina o pescoço e a curva de suas sobrancelhas, e o jeito como move as mãos pelas costas de Hadley... há algo muito familiar nisso. Então, percebo: quando está fazendo amor, Rebecca se parece comigo.

Acho que vou gritar, ou vomitar. Afasto-me da janela, fora do campo de visão. Sam entra no quarto e me pergunto se ele os viu também.

— Parece que você viu um fantasma — diz ele, mas, enquanto atravessa o quarto e olha para fora, Hadley já pôs Rebecca a uma distância segura. Pelo menos trinta centímetros de espaço os separam.

— Que foi? — pergunta Sam. — Qual é o problema?

— Não posso fazer isso. Não é justo com você e não é justo com a minha filha. Não posso pensar só em mim. Foi maravilhoso, Sam, mas acho que devemos voltar a ser apenas amigos.

— Você não pode voltar atrás. — Sam se distancia. — Não se diz a alguém que o ama e depois o joga fora na próxima vez que o vê.

Ele se aproxima e coloca a mão em meu ombro, mas, quando sinto que começa a queimar, empurro-o longe.

— O que deu em você?

— Você os viu? Hadley e Rebecca? Ele tem a mesma idade que você, Sam. E estava praticamente comendo a minha filha.

— O Hadley não faria isso. Talvez a Rebecca o tenha incitado.

Meu queixo cai.

— De que lado você está?

— Só estou dizendo que você tem que analisar as coisas com lógica.

— Vou colocar as coisas desta forma — digo. — Se eu o vir perto da minha filha de novo, vou matá-lo com minhas próprias mãos.

— O que isso tem a ver conosco?

— Se eu não estivesse tão envolvida com você — digo —, poderia ter percebido o que estava acontecendo entre a Rebecca e o Hadley.

Sam começa a beijar meu pescoço. Percebo que esta é exatamente a postura em que vi minha filha e o melhor amigo de Sam.

— Você está me distraindo.

— Eu sei. Era minha intenção.

Começo a protestar, mas ele leva a mão a minha boca.

— Me dê mais um dia, prometa.

Quando deixamos o pomar, ainda não vi Joley. Sam me diz que ele está pulverizando pesticidas orgânicos em uma seção comercial. Quero ver Rebecca mais uma vez antes de sair, mas não a encontro.

Sam dirige a caminhonete azul rumo a um santuário da natureza cerca de cinquenta quilômetros a oeste de Stow. Administrada por uma subsidiária da ONG Audubon, é um grande área cercada onde existem veados, corujões-orelhudos, raposas prateadas e perus selvagens. As trilhas serpeiam por entre habitats naturais: lagoas com troncos caídos, altas gramíneas, galhadas de ramos. Andamos de mãos dadas, ninguém aqui nos conhece. De fato, como é um dia de semana, não há quase ninguém aqui. Só alguns idosos, que nos observam tanto quanto à vida selvagem. Ouço uma velha sussurrar ao amigo quando passamos: "Recém-casados..."

Sam e eu nos sentamos por três horas à beira do habitat de veados. Lá dentro, segundo a placa, há uma corça e um gamo. Podemos ver o gamo facilmente, porque está bebendo no lago, mas a corça se confunde com a folhagem manchada. Tentamos encontrá-la durante meia hora, mas desistimos por um tempo.

Ficamos sentados frente a frente em um banco baixo e comprido e tentamos trocar dados sobre nossa vida. Conto a Sam sobre a casa em Newton, sobre a viagem de Joley ao México, os coquetéis do Instituto, e sobre uma menina com fenda palatina que é minha aluna favorita há três anos. Conto-lhe sobre quando Rebecca teve de levar pontos no queixo, e sobre a queda do avião, e, finalmente, como Oliver e eu nos conhecemos. Sam, por sua vez, conta-me sobre seu pai na Flórida, e sobre as palestras que dá na Minuteman Tech; sobre a maçã quase extinta que está tentando recriar geneticamente; fala de todos os lugares sobre os quais leu e que gostaria de visitar. Dizemos que vamos viajar juntos e fazemos uma lista, como se isso fosse realmente acontecer.

— Tem muitas coisas que eu dizia que queria fazer, mas nunca fiz — digo-lhe.

— Por que não?

— Tive Rebecca — resumo.

— Ela tem idade suficiente para cuidar de si mesma.

— Parece que não. Você não a viu hoje de manhã. Não dá para decidir essas coisas por si mesmo quando se tem apenas quinze anos.

Sam sorri.

— Não ouvi direito, ou você conheceu o velho Oliver quando tinha quinze anos? Começo a dizer que era diferente, mas mudo de ideia.

— E veja no que deu.

— Acho que você está exagerando.

— Acho que você não é a mãe dela — rosno, então respiro fundo. — Quero que você demita o Hadley.

— O Hadley? — diz Sam, incrédulo. — Não posso fazer isso, ele é meu melhor amigo.

Eu me levanto, procurando a corça.

— É errado. Tenho plena certeza de que ele é errado para a Rebecca. Ele é dez anos mais velho que ela, pelo amor de Deus! — Faço uma pausa e olho para Sam. — Não diga nada.

De repente a vejo passando entre árvores com a graça de uma bailarina. A corça levanta alto as pernas, farejando com a cabeça delicadamente inclinada. Atrás dela há um cervo cor de caramelo. Ninguém disse que havia um cervo ali.

— Não vou ficar aqui muito tempo, Sam — digo baixinho. — Nós dois sabemos disso.

Ele se levanta com as mãos nos bolsos.

— Você está me dando um ultimato.

— Não, não estou.

— Está sim — Sam insiste. — Se quiser você, tenho de tomar uma atitude em relação a Hadley. E, mesmo assim, seria uma vitória temporária.

— O que quer dizer com isso?

Sam segura-me pelos ombros.

— Diga que você vai deixá-lo. Você e a Rebecca podem ficar comigo em Stow. Vamos nos casar e ter um zilhão de filhos.

Sorrio tristemente.

— Eu já tenho uma filha. Estou velha demais para ter mais.

— Bobagem — diz Sam —, você sabe disso. Vamos viver na Casa Grande e vai ser perfeito.

— Vai ser perfeito — digo, repetindo suas palavras. — É bom pensar nisso.

Sam passa os braços em volta de mim.

— Vou falar com o Hadley, vou dar um jeito. — Ele inclina a cabeça em meu ombro. — Perfeito — diz.

Só Joley está na Casa Grande quando voltamos. É fim de tarde, e ele entra para pegar uma bebida gelada. Enquanto caminhamos para a casa, Sam fica me puxando pelo cós do short.

— Pare — rio, batendo em sua mão, e vejo meu irmão. — Oh — eu me aprumo; fomos pegos com a boca na botija.

— Onde vocês estavam? — pergunta Joley, bem-humorado.

Pelo menos ele não está chocado, como Rebecca. Onde está ela?

— No santuário da natureza — diz Sam. — Onde está todo mundo?

— Chegando. A Rebecca foi para lá também.

— Posso falar com você, Sam? — pergunta Joley, e Sam olha para mim: *Já esperávamos por isso.*

Ele leva Sam para a cozinha e abre a torneira, sem dúvida para me impedir de ouvir.

Vou até a salinha, onde a televisão está ligada. Noticiário das cinco. Deslizo pelo braço da poltrona e meus pés ficam pendurados na borda. A apresentadora está falando sobre um incêndio que matou três pessoas em Dorchester. A seguir, um logotipo familiar aparece na tela atrás dela. De onde o conheço?

— *E agora* — diz a apresentadora —, *passamos para Joan Gallagher falando de Gloucester, onde os esforços de resgate de uma baleia jubarte enroscada em uma rede vertical de pesca já duram três dias. Joan?*

— Não acredito nisso — digo em voz alta. — Essa coisa me persegue.

— *Obrigada, Anne* — diz a repórter profissionalmente. — *Atrás de mim está Stellwagen Bank, uma grande área de alimentação na Costa Leste para vários grupos de baleias jubartes. Muitas pessoas vieram acompanhar a situação de Marble, uma baleia jubarte que ficou enroscada há três dias em uma rede vertical abandonada por um navio de pesca. Avistada uma vez pela guarda-costeira, Marble foi localizada de novo exatamente após quarenta e oito horas. Hoje, o dr. Windy McGill, diretor do Centro de Estudos Litorâneos de Provincetown, assumiu o resgate da jubarte desesperada.*

A matéria corta para a cena de um barco inflável sendo lançado sobre o oceano. Há duas pessoas a bordo.

— *Um colega se juntou ao dr. McGill. O dr. Oliver Jones, proeminente biólogo marinho cuja pesquisa sobre baleias jubartes é mundialmente conhecida.*

Dão um zoom no rosto de Oliver, curvado, desembaraçando uma corda de náilon. Eu me sento, absolutamente imóvel.

— *O dr. Jones, que estuda baleias ao longo da costa da Califórnia, estava em Boston e ofereceu ajuda quando soube do dilema de Marble. Os dois cientistas, corajosamente, fizeram a viagem de trinta e sete quilômetros em um bote Zodiac até a baleia.*

Mostram o barco sendo lançado para cima, recuperando equilíbrio, batendo de volta contra o oceano.

— Oliver — digo, cobrindo a boca com a mão.

A essa altura, Sam e Joley saíram da cozinha. Rodeiam-me, observando a cena.

— Não é o...? — diz Joley, mas peço silêncio.

A câmara foca de novo o repórter.

— *Depois de três horas e meia de trabalho dedicado e perigoso, Marble nadou, livre. Juntou-se imediatamente a várias outras baleias. E talvez a mais comovente reviravolta desta história seja que o salvador dela, dr. Oliver Jones, é quem está precisando de ajuda.*

— Jones? — diz Sam.

A câmera fecha no rosto de Oliver, em seus olhos claros, sua pele cor de café.

— *Jane* — sua voz está trêmula e rouca —, *preciso de você. Espero que assista a isso e que você e a Rebecca estejam bem. Não suporto ficar sem vocês.*

— Não me diga — diz Sam.

Oliver tira uma foto da carteira, na qual aparecemos Rebecca e eu. Não é uma foto boa.

— *Se alguém viu minha esposa, ou esta menina, por favor entre em contato* — diz Oliver.

Estou segurando a mão de Sam; nem percebi que estava fazendo isso.

— Este é o Oliver. Meu marido.

Oliver olha para mim, dolorosamente honesto. Eu me pergunto quanto ele pode ver. Imagino se sabe o que eu fiz.

— *Amo você* — Oliver diz para mim, só para mim. — *Não me importo que o mundo inteiro saiba.*

62
JOLEY

Após o noticiário, Sam desaparece. Diz que tem algo a fazer; não diz o que é; não diz nada a minha irmã.

— Vamos — digo, pegando a mão dela. — Me ajude a fazer o jantar.

Ela me segue até a cozinha, fraca, facilmente conduzida. Senta-se em uma cadeira de encosto alto de ripas.

— Ah, Joley — suspira. — O que foi que eu fiz?

Pego cenoura e alface na geladeira. Não sou cozinheiro, mas salada é fácil.

— Diga você.

Ela olha para cima com um olhar selvagem.

— Talvez a gente possa fugir. Se sairmos agora, teremos ido embora quando Oliver chegar aqui.

— Você não pode arrastar a Rebecca de novo, não é saudável. Ela é só uma criança.

— Não estou falando da Rebecca — murmura Jane. — Estou falando do Sam.

Deixo cair na pia várias cenouras que fui descascando.

— Você sabia que o Oliver viria te procurar. Você mesma me disse. E não quis falar sobre o que aconteceria quando ele chegasse.

— Não quero falar sobre isso.

— Você está certa. Talvez, se não pensarmos nele, ele desapareça. — Jogo o descascador de legumes na pia. — Tudo bem, então, vamos falar de outra coisa. Vamos falar do Sam.

— Não quero falar do Sam — diz Jane.
— Olhe para mim. — Ela não olha. — O que está acontecendo? Quando falei com Sam antes, ele ficou enrolando. Eu soube por Rebecca, que veio correndo para mim de manhã, chorando: "Tio Joley", soluçava, "eu odeio minha mãe, odeio".

— Não está acontecendo nada — diz Jane. A seguir, suspira. — Não vou mentir para você. Você sabe o que está acontecendo. Todo mundo sabe o que está acontecendo.

— Me conte — digo. Quero ouvir isso dela.

Estou esperando que me conte que dormiu com Sam. Mas, em vez disso, ela inclina a cabeça e diz:

— O Sam é a pessoa por quem eu devia ter me apaixonado.

— Então, o Oliver é o quê?

Jane olha para mim e pisca rapidamente.

— Excesso de bagagem.

— Você passou cinco dias com o Sam. Como pode chegar a uma conclusão em míseros cinco dias?

Ele não conhece você, penso. Passei trinta anos a seu lado. É a mim que você está amarrada.

— Lembra o que eu disse quando chegamos aqui?

— Que o Sam era um porco teimoso.

— Além disso — diz Jane, sorrindo. — Eu disse isso, não disse? Bem, eu também disse que saberia o que eu estava procurando quando encontrasse. Disse que tudo que necessitava na minha vida era um instante em que pudesse dizer honestamente que estava no topo do mundo sem estar mentindo. É isso.

— Você também disse que, se tivesse esses cinco maravilhosos minutos, voltaria para o Oliver. Viveria a vida que começou com ele e nunca mais reclamaria.

— Mas isso foi antes. Como você sabe que meus cinco minutos chegaram? Eu disse que voltaria quando tudo estivesse acabado. Mas ainda não acabou. De jeito nenhum, Joley.

Conto a ela sobre Rebecca e o que aconteceu de manhã. Conto porque isso me impede de pensar em Jane e Sam juntos. Rebecca veio até mim e me contou o que havia visto. Disse: "Isso significa que meus pais estão se divorciando? Significa que nunca mais vou voltar para casa?"

Eu a vi em pé a minha frente e sabia como se sentia. Lembrei-me de como era rastejar para a segurança da cama de Jane, sob as cobertas, e ouvir os gritos entre minha mãe e meu pai lá embaixo. Nada parecia tão alto ou tão horrível se eu tivesse os braços de Jane em volta de mim.

Até meu pai começou a ir ao quarto de Jane à noite. No começo, pensei que ia atrás da mesma segurança que eu procurava lá. Imaginei que todo mundo tem medo de alguma coisa, algo que precisa esquecer, até meu pai. Comecei a juntar as peças lentamente e, quando entendi, Jane parou de me deixar entrar em seu quarto. Foi bem na época em que ela começou a mudar, quando os seios brotaram e comecei a notar pelos debaixo de seus braços e nas pernas. Ela não me deixava ficar no quarto quando estava se vestindo. Não me deixava ficar debaixo das cobertas. Em vez disso, nós nos sentávamos comportadamente sobre a colcha e jogávamos baralho.

Foi terrível quando ela foi para a faculdade. Deixou-me sozinho em casa. Vinha nos visitar quase todo fim de semana, mas não era a mesma coisa. Sempre esperei que voltasse para mim, mas, em vez disso, ela se casou com Oliver Jones.

O que eu disse a Rebecca esta manhã é que Jane sempre quis ser mãe. Que, ainda jovem, ela tomava conta de mim. Mas que, neste momento, Rebecca teria de ser lógica.

— Sua mãe vai mudar de ideia — eu disse a Rebecca, mas ela se retraiu.

Queria saber quanto tempo isso levaria. Queria saber quantas pessoas teriam se machucado até lá. Acima de tudo, perguntou por que era Jane quem tinha de tomar a decisão final.

— Que decisão? — perguntei a Rebecca.

— De jogar tudo pro alto — ela gritou. — Você não vê o que ela está tentando fazer?

Conto tudo isso a minha irmã, e, nervosamente, ela enrola uma mecha de cabelo com o dedo.

— Não entendo, Joley. Você passa a vida todo como meu fã número um; está sempre lá para me dizer que não estou prestando atenção suficiente em mim mesma, que mereço coisa melhor. Então, depois de quinze anos, finalmente aceito seu conselho idiota e você me diz que é melhor eu ir devagar. Decida-se — diz ela. — Não vou mentir para Rebecca, vou lhe contar tudo. Só não vai ser hoje. Me dê um pouco de tempo. Nunca pedi nada, minha vida inteira. Dei, dei e dei. Será que não posso ter só isso?

— Não — digo muito rapidamente, e Jane explode.

— O que você quer que eu faça?

— Venha até mim. Eu sempre quis que você viesse até mim.
— Não dá para ouvir — diz Jane, irritada.
Limpo a garganta.
— Eu disse que queria que você viesse até mim.
Ela joga as mãos para o alto.
— Eu vim até você. Viajei quase cinco mil quilômetros para chegar até você. E tudo que eu ganhei foi um sermão.

No dia em que Jane se casou com Oliver, no dia em que ela me deu um beijo no rosto e disse que estava mais feliz que nunca, algo aconteceu comigo. Muito concretamente, senti meu peito inchar e depois se contrair, e então entendi que dá para sentir claramente um coração se partir. Afastei-me sem dizer nada, mas ela não percebeu, engolida por um turbilhão de convidados. Prometi a mim mesmo que não iria me deixar machucar assim novamente.

Nunca parei de cuidar de Jane, mas mantive certa distância. Quase imediatamente depois de ela se casar, comecei a viajar, pulando de faculdade em faculdade, e, a seguir, Estados Unidos, México, Bangladesh, Marrocos, Ásia. Afastei-me o máximo que pude, achando que esse seria o jeito mais fácil. Sempre quis o melhor para ela, porque ela significa muito para mim. Então, quando tudo isso com Sam estava começando, dei minha bênção. Eu queria que ele ficasse com ela. Já que eu não podia ficar.

Ela coloca os braços em volta de mim e, por um minuto, estou de volta onde costumava estar, onde o amor pode estar em uma dobra de travesseiro.

— Desculpe, eu não queria gritar com você.

Eu pensava em morrer e ser cremado. Queria que minhas cinzas fossem colocadas em um saco de couro e que Jane o usasse em volta do pescoço. Eu a imaginava vestindo camadas de roupa no inverno, golas altas e casacos, e volumosas jaquetas de pele, sabendo que eu era a única coisa que chegava mais perto de seu coração.

Isso é o máximo que pode acontecer, penso.

— Não se preocupe comigo. — Sorrio para ela. — Sempre tive problemas de adaptação a seus namorados.

Jane estende os braços. Abre a boca para dizer alguma coisa — o quê? —, mas fecha-a novamente, em silêncio.

Então, Rebecca e Hadley entram na cozinha. Hadley está carregando Rebecca nos ombros, e ela chuta a porta aberta com o pé. Mal atravessam o limiar da porta e Hadley perde o controle sobre Rebecca e a derruba no chão.

Ambos estão rindo tão alto que levam um minuto para perceber que estou na cozinha com Jane.

— Estamos atrapalhando? — diz Hadley, animado e sorrindo, ajeitando as pernas dos jeans.

— Não — diz Jane —, de jeito nenhum.

Ele olha para Rebecca, que deliberadamente leva um bom tempo para se levantar. Engraçado, ela tem exatamente a mesma altura de Jane.

63
SAM

Você precisava ter visto a cara dela quando o sujeito apareceu na televisão. Ela simplesmente murchou por dentro. Deu para ver pelo jeito como quase caiu da poltrona. Não parava de dizer o nome dele: Oliver.

Eu teria dado qualquer coisa para arrancá-la da frente da tevê. Um sedativo, uma bebida forte, sei lá o quê. Talvez eu pudesse abraçá-la. Mas vê-la assim me fazia sentir um nó no estômago. Eu tinha de fazer alguma coisa. Não poderia simplesmente me ajoelhar ao lado dela com seu maldito marido impressionante, avolumado em technicolor. Então, amarelei. Saí; disse que tinha algo para fazer no campo. Em vez disso, estou passeando pelos bosques que fazem limite com o pomar.

Os mosquitos são terríveis nesta época do ano, e a terra é pantanosa. Parte da floresta se tornou um lixão improvisado, até mesmo para os fazendeiros vizinhos. Há uma velha banheira esmaltada e algumas máquinas de lavar mortas em um determinado ponto na trilha. Mas é tranquilo, tão silencioso que dá para ouvir a mente pulando de uma ideia para outra.

Caminho uma boa distância, porque chego à fundação de uma casa que deve ter queimado até o chão. É um pequeno anel de pedras com uma lareira em ruínas em uma das extremidades. Meu pai dizia que data do século XVIII.

Quando Hadley e eu éramos crianças, vínhamos muito aqui. Quando tínhamos nove anos, fizemos do lugar nosso clube secreto; arrastamos vigas e tábuas velhas do celeiro até aqui e tentamos pregá-las para fazer um tipo de cercado. Tínhamos uma senha: Yaz, nosso jogador favorito do Red Sox. Nós nos encontrávamos todos os dias ao pôr do sol, até que ouvíamos nossas mães gritando de diferentes lados da mata, chamando-nos para jantar.

Tenho andado por aí com Hadley desde que tínhamos sete anos. Isso dá dezoito anos. É mais do que Rebecca já viveu. Em qualquer outra circunstância, eu ficaria do lado dele. É meu melhor amigo; sabe o que está fazendo; não se divertiria com uma menina de quinze anos. Mas sei, tanto quanto conheço os limites do meu pomar, que o que está acontecendo comigo só acontece uma vez na vida. Não suporto ver Jane chateada, mas por motivos egoístas: dói em mim vê-la assim.

Quando volto para a Casa Grande, já perdi o jantar. Joley está lavando a louça; diz que Jane está lá em cima.

— Onde está o Hadley? Preciso falar com ele.

— Acho que foi para a varanda dos fundos com a Rebecca. Por quê?

Mas não tenho tempo para responder. Passo vagarosamente pela porta dos fundos e, imediatamente, tenho a sensação de que interrompi alguma coisa. Rebecca e Hadley estão no banco de balanço e, quando a porta range ao se abrir, voam para lados opostos.

— Ei — digo como se nada fosse. — Estão ocupados?

Eles balançam negativamente a cabeça. Rebecca está me deixando constrangido. Posso sentir seu olhar queimando a gola de minha blusa. Puxo-a, tentando deixar entrar um pouco de ar.

— Que foi? — pergunta Hadley.

Ele está mais ousado agora. Tem o braço ao redor de Rebecca, no encosto do banco.

— Preciso falar com você — volto-me para Rebecca —, a sós. — Abro a porta de tela. — Vou esperar aqui.

Entro e deixo a porta bater atrás de mim. Hadley pergunta se vai demorar.

— Pensei em tomarmos uma cerveja, se estiver a fim.

Ouço Rebecca dizer:

— Você precisa ir?

Mas não sei dizer o que Hadley responde. Ele entra na casa com um largo sorriso no rosto e me dá um tapa nas costas.

— Vamos lá. Você paga?

Vamos ao Adam's Rib, um restaurante com um bar grande, frequentado principalmente por gangues de motociclistas. Não vamos muito lá, mas não quero ter essa conversa em um lugar onde vou muito, de modo que, toda vez que eu entre pela porta no futuro, tenha de me lembrar de quando decepcionei meu melhor amigo. Hadley e eu pegamos uma mesa perto da porta, que é na verdade um jogo de Pac-Man, pontilhada com dois guardanapos e um cinzeiro. Uma garçonete ruiva de penteado muito alto nos pergunta o que vamos beber.

— Glenfiddich — digo. — Dois.
Hadley ergue as sobrancelhas.
— Vai se casar, vai ter um filho ou coisa assim? Qual é o motivo?
Encosto os cotovelos na mesa.
— Preciso lhe perguntar uma coisa. O que está acontecendo entre você e a Rebecca?
Hadley sorri.
— O que está acontecendo entre você e a Jane?
— Vamos — digo —, não é essa a questão aqui.
— Sam, eu não me meto nas suas coisas, você não se mete nas minhas.
As bebidas chegam, e Hadley levanta o copo e brinda.
— Saúde.
— Ela é muito nova. A Jane está transtornada.
Hadley faz uma carranca.
— A Rebecca tem uma cabeça mais adulta que qualquer um de nós. Eu não perderia tempo com uma criança. Sam, se não achasse que era certo.
Dou um longo, profundo gole do uísque. Queima o fundo de minha garganta, o que me faz pensar que as palavras podem vir mais facilmente.
— Também não estaria perdendo tempo se não soubesse que era certo. — Balanço o líquido no copo. — Acho melhor você ir embora por um tempo.
Hadley olha para mim.
— O que quer dizer?
— Estou dizendo que acho que você devia tirar umas férias. Fique longe do pomar. Vá visitar sua mãe — digo. — Ela não te vê desde o Natal.
— Você está fazendo isso por causa da maldita mãe dela.
— Estou fazendo isso por mim. E por você. Estou fazendo o que acho certo.
— Ela disse para você fazer isso, não foi? Ela obrigou você a fazer isso. Você me conhece a vida inteira; conhece a Jane há cinco dias. Não acredito que está fazendo isso.
— Deixe a Jane fora disso — digo, atrapalhado. — Isso é entre mim e você.
— Até parece. Meu Deus!
Ele chuta a mesa novamente, inspira profundamente e relaxa na cadeira.
— Tudo bem — diz. — Quero saber uma coisa: quero saber por que ninguém perguntou a mim ou a Rebecca o que achamos. Quero saber por que todo o maldito mundo está decidindo nosso futuro, menos nós.
— Não é por muito tempo. Uma semana, talvez duas. Só quero dar a Jane um pouco de tempo para si mesma. Você não a conhece, Hadley. Ela não é uma perua rica. Teve uma vida muito dura.

— Claro. Bom, e você não conhece a Rebecca — diz Hadley. — Sabe como é quando estou com ela? Ela acredita em mim mais que meus parentes jamais acreditaram. Merda, eu contei coisas que nunca disse a você. Não importa o que esteja fazendo, ou onde esteja, ela está sempre na minha cabeça. — Hadley apoia as palmas das mãos sobre a mesa de jogo. — Alguma vez você conversou com ela, Sam? Ela sofreu um acidente de avião. Ela cuida mais da mãe do que o contrário. Ela sabe sobre vocês dois, certeza. Você acha que a Jane teve uma vida difícil? Devia ver a viagem que ela fez a própria filha enfrentar.

Hadley esvazia o copo e pega o meu.

— Se quer saber se estou apaixonado por ela, a resposta é sim. Se quer saber se vou cuidar dela, vou. Ninguém mais parece estar querendo fazer isso. — Quando Hadley olha para mim, há uma determinação em seus olhos que nunca vi antes. — Não pense no que eu estou fazendo com a Rebecca, Sam. Pense no que a *Jane* está fazendo com ela.

— Olhe — digo —, preciso que você faça isso por mim. Vou te recompensar, prometo.

Hadley engole em seco e pestaneja. Procura mais bebida, mas não sobrou nada.

— Ah, claro.

— Hadley...

Ele ergue as mãos para me interromper.

— Não quero explicações. Não quero ouvir sobre isso, está bem? Quero meu pagamento.

Concordo num gesto de cabeça.

— Ouça bem, Sam. É melhor que isso dê certo, porque você está me fazendo abandonar alguém de quem gosto muito. Mais cedo ou mais tarde, vou atrás dela, não importa quanto tempo você me mantenha longe. Vou encontrá-la. Diga a Jane, direto dos meus lábios. Vou ficar com a Rebecca, não importa o que aconteça.

Durante um tempo que parecem minutos, nós nos sentamos frente a frente, em silêncio absoluto. Finalmente, quebro a tensão.

— Você parte amanhã de manhã.

— Foda-se — diz Hadley, bufando. — Vou embora daqui hoje à noite.

Saímos depois disso. Voltamos para casa na picape, e juro que sinto cada solavanco e pedra na estrada. Observo como nós dois pulamos para cima e para baixo ao mesmo tempo. É a gravidade; nós dois temos o mesmo peso. Paramos na entrada da garagem, e a maioria das luzes na parte de baixo da casa está desligada.

Nem Hadley nem eu fazemos um movimento para sair do caminhão. Os grilos deslizam os arcos formados pelas asas para trás e para frente.

— Quem vai contar a ela? — pergunta Hadley.
— Rebecca? Você. Você deve lhe contar.
Hadley olha para mim, esperando que eu fale mais.
— Vá em frente. Vá lá em cima. Fique o tempo que quiser. Não vou contar a Jane.
Ele abre a porta do caminhão, que vibra como quando se tira o cinto de segurança. A luz interna se acende, então sei que ele me vê inclinar a cabeça contra o volante. Não sinto vontade de sair do carro ainda.
— Ela não é uma criança, Sam — diz Hadley em voz baixa. — Eu não sou assim.
Quando ele fecha a porta, esta emite um som articulado, nítido.

64
OLIVER

Deus abençoe a América. Meu coração está com todos os homens e mulheres solidários que ligaram para o Centro de Estudos Litorâneos de Provincetown depois de ouvir a transmissão às margens de Gloucester. A telefonista os transfere para o pequeno closet onde Windy instalou um telefone para mim, para me dar privacidade. Disseram-me que Jane foi vista num posto Exxon. Num posto de pedágio. Um homem se lembra do rosto de Rebecca em sua loja de conveniência em Maynard. E, por último, mas certamente não menos importante, um rapaz que trabalha em uma sorveteria em Stow liga. Pergunta se sou o cara da baleia. Ele viu minha esposa e minha filha.

— Elas vieram aqui com um homem que dirige um pomar de maçãs.

Bingo.

— Você sabe o nome dele? — pergunto, pressionando para obter mais detalhes.

O que ele estava usando? Quantas pessoas estavam com ele? Que tipo de carro ele tem?

— Uma caminhonete azul — diz o jovem —, uma picape nova bem bonita, foi o que vi. E está escrito Hansen na porta.

Hansen. Hansen. Hansen. Nenhuma das caixas de correio nesta estrada tem esse nome. Esse homem não tem parentes na cidade? Qualquer coisa para apaziguar minha emoção perturbadora? Já bolei o que vou fazer. São quase cinco da manhã, e mesmo uma fazenda deve estar ainda dormindo. Então, vou forçar o cadeado e rastejar para dentro, e tentar encontrar o quarto de Jane. Deve ser fácil, ela dorme com a porta entreaberta porque é claustrofóbica. Vou me sentar na beira da cama e tocar seus cabelos. Esqueci sua textura. Vou esperar até que se mexa e então vou beijá-la. Ah, vou beijá-la.

Hansen. Piso no freio, fazendo o Lincoln girar. Sempre preferi carros grandes, mas eles rabeiam em momentos como este. Endireito o carro e tomo o caminho sinuoso. Se eu fizer todo o percurso de carro, poderão me ouvir. Então, estaciono na vala de cascalho e caminho até a grande casa branca.

A varanda range sob meus pés. Tento a porta — aberta. Quem no interior tranca portas? Lá dentro, tenho de andar no escuro, mas não me importo. Isso é um bom sinal: ninguém está acordado.

Fiquei muito bom em não deixar portas rangerem quando Rebecca era bebê. Se ouvia o menor ruído, ela acordava e começava a chorar, e Deus sabe como era difícil fazê-la dormir à noite. O segredo é o pulso.

A porta mais distante à direita dá para um quarto vazio decorado com antiguidades e colchas de retalhos. A bolsa de Jane está aqui, o que me leva a deduzir que este é de fato seu quarto e ela provavelmente está dormindo com Rebecca por medo, ou desconforto, ou solidão. Meu coração bate forte quando abro a porta ao lado, na expectativa de encontrar minha esposa e minha filha juntas. Mas é só Joley, roncando feito um porco.

Quando abro a porta do quarto ao lado, também está vazio, mas os lençóis estão bagunçados na cama. Espalhadas pelo quarto estão as roupas de Rebecca — reconheço seu maiô de salva-vidas, o que ela estava usando no dia em que saiu. Um copo meio cheio de suco está na beira da cama, como se o quarto houvesse sido deixado às pressas. Como se o ocupante já estivesse voltando. Isso me preocupa, pois não quero que Rebecca me veja antes de eu ter a chance de ver e falar com Jane. Então, desço pelo corredor e sigo em direção à última porta.

Ela se abre sem nenhum barulho. Jane se encontra na cama, enrolada, deitada de lado. Não está vestindo nada. Sorri enquanto dorme. Está nos braços de outro homem.

Eu cambaleio para frente, fazendo um barulho que coincide com a batida da porta na parede. Ambos pulam, pestanejando. Jane me vê primeiro.

— Oliver — engasga.

Vou para cima dele, arrastando-o para fora da cama. Jane está gritando para que eu pare. Acho que talvez esteja chorando.

— Fique longe dela! — grito, jogando o homem no chão.

Nem sei quem é ele. Estou pronto para matá-lo e nem sei o nome dele.

Chuto-lhe a barriga e o saco e o mando, cambaleando, para trás. Jane pula da cama, chorando, nua, e se atira sobre ele. Sinto veneno correndo por minhas veias. Quero sangue.

Ela apoia a cabeça dele em seu colo e o embala.

— Estou bem — ele diz. — Estou bem agora.

Ele tenta ficar em pé para vir atrás de mim.

— Vamos — digo, chamando-o com a mão. — Vou matar você. Vou mesmo.

De repente, Jane está entre nós e se joga em meus braços; isso é tão incrivelmente perturbador que perco meu senso de propósito. Ela está enrolada em um lençol. É tão macia...

— Não faça isso — ela implora. — Por mim, não faça isso, por favor.

— Vamos pegar a Rebecca. Vamos embora.

Jane não faz contato visual comigo.

— Não.

— Vamos embora, Jane — digo, com autoridade.

Ela fica diretamente entre nós, com os punhos fechados, os olhos fechados, apertados.

— Não!

É quando Joley escolhe entrar no quarto.

— Que diabos está acontecendo aqui?

Ele me vê, observa Jane e esse outro babaca encostado na cabeceira da cama.

— Sam, o que aconteceu?

— Sam Hansen? *Você* é quem anda transando com a minha esposa?

Todos os meus nervos sobem para a garganta, os ombros. Pego o pescoço de Sam. Posso quebrá-lo com um movimento rápido, conheço anatomia humana.

Joley empurra Jane para fora do caminho. Ele me pega pela gola da camisa e envolve seus braços em volta dos meus, de modo que estou preso. Eu me esforço, mas ele é muito forte para mim, e acabo relaxando.

— Onde está a Rebecca? Quero ver a Rebecca.

— Está no quarto ao lado — diz Jane.

— Não tem ninguém ao lado.

— Claro que tem — diz Joley. — Aonde ela iria às cinco da manhã?

As mãos de Jane começam a tremer, e ela se volta para Sam. *Sam.*

— Eu disse a Hadley para ir embora — diz ele. — Falei na noite passada. Ela deve ter descoberto e ido atrás dele.

Jane assente com a cabeça muito lentamente, e então explode em lágrimas.

— Ela sabe que fui eu. Ela sabe que eu contei a você.

Joley, pela primeira vez em sua maldita vida a voz da razão, caminha para Sam e praticamente grita na cara dele:

— Você sabe onde a mãe dele mora agora?

— Sei qual é a cidade. Não vai ser difícil encontrar.

— Não acredito nisso — digo. — Viajo por todo o país para descobrir que a minha filha fugiu e a minha mulher está na cama com outro homem.

Sam e Joley continuam falando sobre algum lugar em New Hampshire. Eu me aproximo de Jane e tomo sua mão.

— Eu tinha tanta coisa a dizer — digo com tristeza.

O rosto de Jane está vermelho e inchado pelas lágrimas.

— Oliver — ela sussurra, rouca. — Não posso perdê-la. Não posso perdê-la... — Olha para mim. — Sinto muito, eu não queria machucar você.

Sei que eles estão olhando do outro lado da sala. Sei que estão olhando, e isso é o que faz com que seja ainda mais doce. Não tem sido fácil. Atravessei um continente inteiro para contar a essa mulher que sou apaixonado por ela. Vim para lhe dizer que minha vida não é nada sem ela a meu lado. E não vou jogar isso fora, apesar de tudo. Eu sei perdoar agora. Sei como esquecer também, imagino. Cabe a mim reunir minha família de volta. Aperto Jane suavemente. Fecho os olhos e pressiono os lábios contra os dela. Sua boca está trêmula, mas corresponde ao beijo. Uma coisa eu sei: ela está correspondendo ao beijo.

65
JOLEY

Quando Oliver abraça Jane desse jeito, Sam se remexe a meu lado. Estico o braço para que ele não avance e faça nada estúpido. Ele inspira comedidamente três vezes, e todo seu corpo se sacode. Então, força a passagem por mim.

— Vamos embora — diz.

Decidimos que, já que sabemos aonde Hadley foi, temos uma boa chance de encontrar Rebecca lá. Se conseguirmos sair cedo, chegaremos na hora do almoço.

— Vou com vocês — diz Oliver.

Solta Jane, e ela se inclina contra o poste da cama. Penso que pode desmaiar, do jeito que as coisas estão.

— Oliver.

Não dá para não se sentir mal pelo cara. Afinal, não era isso o que ele esperava encontrar em Massachusetts.

— Não vai adiantar nada você vir conosco. Alguém tem que ficar aqui com a Jane, de qualquer maneira.

— Não foi uma pergunta. Estou dizendo: vou com você para New Hampshire.

Sam dá um passo adiante. Posso ver a mudança no rosto de Oliver quando do absorve o tom de voz de Sam.

— Você sabe onde a mãe do Hadley mora. Vocês dois vão. Vou esperar aqui, caso ela volte para casa.

— Nem fodendo — diz Oliver. Ele está prestes a chegar às vias de fato de novo; então, ponho-me entre eles. — Não vou deixar você aqui com a minha esposa.

— Você não pode ir sozinho — diz Sam. — Metade das estradas não é sinalizada.

Oliver se inclina para Sam.

— Consigo encontrar lugares totalmente não sinalizados, idiota. Este é meu trabalho.

— Isto aqui não é o oceano.

Jane toca o braço de Oliver.

— Ele está certo, Oliver, você não pode ir até lá sozinho.

— Muito bem — diz Oliver, andando a passos largos. Aponta para Sam. — Você. Você vai comigo. O Joley fica aqui com a Jane.

— Que prazer imenso — resmunga Sam.

— O que você disse?

Oliver agarra Sam pela gola da camisa, e este, agora acordado e provavelmente dez vezes mais fortes que Oliver, empurra-o com tanta força que ele se estatela contra a porta.

— Eu disse que será um prazer.

Sam caminha para Jane, que está chorando novamente. Inclina a fronte sobre a dela e coloca a mão em seu ombro. Sussurra algo que só Jane pode ouvir, e ela começa a sorrir um pouco.

— Podemos olhar nas redondezas, mas não creio que vamos encontrá-la. Vamos na minha caminhonete — diz Sam.

Oliver balança a cabeça.

— Vamos no meu carro — diz.

Quando ouvimos o carro se afastar, Jane desaba sobre o chão e encolhe os joelhos até o peito.

— Você ganhou, Joley. Você estava certo.

— Ninguém ganhou nada. Eles vão encontrá-la.

Jane balança a cabeça.

— Eu devia ter dito alguma coisa a ela. Devia ter contado a ela sobre o Sam e, acima de tudo, devia ter tentado entender o que estava acontecendo com o Hadley.

Ela se levanta e caminha em direção ao quarto vazio de Rebecca.

Ouço todo o ar sair de dentro dela, como se houvesse levado um forte soco. Toca o maiô de Rebecca, sua escova de cabelo.

— O quarto tem o cheiro dela, não é mesmo?

Pega o sutiã de Rebecca.

— Compramos este em Dakota do Norte — diz sorrindo. — Ela estava tão entusiasmada porque é de taça... — Coloca o sutiã em torno da cintura, puxando o elástico. — Fui tão egoísta.

— Você não sabia que isso ia acontecer.

Sento-me ao lado dela na cama de Rebecca.

— Se ela estiver ferida — diz Jane —, vou morrer. Nunca vou poder me perdoar se ela estiver ferida; isso vai me matar.

Jane se deita na cama. Esfrego-lhe as costas.

— Ela está bem. Vai ficar bem.

— Você não sabe — diz Jane. — Você não entende como me sinto. Sou a mãe dela. Eu devia protegê-la. Eu devia estar com ela agora; eu devia estar com ela.

Jane rola e olha para o teto. Há uma marca de água que se espalhou na forma de um cordeiro, e outra com a forma de uma zínnia. Ela se senta.

— Vamos atrás deles. Quero estar lá quando a encontrarem.

— Não podemos fazer isso. E se ela voltar para casa? Alguém tem que estar aqui. Você tem que estar aqui.

Jane afunda de novo na cama. Arrasta-se para baixo das cobertas e se deita de lado.

— Ela dorme assim — diz Jane. — De boca aberta e a mão enrolada ao lado. Já dormia assim quando era bebê, enquanto todas as outras crianças no hospital dormiam de bruços, com a bundinha para cima. Quando a trouxeram para mim, depois que ela nasceu, eu estava apavorada. Achava que não saberia segurar um bebê. Mas ela me liberou. Era uma confusão de braços e pernas se agitando — diz Jane sorrindo. — Mas a Rebecca olhou para mim e parecia estar dizendo: Relaxe, temos um longo caminho pela frente.

Esforço-me para ouvir porque sei que é o que ela necessita. De repente, Jane fica bem ereta.

— A Rebecca foi minha troca — diz ela. — Não conheci o Sam antes, não me casei com ele, embora devesse. Você não vê? Era uma coisa ou outra.

— Não entendi.

— Ela é minha filha. Por mais que eu diga que o Sam é parte de mim, ela também é. Ela me conhece tão bem... me ama tanto, de uma maneira diferente. — Balança a cabeça. — Não tive o Sam a vida inteira; em vez disso, a Rebecca me foi dada.

Vou me odiar por dizer isso, eu sei. Olho para fora da janela, e os trabalhadores estão se reunindo perto do celeiro. Alguém tem de dizer a eles o que fazer hoje.

— Se você não tivesse o Oliver — aponto —, não teria tido a Rebecca. Ela é parte dele também.

Jane segue meu olhar para fora da janela. A distância, os cordeiros estão balindo. Há muita coisa para fazer.

— Oliver... — diz ela. — Isso é verdade.

66
SAM

Oliver e eu chegamos a um entendimento tácito. Não falamos muito no carro, a caminho das montanhas Brancas. Oliver dirige e eu mexo com o botão do acendedor de cigarros e com os controles das janelas. Fico na minha, ele fica na dele.

De vez em quando, estudo seu rosto. Faço isso em de um jeito curioso, enciumado. Sabe como é: *O que ele tem que eu não tenho? Ele é bem escuro, bronzeado, penso, mas eu trabalho ao ar livre tanto quanto ele e não tenho essa cor. Talvez seja a água salgada. Tem linhas cortando seu rosto, ao redor dos olhos e da boca, que o fazem parecer cansado. Ou determinado, depende do ângulo. O cabelo é como o da Rebecca, e ele tem vagos olhos azuis com minúsculas pupilas negras pontuais.* Tento, de verdade, mas não consigo imaginar Jane com ele. Não posso nem pensar nele em pé, a seu lado, sem que a imagem pareça engraçada. Ela não deveria estar com alguém como ele; alguém tão enfadonho, com a cabeça nas nuvens. Deveria estar com alguém como eu.

Estou de olho nele quando o carro começa a engasgar. Estamos na 93. Acho que me lembro de passarmos Manchester, mas não tenho certeza. O que sei com certeza é que estamos ficando sem gasolina.

— Merda — diz Oliver, manobrando o carro em direção ao acostamento da estrada. — Nem percebi que estava ficando sem combustível.

Cruzo os braços sobre o peito.

— Você não devia ter um galão para gasolina?

Oliver se volta para mim e sorri.

— Para falar a verdade, eu tenho. E nós dois vamos dar uma caminhada pela estrada com ele.

— Alguém devia ficar no carro. Você não vai querer voltar e encontrá-lo rebocado. Aqui não é exatamente um acostamento, não pode simplesmente largá-lo aqui.

— Você não vai ficar aqui — diz Oliver. — Não confio em você.

— Não confia em mim? O que vou fazer com um carro como este?

Mas Oliver não está ouvindo. Abre o porta-malas e pega um galão de plástico azul. Enfia a cabeça por minha janela e me apressa.

Caminhamos pela estrada. Está quente, e há insetos por todo lado.

— Então — digo, tão amigavelmente quanto consigo —, como vai o trabalho?

— Cale a boca. Não quero conversar com você. Nem quero acreditar que você existe.

— Acredite — digo —, andar por aí com você não está no topo de minha lista de coisas a fazer.

Oliver murmura algo que não posso ouvir com um caminhão de dezoito rodas zunindo perto. Termina com "...você tem que me dizer o que exatamente levou minha filha a fugir".

Conto-lhe sobre Hadley e sobre o que Jane disse. Ele aceita tudo muito bem, como se avaliasse as informações antes de chegar a qualquer conclusão precipitada. Concluo a história cerca de seis quilômetros adiante, quando chegamos à saída. Olho para Oliver para ver sua expressão. Ele olha para mim:

— Eles estão dormindo juntos?

— Como diabos vou saber? Mas duvido.

— Pensei que você soubesse de tudo o que acontece debaixo de seu teto — diz Oliver.

— Ele é uma boa pessoa. — Aponto para um posto Texaco. — É muito parecido comigo, na verdade.

Um segundo depois de dizer isso, percebo que foi a coisa errada. Oliver me olha com repulsa.

— Aposto que sim.

No posto, Oliver enche o galão de gasolina enquanto eu compro um Mountain Dew em uma máquina de venda automática. Depois do Jolt Cola, é a bebida que tem mais cafeína, e acho que vou precisar. Sento-me na calçada à beira da estrada e conto os carros que passam. Quando fecho os olhos, vejo a imagem de Jane: ontem à noite, quando fui a seu quarto e ela era uma silhueta azul contra as cortinas brancas da janela. Estava vestindo aquela coisa de seda colante com alças finas, sabe? Uma camisola sensual. Não sei de onde ela tirou isso. Deus sabe que minha mãe não deixou nenhuma dessas em seu quarto. Mas, Jesus, ela estava demais. Quando a toquei, o tecido se derramou por meus dedos e, para minha surpresa, sua própria pele era ainda mais suave.

Abro os olhos e dou um pulo. O rosto de Oliver está a centímetros do meu, roxo de raiva.

— Você está pensando nela — grita. — Não quero que faça isso.

Como ele poderia me impedir? Eu poderia transformar esse cara em polpa em questão de minutos. Estou me controlando porque sei que Jane ficaria arrasada; além disso, ele pode ser útil para afastar Rebecca de Hadley.

— Alguma vez lhe ocorreu que isso não aconteceu só por minha causa? Já pensou que a Jane queria estar comigo também?

Oliver ergue a mão livre, provavelmente para me socar, mas me levanto. Sou bem uns dez centímetros mais alto que ele, e ambos sabemos que, agora que estou acordado, poderia matá-lo. Ele abaixa a mão.

— Cale a boca — diz entre dentes. — Cale a boca.

Anda alguns metros a minha frente pelos quase seis quilômetros de volta ao carro. Não quer falar comigo, e, sinceramente, não estou nem aí. Quanto mais cedo ele for embora, quanto mais cedo Jane e eu estivermos sozinhos de novo, melhor.

Custa a Oliver sessenta e cinco dólares para liberar o carro da garagem para onde foi rebocado. Tivemos de andar mais oito quilômetros em outra direção por causa disso. Isso nos toma mais duas horas. Depois de três horas, saímos, após liberar o tíquete na delegacia de polícia de Goffstown. O atendente é um velho de cabelos brancos, grudados em tufos por toda a cabeça. Ele esfrega a palma da mão no para-brisa coberto por uma camada de poeira.

— Parece que está sem gasolina — diz ele. — Eu faria algo a respeito, se fosse você.

Oliver força a passagem pelo homem. Esvazia o galão que esteve carregando quase o dia todo no tanque de gasolina. Ruidoso, como se estivesse engolindo uma boa cerveja importada. Quando termina, joga o galão no banco de trás e olha para mim.

— O que está olhando? Vai entrar ou não?

— Estive pensando — digo. — Você devia me deixar dirigir.

Oliver se inclina sobre o capô do carro.

— Me dê uma boa razão para isso.

— Para podermos encontrar a Rebecca hoje à noite. Estaremos fora das principais estradas muito em breve, e eu mal sei aonde ir. Posso chegar instintivamente, mas não se não estiver dirigindo.

Dou de ombros, é a verdade. Quero que isso acabe o mais rápido possível para que eu possa ligar para Jane e ouvir a voz dela do outro lado da linha. Ouvi-la me pedir para voltar para casa.

Chegamos a Carroll, cidade natal de Hadley, logo depois do jantar. Estou dirigindo, como sugeri. Pego algumas ruas erradas, mas chegamos à casa dos Slegg.

— Ora, olá, Sam! — diz a sra. Slegg quando atende à porta. — É um prazer ver você. O Hadley está apreciando as férias. — Graciosamente, aponta com o braço em direção ao corredor. — Vocês não vão entrar?

— Não podemos, sra. Slegg. Este é meu... este é Oliver Jones. Estamos tentando encontrar a filha dele, e acho que ela pode ter vindo aqui visitar o Hadley.

A sra. Slegg fecha o roupão em volta do pescoço.

— O Hadley não está metido em encrenca, está?

— De jeito nenhum. — Dou-lhe meu melhor sorriso cuidadoso. *Hadley faz melhor*, penso. — Eles são só bons amigos, e imaginamos que ela veio para cá.

A sra. Slegg acende a luz da varanda lá de dentro.

— Ele não está aqui agora. Foi a um bar com um amigo. Alguém bateu na porta; acho que não era uma menina, mas não posso dizer com certeza. E ele disse que ia sair.

Oliver passa a minha frente.

— Senhora, importa-se se eu der uma olhada ao redor? Deve imaginar como é... sua própria filha fugir, não saber se ela está correndo algum perigo.

A sra. Slegg meneia a cabeça diante de Oliver.

— Ah, por favor, meu Deus, claro. Eu entendo. De verdade.

Oliver dá um breve sorriso de gratidão.

— Sabe os nomes dos bares que seu filho costuma frequentar?

— Ah — diz a sra. Slegg, surpresa. Não estou mais observando o detetive Jones. — Realmente não sei. Não vou muito à cidade. Pensando bem, Sam, não creio que o Hadley conheça qualquer bar por aqui. — Ela se volta para Oliver novamente. — Desde que me mudei, o Hadley trabalha com o Sam em Stow. Eu só vim morar aqui depois que o sr. Slegg morreu; antes, tínhamos uma fazenda também. Bem perto de Hansen, não é mesmo? O Hadley não vem mais que poucos fins de semana por ano, e na época do Natal, quando geralmente fica em casa comigo e seu irmão. Ele é um garoto quieto, você sabe, não é do tipo desordeiro.

Oliver concorda.

— Ele não está em um bar — me diz.

— Como sabe disso? — digo, mais para discordar dele que qualquer outra coisa.

— Por que ele mentiria para a própria mãe?

— Se você não sabe, é mais idiota do que eu pensava. Verifique lá dentro. Veja se há vestígios de ele ter ido embora, ou da minha filha. Vou para o pátio.

Relutantemente, sigo para o fim do pequeno rancho, em direção ao quarto que Hadley usa quando está em casa. A sra. Slegg segue atrás de mim.

— Desculpe me intrometer. Vamos embora logo. E, quando o Hadley chegar a casa, talvez a senhora possa perguntar a ele se...

Detenho-me, observando a sra. Slegg passar as mãos pela cama.

— Isso é muito estranho — diz ela. — Dei a Hadley um cobertor extra na noite passada porque estava muito frio aqui em cima, nas montanhas. Era velho, de minha avó, e eu lhe disse que cuidasse bem dele, porque é uma antiguidade. E não está aqui.

Verifico debaixo da cama, o armário e as gavetas vazias. Nada. Correndo para o quarto ao lado, do irmão de Hadley, a sra. Slegg me diz que está faltando o cobertor da cama dele também.

— Ah, Sam — diz ela, com a voz hesitante. — Meu filho não vai se machucar, não é? Você tem que me prometer isso!

Ela se aproxima de mim. Eu a conheço da vida toda. Como posso lhe dizer que seu filho fugiu com uma menor e não temos a mínima ideia de onde estão?

— Nada vai acontecer com o Hadley, confie em mim.

Dou-lhe um beijo leve no rosto e corro para fora, para onde Oliver está agachado, perto da parede rochosa que traça o limite do pátio. É o fundo de uma montanha, na verdade: monte Deception. Hadley e eu já o escalamos uma vez, quando viemos acampar por um longo fim de semana. Lembro-me de ser íngreme, com poucos bons pontos de apoio para os pés. E bonito. Uma vez que se chega ao topo, quando se consegue chegar, isso sim é que é vista.

Oliver tira o pó de algumas pedras que formam a iminente parede.

— Está vendo isto? Sujeira. Lama. E fresca. Aposto que o Hadley e a Rebecca estão lá em cima.

— Faltam dois cobertores na casa. Não sei se isso prova alguma coisa.

Oliver estica o pescoço. Sob esse ângulo, é impossível ver o topo do monte Deception. Dói só de pensar nisso. Ele ancora uma das pernas na fenda das rochas.

— Me levante.

— Oliver — digo-lhe —, você não pode escalar esta montanha agora.

Ele está subindo, e sua agilidade é notável, dado o fato de que usa sapatos comuns em vez de botas.

— Está escurecendo, e você vai ficar preso no meio desta montanha, no frio congelante. Vamos procurar um guarda florestal logo cedo.

— Ela vai ficar lá a noite inteira. Só Deus sabe em que condições está e como chegou aqui.

— Não gosto disso mais do que você — digo, e é verdade.

Não pretendia passar a noite em companhia de Oliver Jones. Neste momento, o céu ganhou uma cor leitosa, como o fundo das cópias heliográficas. Há algumas estrelas aqui e ali.

— Vamos encontrar um guarda florestal. Quanto mais cedo chegarmos lá, melhor.

O posto florestal mais próximo fica em um acampamento a cerca de dezesseis quilômetros ao sul da casa de Hadley. Quando chegamos, dois guardas florestais estão dentro da pequena cabana de madeira, cozinhando uma lata de feijão Heinz.

Oliver simplesmente entra sem ser convidado. Senta-se à mesa da cozinha e começa a contar aos guardas sobre Rebecca e Hadley. Eu o interrompo depois de cerca de cinco minutos de uma estranha história.

— Olhe, sei que não podemos chegar até lá hoje à noite, mas gostaria muito de ir bem cedo, pela manhã. Talvez você possa nos ajudar; uma trilha ou algo assim...

O guarda florestal, que está entrando de plantão, pega um mapa de relevo da área e me pede para lhe mostrar onde os Slegg moram. Menciono que já subi a montanha uma vez com Hadley; eu poderia me lembrar de outras coisas à medida que fôssemos subindo.

Dormimos no chão da cabana, e, quando o sol aparece, seguimos caminho por várias trilhas. Oliver vai na frente, depois o guarda florestal e depois eu. De vez em quando, Oliver escorrega sobre as solas gastas dos sapatos, derrubando o guarda florestal e eu como pedras de dominó.

Em certo momento, começo a me lembrar. O penhasco, o caminho sinuoso e o pequeno grupo de árvores a distância.

— Nós acampamos ali — digo. — Da última vez que subi esta montanha, acampamos naquelas árvores. Tem uma pequena clareira lá, e fica perto da água, por isso é um bom lugar.

Caminhamos até a borda oriental, com a queda cada vez mais profunda a apenas um braço de distância. Podemos ouvir o rio espirrando nas rochas. A mandíbula de Oliver fica tensa quando vê o penhasco. Sei o que ele está pensando: *E se ela estiver lá embaixo?* Estamos todos sem fôlego no momento em que o terreno se abre diante de nós. Em frente está a clareira, entre os pinheiros, e acho que posso ver algo azul. Na ponta dos pés, atravessamos o labirinto de troncos, e, sobre um cobertor, estão Hadley e Rebecca, abraçados. Estão imóveis, por isso chego a pensar que talvez se trate de um pacto de suicídio, mas depois vejo o peito de Hadley subindo e descendo.

Ele está praticamente nu, só de cueca, e Rebecca veste apenas a camisa dele. O engraçado é que eles parecem realmente em paz. Como anjos. Abraçam-se tão estreitamente, mesmo dormindo, que é como se o resto do mundo não importasse.

— Meu Deus, Hadley — digo, mais sob o impacto do choque que de qualquer outra coisa.

Apesar do que Jane me contou sobre ele e Rebecca, apesar de eu ter repetido a história para Oliver, realmente não acredito que ele estava envolvido com ela. Ela parece ter nove anos de idade assim, com os cabelos espalhados em volta, os braços e pernas magros. Certamente não parece ter idade suficiente para estar enrolada nos braços de Hadley desse jeito. Posso ver que Oliver não está aceitando isso muito bem, também. Respira com dificuldade, sufocando no ar de todo dia.

Hadley se ergue ao ouvir o som de minha voz. Está com uma ereção, pelo amor de Deus! Pisca algumas vezes e olha em volta como um animal capturado. Rebecca se sentou também. O que noto é que seus olhos estão confusos, mas ela não parece surpresa.

— Hadley — diz ela calmamente —, este é meu pai.

Hadley puxa um cobertor no colo e estende a mão. Oliver não a pega. Rebecca se deita de novo no cobertor. *Até onde foram?*, eu me pergunto. Fico olhando para Hadley, mas ele não revela nada. Quando Rebecca bate no chão pesadamente, ele se arrasta até ela. O mesmo acontece com o guarda florestal, aliás. Hadley põe a mão sob o pescoço de Rebecca, incrivelmente mole.

— Fique longe dela — diz Oliver, por fim. — Não a toque.

Ver isso pode ser mais difícil para ele que ver Jane e eu juntos. Há um cheiro podre, rançoso pairando no ar: desgraça.

— Faça isso, Hadley. Afaste-se, é o melhor.

Hadley se volta para mim como se o tivessem ofendido. Grita:

— O que você sabe?

Oliver ignora o que está acontecendo entre mim e Hadley. Dá um passo em direção à filha, segurando-lhe uma das mãos, quase sem tocá-la.

— Rebecca, você está bem? Ele te machucou?

Hadley me olha como se quisesse dizer: *Não faça isso comigo duas vezes. Fique do meu lado agora. Por favor, acredite em mim.*

Mantenho contato visual com ele, e ele balança a cabeça quase imperceptivelmente. Volto-me para Rebecca. Há alguma coisa errada, qualquer tolo poderia ver, pelo jeito como ela está ali deitada.

— Consegue se levantar? — digo, me aproximando.

Quando Rebecca nega com a cabeça, o que parece consumir toda sua energia, Hadley volta para o lado dela. Ele a apoia pelos ombros.

— Veja, ela veio até mim. Ela pegou carona. Íamos voltar hoje para esclarecer tudo isso.

Ele está gritando, e eu me pergunto se percebe.

Olho do rosto de Hadley para o de Oliver. Ele tem uma expressão nos olhos que eu não vi ontem de manhã. Nunca vi isso em um ser humano. É como os guaxinins ficam quando estão raivosos. Caminham até você, embora normalmente se caguem de medo das pessoas, e atacam, arranham e mordem. Como se não tivessem ideia de onde estão, ou de como chegaram até ali. Simplesmente enlouquecem.

— Hadley — digo bem devagar, tentando não provocar Oliver —, acho melhor deixar a Rebecca voltar para casa conosco, e acho melhor você ficar aqui por um tempo.

Hadley olha para ele; uma veia em sua têmpora pulsa raivosamente.

— Você me conhece — diz ele. — Você me conhece desde sempre. Não posso acreditar... não posso acreditar que você, *você* duvida de mim. — Ele anda em minha direção, tão perto que seria capaz de tocá-lo e dizer que tudo acabou. — Você é meu amigo, Sam, é como meu irmão; eu não disse a ela para vir aqui, não faria isso. — Ele engole em seco, acho que está prestes a chorar. Em todos estes anos, nunca o vi fazer isso. — Mas não vou simplesmente virar as costas e deixar que a levem embora. — Ele olha para Rebecca. — Por Deus, Sam, eu a amo.

Ele dá um passo para trás, em direção ao abismo, e eu me inclino para frente, preocupado com sua segurança, mas Rebecca se move abruptamente a nossa frente e joga os braços em volta dos joelhos de Hadley. Ele se agacha, segurando-a e passando a mão em seus cabelos.

É neste momento que Oliver perde o controle.

— Solte-a, seu filho da mãe! — Seguro seu braço e o puxo de volta. — Solte minha filha!

Eu me ajoelho, olhos à altura dos de Rebecca e Hadley.

— Entregue-a para nós, Hadley — sussurro.

Rebecca pressiona o rosto no ombro de Hadley. Ele se dirige a ela calmamente, e, pelas palavras que capto acima dos gritos dos falcões que revoam, acho que está tentando convencê-la a vir conosco.

— Você tem que ir com eles — diz Hadley e levanta o queixo dela com o dedo, suavemente. — Não quer me fazer feliz? Será que não entende?

Começo a pensar se isso vai dar certo. Oliver está com os punhos apertados ao lado do corpo, observando Rebecca como se houvesse um muro entre eles. Imagino que é quase impossível ver seu filho crescer; ainda mais quando acontece em questão de minutos.

Rebecca e Hadley estão discutindo. Ela o agarra, e Hadley tenta afastá-la. Observando-os, começo a acreditar. Acho que estou do lado dele, agora. Apesar de Oliver, apesar de Jane. Pela última vez, Hadley olha para mim e implora por apenas cinco minutos. Só cinco míseros minutos.

Como estou olhando para o sol, a fim de lhes dar privacidade, realmente não sei o que acontece a seguir. De repente, Rebecca e Hadley se separam. No esforço de empurrá-la para mim, ele cai. Vejo tudo isso através de manchas cegas cor de laranja, minha própria culpa. E, a seguir, Rebecca está em meus braços, pequena e quente de suor, inclinando-se para o precipício quando Hadley cai.

Vou me lembrar de muitas coisas sobre esse dia nos próximos anos, mas o que ficará comigo de maneira mais vívida é Rebecca. Naquele segundo, seus olhos ganham clareza e ela começa a gritar. Não é um grito, porém; é um uivo animal. Reconheço-o como o som da morte, e não me surpreende que venha de sua garganta, em vez da de Hadley. Vou me lembrar desse som e do jeito como Rebecca olha para o precipício quando nenhum de nós tem coragem. Ela rasga a camisa que está usando e raspa as unhas no próprio peito. Nós três, três homens, ficamos ali parados, sem fazer nada, sem saber o que fazer. Estamos sem palavras. Ela rasga a própria carne, marcando pernas e braços. Todos nós vemos o sangue nas marcas, que ela fez escorrer em direção à terra.

67
JANE

Eles a trazem de volta para mim, envolvida em ataduras. Seus olhos estão abertos, mas ela não olha para nada. Mesmo quando fico bem em cima dela, não me vê. De vez em quando, diz coisas sobre fogo e relâmpagos. Ela acordou na segunda noite, gritou até o limite de seus pulmões e saiu da cama. Caminhou pelo quarto passando por sobre obstáculos que não existiam, apertando as mãos e gritando, em seu delírio febril. Então, sentou-se no chão e enfiou a cabeça no colo. Quando olhou para cima, vi que estava chorando. E chamando por mim.

    Sam e Oliver entram e saem do quarto em momentos diferentes. Ambos tentaram me convencer a sair de perto dela, mas como eu poderia? E se ela escolher justo esse momento para recuperar a consciência e eu não estiver lá?

    Quando Sam entra, fica atrás de mim e massageia meus ombros. Não falamos muito; sua presença me basta. Quando Oliver entra, permanece no lado oposto do leito. Segura a outra mão de Rebecca. Como se ela completasse o circuito, quando estamos assim, conseguimos conversar. Digo a ele o que sinto por Sam, e não dói tanto revelar a verdade. Digo-lhe como me sinto por estar apaixonada deste jeito. Não me desculpo, é tarde demais para isso. E, quanto a Oliver, tenho de falar que ele não me acusa. Ao contrário, aceita o que tenho a dizer e me conta histórias. Virou um ótimo contador de histórias. Relembra os percalços que ocorreram quando estávamos namorando, as aventuras em nossa lua de mel para recuperar a bagagem perdida, para encontrar albergues desativados. Diz que, juntos, podemos superar qualquer coisa.

    Oliver está no quarto quando ela acorda. Eu contornava os desenhos pintados à mão nas bordas das paredes, imaginando qual parece a mãe de Sam, quando os dedos de Rebecca se mexem em minha mão. Oliver olha para mim; sentiu também. Rebecca abre os olhos, injetados e cheios de crostas, e tosse violentamente.

— O que aconteceu com ela? — diz Oliver.

Ansiosa para fazer alguma coisa, pressiono uma toalha na testa de Rebecca. Oliver segura lenços contra o queixo dela, colhendo o catarro.

Por fim, felizmente, Rebecca para. Suspira — na verdade, é mais como se esvaziasse. Oliver acaricia-lhe o braço.

— Vamos para casa — diz ele, sorrindo para ela. — Vamos sair daqui.

Não digo nada. Não me importa o que ele diz. Farei qualquer coisa — se Rebecca ficar bem.

Rebecca ameaça se sentar, e, rapidamente, ajeito um travesseiro nas costas dela para se apoiar.

— Me falem — diz ela. — O Hadley está morto?

Não creio que Oliver já digeriu bem a capacidade de Rebecca de se apaixonar. Não teria acreditado também, mas eu estava lá para testemunhar. Oliver olha para mim, levanta-se e sai do quarto.

Não sei por que perguntou. Ela tem certeza? Está apenas procurando uma testemunha que corrobore?

— Sim — digo, e toda a luz foge do rosto de minha filha.

Tenho medo de perdê-la novamente. Uma vez que você toma a decisão de morrer, nada pode trazê-lo de volta. Começo a chorar, peço-lhe desculpas. Desculpas por ter pensado que era muito nova. Desculpas por ter afastado Hadley. Lamento profundamente que tudo isso tenha acontecido.

Enterro o rosto na colcha, em cima de minha filha, pensando: *Não era assim que eu queria que fosse*. Eu queria ser a mais forte, a que a ajudaria a se erguer novamente. Mas Rebecca cobre o rosto com uma das mãos.

— Me conte tudo o que sabe — diz ela.

Contar o horror da morte de Hadley, seu pescoço quebrado, sua bravura. Digo que ele não sentiu dor. *Não como você*, penso. Não digo a ela que, sob circunstâncias ligeiramente diferentes do destino, Hadley poderia estar vivo. Os guardas disseram que foi uma queda de trinta metros — não o suficiente para matar. O que matou Hadley foi o local onde ele caiu, as rochas que quebraram a espinha dele. Não digo a Rebecca que, a centímetros dali, estava o complacente leito de água. Digo que o funeral de Hadley é amanhã. Demorou muito para tirar seu corpo do abismo estreito.

— Muito tempo? — pergunta Rebecca.

Digo-lhe que se passaram três dias.

— O que eu fiz durante três dias?

Ela teve pneumonia e estava sedada a maior parte do tempo.

— Você foi embora quando seu pai chegou; fugiu, foi atrás do Hadley. Seu pai insistiu em ir com o Sam te procurar. Ele não gostou da ideia de o Sam ficar aqui comigo.

Ajudo-a a se deitar e digo que deveria descansar. Ela resiste, lutando para se sentar.

— O que ele quis dizer com "Vamos para casa"?

— Voltar para a Califórnia. O que você acha?

Ela pisca várias vezes, como se estivesse tentando limpar a mente, ou relembrar, ou possivelmente as duas coisas.

— O que estamos fazendo aqui?

Ela me pega tão de surpresa que não a impeço a tempo de puxar a colcha de volta sobre seu peito. Quando vê as feridas no peito, braços e pernas, arqueja. Suas mãos, trêmulas, procuram alguma coisa. Encontram-me.

— Quando o Hadley caiu, você tentou descer atrás dele. Você não parava. — Respiro fundo, sentindo minha voz se fechar. — Você dizia que estava tentando rasgar seu coração.

Rebecca volta o rosto e olha para fora da janela. Está escuro agora, e tudo o que vê é o reflexo da própria dor.

— Não sei por que me dei ao trabalho — sussurro. — Você já tinha feito isso.

Eu achava que, diante de um incidente como aquele, o amor dos pais deveria ser incondicional. Acreditava que Rebecca estaria naturalmente ligada a mim, porque eu a havia trazido ao mundo. Não fiz a relação com minha própria experiência. Quando eu não conseguia amar meu pai, achei que havia algo errado comigo. Mas quando trouxeram Rebecca na maca da ambulância, comecei ver as coisas de forma diferente. Se você quer amar um pai ou uma mãe, tem de entender o incrível investimento que ele, ou ela, fez em você. Se você é pai e quer ser amado, tem de merecer.

De repente, fico tonta de culpa.

— O que você está tentando me dizer, Rebecca?

Ela não olha para mim.

— Por que você quer que eu te perdoe? — diz. — O que você ganha com isso?

Absolvição, penso; é a primeira palavra que me vem à mente. Tenho de protegê-la do que eu passei.

— Por que quero que você me perdoe? Porque eu nunca perdoei meu pai, e eu sei o que isso vai fazer com você. Quando eu estava crescendo, meu pai me batia. Ele me batia e batia na minha mãe, e eu tentei impedi-lo de bater no Joley. Ele partiu meu coração e acabou me partindo por dentro. Nunca acreditei que poderia ser algo importante; por que outra razão meu próprio pai me machucaria? — Sorrio, apertando sua mão. — E então eu esqueci. Casei com Oliver, e três anos depois ele me bateu. Foi quando o deixei pela primeira vez.

Rebecca puxa a mão.

— O acidente de avião — diz ela.

— Voltei para ele por sua causa. Eu sabia que, mais que qualquer outra coisa, tinha de garantir que você crescesse se sentindo segura. E então eu bati no seu pai e tudo voltou novamente — Engulo em seco, revivendo a cena na escada em San Diego. Os papéis das baleias flutuando ao redor de meus tornozelos; Oliver me xingando. — Tudo voltou novamente, e dessa vez partiu de mim — digo. — Não importa quão longe eu corra, não importa quantos estados ou países atravesse, não posso tirar isso de mim. Nunca perdoei meu pai. Ele ganhou. Ele está em mim, Rebecca.

Quando tenta se sentar de novo, não a impeço. Começo a contar a ela sobre Sam. Conto-lhe como foi dar às estrelas que vimos da janela do quarto os nomes de nossos antepassados. Como ele conseguia concluir meus próprios pensamentos.

— Não acreditava que alguém pudesse se sentir como eu me sentia. Inclusive, *especialmente*, minha própria filha.

Vou para a beira da cama e puxo a colcha que cobre seu peito. Tomo-lhe a mão, contando os dedos.

— Eu fazia isso quando você era bebê. Certificava-me de que havia dez. Queria que fosse saudável. Não me importava se era menino ou menina; pelo menos dizia que não me importava. Mas importava. Eu torcia para ter uma menina, alguém assim como eu. Alguém com quem eu poderia fazer compras, alguém a quem ensinar a usar maquiagem e a se vestir para o baile de formatura. Mas, agora, quem dera você não fosse menina. Porque nós nos machucamos. E isso acontece repetidamente.

Olhamos uma para a outra por um longo tempo, minha filha e eu. Na penumbra de uma lâmpada de sessenta watts, começo a notar coisas nela que nunca vi antes. Todo mundo sempre me disse que ela se parece com Oliver. Até eu pensava que se parecia com Oliver. Mas aqui, agora, ela tem meus olhos. Não se trata da cor, nem da forma, mas da atitude — e não é essa a característica mais notável? Esta é minha filha, não há como negar.

Quando estou olhando para ela, todas as minhas decisões assomam claramente. Acho que amor tem muito pouco a ver com Sam, com Oliver, com Hadley. Tudo se concentra em mim. Tudo se concentra em Rebecca. É saber que as memórias que passo para ela vão me impedir de sentir dor da próxima vez. É saber que ela tem suas próprias histórias para mim.

— Às vezes, não consigo acreditar que você tem só quinze anos — digo.

Puxo a colcha do peito de minha filha e retiro as tiras de gaze. Em alguns lugares, ela começa a sangrar novamente. Talvez isso seja bom. Talvez precise deixar algo sair. Passo as mãos sobre seu peito, seus seios. O sangue desliza entre meus dedos. Quero muito cicatrizá-la.

68
OLIVER

Tenho uma forte e duradoura imagem de você, Jane. Foi na manhã após a noite de núpcias; você parecia perdida na grande cama king-size, no Hotel Meridien, em Boston. Acordei antes do alarme das cinco apenas para ter a chance de vê-la com todas as suas defesas baixas. Você sempre foi tão adorável quando parava de resistir. É de seu rosto que mais me lembro: alabastro, honesto; rosto de criança. Você era uma criança.

Nunca havia estado no exterior, lembra? E estava tão ansiosa para conhecer Amsterdã, Copenhagen. Mas então, veio o telefonema de Provincetown, sobre várias baleias encalhadas às margens do Ogunquit. Quando o telefone tocou, você rolou em minha direção:

— Já está na hora? — murmurou, entrelaçando os braços em torno dos meus quadris, brincando no mundo dos adultos.

Decidi simplesmente dizer a verdade. Em retrospecto, vejo que talvez tenha enfeitado o problema dessas baleias dizendo estarem em uma situação mais grave do que poderia ser considerada a estrita verdade. Mas você me surpreendeu. Não franziu a testa, ou suspirou, ou deu mostras de arrependimento. Começou a vestir uma velha calça jeans e uma blusa de moletom — não o conjunto rosa bonito do qual tanto se orgulhava, sua roupa de sair.

— Vamos, Oliver — você disse. — Temos que chegar lá o mais rápido possível.

Enquanto dirigia para Maine, olhava de soslaio para você, tentando achar mais uma vez sinais de autopiedade. Você não exibiu nenhum. Manteve a mão cobrindo a minha por toda a viagem e não fez comentários sobre nossa lua de mel esquecida, ou sobre o voo perdido. Chegamos a Ogunquit na mesma hora programada para a partida de nosso avião.

    Você trabalhou a meu lado nesse dia, e no outro, transportando baldes de água até o oceano, massageando as nadadeiras cheias de crostas dessas baleias. Você e eu formávamos uma equipe, unidos em um propósito. Nunca me senti tão perto de você como nas praias de Ogunquit, separados pelo enorme corpo de uma baleia e ainda capazes de ouvir a música de sua voz.

    Dissemos que se afastasse na hora de mover as baleias. Você se recusou. Trabalhou diretamente a meu lado, empurrando onde eu dizia que era necessário, afastando-se delicadamente quando o bom senso lhe dizia que era muito pequena para ajudar. Você percebia o evidente perigo de estar tão perto de um mamífero tão poderoso. Ouviu as histórias de membros quebrados e, pior, de pessoas esmagadas. Vimos três baleias nadando de volta para o mar naquele dia, duas fêmeas e um bebê. O bebê teve de ser redirecionado várias vezes, continuava tentando nadar de volta para a praia. Mas os vimos partir livres. Deixou-me sem fôlego observar o sucesso diante dos olhos. Eu queria lhe dizer isso, mas você não estava lá. Tive de olhar ao redor para encontrá-lo no meio da multidão que aplaudia. Você estava agachada próximo a uma baleia que não pudemos salvar. O sol já havia rachado e branqueado a pele de seu dorso, e você ficava jogando balde após balde de água em cima dela.

    — Ela se foi, Jane.

    Tentei puxá-la para longe, mas você se encostou no imóvel flanco da baleia, perto do olho quente e empolado, e chorou.

    Não sei como isso aconteceu, como nos afastamos. Fico feliz em assumir a culpa por isso, se pudermos deixar tudo para trás. Acordei certa manhã com as têmporas grisalhas, absorto em minhas pesquisas, e descobri que minha família havia desaparecido. Devo lhe confessar que, quando comecei a procurar você e Rebecca, eu não tinha um objetivo claro em mente. O objetivo era acabar com esse absurdo, trazê-la de volta o mais rápido possível e retomar a vida que havia sido interrompida. Mas quando a vi em Iowa — sim, eu estava em Iowa ao mesmo tempo, do outro lado do milharal —, quando vi você com Rebecca, percebi que havia muito mais coisas acontecendo do que me permitira reconhecer.

Ali estava uma mulher incrível com quem eu havia construído uma forma frágil de quinze anos. Ali estava uma criança que voltou dos limites da morte por alguma razão.

Entendo que você sofreu muitas mudanças durante essa viagem, e, embora eu não possa fingir que isso não machuca, não vou culpá-la. Vou assumir a culpa. Eu a levei a encontrar outra pessoa, mas você tem que ver, Jane, que sou um homem diferente. Para cada ação, há uma reação igual e contrária. Imagine quão diferente nossa vida poderia ser. Ah, quero você de volta. Quero você e Rebecca, e quero pelo menos uma vez agir como uma família. Compensarei o passado, vou lhes dar tudo o que tenho. Sei que você tem seus próprios problemas para resolver, mas não vê? Preciso de você, Jane. Eu a amo. Sei que a única razão pela qual me tornei bem-sucedido em outras áreas de minha vida é você, a suas custas. E ainda lamento o que fiz no dia em que, voluntariamente, adiei sua própria lua de mel. Quero você a meu lado.

Seria pedir demais que você acredite em mim. Mas sei que acredita em segundas chances. Você não pode jogar tudo fora. No mínimo, todos os elementos basais ainda estão ali: você, eu, Rebecca. Podemos derrubar tudo, mas ainda teríamos os blocos de construção. E, meu Deus, Jane, imagine o mundinho que nós três poderíamos criar.

69
JOLEY

Durante todos esses anos em que você vinha me pedir conselhos, nunca fui capaz de levá-la a fazer algo que seu coração já não estivesse preparado para fazer. Meu segredo foi descoberto. Não sou o sábio que finjo ser. O fato é, Jane, que você tem mente própria, e só precisa de mim para puxar as respostas de dentro de você. Então, acho que você sabe o que fazer. Acho que entende, neste caso, qual seria a coisa certa a fazer.

Deixe-me falar um pouco sobre o amor. É diferente a cada vez. Não é nada mais que uma reação química, uma seta sobre uma equação, mas os elementos mudam. O tipo mais frágil de amor é entre um homem e uma mulher. Química, mais uma vez: se você introduz um elemento novo, nunca sabe quão estável é o vínculo original. Pode acabar com uma nova união, com algo deixado para trás. Acredito que podemos nos apaixonar muitas vezes por muitas pessoas diferentes. No entanto, não acho que possamos nos apaixonar da mesma forma duas vezes. Um tipo de relação pode ser constante; outro pode ser fogo e enxofre. Quem pode dizer se um é melhor que o outro? O fator decisivo é a forma como tudo se encaixa. Quero dizer, seu amor e sua vida.

O problema é que, quando temos idade suficiente para realmente encontrar uma alma gêmea, já estamos carregando todo um excesso de bagagem. Como onde crescemos, e quanto dinheiro ganhamos, e se gostamos do interior ou da cidade. E, às vezes, na maioria das vezes, nós nos apaixonamos profundamente por alguém que simplesmente não podemos comprimir dentro dos limites de nossa vida. A questão é: quando o coração define nossa visão sobre alguém, não consulta a mente.

A maioria das pessoas não se casa com o amor de sua vida. Nós nos casamos por compatibilidade, amizade. E, Jane, há muito a ser dito sobre isso. Pode não ser um tipo de relacionamento no qual podemos ler a mente um do outro, mas é confortável, como o calor familiar de uma cadeira favorita. Isso é apenas outro tipo de amor, aquele que não queima a si mesmo, que dura no mundo real.

Você não sabe a sorte que tem. Há uma pessoa para cada um de nós, neste planeta inteiro, com quem podemos realmente nos conectar. E você encontrou a sua. Eu sei como é isso, porque eu tive você.

Sempre fui seu fã número um, Jane. Posso reconhecê-la em uma sala pelo movimento do ar a sua volta. Eu sabia que seria assim desde a primeira noite em que o papai entrou intempestivamente em meu quarto. Ele abriu a porta e a viu sentada na cama, segurando um travesseiro em meus ouvidos para que eu não ouvisse o som da mamãe chorando lá embaixo. Ele lhe disse para dar o fora do meu quarto. Você não tinha mais de oito anos, puro osso, e se atirou na virilha dele com a força de uma tempestade tropical. Talvez tenha sido a região que você acertou que desencadeou a reação dele, mas não acredito nisso. Ainda posso ver a cabeça dele batendo na quina da mesa de madeira e seus olhos virando para trás. Você olhou para ele e sussurrou:

— Papai? Eu não fiz isso — você disse —, ouviu?

Mas, mesmo com quatro anos, eu entendi.

— Só você poderia ter feito — eu disse, e até hoje isso é verdade.

Você tem uma força inexplorada, Jane. É o que a fez sobreviver na infância. É o que impediu o papai de vir atrás de mim. É pelo que Oliver se apaixonou, Sam se apaixonou, eu me apaixonei. Você veio a mim em Massachusetts, disse, porque não conseguia mais se lembrar de quem era. Você não vê? Você é a âncora de todos; é nosso centro.

Quero que você diga isso. Diga-me o que vai fazer.

De novo.

Você não vai se arrepender, eu sei. Eu carrego a memória de você aonde quer que eu vá, há trinta anos. É como tinha de ser. Você vai ver: não importa o que aconteça, você vai levá-lo consigo.

70
SAM

Até agora, eu não sabia que havia um lado negativo em ser capaz de ler sua mente. Está escrito na sua cara, sabia? Não a culpo. Eu deveria saber que você ia voltar para ele, voltar para a Califórnia.

Mais tarde, quando você partir, isso vai me abalar. Hadley e você indo embora ao mesmo tempo. Não vou culpá-la pelo que aconteceu com ele, não poderia. Mas eu ainda não chorei a perda; a perda dele, sua perda. Com o tempo, farei as pazes comigo mesmo pela morte de Hadley. Com você, porém, não será tão simples.

Seria fácil dizer que, quando você partir, eu poderei simplesmente fingir que nada aconteceu. A verdade é que você não ficou aqui tempo suficiente. Sempre desconfiei de atração à primeira vista, de qualquer maneira, e poderia simplesmente repetir a mim mesmo que paixão não é o mesmo que amor. Mas você e eu sabemos que estaria mentindo. Pode dizer a si mesma o que quiser, mas não vai pode fazer desaparecer o que aconteceu. Aconteceu rápido porque estávamos recuperando o tempo perdido.

Quando a imagino, o que vejo é uma colagem, e não um quadro inteiro. Lá está você sentada no estrume — não parece que foi há um ano? E conversando com Joley sob a sombra de uma macieira Gravenstein, o sol distribuindo sombras em suas costas. Acho que eu sabia que a amava, então, independentemente de como agi. Acho que sempre soube.

Fico pensando em quão estúpidos fomos. Se não houvéssemos brigado tanto quando nos conhecemos, teríamos tido quase o dobro de tempo juntos. Mas, então, se não houvéssemos brigado tanto, imagino se poderia tê-la amado tanto.

É engraçado dizer isso assim, em plena luz do dia. Eu amo você. Ouvimos isso tantas vezes em novelas e seriados idiotas que às vezes as palavras são apenas sons, não significam nada. Mas, meu Deus, eu gritaria isso para o mundo dia e noite, se com isso pudesse mantê-la comigo. Nunca tentei colocar tanto em uma única frase em toda minha vida.

É diferente para você, porque não sou o primeiro homem que amou? Eu poderia muito bem dizer isso, porque é verdade. Você foi primeiro para Oliver. O que eu quero saber é: você sente como se seu coração estivesse sendo rasgado? É mais fácil para você? Já se sentiu assim antes?

Eu também não. Não posso imaginar jamais me sentir assim de novo. Nem é da dor — não agora — que eu estou falando. Estou falando sobre nós. Quando eu estava com você, nada mais importava. Poderia ter visto todo este pomar ser dizimado por pragas. Poderia ter testemunhado massacres, uma guerra, o Armagedom. Não teria feito diferença.

Sei que haverá outras mulheres, mas não poderão se comparar. Talvez eu mude, talvez o amor mude, mas acho que nós éramos aquele uma-vez-na-vida. Você nunca poderia me deixar; é por isso que não estou tão triste. Você não pode romper esses sentimentos. Eles se esticam, duram. Você os está levando consigo ao voltar para Oliver, para Rebecca. Nunca mais será a mesma por minha causa.

Se eu tiver de me lembrar de você só por um segundo, será assim: você ajoelhada a minha frente no peitoril da janela, contando as estrelas. Não lembro por que resolvemos fazer isso, é uma tarefa impossível, infinita. Talvez porque, quando estávamos juntos, pensávamos que tínhamos todo o tempo do mundo. Você desistiu na 206. Foi quando começou a lhes dar o nome de seus avós, bisavós e antepassados distantes. Nomes antigos, como Bertha, Clarity e Annabelle, Homer, Felix e Harding. Indagou-me sobre nomes de minha família e eu disse. Mapeamos o céu com nossa herança.

— Você sabe o que é uma estrela? — perguntei. — É uma explosão que aconteceu bilhões e bilhões de anos atrás. Só vemos agora porque leva muito tempo para a luz viajar até aqui, em nosso campo de visão.

Apontei para a estrela do Norte e disse que queria lhe dar seu nome.

— Jane — você disse —, muito simples para uma estrela tão brilhante.

Eu disse que você estava errada. Foi a maior explosão, obviamente, e levou muitos anos para chegar até nós, mas vai ficar aqui por muitos mais.

Pensarei em você todos os dias pelo resto da minha vida. Tinha de ser assim; não consigo me ver surfando em uma praia mais do que você pode se imaginar criando ovelhas. Temos origens diferentes, e aconteceu de nos cruzarmos por pouco tempo. Mas que tempo.

Não diga nada; isto não é um adeus.

Olhe para mim. Abrace-me. Posso aguentar muito mais assim. Temos certas coisas para dizer para as quais ainda não há palavras.

Ah, eu amo você.

71
REBECCA

3 DE JULHO DE 1990

Sempre presto atenção nas brigas entre meus pais. São incríveis. É difícil entender como tanta raiva pode advir de tanta indiferença. Quando imagino meus pais, vejo-os andando em círculos concêntricos, em direções opostas. O círculo de minha mãe fica dentro do de meu pai, por questões financeiras. Meu pai anda no sentido horário; minha mãe no anti-horário. Naturalmente, eles não se cruzam. De vez em quando, erguem os olhos e veem o outro pelo canto do olho. E é essa quebra no campo de visão que provoca uma discussão.

Hoje, estão brigando por minha causa. Meu aniversário de quinze anos. Meu pai está planejando estar fora do país em meu aniversário. De catorze aniversários, ele esteve aqui em sete. Então, isso não é novidade. Mas minha mãe parece ter perdido o controle. Na cozinha, ela grita para ele coisas que prefiro ignorar. Afasto-me deles de propósito e ligo a tevê para ver um programa de jogos.

Mas é quando chegam lá em cima que as coisas começam a ficar interessantes. O quarto dos meus pais fica diretamente acima da sala de estar onde estou assistindo tevê. Posso ouvir a gritaria. Então, ouço muito distintamente o baque de algo sendo jogado. E outra coisa. Dou um pulo e jogo meu boné de beisebol no sofá. Subo a escada na ponta dos pés, esperando poder pegar o fim da briga.

— Já chega! — grita minha mãe.

Ela está segurando uma caixa de papelão grande, do tipo daquelas que meu pai usa para guardar arquivos de pesquisa. Ela a levanta com toda a força — minha mãe não é muito grande — e a joga no corredor. Acho que me vê na escada, por isso me escondo. Então, meu pai sai para o corredor. Pega a caixa que minha mãe jogou e a ajeita. Levanta-a pelas alças e a leva de volta para o quarto.

Por razões que não entendo, minha mãe é mais rápida que meu pai. Uma parede de caixas se acumula tão rapidamente que não consigo ver muita coisa. Bloquearam o acesso ao quarto.

— Jane — diz meu pai —, já chega.

Não posso ver o que minha mãe está fazendo. Isso me deixa com raiva. Tantos dias do ano eu os suporto ignorando um ao outro; momentos em que eles se conectam, mesmo brigando, são tão raros. Faço qualquer coisa para vê-los juntos. Então, rastejo para o segundo andar da casa e empurro as caixas. Empurro-as e as reorganizo com cuidado para não fazer muito barulho, e crio um olho mágico. Vejo meu pai em pé em uma pilha de papéis e gráficos soltos. Ele parece impotente. Move as mãos à frente como se pudesse pegá-los ao cair.

A seguir, segura os ombros de minha mãe. Acho que a está machucando. Minha mãe se contorce para trás e para frente e, com uma força que eu não sabia que tinha, ela se solta.

Minha mãe levanta uma das caixas ainda lá fora e a apoia no corrimão. Chacoalha-a como uma maraca.

Meu pai sai correndo do quarto.

— Não — avisa.

Então, o papelão se rasga. Em câmera lenta, posso ver ossos brancos em sacos plásticos, filamentos afiados de barbatanas, tiras de gráficos e registros de observação, tudo caindo. Prendo a respiração.

É quando, de repente, eu me lembro da queda do avião.

Meu pai bateu em minha mãe uma vez, quando eu era criança. E ela me pegou e fomos para a Costa Leste. Foi assim: meu pai insistiu para que ela me devolvesse, então minha mãe me colocou em um avião para San Diego. Mas o avião caiu. Falo assim porque, na verdade, não me lembro. Eu era, como disse, uma criança. Descobri o que sei do acidente lendo os artigos dos jornais, muitos anos depois.

Não penso nesse acidente há muito tempo, mas acho que passou por minha cabeça agora por uma razão. Talvez seja o que me faz levantar e me afastar. Talvez seja a razão de eu entrar em meu quarto e tirar roupas e calcinhas e colocá-las em uma sacolinha. Não me interpretem mal, não tenho um plano. Mantenho o rosto virado para longe de meus pais quando corro para fora de meu quarto e entro no banheiro. Tiro do cesto algumas roupas sujas de minha mãe e desço a escadas. Meu coração está batendo forte. Tudo que quero é fugir. Ouço meu pai dizer:

— Sua vaca.

Quando tinha uns doze anos, pensei em fugir. Acho que todas as crianças pensam isso em algum momento. Não fui além de nosso quintal. Escondi-me debaixo da capa de vinil preta da churrasqueira, mas meus pais levaram quatro horas e meia para me encontrar. Meu pai teve de voltar do trabalho para casa mais cedo. Foi um escândalo quando a minha mãe levantou a capa de vinil. Ela me abraçou e disse que eu havia lhe dado um susto mortal.

— O que eu faria sem você? — dizia sem parar. — O que eu faria sem você?

Tênis. Pego o meu na sala de estar, o de minha mãe no armário do hall. É o que ela chama de sapato de fim de semana. Então, as malas estão prontas. E agora?

Quando o avião caiu, fui levada a um hospital em Des Moines. Eu estava na ala pediátrica, é claro, e tudo que consigo lembrar é que as enfermeiras usavam jalecos com rostos sorridentes. E redes de cabelo com o Ênio e o Beto desenhados. Não sabia onde estavam meus pais, e tudo que eu queria era vê-los. Demorou um pouco, mas chegaram. Chegaram juntos, eu lembro. Estavam de mãos dadas, e isso me deixou tão feliz. Na última vez que vira minha mãe, ela estava chorando, e meu pai estava gritando muito alto. O acidente havia sido muito assustador, mas era o que tinha de acontecer. Juntou meus pais novamente.

Quando estou pensando nisso, ouço uma bofetada. É um som que se pode diferenciar de qualquer outro, quando já se ouviu antes. Trouxe-me lágrimas aos olhos.

Abro a porta da frente e corro para o carro de minha mãe, estacionado no meio-fio. Ela tem um velho SUV sem graça, desde sempre. Fico empoleirada na beira do banco do passageiro. Dizem que a história se repete, não é?

Minha mãe sai da casa como uma alma penada. Está olhando para o céu, só de calcinha. Como se fosse um ímã, é atraída para o carro. Tenho certeza de que não me vê. Segura algumas roupas na mão esquerda. Quando entra no carro, coloca-as no banco entre nós. Tem marcas vermelhas nos pulsos, onde ele a agarrou. Não sei onde bateu nela dessa vez. Coloco minha mão na dela, e ela pula no banco.

— Já peguei tudo — digo.

Minha voz soa muito alta e fina. Minha mãe está me olhando como se tentasse reconhecer meu rosto. Sussurra meu nome e afunda de novo no banco. Eu também. Inspiro profundamente; imagino quanto tempo vai se passar até que eu veja meu pai novamente.

72
JANE

O corpo humano pode suportar muita coisa. Li relatos de pessoas que sobreviveram ao frio extremo, brutalidade, concussão, queimaduras terríveis. Li os depoimentos desses sobreviventes. Todos eles fazem parecer tão simples, na verdade, a capacidade de continuar vivendo.

Estamos todos na parte superior da entrada da garagem, onde o cascalho é meio fino. Sam acaba de carregar Rebecca para o carro. Oliver está em pé a uma distância respeitável. Joley está a minha frente, segurando minhas mãos, tentando me fazer olhar para ele. Hadley não está aqui, e não posso me perdoar.

Seria um belo dia em alguma outra circunstância. Está fresco e seco, o céu, limpo. Todas as macieiras têm frutos. Não sei aonde foram os pássaros.

Joley sorri para mim e me diz pela centésima vez para parar de chorar. Levanta meu queixo.

— Bem — diz —, em outra circunstância, eu diria volte logo.

Meu irmão.

— Me ligue — digo.

Não sei como lhe dizer as coisas que realmente quero falar. Que eu não teria sobrevivido sem ele. Que quero lhe agradecer, apesar de como tudo acabou.

— Amanhã — diz Joley —, passe na agência do correio em Chevy Chase, Maryland. Tem duas. Vá à do centro da cidade. — Ele me faz rir. — Assim é melhor.

Não tenho a intenção, mas, percebendo Sam em primeiro plano, meus olhos disparam em sua direção. Joley me abraça mais uma vez.

— Este é meu presente de despedida — sussurra. Dá vários passos em direção a Oliver. — Ei, acho que você não teve a chance de ver a estufa daqui, não é?

Passa o braço em volta dos ombros de Oliver e o empurra em direção ao celeiro. Oliver se volta uma ou duas vezes, relutante em nos deixar ali. Mas Joley não vai largá-lo.

Então, somos só Sam e eu. Aproximamo-nos alguns metros, mas não nos tocamos. Isso seria perigoso.

— Fiz um pacote para você — ele diz, engolindo em seco. — No banco de trás.

Assinto. Se eu tentar falar, vai sair tudo errado. Como ele consegue olhar para mim? Eu matei seu melhor amigo, quebrei todas as minhas promessas. Estou indo embora. Sinto minha garganta inchada na parte inferior. Sam sorri para mim; tenta.

— Sei que dissemos que não íamos fazer isso; sei que só vai piorar a situação, mas não posso evitar.

E ele se inclina para frente, abraça-me apertadamente e me beija.

Você não sabe como é tocá-lo assim, nossa pele pressionada nas coxas, nos ombros, na face. Em todos os lugares em que Sam está, sinto um choque. Quando ele me afasta, estou ofegante.

— Ah, não — digo.

Ele me mantém afastada; supostamente, esse é o fim.

Tenho de parar de tremer para me lembrar de onde estou. O pequeno MG que compramos em Montana está ao lado da caminhonete azul. Vamos deixá-lo com Joley. Meu irmão está inclinado na janela do Town Car de Oliver, falando com Rebecca. Não tenho certeza de que ela está bem para viajar. Gostaria de ter lhe dado mais um dia. Mas Oliver sente que ela deveria estar em casa. Tem de se recuperar onde não tenha que pensar em Hadley cada vez que olhar para alguma coisa, e nisso ele está certo.

Então, tenho certeza de que vou desmaiar. Não sinto mais meus joelhos, e o céu começa a girar. De repente, Oliver está a meu lado.

— Você está bem? — pergunta, como se eu pudesse responder com uma simples frase. — Muito bem — diz —, então é isso.

— É isso — digo, repetindo suas palavras.

Não consigo pensar em nenhuma palavra por mim mesma. Quando me sento no banco do passageiro, Joley dá a Oliver instruções para pegar a Route 95. Abro minha janela.

Oliver liga o carro e engata a marcha. Sam se desloca, de modo que fica à altura de minha janela, a distância perfeita para podermos nos entreolhar. Não me permito piscar. Concentro-me em seus olhos. Estamos imprimindo um ao outro, gravando uma imagem de modo que, quando nos encontrarmos de novo, daqui a dez meses, dez anos, não tenhamos escolha senão lembrar. O carro começa a se mover. Viro o pescoço, não querendo ser a primeira a deixar de olhar.

Tenho de me virar no banco e olhar por cima da cabeça de Rebecca, através das linhas do desembaçador traseiro, mas ainda posso vê-lo. Posso vê-lo durante todo o caminho, passada a placa de boas-vindas a este pomar, passada a caixa de correio.

Então, percebo como é que vai ser. Como metal batendo em uma fina lâmina, espalhando-se na distância, mas sem comprometer a própria força. Simplesmente mudou de aparência, de forma.

Oliver está falando, mas não ouço o que ele está dizendo. Ele está se esforçando tanto, tenho que lhe dar esse crédito. Abro os olhos e lá está minha filha. Rebecca olha para mim, ou talvez através de mim, não sei dizer. Puxa um cobertor do chão do veículo. Maçãs. Alqueires e alqueires de maçãs. Isso era o que Sam queria me dar. Pego-me, em silêncio, murmurando os nomes das diferentes frutas: Bellflower. Macoun. Jonathan. Cortland. Bottle Greening. Rebecca está com uma Cortland e dá uma grande mordida.

— Ah — diz Oliver, olhando pelo espelho retrovisor —, você trouxe algumas, não é?

Observo Rebecca com a maçã. Ela descasca a pele com os dentes e, a seguir, afunda-os na carne branca da polpa. Deixa que o suco escorra pelo queixo. Só de olhar para ela, posso sentir o gosto. Quando ela me vê olhando, afasta a fruta da boca. Oferece-me a outra metade.

Quando pego a maçã, nossas mãos se tocam. Posso sentir os sulcos de seus dedos nos meus. Parecem se encaixar. Levo a maçã à boca e dou uma mordida enorme. Dou outra mordida sem terminar a primeira. Encho as bochechas com a carne dessa maçã, como se houvesse passado fome durante semanas. Foi por isso que ele as mandou. Mesmo depois de as maçãs de Sam terem ido embora, vão continuar a fazer parte do meu corpo.

Com Rebecca observando, jogo o miolo na estrada, olhando para a mão que tão facilmente a deixa ir. Falta uma aliança de casamento. Deixei-a na casa de Sam; de todas as coisas que ele poderia ter...

Fico imaginando o que Oliver e eu faremos quando chegarmos em casa. Como se volta aos trilhos? Não podemos continuar de onde paramos. Não vou conseguir tirar Sam totalmente da cabeça quando estiver com Oliver. Mas será que realmente esqueci Oliver quando estive com Sam?

Estive apaixonada por Oliver uma vez, quando eu era uma pessoa diferente. Não sabia o que sei agora. Eu o vi parado, imerso até a cintura em uma poça de água, e imaginei uma vida juntos. Tive uma filha com ele, prova notável de estar apaixonada. Ela é o melhor de nós dois. O que significa que existe uma estirpe muito boa em mim, e uma boa cepa em Oliver.

Você pode pegar as árvores mortas de um pomar e trazê-las de volta à vida. Pode pegar duas estirpes diferentes de maçãs e elas frutificarão na mesma árvore. Enxerto: a ciência de reunir o improvável, de trazer de volta o que é esperança passada.

Oliver aperta minha mão e eu aperto a sua. Isso o surpreende; ele se volta para mim e sorri, hesitante. Rebecca está observando tudo. Eu me pergunto o que ela vê quando olha para nós juntos. Fecho minha janela e me ajeito de lado no banco. Quero ver Oliver e Rebecca ao mesmo tempo.

Oliver desacelera em uma cabine de pedágio. Já chegamos à estrada. Sorrio, confiante, para meu marido e minha filha. Rebecca inspira profundamente e pega minha mão livre. Oliver vira para oeste, em direção à Califórnia. Rebecca e eu somos passageiras dessa vez e, juntas, seguimos a linha sinuosa irregular de árvores na estrada. Volto-me para vê-la, absorta na mudança de cenário. É a primeira vez que me lembro de ter os olhos bem abertos ao olhar para o futuro.